I0641669

LA FRANCE

IL Y A TRENTE ANS.

I.

DE L'IMPRIMERIE DE LEFEBVRE,

RUE DE BOURBON, N°. 11.

LA FRANCE

IL Y A TRENTE ANS,

OU

TABLEAU HISTORIQUE

DE PARIS

SOUS LES ASSEMBLÉES NATIONALES,

ÉCRIT, JOUR PAR JOUR, PAR UN TÉMOIN OCULAIRE.

Contenant des détails curieux, intéressans et peu connus
sur ce qui s'est passé dans Paris et ses faubourgs, au
Palais-Royal, à l'Hôtel-de-Ville, aux Tuileries, et
particulièrement dans les réunions politiques, etc.

Par M. A. L. de BREUIL.

AVEC FIGURES.

TOME PREMIER.

PARIS.

LEROUGE, LIBRAIRE, COUR DU COMMERCE,
S^t.-ANDRÉ-DES-ARCS ;

PICHARD, LIBRAIRE, QUAI DE CONTI, N° 5,
AU BOUT DU PONT-NEUF.

1822.

LA FRANCE

IL Y A TRENTE ANS.

———

Dans les premiers jours de l'automne de l'année 1820, M. de Varicourt, ses trois fils, et moi, nous promenions tous les soirs dans son parc, situé sur les rives de la Seine, à peu de distance de Paris. Un jour qu'il prêtait beaucoup d'attention à m'entendre raconter quelques faits remarquables de nos troubles, et des anecdotes assez curieuses sur de grands personnages, logés aujourd'hui dans de magnifiques hôtels, et qui, autrefois, n'avaient pas seulement, dans leur garde-robe, deux habits de rechange, et une misérable pièce de trente sous pour dîner.—Oh! Monsieur, me dit-il, à la fin d'un récit qui l'avait étonné, personne plus que vous ne peut décrire avec plus de vérité les grands événemens qui, depuis plus de trente années, ont bouleversé la France et l'Europe, et ont occasionné tant de guerres désastreuses. — Il est vrai, lui répondis-je; habitant Paris depuis longues années, j'ai vu des choses bien étonnantes et même surprenantes; j'ai été témoin de tant de désordres, de tant de tribulations, qu'il est répugnant à la pauvre hu-

manité de lui rappeler de tels méfaits. — Pourquoi donc, répondit-il, vouloir enlever à l'histoire des choses qu'elle ne doit point cacher aux
générations futures? pourquoi laisser dans l'oubli
des faits que la postérité jugera peut-être avec plus
de discernement, et que nous-mêmes ne pouvons
apprécier selon leur juste valeur? — Il est des
choses, repris-je, qu'on doit laisser dans l'oubli; il est des hommes dont le nom seul épouvante, en les rappelant à ceux qui les ont vus
et connus; il en est d'autres qui, de l'état de
la plus profonde obscurité, sont devenus presque des souverains; d'autres enfin se sont assis
sur des trônes, dont ils n'auraient pu approcher
qu'à une très-grande distance, sans une succes-
sion de crimes et d'horreurs: et cependant on
pourrait bien rappeler leurs méfaits à la postérité. — Oui, vraiment, répondit M. de Varicourt, on ne peut mettre sous les yeux de nos
enfans, avec trop de détails, des choses qu'ils ne
doivent point ignorer; il faut leur faire connaître
jusqu'aux plus petits événemens, les malheurs
qui ont accablé notre infortunée patrie, et
l'ont précipitée d'abîme en abîme pendant de si
longues années; il faut que la faiblesse des uns,
et les crimes des autres, en les leur divulguant,
préserve la jeunesse de tomber jamais dans des
pareilles convulsions, et ce n'est qu'en les mettant au jour qu'on leur évite un aussi épouvantable chaos. — Vous avez, lui répliquai-je, plusieurs auteurs célèbres, qui, déjà par leurs
écrits, ont retracé les événemens avec plus ou
moins de vérité, et le nombre en est grand.

— Je le sais, me dit-il ; mais ces auteurs, en parcourant leurs longues narrations, semblent avoir écrit leurs ouvrages dans l'éloignement ; la vérité chez eux n'est pas toujours bien véritable. Puis encore, en racontant les événemens, ils vous accablent de grandes discussions politiques ou philosophiques à perte de vue. Pour ramener ce renversement des choses, ils remontent presque jusqu'à la plus haute antiquité. Ce sont des faits modernes que nous voulons ; ce sont les actions des hommes qui ont figuré dans cette tragédie célèbre, qu'il faut connaître. Peu nous importe qu'on vienne nous dire que celui-ci était l'agent de Pitt, en Angleterre ; que celui là l'était de Cobourg, en Allemagne ; que cet autre était celui du Grand-Turc ou de l'Empereur de la Chine ; on n'est pas dupe de ces sortes de supercheries. — Il est vrai que la plupart de nos historiens, qui ont écrit les événemens de nos jours, les ont publiés sous les yeux même de ceux qui ont figuré en première ligne dans ces grandes catastrophes. Comment dire la vérité à ceux qui ne veulent pas l'entendre ? comment mettre au jour des faits relatifs à des hommes riches et puissans (je ne sais comment ils le sont), qui vous disent avec une sombre terreur : Écris, mais sur-tout prends garde ! Oui, la vérité n'est pas toujours bonne à dire ; et nos historiens un peu craintifs ont coulé rapidement sur certains faits, et n'en ont donné qu'un faible aperçu. Puis il est des choses que tant de gens ont intérêt à cacher ! — Mais vous, me dit M. de Varicourt, vous avez obser-

1*

vé, dans le cours de nos désastres, les hommes
et les choses ; vous avez observé ces milliers
d'assemblées, tant grandes que petites, qui ont
bouleversé la France et amené tant de désordres ; vous avez été témoin de ces grands
mouvemens qui ont renversé tantôt un parti,
tantôt un autre, et précipité dans la nuit éternelle tant de méchans qui méritaient la mort,
tant de braves gens qui ne la méritaient point;
vous avez vu ces actes d'impiété, succédant à
d'autres actes plus impies, qui ont amené le
renversement du trône, brisé les autels, détruit
la religion et corrompu les mœurs. Ne pour-
riez-vous pas nous les faire connaître avec plus
de vérité ? — Oh ! comme témoin oculaire de
tout ce qui s'est passé à Paris pendant cette
longue période de crimes, je pourrais bien, il
est vrai, vous raconter tout ce qui s'est passé
dans le grand tourbillon du monde, où tant de
fois moi-même j'ai failli perdre la vie. J'ai vu la
mort plus d'une fois planer sur ma tête ; j'ai vu les
Parques promener leurs ciseaux meurtriers dans
tous les coins de Paris ; tranchant la vie à celui-
ci, menaçant celui-là ; j'ai vu les diables et les
démons ; puis l'enfer ouvert, où s'engloutis-
saient tant de méchans, qui se disputaient la
palme de l'anarchie; j'ai vu la discorde, cette
déesse du malheur, agiter les esprits dans
toutes les assemblées, tant grandes que petites;
j'ai vu le conseil général de la Commune de
Paris lutter corps à corps contre la Convention
nationale, dicter des lois à cette assemblée,
en faire le siége, et décimer ses membres sous

l'influence des canons, des fusils et des piques.
Ah! j'ai vu les Jacobins combattre les Jacobins,
puis les horribles proscriptions !..

Allons, allons, me dit encore M. de Varicourt, je serai fort aise de vous entendre raconter les détails de ces catastrophes sanglantes de
nos troubles politiques. Nous approchons des
longues soirées d'hiver, mes fils et moi, et
quelques amis, nous nous réunirons dans mon
petit salon bleu; et là, en famille, nous pré-
terons attention à vos récits ! — Oui, oui, dirent
les enfans, dont l'aîné était âgé de quinze ans;
le second de treize, et le troisième de douze ans,
nous vous écouterons, Monsieur, avec bien du
plaisir. — Eh bien, repris-je, puisqu'il en est
ainsi, j'y consens volontiers; mais vous me per-
mettrez d'en fixer le jour; car il est des choses
qui ne sont pas tout-à-fait présentes à ma mémoire, et puis on a besoin de se recueillir pour
se rappeler les détails des grands événemens qui
se sont passés il y a plus de vingt ans.

Retiré dans mon petit logement, je ne m'oc-
cupai plus qu'à classer, par ordre de date, ma
nombreuse collection de tableaux, de mouvemens, de tribulations; car, dans ces temps de désordre, tout pouvait s'appeler ainsi. Ma collection, vraiment curieuse, que j'avais fait peindre
en petit, était disposée de manière à être vue
dans une optique; et je me disais en moi-même:
Un jour viendra peut-être, où, dans un temps
calme, au milieu de mes amis, je pourrai à
mon aise la leur faire voir dans l'éloignement, et
leur raconter les folies et les extravagances de
nos pères. Ma collection, composée de plus de

mille tableaux, est extrêmement variée; non-seulement elle présente les événemens sérieux des grandes catastrophes nationales, mais encore les bizarreries incroyables de nos grands hommes, ou prétendus tels, qui, pour donner de l'aplomb à leurs bêtises, ou plutôt à leurs fureurs, imaginèrent d'élever en spectacle des fêtes nationales; fêtes, selon eux, destinées à électriser le peuple, et le mettre à la hauteur des circonstances (expression dont ils se servaient) : ma collection, sur cette dernière partie, est des plus nombreuses. Les fameux chars de la liberté, traînés dans les rues de Paris et dans les places publiques, tantôt par huit chevaux, tantôt par huit taureaux (elle était si pesante cette liberté !), n'ont point été omis dans mes tableaux; même le triomphe de Marat, qui fut porté comme une châsse sur un brancard, depuis le Palais de Justice au milieu d'une foule immense, jusqu'à la Convention ; puis les montagnes des Jacobins et les rochers sur lesquels se perchaient les *frères et amis*, d'où ils lançaient leurs foudres, n'ont point non plus été omis dans ma nombreuse collection. Tout y est peint au trait, selon leur valeur ou leur beauté; les fêtes funèbres, les tombeaux, les sarcophages, renfermant les cendres des héros morts pour la liberté ; puis les bannières, les phalanges et tous les trophées des fôlies de l'espèce humaine, sont encore des tableaux que je n'ai point oublié de faire peindre ; enfin, je n'en finirais pas s'il fallait tous ici les nommer les uns après les autres.

Je disposai mon optique de manière à y faire passer mes tableaux par ordre chronologique,

dans un ordre nécessaire. Je fixe le jour pour
notre réunion. Je me rends dans le salon de
M. de Varicourt, et là, dans une de ces longues soirées d'hiver, entouré d'un auditoire
bien choisi, je plaçai ma lanterne (ainsi que je
la dénommerai) dans le milieu de ce salon; les
lumières éteintes, car il fallait de l'obscurité
pour donner de l'éclat à mes tableaux, j'allu-
mai mes bougies, et je commençai mon exposi-
tion. Monté sur un escabeau, j'imitai, à peu
de chose près, ces hommes qui, dans les places
publiques, font voir dans leur optique les beautés de Rome, de Naples, de Paris ou de Londres,
et s'écrient en ouvrant leur rideau : voyez,
Messieurs et Mesdames, voyez dans ma lanterne
notre saint père le Pape, monté sur sa mule,
se rendant du palais du Vatican à Saint-Pierre
de Rome! voyez les cardinaux, le sacré collége
et les princes romains qui accompagnent et
suivent Sa Sainteté dans un appareil le plus brillant! et de même, je m'écriai: Voyez, voyez!
A ces mots, tous mes auditeurs ouvrirent de
grands yeux, et prêtèrent attention à ce que
j'allais dire, et je commençai ainsi :

Messieurs, L'année 1787 est l'époque de
l'origine de nos troubles politiques. Louis XVI
régnait sur la France plutôt en père qu'en roi; il
gouvernait sa nombreuse famille par de sages lois:
une cour brillante, composée de jeunes princes et
d'aimables princesses, faisaient l'ornement de
son trône. Les fêtes succédaient à des fêtes, et
la paix régnait de toutes parts; le peuple, heureux, quoique cependant on ait dit qu'il ne
l'était point, jouissait au milieu de ses travaux

d'une douce tranquillité et d'un charme indéfini. A la campagne comme à la ville, à la ville
comme à la campagne, il chantait du matin au
soir, et ne s'occupait point comme aujourd'hui
de politique à perte de vue. Le dimanche était
pour lui un jour de fête; il se réunissait en
famille dans tous les lieux publics, dans toutes
les promenades ; et le soir , en buvant hors des
barrière sa chopinette, il y dansait jusqu'à onze
heures et minuit, et puis rentrait gai dans la
ville, en répétant sa chansonnette. Nos princes,
heureux sur le trône, jouissaient au milieu du
peuple bon et généreux, du doux charme de
l'amitié et de la bienveillance; et de son côté ,
le peuple, autour de ses princes, chantait leurs
louanges et leur félicité. La grande famille
était calme, douce, aimable; la gaîté présidait
à tous les instans de la vie. Une jeunesse folâtre,
au milieu des jeux et des ris, annonçait une
longue prospérité de bonheur et de plaisir toujours renaissans. Paris était un lieu de délices ;
l'étranger comme le citoyen y trouvaient tous
les agrémens de la vie ; bals, fêtes, spectacles et
promenades publiques faisaient les délices d'un
peuple immense, de toutes les classes et de
toutes conditions : chacun y tenait son rang.
L'esprit de discorde n'y régnait point encore ;
le fils respectait son père, l'ouvrier son chef,
le valet son maître, et tout allait le mieux du
monde ; le commerce s'y faisait avec confiance,
avec sécurité ; l'acheteur comme le vendeur
étaient de bonne foi, et la douce amabilité
régnait dans toute les classes de la société ; mais,
hélas ! un génie infernal commençait déjà à

planer sur cette grande ville, et la discorde préparait ses torches ardentes qui, bientôt devaient incendier le monde. Ah! faut-il dérouler à vos yeux ces scènes de désolation qui depuis long-temps couvaient sous un foyer, et ce foyer était au centre de cette grande ville, oui, au centre de Paris. Deux palais magnifiques, où devaient présider la justice et l'ordre des choses (le Palais-Royal et celui de la Justice), servirent à l'embrâsement de leur propre pays. Des hommes sages, des hommes éclairés, ne devaient-ils point arrêter ces étincelles, qui allaient se communiquer d'un bout de la France à l'autre, avec autant de promptitude que l'éclair sur l'horizon? Ah! au lieu d'arrêter ce volcan terrible, il semble plutôt qu'ils en facilitent les irruptions, où eux-mêmes périrent dans l'embrâsement, comme vous l'allez voir. Mais suivons l'ordre des faits.

Louis XVI, sur son trône, avait succédé à son aïeul par droit d'aînesse et de légitimité: treize années venaient de s'écouler, lorsqu'il s'aperçut que les coffres de l'État, depuis long-temps étaient presque vides; d'anciennes dettes, contractées par ses aïeux à la suite de longues guerres, n'avaient cessé d'entraver la marche de son gouvernement, dont les ministres ne pouvaient faire tourner les rouages, sans faire un appel à la nation. De petits impôts avaient été établis en différentes époques pour subvenir aux besoins de l'État; ils se payaient avec sécurité, avec confiance; on ne murmurait point encore, mais cependant ces impôts n'avaient point été répartis comme de nos jours, sur toutes les classes de la société. De gros propriétaires exclusifs, de gros bénéficiers, par droit d'exception, n'en payaient point, ou en payaient si peu, qu'il ne fallait point les compter parmi les propriétaires. Les coffres du roi, dans un vide effrayant, ne se remplissaient point pour faire honneur aux dépenses, et cependant il fallait payer à celui à qui il était dû. Jusque-là un emprunt, succédant à un autre emprunt, redonnait momentanément cette aisance qui n'est que passagère; mais, au lieu de diminuer la dette, elle ne faisait qu'augmenter sans aucun espoir. M. de Calonne, alors contrôleur des finances, pressé par la disette des espèces qui était extrême, engage le monarque à convoquer une assemblée des notables, pour prendre leurs avis sur la conduite des affaires. Cette assemblée est convoquée; le 22 février, elle tient sa première assemblée, et continue ses délibérations jusqu'au 25 mai, époque de sa clôture. Qu'en résulta-t-il? rien, ou presque rien. Deux édits bursaux, portant établissement d'un droit de timbre et d'un impôt territorial de 80 millions, sont à-peu-près le résultat; ils sont présentés au Parlement de Paris pour les enregistrer; mais les magistrats, qui ne voulurent ni de l'un ni de l'autre, parce que ces impôts les regardaient particulièrement, refusèrent net de les enregistrer, en suppliant le roi de les retirer, et accompagnent leur refus d'une belle remontrance, d'une longueur extrême, que personne n'eut le courage de lire. Mais ces belles paroles ne développent aucun moyen de remplir les coffres de l'État. Le roi, d'une bonté admirable, et trop bon même, consulte son conseil, pour aviser aux moyens de sévir contre cette désobéissance. Il tient un lit de justice à Versailles le 6 août, et, de son exprès commandement, il ordonne de nouveau l'enregistrement de ces mêmes édits; nouveau refus, même obstination de la part de nos pères du Parlement, quoique les princes viennent eux-mêmes à Paris en apporter l'ordre : obstination encore plus forte! nos pères du Parlement ne s'en tinrent point là; de la désobéissance, ils en viennent presque à la révolte. Les plaintes sur les abus d'autorité, et autres de tous genres, commis par M. de Calonne dans l'administration des finances, leur arrivent de toutes parts, ou ils les font venir eux-mêmes. Les alentours du Palais de Justice sont bientôt convertis en une vaste insurrection enflammée. La place Dauphine, la Cour de Lamoignon, et tous les environs du Pont-Neuf ne forment plus qu'un embrâsement de fusées, de pétards et de bombes, qui brillent en éclats de tous côtés; c'est un feu d'enfer qui ne tue personne; les cris de joie de vive le Parlement! vivent nos pères! sont les expressions des enfans perdus, des clercs de conseillers des petites et grandes chambres, des clercs de procureurs, d'avocats et de toute la justice de Paris. Ces feux de réjouissance commencent à la brune et se prolongent fort avant dans la nuit. La foule, lasse, exténuée, épuisée d'argent, se retire à près d'une heure du matin, et tout rentre dans le calme.

La nouvelle de ces feux de joie est bientôt répandue dans tout Paris; le lendemain, le peuple de la grande ville, prend part à ces divertissemens enflammés. A la nuit tombante, il se rend au Palais de Justice, et la foule devient innombrable. Les feux de joie recommencent mieux que de plus belle : les bombes, les fusées et les pétards brillent de tous côtés; non-seulement ils sont tirés dans les cours et sur la place Dauphine, mais encore de toutes les fenêtres, depuis le premier étage jusque sur les toits des maisons. Ces feux, de bas en haut, et de haut en bas, se croisent de toutes parts. La garde de Paris, composée de cavalerie et d'infanterie, sous les ordres du chevalier Dubois, arrive en force pour rétablir l'ordre et empêcher ces feux; mais inutilement, rien ne peut arrêter la bouillante jeunesse, qui est si considérable, que la force armée peut pénétrer à peine dans la place Dauphine. Les cris de vive le Parlement! sont les seules expressions des enfans de la joie. L'argent se distribue avec abondance; on en reçoit de toutes mains; avec cet argent on se procure des pétards en abondance, on les jette par bottes toutes enflammées au milieu des pelotons d'infanterie et sous les pieds des chevaux. Ces pauvres bêtes, effrayées au bruit de ces feux, font des bonds et caracolent à renverser leurs cavaliers. La garde est forcée de se retirer; elle se jette sur le Pont-Neuf et sur les quais; les feux de joie ne cessent, comme la veille, qu'à une heure du matin. Le troisième jour, même réjouissance, même tumulte, et cela ne finissait pas; mais les Gardes-Françaises, sous le commandement du maréchal de Biron, qu'ils aimaient comme leur père, et à qui ils obéissaient de bon

cœur, firent bientôt rentrer tout dans l'ordre,
et le calme se rétablit; ils reçurent aussi dans
leurs pelotons des paquets de pétards tout en
flamme, mais rien n'arrêta leur élan. Ici,
Messieurs, vous en voyez le tableau. Toutes
ces scènes se passèrent du 10 au 14 août 1787.
Ah! le Parlement, voulait-il déjà donner
naissance à ces calamités qui ont pesé depuis
sur toute la France? Mais laissons-là les réflexions, il n'est plus temps, et je continue.

Instruit de tout ce qui se passait, le roi ne
tarda point à déployer toute son autorité suprême. Par lettres-patentes, il exile à Troyes
en Champagne tout son Parlement : c'était le
15 d'août. Ah! ce mois devait-il être témoin,
cinq années après, du renversement du trône,
et de la chûte totale de ce même Parlement? M.
de Calonne, pour sa propre sûreté, avait pris la
fuite. Trois contrôleurs des finances lui avaient
déjà succédé (à cette époque, les finances
n'étaient point encore honorées d'un ministre);
Bouvard de Fourqueux, Laurent de Villedeuil
et Lambert, n'avaient, pour ainsi dire, fait que
passer dans les bureaux du trésor, pour en
voir l'organisation. Six semaines se sont à peine
écoulées, que le roi, trop bon, trop clément,
touché des doléances et des regrets que lui témoigne son Parlement et ceux qui lui étaient
attachés, le rappelle à Paris par une déclaration rendue en son conseil. Le ministère ne faisait que changer de maître : un second cardinal
de Richelieu ne se trouvait plus. Dans l'ordre
des choses, on ne prenait que des demi-
mesures pour rétablir le crédit de l'État. Les

charges de trésoriers, des revenus casuels, du
marc d'or et de la caisse d'amortissement, sont
supprimées; à leur place, on y substitue des
administrateurs, et les choses n'en allèrent pas
mieux. Le Parlement, rétabli dans tous ses
droits, le roi s'y rend en personne, et fait enregistrer, en sa présence, un édit portant création
d'un emprunt graduel et successif, jusqu'à
concurrence de quatre cents millions. Le duc
d'Orléans, Fréteau et Sabatier, conseillers, sont
exilés pour s'être élevés avec force en présence
du roi contre l'abus que ses ministres lui faisaient faire de son autorité; le duc d'Orléans est
envoyé à Villers-Cotterets, et les deux conseillers dans leurs terres. A peine le monarque
est de retour à Versailles, que le Parlement
proteste contre cet enregistrement, et le motive
par un refus sur ses registres. Le roi est bientôt
instruit de cette nouvelle rebellion; il mande
en cour une grande députation de ce Parlement,
avec ordre d'y apporter ses registres; les registres sont apportés, et les protestations sont
annullées en sa présence. Dans cette occasion,
le président, chargé par la compagnie, réclame
le rappel du duc d'Orléans et des deux conseillers. Le roi, ferme pour le moment dans sa
résolution, refuse d'acquiescer à leur demande.
La grande députation se retire mécontente, et
l'article des registres est biffé. Ces événemens
se passaient du 9 au 21 novembre, et l'année finit
par un grand deuil. Madame Louise de France,
fille de Louis XV, et tante du roi, termina sa
vie religieuse dans le couvent des carmélites
de Saint-Denis, le 23 décembre. Cette prin-

cesse, qui avait préféré la rigueur du cloître à la grandeur des cours, mourut avec calme et résignation ; elle ne fut pas témoin de l'horrible persécution de son auguste famille, et emporta au tombeau les regrets des princesses ses sœurs, qui répandirent des larmes sur sa tombe, et lui jetèrent des fleurs. Ah! si les cendres des morts sont respectées par les vivans, celles de la princesse ne le furent point; des monstres portèrent des mains sacriléges sur sa tombe.... Mais il n'est point encore temps d'en parler.

Tout passe, Messieurs, et le temps s'écoule plus ou moins calme, plus ou moins agité. L'année 1787 se termine par un grand deuil, et celle de 1788 commence par un horrible incendie. Ah! les furies promenaient-elles déjà leurs torches incendiaires, qui devaient éclairer les plus tristes événemens; mais ne devançons point l'ordre des temps. L'hôtel des Menus-Plaisirs du roi, rue Bergère, fut la proie des flammes. Le 15 avril, tout Paris fut témoin de l'embrâsement des belles décorations de l'Opéra et de la presque totalité du corps de bâtimens qui longe la rue du faubourg Poissonnière. La colonne de feu se voyait dans le plus grand éloignement; mais de prompts secours, et le courage du peuple (j'étais du nombre), arrêtèrent les flammes, qui durèrent toute la nuit, et le jour éclaira les cendres brûlantes de ce vaste incendie; non-seulement cet incendie jeta la tristesse dans l'âme des Parisiens; mais comme un malheur n'arrive pas sans un autre malheur, une grêle considérable, tombée du ciel sur la France, dévasta diverses contrées, et anéantit en un seul jour, des récoltes entières; ce fléau ruina un nombre considérable de cultivateurs. Puis la mort, que personne ne peut éviter, emporta successivement dans la tombe des personnages les plus illustres par leurs actions ou par leurs écrits. Le comte de Buffon, le maréchal de Richelieu et le maréchal de Biron, moururent à peu de distance les uns des autres. Ce dernier emporta dans le tombeau les regrets du régiment des Gardes-Françaises, qui le pleurèrent sincèrement. Ah! cette mort amena-t-elle le désordre et l'indiscipline de ces mêmes soldats qui, l'année suivante, se montrèrent rebelles à leur prince? C'est ce que nous verrons bientôt.

Cependant Louis XVI déployait toute la force de son caractère pour rétablir l'ordre dans ses finances. Tout ce qui était à charge à l'État, il le supprimait; les offices de garde du Trésor-Royal, les trésoriers de la guerre et de la marine, les trésoriers de sa maison, de celle de la reine, des bâtimens, des dépenses diverses et des ponts et chaussées, furent remplacés par des administrateurs, pour gérer conjointement tout ce qui concerne les recettes et les dépenses du Trésor-Royal; mais ces changemens, qui ne changèrent rien, ou presque rien au rétablissement des finances, doivent-ils servir de modèle à ces administrations que nous avons vues depuis en si grand nombre, qui ont tout bouleversé, tout renversé, tout anéanti, et ont mis la France sens dessus-dessous? Non-seulement le roi voulait l'économie, et jamais prince ne fut plus économe que lui. Pour arriver au but qu'il se proposait, il supprima encore l'office de receveur des rentes de l'Hôtel-de-Ville de Paris, et réunit les fonctions dudit office aux receveurs particuliers des impositions de cette ville.

Le Parlement continuait toujours à troubler l'ordre des choses, et mettait continuellement des entraves dans la marche du gouvernement.

Goislard de Monsabert et Duval-Despremenil en étaient les boute-feux; le premier y dénonce les pairs séans au Parlement, les vérifications ministérielles qui se faisaient pour accroître la masse des vingtièmes; le second suit la même marche : il dénonce aussi les pairs séans avec les magistrats, ainsi que le projet formé par les ministres, de réunir en un seul corps le droit de vérifier et d'enregistrer les lois de police générale, de finance et d'impositions. C'étaient le 29 avril et le 3 mai que ces deux conseillers portèrent ces plaintes dans leurs chambres respectives; mais ces plaintes firent tant de bruit dans le public que le ministère en fut bientôt instruit; il n'ignorait rien de ce qui se passait dans le Parlement, le sachant à l'heure même par ses affidés. Les arrêter dans leur marche insurrectionnelle fut l'effet d'une volonté absolue; leurs hôtels furent bientôt cernés par la police et des troupes; mais, avertis à temps de ce qui se tramait contre eux, ces deux conseillers, pour leur propre sûreté, se sauvèrent dans le palais même où ils péroraient au milieu du Parlement. La force armée ne s'en tint pas là; le Palais de Justice fut bientôt investi de toutes parts, et ces deux magistrats sont enlevés dans la grand'chambre même où le Parlement et les pairs étaient assemblés. Tout cela fit grand bruit dans toutes la cité, à cause des rassemblemens de troupes qui étaient de tous côtés. La nouvelle de cet enlèvement est bientôt connue de tout Paris; de maison en maison, elle se communiquait comme le feu électrique; il n'était question que de ce coup d'autorité; chacun en parlait à sa manière, n'ayant pas, comme de nos jours, une armée de journaux pour éclaircir les faits avec plus ou moins de vérité; et le public jetait les hauts cris.

Le roi, affligé du désordre qui se préparait dans tous les Parlemens de son royaume, en opposition à ses plans de réforme, tient un nouveau lit de justice à Versailles, dans lequel il fait enregistrer d'autorité, un édit portant établissement d'une Cour plénière, composée des ducs et pairs, des grands officiers de la couronne, d'un certain nombre de maréchaux de France, de lieutenans-généraux, de chevaliers de l'ordre de Saint-Louis, et autres personnes qualifiées, tous nommés par le roi; des conseillers de grand'chambre du Parlement de Paris, et de deux députés de chacun des autres Parlemens du royaume. Cette Cour plénière, créée le 8 mai, fut bientôt supprimée le 8 août suivant. M. de Brienne, avant de sortir du ministère, où il était depuis plus d'un an chef du conseil des finances, fait rendre un arrêt du conseil, qui suspend l'établissement de la Cour plénière, jusqu'à la tenue des Etats-généraux, dont l'époque est fixée au 1er. mai de l'année suivante.

Le 23 septembre, une déclaration solennelle du roi, en son conseil, rétablit le Parlement de Paris, et toutes les Cours du royaume, dans leurs chambres respectives; et par la même occasion, le monarque annonce à la nation la tenue prochaine des États-généraux. Deux jours après, le Parlement de Paris, qui croit voir une digue à opposer à l'autorité, par la tenue de cette grande assemblée, enregistre cette déclaration, et dit, dans son arrêté, qu'il ne cessera jamais de réclamer, pour que les États-généraux soient régulièrement convoqués et composés suivant la forme observée en 1614. A la suite de cet événement, une nouvelle assemblée des notables est convoquée par arrêt du conseil du 25 octobre suivant. Ce sont les mêmes personnes que celles consultées en 1787; elle délibère sur la manière la plus régulière d'assembler les États-généraux; elle dure sept semaines, et le 12 décembre elle cesse ses fonctions. Le Parlement de Paris, qui croit apercevoir dans la tenue des États-généraux un autorité supérieure à tous ses droits et à toutes ses remontrances, qui, le plus souvent ne remontraient rien, voulut revenir sur la clause insérée dans son arrêt d'enregistrement, de la déclaration du 23 septembre, qui avait produit un très-mauvais effet dans le public. En conséquence, il s'assemble avec les pairs, explique ses intentions, et arrête qu'il sera fait des supplications au roi pour développer ses motifs et ses vœux sur la tenue prochaine des

2*

États-généraux ; il porte ses supplications au pied du trône ; mais le roi, qui ne veut plus être en butte avec son Parlement, lui répond qu'il n'a rien à dire en ce moment à ses bons pairs, et que c'est avec la nation assemblée qu'il concertera les dispositions proposées pour consolider, à toujours, la prospérité de l'État. Cette grande autorité qui, peu avant, voulait rivaliser de pouvoir avec son souverain et lui dicter des lois, se retire confuse, atterrée, et attend tout du temps.

Le fameux Necker, à qui la France est en partie redevable de tous les malheurs qui l'ont accablée pendant une si longue période de tribulations, parut au ministère comme un être supérieur, qui devait procurer à la France le comble du bonheur, et qui n'amena, comme vous le verrez bientôt, que malheurs sur malheurs, fut nommé par le roi surintendant des finances. Ah! fallait-il mettre à la tête de nos affaires, un étranger qui, comme l'anglais Law, n'avait que des projets chimériques à présenter à la nation, et ne pouvait qu'embrouiller les idées par des calculs indéchiffrable ? (1) Il n'y avait donc point en France un second Barême pour chiffrer la recette et la dépense, faire des additions et des soustractions? Mais non, un charlatan né à Genève, devait, à la face du ciel, jouer notre roi et la nation, et les conduire l'un et l'autre sur les bords de l'abîme. Le roi, aussi bon qu'il était confiant,

(1) Il avait déjà publié, trois ans avant, un vaste plan de finance, en trois volumes in-8°., que l'on dévora lorsqu'il parut, et qu'on a depuis totalement oublié.

crut apercevoir, ou aperçut, dans l'extérieur
de cet homme, un charme indicible qui lui
fascinait les yeux. Necker, enfin à la tête des
finances, devint l'homme inappréciable, que la
nation regarda comme le sauveur d'un grand
peuple. De concert avec un trop confiant souverain, Necker ne s'occupa plus qu'à faire des
calculs et des rapports. A la fin de l'année,
il présenta au roi, en son conseil, le fameux
plan de l'organisation des États-généraux, tendant à faire accorder au tiers-état, un nombre
de députés égal à ceux du clergé et de la noblesse.
Ce fut le 27 décembre que Necker se rendit,
de son hôtel de la rue de l'Orangerie à Versailles, au Palais du roi, portant avec lui cette
masse de papiers, qui devait endormir tout le
conseil. Quatre heures et plus furent employées à
la lecture, et chacun se retira content ou non.
Regardez dans ma lanterne, vous y voyez ce
grand homme dans une chaise à porteurs; deux
grands laquais, ou plutôt deux espèces d'Her-
cules en ont leur charge, car il était fièrement
gras; deux laquais le précèdent et deux autres
le suivent; il monte la grande rue de la surin-
tendance et gagne le Château avec une lenteur qui
donne le temps aux passans de l'admirer. C'est
ainsi, Messieurs, que je l'ai vu de mes propres
yeux, ledit jour et an, tel vous me voyez ici
monté sur mon escabeau. Quelle destinée! ce
grand homme, qui faisait tant de bruit alors,
venu à Paris en sabots, ayant à peine, dans ses
quatre poches, quelques pièces de monnaie
pour dîner; jouissait déjà de plus de six cent
mille livres de rente. Ainsi va le monde; ainsi

allaient les choses dans le temps qui courait.

L'année 1788 eut ses peines et ses plaisirs : l'un n'arrive pas sans l'autre, dit-on. La France, ou plutôt Paris, vit arriver dans son sein, de grands personnages qui donnèrent au peuple un moment de distraction. Le prince Henri de Prusse et les ambassadeurs de Tipoo-Saëb devinrent l'admiration des bons Parisiens. On courait voir l'un, on courait admirer les autres, et les Indiens sur-tout, logés rue Bergère, attirèrent la foule pour les voir entrer ou sortir de leur hôtel. Ils ne sont pas blancs comme nous, disait celui-là ; ils ne sont pas noirs, disait un autre, et tout le monde était curieux de contempler ces hommes extraordinaires, venus d'une contrée si éloignée apporter au monarque les présens les plus magnifiques. — Eh ! mon Dieu, dit un des fils de M. de Varicourt, qui ouvrait de grands yeux en me fixant, de quelle couleur étaient-ils donc ces Indiens, s'ils n'étaient ni blancs ni noirs ? — Ah ! lui répondis-je, les quatre parties du Monde ne sont pas peuplées de Français ; les couleurs de nos belles Parisiennes ne sont pas universelles. Si l'Afrique a des noirs et des bronzés ; l'Amérique, des rouges et des cuivrés ; l'Asie a aussi ses couleurs mélangées. Quant à nos Indiens, ils étaient couleur de cuivre. J'ignore, Messieurs, si dans leur pays on fait trois repas par jour ; mais, ce qu'il y a de certain, c'est que la maigreur et leur teint basané contrastaient singulièrement avec nos figures françaises, rondes et couleur incarnat. Quant au prince Henri de Prusse, voyageant sous le nom de comte d'Oëls, il était le cinquième prince étranger depuis quelques années qui venait jouir du beau climat de la France, et en admirer les monumens, comme le jeune roi de Danemarck en 1768, l'empereur Joseph II en 1777, le grand-duc de Russie, et la princesse son épouse, en 1782, et le roi de Suède, sous le nom de comte d'Aga, en 1784. Venaient-ils ces princes admirer tant de chefs-d'œuvre et tant de beautés, qui allaient bientôt être engloutis par un torrent dévastateur qui, dans son cours, devait entraîner dans l'éternité tant d'illustres Français!!!

Jusque-là, les choses allaient toujours de mal en pire; le monarque n'avait encore pu trouver, parmi les personnes qui le servaient depuis long-temps, aucun homme capable de rétablir les finances et de sauver la chose publique. A la tête des affaires avaient paru et disparu plus de vingt ministres, qui passaient d'un ministère à l'autre sans donner de stabilité au gouvernement; et l'année 1788 finit comme la précédente avec l'espérance: la France était comme un malade à qui on donne des cordiaux succulens pour le rétablissement de sa santé; tantôt bien, tantôt mal, elle ne se soutenait qu'à force de saignées plus ou moins abondantes. La mort menaçait encore de grands personnages. L'héritier du trône, âgé de huit ans, dans le château de Meudon, dépérissait sensiblement, malgré tous les soins qu'on apportait à conserver une tête aussi précieuse. Ce prince, premier Dauphin, l'objet chéri de tous les cœurs, mourut le 4 juin, en accablant son père des plus cuisans chagrins, car jamais prince

n'aimait plus tendrement ses enfans. M. Dor-
messon, président du Parlement de Paris, et
M. de Lamoignon, ancien garde-des-sceaux,
l'avaient précédé dans la tombe. Ce dernier
mourut subitement dans sa terre de Basville.

. Si un incendie avait éclaté les premiers jours
de l'année qui venait de finir, en brûlant en
partie l'hôtel des Menus-Plaisirs du roi, un
pillage le plus terrible, dans le faubourg Saint-
Antoine, commença pour ainsi dire l'année
1789, et fut le signal de mille autres pillages
qui se succédèrent dans le cours de nos désastres, comme je vous le ferai voir par la suite,
et vous en expliquerai les causes dans ma narration. Les pamphlets et les écrits de tout genre
se vendaient, se colportaient jusque dans le
château du roi à Versailles. Les uns retraçaient les
formes employées par nos aïeux pour la tenue
des États-généraux; les autres, et c'étaient les
plus dangereux, attaquaient les ministres, les
grands de la Cour et les princes eux-mêmes.
La presse, cet instrument de discorde, lorsque
les esprits sont portés au mal, y multipliait
à l'infini cette masse de pamphlets, montait
les têtes et aigrissait les cœurs contre les hommes en place. La misère du peuple, qui n'était
pas aussi grande qu'on voulait le faire accroire,
était le principal mobile dont se servaient les
méchans pour lancer les satires les plus virulentes. Un misérable abbé, qu'on peut appeler
artisan de troubles, fut cause du pillage de la
maison de Reveillon. Cet abbé, poursuivi pour
de fausses lettres-de-change qu'il avait données
en paiement au manufacturier Reveillon en

achat de papiers vélins, chercha à se venger et
à faire diversion entre lui et son adversaire.
L'abbé Roi, intrigant comme le sont les gens
de mauvaise foi, publia des écrits, ou les fit
publier, dans lesquels on accusait Reveillon
de s'être enrichi au détriment du malheureux,
et de s'être engraissé de ses sueurs et de ses
fatigues, et qu'il ne donnait presque rien à ses
ouvriers. L'hiver de 1788 avait été des plus
rigoureux qu'on eût vu depuis long-temps : tout
était gelé, les travaux furent suspendus ; Reveillon, qui occupait journellement plus de
six cents ouvriers, donnait quinze sous par jour
à chaque individu pour le faire exister, qu'il
travaillât ou qu'il ne travaillât point. Alors les
écrits les plus virulens furent lancés contre ce
riche manufacturier, qu'on accusa de profiter
de la rigueur de la saison pour ne donner que
moitié de la journée du travail. Ces écrits,
semés avec profusion dans tout le faubourg,
parmi la classe ouvrière, excitèrent parmi elle
des murmures ; et de ces murmures, on en
vint aux menaces et aux voies de fait. Ces malheureux se rassemblèrent en grand nombre,
poussés par des ennemis dangereux et puissans,
se jetèrent sur la maison de Reveillon, qu'ils
mirent au pillage. C'était le 28 avril ; sa manu-
facture fut dévastée de fond en comble ; le
désordre était immense ; des appartemens, les
brigands couraient aux caves, et des caves aux
appartemens ; on buvait le vin outre mesure ;
dans l'état d'ivresse, on but jusqu'aux couleurs
qui étaient dans des tonneaux. Beaucoup de ces
artisans de révolte furent trouvés morts em-

poisonnés dans les caves. Les meubles des appartemens furent jetés par les fenêtres et brisés,
tout fut réduit en poussière. Un fabricant de
salpêtre, M. Henriot, subit le même sort; sa
maison fut aussi dévastée de fond en comble.
Ces deux manufacturiers ne sauvèrent leur vie
que par le plus grand des hasards. Pour arrêter
ce désordre, qui était immense, et qui augmentait progressivement, la force armée y cou-
rut avec des pièces de canon. Ce pillage pouvait s'étendre sur tous les fabricans des faubourgs en général; mais, à la vue de la force
armée, les ouvriers se défendent vigoureuse-
ment, on risposte à la troupe, on se bat avec
acharnement les uns contre les autres; enfin,
après une longue résistance, l'ordre se rétablit
par la mort de plusieurs d'entre eux, et par la
retraite d'un grand nombre de blessés; le
champ de bataille resta au pouvoir de la force
armée.

La méchanceté, toujours active, toujours menaçante, ne manqua pas d'accuser les ministres
d'être les auteurs et les instigateurs de cette
révolte, et de profiter de cette occasion pour
faire tirer sur le peuple. Paris renfermait tant
de gens qui ne demandaient pas mieux que
d'exciter des troubles pour se venger contre tels
ou tels personnages qui leur déplaisaient, qu'on
chercha encore à monter les têtes de ces
malheureux, pour les porter à de nouvelles
révoltes. Les faubourgs de Paris ne se vengè-
rent que trop par la suite, comme on va le
voir.

L'approche de la tenue des États-généraux

avait mis tout en mouvement dans les provinces de la France. On s'occupait dans les trois ordres à nommer les députés, et chaque électeur rédigeait des cahiers de doléance au roi. Paris et Versailles ne présentèrent bientôt plus qu'un vaste camp, où l'on accourait de toutes parts ; il n'était question dans toutes les sociétés que de cette grande assemblée qui devait sauver la France et la préserver de tout danger. On voyait les choses tout en beau ; c'était, à proprement parler, le sublime du sublime. Le roi, calme au milieu de tant de mouvemens, attendait la réunion de tous les députés pour leur exprimer toutes ses pensées ; il voulait le bonheur de son peuple, et son seul désir était de le rendre heureux. Jamais prince n'avait été plus populaire, et n'aimait plus tendrement la grande famille ; d'un caractère un peu brusque, mais le cœur bon, il désirait sincèrement la liberté, et il l'avait prouvé quelques années auparavant, en donnant aux Américains des secours en vaisseaux et en troupes, qui les avaient délivrés du joug de l'Angleterre. Les trois premiers mois de l'année s'écoulèrent dans un mouvement perpétuel ; et le quatrième, les routes furent couvertes de voitures qui se rendaient vers Paris ; mais le 4 de mai suivant fut un des plus beaux jours que jamais le soleil ait éclairé dans la ville de Versailles. Il semblait que la nation tout entière était autour du Palais de son roi ; les cœurs se dilataient au seul nom du prince, que l'on prononçait encore avec vénération, et des milliers d'yeux cherchaient à le voir. Ah ! il

fallait voir cette procession solennelle qui eut
lieu le 4 mai, au sortir de l'église de Notre-
Dame, lorsque le monarque, entouré des députés du clergé, de la noblesse et du tiers-
état, se rend à la salle des États, bâtie tout
exprès sur l'avenue de Paris, à droite en sortant
du château ; il fallait voir l'or et les pierreries
briller de tous côtés ; rien au monde n'était
plus pompeux et plus magnifique, rien n'était
plus imposant que cette marche lente de cette
grande réunion de tous les ordres, habillés de
différentes couleurs, rehaussés d'or et de pierreries. Ici, Messieurs, vous en voyez le tableau
dans ma lanterne, tel je l'ai vu moi-même.
Voyez ! voyez ! m'écriai-je à ma petite société,
qui effectivement ouvrait de grands yeux devant ce tableau, et en était extasiée. Tout Paris,
toute la France, repris-je, étaient ce jour-là,
je crois, à Versailles pour voir cette grande
cérémonie, qui ne s'était jamais vue avec autant
d'appareil ; les balcons, les fenêtres et les toits
des maisons étaient tous garnis d'un peuple
immense. Laissons entrer dans la salle des États
ce corps majestueux de la nation, au milieu
duquel est le monarque et tous les princes du
sang royal. Vous dire ce qui s'y passe, je n'en
sais trop rien ; il n'y avait pas, comme de nos
jours, des tribunes pour les curieux ou les
turbulens qui, depuis ont tant de fois influencé
les délibérations de nos *chers* députés. Le roi,
content, au comble de ses désirs, prononce un
discours et se retire au milieu des cris de l'allégresse publique. Il fallait voir la route de
Paris à Versailles, couverte d'un peuple im-

mense, exprimant sa joie et le contentement, criant à chaque pas: vive le roi! hélas! qui, depuis cette allégresse, se changea en des torrens de larmes et de sang humain!.... Oui, cette route ne fut plus qu'une promenade de carrosses et de calèches, attelés de deux et de quatre chevaux. Les pavés faisaient feu sous les roues qui l'effleuraient avec la plus grande légèreté. La curiosité et le plus vif intérêt étaient le principal motif de tant de courses et de tant de fatigue. Les promenades de Long-Champs, dans la semaine-sainte, ne réunissaient guère plus de peuple de toute classe et de toute condition.

Le lendemain 5, le roi, accompagné de son ministre favori, Necker, se rend à la salle des États en grand appareil; il était onze heures du matin. Là, au milieu des représentans de la nation, ou, pour mieux dire, au milieu de la grande famille, le monarque y est reçu avec acclamations, et prononce son discours d'ouverture, qui fut écouté dans un grand silence. Après avoir fait connaître ses sentimens, le roi, content, se retire en disant à ses représentans : « Mon ministre va vous donner connaissance de la situation de mon royaume. Necker, qui avait le don du charlatanisme, prononce son discours, qui dura plus de deux heures. Je ne vous ferai connaître ici, Messieurs, aucune de ces grandes phrases entortillées de fleurs de réthorique; elles furent écoutées avec calme : c'était le dieu du jour. La paix régnait au milieu de cette masse de députés, dont le nombre était de plus de douze cents; mais cette

paix ne tarda point à être bannie. Les alentours
de la salle, garnis de troupes pour protéger les
délibérations de cette grande réunion, étaient
entourés d'un peuple immense qui se pressait
pour en connaître le résultat; la séance ne fut
point longue; les députés se séparèrent, la tête
remplie et fatiguée du sublime discours de
Necker.

Jusqu'au 20, les États-généraux ne firent
rien ou presque rien; ils ne firent que correspondre avec le roi et s'organiser. Le clergé et
la noblesse d'un côté, le tiers-état de l'autre,
étaient comme deux armées en présence; chacun voulait garder son rang et ses droits. Le
clergé, composé d'archevêques, d'évêques,
d'abbés commandataires, de moines et de curés
à portion congrue, formait le premier corps.
La noblesse, composée de hauts et puissans
seigneurs, en était le second. Le tiers-état,
formé de riches propriétaires, d'hommes de
lettres, de procureurs, d'avocats, et de quelques nobles, tels qu'un comte de Mirabeau,
formait le troisième. Le premier corps, comme
ministre de dieu, revêtu du costume ecclésias-
tique, était plus ou moins imposant; le second, par ses titres de noblesse, couvert d'or
et de broderies, était tout éblouissant; le
troisième, habillé en noir, avec un petit manteau et la cravatte blanche, chevelure longue,
ressemblait à des marguilliers de paroisse. Tant
de disparates, dans une assemblée aussi considérable, amenèrent bientôt la jalousie et les
haines. Le tiers-état, par sa double représentation, formait à lui seul autant de voix que

le clergé et la noblesse réunis. L'esprit de parti
se manifesta bientôt dans cette grande réunion;
quelques membres politiques des deux premiers
ordres sortirent de leurs rangs et se jetèrent dans
le troisième : la lutte devint inégale. Le 20, le
clergé commença à faiblir dans ses prérogatives,
il renonça à ses droits pécuniaires; le 23, la
noblesse fait le même sacrifice. Ces premiers
pas faits dans le dépouillement des titres, en
amena bientôt de plus grands. Jusqu'au 3 juin,
les États furent dans une continuité vague d'opposition entre les ordres. Bailly fut nommé
président des États-généraux. Ce premier pas
fait par le tiers à la présidence, donna de l'autorité à ce dernier ordre, ce qui balança le
pouvoir des deux autres. L'abbé Sieyes, si
connu de nos jours par le rôle qu'il a joué dans
cette assemblée, et depuis à la Convention,
fut le premier qui rompit la digue entre les
trois ordres; par son discours du 10, il proposa de changer la forme des États-généraux, et
de concert avec les députés du tiers ou des communes, se constitue en assemblée active. Quelques jours s'écoulent sans que rien ne transpire
sur les projets du tiers; mais le 17, sans consulter
le roi, ni aucune autorité quelconque, l'assemblée prend la qualité d'Assemblée nationale; elle
consent à la continuation des impôts et contributions, quoiqu'illégalement établis, et met
les créanciers de l'Etat sous la sauve-garde de
l'honneur et de la loyauté française.

Ce premier pas fait pour attaquer les pouvoirs
du souverain, en amène bientôt un autre, s'il
n'y a rien qui s'y oppose. Le roi, instruit du

changement de ses États-généraux en Assemblée nationale, contre sa volonté, reste trois
jours dans l'alternative sans·prendre aucune
décision. Enfin, après avoir consulté son ministre et son conseil d'état, il rompt le silence,
et ordonne la fermeture de la salle, et l'entoure de ses gardes; les portes sont fermées,
et gardées par des soldats. Les députés, ne pouvant plus pénétrer dans leur salle, délibèrent
en plein vent sur le parti qu'ils ont à prendre:
trouver un lieu convenable et assez vaste pour
les contenir tous; la chose n'était pas facile,
vu le grand nombre; ils étaient plus de six
cents. Leur indiquer le Jeu de Paume de Versailles et s'y rendre, est l'affaire d'un instant.
Bailly (mort si misérablement depuis), comme
président, entraîne la masse des députés dans
ce Jeu de Paume; il y avait de la place. Là, on
délibère sans trop s'entendre; Bailly monte sur
une chaise, puis sur une table; il fallait bien
se faire voir et recueillir les voix, car il n'y
avait ni fauteuil ni bureaux; ils étaient tous
debout et autour de lui; plus de deux heures
s'écoulent dans l'agitation, dans le tumulte.
Le fameux Mirabeau s'époumonait pour se
faire entendre; enfin, après bien des proposition, Bailly fait faire le serment à tous les députés de ne point se séparer, que la constitution du royaume et la régénération publique
ne soient consolidées: c'était le 20 juin. Le lendemain, ils se rassemblent dans l'église Saint-
Louis; vous dire s'ils y firent leurs prières en y
entrant, je n'en sais trop rien. Le chœur de cette
église fut converti en une assemblée de légis-

lateurs. Trois jours s'écoulent sans aucune décision de la part du monarque. Enfin, le 23 les portes sont ouvertes, et le roi se rend en personne aux États-généraux, et y porte une déclaration qui casse les délibérations prises par les députés du tiers-état le 17, comme illégales et inconstitutionnelles; il y porte de plus des articles qui renferment les intentions dont il est animé.

Le discours du roi, à ce sujet, contient une exhortation à délibérer en commun dans les affaires d'une utilité générale. L'article 8 de la déclaration, excepte des affaires qui pourront se traiter en commun, la forme de constitution à donner aux prochains États-généraux, les propriétés féodales et seigneuriales, les droits utiles et les pérogatives honorifiques des deux premiers ordres. L'article 15 et dernier ne permet pas au public d'assister aux délibérations des États-généraux.

Les intentions que le monarque manifeste dans les articles particuliers, joints à cette déclaration, sont : qu'aucun impôt ne pourra être établi, ni aucun emprunt fait, sans le consentement des représentans de la nation: il se réserve cependant, dans un cas de guerre, ou autres dangers imminens, la faculté d'emprunter jusqu'à concurrence d'une somme de cent millions; il met au rang des propriétés qui doivent être constamment respectéés, les dîmes, cens, rentes, droits et devoirs féodaux seigneuriaux; il consent que toutes les dispositions par lui sanctionnées, relatives à la liberté personnelle, à l'égalité des contributions, à

1.

l'établissement des États-provinciaux, ne puissent jamais être changées sans le consentement des trois ordres, pris séparément; il les met, comme propriétés nationales, sous la sauvegarde la plus assurée. Il déclare qu'il conserve en son entier, dans ses mains, l'institution de l'armée, ainsi que toute autorité, police et pouvoir sur le militaire.

Le roi termine cette séance par un second discours, dans lequel il annonce qu'aucune disposition ne pourra avoir force de loi sans son approbation spéciale, et ordonne à tous les membres de l'assemblée de se séparer sur-le-champ. Puis il quitte la salle des États, et rentre dans son Palais avec le même cortége que lors de son arrivée.

Voilà un ordre, Messieurs, il est précis : la volonté du souverain doit être respectée, on doit obéir. Eh bien, pas du tout; le monarque est à peine sorti de la salle des États, que les deux premiers ordres, le clergé et la noblesse, par devoir et par respect pour leur souverain, se séparent; mais le troisième, ne respectant plus rien, se croyant l'égal du prince, qui est le roi, fait tout le contraire; il reste dans la salle et délibère. Instruit de ce qui se passe, le roi, aussi doux qu'il était faible par circonstance, envoie seulement M. de Brezé, grand-maître des cérémonies, les sommer de se retirer; mais Mirabeau lui répond par ces paroles audacieuses : « Allez dire à ceux qui vous envoient, que nous » sommes ici par la volonté du peuple, et que » nous n'en sortirons que par la puissance des » baïonnettes. » Cette réponse, aussi sèche qu'elle était impertinante, quoi qu'en aient dit les admirateurs populaires, fut reçue par M. de Brezé avec un calme impertubable; il se retire, et rend au roi ces paroles prononcées avec colère par M. Mirabeau, qui n'étaient pas celles d'un sujet soumis, mais bien celles d'un cœur irrité par une longue détention dans la Bastille, qu'il avait méritée à si juste titre. Laissons pour un instant le roi, les États et Versailles, et venons voir ce qui se passe à Paris; car vous pensez bien que cette ville n'était pas dans un grand calme.

Paris enfin, le centre de tous nos malheurs, ressemblait à une fournaise ardente qui, depuis long-temps, est chauffée avec des matières combustibles qu'elle dévore à mesure qu'on les lui jette. Les Parisiens, et tous les étrangers qui étaient accourus dans cette ville depuis l'ouverture de la tenue des États-généraux, étaient dans la même situation. Les papiers-nouvelles, ces instrumens de discorde, et tous les pamphlets qui paraissaient chaque matin, étaient dévorés par le peuple avide de nouveautés. Tous les yeux, tous les cœurs étaient dirigés vers cette grande assemblée; chacun raisonnait à sa manière. Les esprits commençaient furieusement à s'échauffer; les cafés et tous les lieux publics étaient encombrés de monde. Le Journal de Paris, la Gazette de France et le Mercure, les seules feuilles journalières et hebdomadaires étaient lus avec avidité, avec enthousiasme; on les discutait, on les commentait selon la disposition des esprits plus ou moins agités. Le Palais-Royal et les Tuileries étaient remplis de groupes et de turbulens citoyens; les uns criaient vive celui-ci! les autres, vive celui-là! Necker était vu de tous les yeux comme un dieu digne d'être adoré. Sieyes, Bailly et Mirabeau étaient déjà considérés comme de grands hommes par des gens livrés à des passions fougueuses; le premier, par sa motion, qui transformait les États-généraux en Assemblée nationale; le second, par son serment du Jeu de Paume, et le troisième, par sa réponse insolente au roi. Car j'observe ici que les nouvelles de Versailles à Paris y étaient apportées en moins de deux heures; on savait tout ce qui s'y passait presque au même instant. Le Parlement de Paris, qui avait été continuellement en opposition à tout ce qu'avait demandé le roi pour le rétablissement des finances, gardait le plus profond silence; ses occupations ordinaires ne consistaient plus qu'à juger quelques misérables criminels, encore n'en jugeait-il point; il semblait s'attendre aux événemens qui allaient bientôt renverser son autorité de fond en comble; chaque pas que faisait le tiers-état vers l'indépendance, donnait matière à raisonner à perte de vue. La motion de Sieyes, le serment du Jeu de Paume et la réponse de Mirabeau au roi ne furent pas plutôt connus dans Paris, qu'ils causèrent de violentes agitations, et portèrent le trouble dans les esprits; mais tout cela n'était encore rien en comparaison de ce qui va suivre.

Laissons-là les Parisiens dans l'attente de nouveaux changemens, et voyons le parti que va prendre le roi à la réponse de Mirabeau.

Vous vous attendez peut-être à quelque grand coup d'autorité, à la dissolution des États, à l'enlèvement de ce député par la force des armes; enfin, vous attendez l'ordre à chaque député de sortir de Versailles dans les vingt-quatre heures; car il faut, ou qu'un chef soit obéi, ou qu'il périsse dans l'insubordination. M. de Brezé rapporte au monarque les paroles de Mirabeau, telles qu'elles furent prononcées par ce membre du tiers-état. Le roi, aussi bon qu'il était pacifique, les reçut, nous a-t-on dit, avec calme, avec tranquillité, et ne fit rien pour réprimer cette insolence. Je n'entrerai point dans aucune discussion à ce sujet. Necker empêcha-t-il le prince d'agir contre les notables, dits des communes, ou voulut-il, par le silence qui eut lieu en cette occasion, s'immortaliser dans le bouleversement général qui se préparait? Enfin, tout alla selon le bon plaisir du tiers-état, et la séance fut continuée. Le lendemain, le clergé, dans un extrême embarras, qui ne savait que devenir, et qui attendait toujours les ordres du roi sur le parti qu'il avait à prendre, rompit le silence, et une portion fut se joindre à l'assemblée du tiers-état. Deux jours après, quarante-sept membres de la noblesse viennent aussi s'y réunir. Bailly, toujours président, non des États-généraux, mais de l'Assemblée nationale, puisque la transformation avait eu lieu contre la volonté du prince, leur adressa un discours de réception, et les invita à délibérer en commun. Le roi, spectateur passif, et qui courait à sa perte par son manque d'énergie, ou par sa trop grande

bonté, écrit une lettre aux députés du clergé et de
la noblesse qui n'avaient point encore pris part
à ce changement, pour qu'ils eussent à se réunir
tous en commun; ce qu'ils firent deux jours
après. Cette nouvelle de la réunion de tous les
ordres, arriva tout d'un coup à Paris comme
une bombe lancée de Versailles, et y causa
de vifs transports de joie. Ce changement subit
agita encore bien plus fort les esprits. Quand
une armée triomphe de son ennemi elle marche
de conquête en conquête, rien ne résiste à son
impétuosité; de même les Parisiens marchaient
furieusement vers l'indépendance et le désordre.
Quelques Gardes-Françaises, enfermés dans les
prisons l'Abbaye-St.-Germain pour insubordination, furent l'objet d'une agitation tumultueuse
qui eut lieu au Palais-Royal. Les motions les plus
impolitiques y furent prononcées, et les attroupemens devinrent considérables. C'est là, Messieurs, d'où sont sorties les étincelles de révolte
qui embrâsèrent la France dans toutes les provinces, et qui..... mais ne devançons pas les
événemens. Se porter à la prison, forcer la
garde et les portes, en enlever les soldats rebelles, fut l'affaire de peu d'instans; amener
ces soldats au Palais-Royal comme des victimes du despotisme, devenues libres, et les
enivrer de vin et de liqueurs, fut le résultat
de cette première démarche qui préparait l'insurrection générale qui devait avoir lieu plusieurs jours après, car c'était le 30 juin que
se passaient ces événemens. Ces soldats, sans
aucune surprise, furent bientôt disséminés et
cachés chez ceux mêmes qui les avaient sous-

traits à la punition qu'ils méritaient peut-être
à si juste titre. Vous nommerai-je ici, Messieurs, ces boute-feux, qui n'étaient rien autre
que quelques mauvais nobles et des hommes
attachés au barreau? mais non, ils en furent
assez punis, comme vous le verrez par la suite
des événemens; et je continue de vous présenter les tableaux mouvans ou de tribulation.

Le 1er. juillet parut, et ce 1er. juillet fut
peut-être le jour funeste qui donna naissance
à la liberté indéfinie du peuple français, à
cette liberté qui fut par la suite si fatale à la
France, et qui, de chaos en chaos, l'amena sur
les bords de l'abîme, comme vous l'allez voir. Les
soldats prisonniers, ivres de vin, de liqueurs, et
rassasiés de vivres recherchés et délicats, avaient
disparu à tous les yeux, à toutes les autorités
et aux rigueurs des lois. Nous sommes libres,
disaient-ils dans le fond de leur retraite, où
ils étaient chéris et fêtés, et les poches pleines
d'écus; car tout le monde leur en avait donné;
l'argent se prodiguait à pleines mains, lorsqu'on
croyait voir des victimes. Nous sommes libres,
répétaient-ils, et nous ne le sommes pas. Oh!
dirent les enleveurs de soldats, nous n'en res-
terons pas là. Des fonds furent faits, et une
grande députation quitte le Palais-Royal, se
rend à Versailles et se présente à l'Assemblée
nationale pour solliciter sa médiation auprès
du roi, à l'effet d'obtenir la grâce de ces prisonniers. L'Assemblée, qui était déjà toute
populaire, les reçoit avec beaucoup de douceur,
et arrête qu'il sera fait une députation au roi
pour invoquer sa clémence. Le monarque, tou-

jours trop bon et trop clément, promit à la
députation une réponse dans les vingt-quatre
heures. Avoir la paix dans son royaume et la
tranquillité dans sa bonne ville de Paris, était
le plus cher de ses désirs. Le lendemain, le
roi écrit une lettre à M. de Juigné, archevêque
de Paris, dans laquelle il cède au vœu de l'Assemblée, ne doutant pas qu'elle n'attache une
égale importance au succès des mesures qu'il
prend pour ramener l'ordre dans Paris. Cette
lettre, communiquée à l'Assemblée, excite les
plus vives acclamations, et la députation apporte au Palais-Royal cette grâce, qui fut le
signal du plus grand désordre qui se manifesta
dans le régiment des Gardes, amena la perte
de leur roi et la leur propre; car tous périrent, ou presque tous, trois ans après, comme
je vous le dirai dans la suite, c'est-à-dire en
temps et lieu; et c'est ainsi que doivent finir
les traîtres manquant à l'honneur et à la loyauté.

Jusque-là, Messieurs, le monarque, cédant
avec facilité aux demandes qui lui sont faites
de tous côtés, tant de Paris que de Versailles,
ses ennemis s'enhardirent progressivement,
ayant déjà fait un premier pas vers l'indépendance, puis un second pas sans trouver, pour
ainsi dire, d'opposition dans l'autorité; qu'on
se prépara bientôt d'en faire un troisième; mais
hélas! ce troisième fut un des plus calamiteux.
La discorde promenait déjà de tous côtés ses torches incendiaires avec un acharnement inconcevable. Le roi, pour le maintien de la tranquillité publique, tant autour de Versailles que de
Paris, avait fait approcher des troupes de toutes

armes, Suisses et Allemands, et ces troupes étaient campées dans le Champ-de-Mars, et à l'École-Militaire. Dire qu'elles étaient vues de bon œil : il s'en faut de beaucoup. Le peuple de Paris se portait dans tous les environs pour les voir, et raisonner à perte de vue sur les projets criminels qu'on leur supposait. Les ennemis cachés du monarque, semaient les bruits les plus alarmans ; les uns disaient que c'était pour dissoudre les États-généraux ; les autres, pour tirer sur le peuple de Paris ou l'affamer. Les écrits de tout genre ne manquaient pas de publier ces nouvelles avec emphase, et les amplifiaient encore de mille et mille mensonges, et ces écrits, ou pamphlets, aigrissaient les cœurs et montaient les têtes contre la Cour. L'assemblée nationale tenait ses séances tous les jours, et le tiers-état faisait la lois aux deux premiers ordres, le clergé et la noblesse, qui n'étaient plus qu'en très-petite minorité. Le duc d'Orléans, promu à la présidence en remplacement de Bailly, refuse l'honneur de présider cette grande assemblée ; il est remplacé par M. Lefranc de Pompignan, archevêque de Vienne. Jusque-là, tout était assez tranquille à Versailles. Mirabeau, fougueux orateur, et l'un des plus éloquents des membres du tiers-état, prononce un discours pour le renvoi des troupes qui environnent l'Assemblée nationale et Paris ; elles étaient campées à Sèvres, à Meudon, au Champ-de-Mars et à Saint-Denis. C'était le 8, et le 9 il fait une adresse au roi sur le même sujet. Toutes ces propositions tendaient-elles à affaiblir l'autorité du prince et à ôter au monarque les moyens de résister aux ennemis dangereux qui l'environnaient de toutes parts? Le roi garda le silence : deux jours après, le fameux Necker, et plusieurs autres ministres, furent renvoyés du ministère. Ce changement subit étonna tout le monde, et causa dans Paris la plus violente secousse. Le renvoi de Necker, ce dieu du jour, fit jeter les hauts cris; tout était perdu, et selon ses partisans (il en avait beaucoup), la France allait périr. Le nom de Necker était dans toutes les bouches, on ne le prononçait qu'avec la plus grande vénération; c'était un martyr que l'on sacrifiait à la France, et les cris de vive Necker! retentissaient de toutes parts. Ah! Messieurs, nous sommes arrivés au bouleversement général de la France entière, tout va bientôt n'être que confusion, que désordre, qu'anarchie! La mort va planer de tous côtés; le cri *aux armes!* va retentir dans tout Paris; les boutiques vont se fermer, et le pillage va être général, et les flammes vont éclairer ces catastrophes sanglantes. Ah! il faut du courage pour retracer ces sinistres événemens et en développer toutes les horreurs. Remettons à demain la continuation de mes tableaux mouvans; ils vont se succéder rapidement; et, en disant ces dernières paroles, je descends de mon escabeau et je vous dis bonsoir. Ma petite société se sépare, et chacun fut se coucher en attendant la suite.

DEUXIÈME SÉANCE.

En quittant M. de Varicourt et ses fils,
Édouard, Raoul et Adolphe, je leur promis
d'être exact le lendemain au rendez-vous. Je
n'y manquai pas : à sept heures du soir, je me
rends dans son salon, où l'on m'attendait avec
impatience. Vous voilà ! s'écrièrent ses trois fils
en accourant au-devant de moi, et témoignant
le désir de connaître promptement le récit des
grands événemens que je leur avais annoncés
la veille. Je me disposai aussitôt à reprendre la
continuation de mes tableaux mouvans. Après
les complimens d'usage, je monte sur mon escabeau, et je m'écrie : Écoutez ! écoutez-moi ! Tout
le monde prête attention, et je commençai ainsi :
Le nom de Necker, Messieurs, était tellement
vénéré parmi le peuple de Paris et de toute la
France, que la nouvelle du départ de cet homme,
du ministère, jeta dans tout Paris la plus
grande consternation ; l'on n'entendit plus que
des lamentations, des gémissemens et des cris
de douleur. Le Palais-Royal fut dans une vive
agitation ; les spectacles furent fermés. Les por-
traits de cet homme célèbre, ou prétendu tel,
que des marchands vendaient, à tous les coins
de rue, s'enlevèrent comme la denrée la plus

précieuse. Son buste, que le fameux Curtius avait
fait modeler, et qu'il faisait voir aux curieux,
dans son cabinet des boulevards du Temple,
comme une chose rare, fut bientôt saisi par la
foule, qui y court comme un torrent, et le
porte en trophée. Celui du duc d'Orléans, qui
était aussi modelé chez Curtius, fut de même
enlevé sans bourse délier. L'un et l'autre, pla-
cés sur des brancards couverts d'un crêpe noir,
furent promenés sur le boulevard du Temple.
C'était un dimanche, le 12 de juillet ; la foule
devint immense, elle suivit cette belle promenade en criant : chapeau bas ! vive Necker !
vive le duc d'Orléans ! et s'achemine vers les
Champs-Élysées. Ici, pour lors, je m'écrie à ma
petite société : voyez, Messieurs, dans ma lanterne ce charmant coup-d'œil ; c'est le commencement de ce que vous allez entendre. Ces
deux trophées, partout où ils passèrent, attirèrent la foule, et le torrent se grossit progressivement à chaque pas ; de boulevards en boulevards, en marchant lentement et au milieu des
cris de *vivat* qui perçaient les oreilles, on arrive, par la rue Saint-Martin et celle Saint-
Honoré, au Palais-Royal ; là, on promène ces
deux trophées au milieu de la foule du peuple,
qui se presse pour voir cette scène de discorde
et d'agitation. Après avoir rempli le but, qui
n'était rien moins que de déclarer la ville de
Paris en insurrection, on sort de ce lieu fatal
et on s'achemine vers la place Vendôme, puis
sur les boulevards, par la rue des Capucines ; on
continue cette promenade ; on arrive enfin à la
place de Louis XV. Là, Messieurs, à la vue

d'un régiment de cavalerie allemande, qu'on appelait Royal-Cravatte, à la tête duquel était le prince de Lambesc, rangé en bataille vers les Champs-Élysées, s'arrêtèrent tout d'un coup la foule et les trophées; les sabres tirés, sans faire aucun mouvement, la cavalerie attend l'ordre de dissiper ou de frapper en cas de résistance: la foule populaire approche peu-à-peu; les cris redoublent, on s'agite, on approche encore: à bas la cavalerie! s'écrie-t-on de toutes parts. La foule prend alors sa direction du côté des Tuileries, vers le Pont-Tournant; mais, à peu de distance de leurs ennemis et en défilant, de fougueux agitateurs, mêlés avec des ouvriers et des curieux, attaquent la cavalerie en leur lançant une grêle de pierres. A cette attaque improviste, le prince de Lambesc, qui n'entendait pas raillerie, commande la charge; elle se fait avec promptitude; les chevaux arrivent au trot sur l'attroupement, dissipent le torrent et le poursuivent jusque dans les Tuileries. Le tumulte, les cris effraient tous les promeneurs, tout le monde; on court, on fuit à toutes jambes. Le quai du bord de la Seine au bout du pont de Louis XVI, d'un côté, et la rue Saint-Honoré de l'autre, servent d'écoulement au peuple qui se sauve. Quiconque fait résistance est frappé et culbuté par les chevaux; mais peu résistent à cette cavalerie. Quelques blessés, mais point de morts; les bustes de Necker et celui du duc d'Orléans sont brisés. La nuit mit fin à ce désordre et amena le silence dans la place Louis XV, peu avant si remplie de monde. Mais dans la ville, ce fut bien le contraire;

rentrer dans Paris, courir de rue en rue, crier *aux armes! aux armes!* et répandre ces nouvelles affligeantes, plus ou moins exagérées, furent le résultat des premiers élémens de l'insurrection générale. Le Palais-Royal pour lors devint encore bien plus bruyant; la foule de fuyards, et sur-tout les séditieux, y entrèrent en y faisant des cris et des exclamations : on assassine le peuple aux Champs-Élysées! dirent-ils; on égorge vos amis, qui ne peuvent opposer aucune résistance. La rue Saint-Honoré, dans toute sa longueur, est remplie de groupes; on y débite ces nouvelles avec plus ou moins de vérité; de distance en distance on y jette l'alarme, en criant: voici la cavalerie qui entre, voici les hulans (c'est ainsi qu'on les nommait); puis on criait: sauvons-nous! sauvons-nous! et chacun fuyait. A dix heures du soir, tout le peuple de Paris rentre dans ses maisons pour se mettre à l'abri de toute surprise; mais les agitateurs ne s'endorment point, ils veillent et préparent leurs batteries; les ombres de la nuit couvrirent de leurs voiles les complots sinistres, événemens que l'on préparait dans les ténèbres, tant au Palais-Royal qu'à la place de Grève.

Ah! le lendemain, ce fut bien autre chose. La nouvelle du combat entre le peuple et la cavalerie se répandit dans tous les coins de Paris et dans tous les faubourgs. Dès six heures du matin le tocsin se fait entendre à l'église de Saint-Sulpice; on le sonnait par ordre de certain électeur de Paris, que je ne nomme pas encore : il se fera connaître lui-même par la suite. A sept heures, les cloches jettent l'alarme dans toute la ville, le tocsin sonne dans toutes les églises. Ce son lugubre et sinistre éveille bientôt tous les Parisiens ; les rues sont pleines de monde de tout état et de toute condition. On se demande réciproquement la cause de tant d'alarmes ; on se questionne les uns les autres, et chacun raisonne sans trop savoir ce qu'il en est et ce qui se passe. Les événemens de la veille de la place de Louis XV deviennent l'entretien de tout le monde. A huit heures, les groupes se grossissent à vue d'œil de tout côté : les quais, les ponts et les places sont encombrés de peuple, et le cri *aux armes* devient général, d'un bout de la ville à l'autre. A neuf heures les électeurs se rassemblent à l'Hôtel-de-Ville, à l'effet de prendre des mesures pour maintenir la tranquillité publique et calmer l'effervescence populaire qui, de moment en moment, devient effrayante. La place de Grève est bientôt remplie de voleurs et de brigands. Tous les diables de l'enfer déchaînés n'auraient pas causé plus d'agitation, plus de bruit : c'était un vacarme affreux. Les cris *aux armes* se font entendre sans discontinuer. Il y a un dépôt dans l'Hôtel-de-Ville, disent quelques-uns d'entre eux. Oui, répètent plusieurs voix. Puis, dans un délire de rage, on enfonce les portes, on entre avec précipitation. S'emparer de quelques fusils et de vieilles hallebardes qui s'y trouvent, fut l'affaire de quelques minutes. Les rues sont bientôt couvertes de bandes armées et non armées. Ces bandits parcourent la capitale par pelotons, par batail-

lons, et enlèvent chez les fourbisseurs et ar-
quebusiers, fusils, pistolets, sabres et épées ;
enfin toute espèce d'armes offensives qui s'y
trouvent. Tandis que ceux-ci parcourent les
rues de Paris, d'autres bandits se portent aux
barrières, attaquent les commis, volent les
receveurs, pillent les caisses, mettent le feu dans
les bureaux et incendient les bâtimens. Les
flammes s'élèvent de toutes parts. Le couvent
de Saint-Lazare est forcé et pillé. D'un autre
côté, le garde-meuble de la Couronne est aussi
emporté d'assaut, on y entre en foule ; mais
heureusement il n'est point mis au pillage. La
garde de Paris, composée de vétérans, qu'on
nommait le guet, et d'une centaine de cavaliers, est paralysée sur tous points, elle n'ose
agir, les chefs tremblent. Le torrent dévastateur se grossit encore de moment en moment,
et le pillage général est sur le point de se manifester dans tous les magasins, dans toutes
les boutiques ; chacun tremble pour sa propriété : toutes les boutiques sont fermées.
Jusqu'à trois heures de l'après-midi, Paris est
témoin du plus grand désordre.

Plus de cinquante mille hommes se portent
aux Invalides, forcent l'hôtel et s'emparent de
trente mille fusils de tous calibres et de six
pièces de canon. Consternés de tout ce qui se
passe, ces vieux vétérans, à qui on ne laissait
que leurs bâtons et leurs béquilles, n'opposent
aucune résistance à cette foule impétueuse.
Ainsi armée, la bourgeoisie se forme en milice
et organise de nombreuses patrouilles pour protéger la sûreté publique et arrêter les voleurs

et les brigands ; le nombre de ces derniers était immense. Les électeurs, rassemblés à l'Hôtel-de-Ville, forment une espèce d'autorité ; elle seule est reconnue. Le gouverneur de Paris, le lieutenant de police et le commandant de la force armée sont en fuite ou cachés. Le tocsin ne cesse l'alarme qu'avec le jour. Dire que le calme se rétablit, la chose est impossible ; l'esprit de discorde était monté alors au plus haut degré d'effervescence. Jusque-là il y avait eu peu de victimes, quelques blessés, mais point de morts. La nuit se passa comme la précédente, en attendant encore de plus grands événemens. Les patrouilles maintinrent un espèce d'ordre en arrêtant quelques brigands. Le jour parut enfin, et vint éclairer de nouvelles scènes beaucoup plus alarmantes que celles de la veille. Le Palais-Royal n'est bientôt plus qu'un vaste comité d'insurrection. Le son du tocsin, qui se fait encore entendre de tous côtés, glace de nouveau les esprits et annonce de grands désordres. On arbore des signes de ralliement ; des cocardes vertes sont aussitôt mises à tous les chapeaux. Peu d'instans après, elles sont proscrites. C'est la couleur de celui-ci, dit-on, c'est celle de celui-là. De nouveaux signes de ralliement sont proposés et aussitôt arborés. Camille-Desmoulins monte sur une chaise dans le jardin du Palais-Royal, en face le café de Foix, et déclame avec force devant la foule qui l'entoure ; il fait diverses propositions, tenant à la main une cocarde aux trois couleurs, blanche, rouge et bleue : » Voilà, dit-il en montrant cette cocarde , voilà les couleurs que nous devons adopter. » Elles sont reçues avec enthousiasme ; on crie : *Vive la nation !* Les rubans aux trois couleurs sont aussitôt enlevés de chez tous les marchands ; toutes les modistes ne sont plus occupées qu'à entrelacer ces couleurs les unes dans les autres , et font des cocardes larges comme des assiettes , qui s'arborent à tous les chapeaux.

Pendant qu'on s'occupe au Palais-Royal à établir les signes de ralliement , l'anarchie secoue ses torches sanglantes d'un autre côté. L'assassinat s'organise avec toutes ses horreurs à la place de Grève , devant l'Hôtel-de-ville : le sang y va bientôt ruisseler à grands flots. A neuf heures du matin , il n'est question dans tout Paris que d'attaquer la Bastille , et la prendre de vive force. Mais comment prendre cette forteresse , élevée de plus de cent pieds de haut , qui a résisté à différens siéges pendant plus de quatre siècles? Garnie de canons que l'on voit sur les hauteurs , elle présente la mort à ceux qui osent en approcher. La grande rue Saint-Antoine et les boulevards , sur lesquels domine cette forteresse , peuvent être foudroyés , à la moindre apparence de rassemblement. Quelques coups de canon même sont tirés dans la rue Saint-Antoine pour effrayer les assiégeans. Ils ne tuent personne ; la rue devient déserte. Du côté de l'Arsenal , cette forteresse est obstruée de maisons qui donnent toute la facilité d'en approcher : des rues détournées y aboutissent. A dix heures du matin , une centaine au moins de Gardes-Françaises , qui ont abandonné leurs drapeaux et

leur roi, bravant même l'honneur et la loyauté,
se mêlent à la foule d'insurgés, traînent des
pièces de canon pris la veille aux Invalides, et
les leurs; s'acheminent par le quai du Port au
blé, le Pont-Marie et l'Arsenal, et arrivent devant l'hôtel du gouverneur. Le factionnaire
qui en défend l'approche, est enlevé de vive
force; le corps-de-garde qui est à deux pas de là
est désarmé et maltraité; mais un pont-levis,
qui en ferme l'entrée, ôte aux assiégeans toute
possibilité d'y pénétrer. Traîner les canons dans
le jardin de l'Arsenal, et les braquer sur le derrière de cet hôtel, est l'affaire d'un instant. Un
mur et un petit jardin en font seuls la séparation;
mais aussitôt les canons sont braqués sur le mur,
et une trouée est bientôt faite : puis on forme
une brèche assez grande, par où la foule entre
comme un torrent dans le jardin. On brise les
portes d'entrée et les fenêtres, et l'hôtel est
bientôt au pillage : de chambre en chambre, on
brise les meubles, les glaces, et jusqu'au coffre-
fort de M. Delaunay. L'or et l'argent sont bientôt entre toutes les mains. On se bat pour s'ap-
proprier ces espèces; puis quelques-uns d'entre eux crient avec force : Nous ne sommes pas
des voleurs, il faut porter cet argent à l'Hôtel-
de-Ville. Tandis que d'un côté on pille les appartemens, de l'autre on pénètre dans les cuisines et dans les caves, on boit le vin, et on
mange le dîner du gouverneur. Les couverts et
les plats d'argent qui s'y trouvent, deviennent
la propriété de celui qui s'en empare. M. Delaunay s'était retiré dans l'intérieur de la Bastille; son épouse et sa fille s'étaient réfugiées

4*

en ville chez des amis, où elles attendaient l'i:
sue de cette attaque, dans de cruelles angoisses.
Mais quelques officiers, qui étaient restés dans
l'hôtel, sont pris et conduits par la foule prisonniers à la Ville par la rue Saint-Antoine. A peine
ces malheureux sont arrivés à la Grève, qu'ils
y sont massacrés par les brigands. Ah! jusque-
là aucune victime n'avait encore été sacrifiée à
la rage des révoltés! Beaucoup de bruit et de tapage avaient eu lieu jusqu'alors dans tout Paris.
Il était deux heures. Maîtres de l'hôtel du gouverneur de la Bastille, qui ne présente plus que
la dévastation la plus complète, les assiégeans
s'emparent du pont-levis, le baissent et font entrer de grosses pièces d'artillerie dans la cour et
les braquent contre la forteresse, presqu'à bout
portant. Un grand fossé, de plus de quinze pieds
de large et trente de profondeur, forme une
barrière insurmontable pour y pénétrer. Un second pont-levis en ferme l'entrée. Tirer à bou-
let sur les chaînes qui tiennent ce pont, est
le projet formé par les assiégeans. Mais, au moment où ils s'apprêtent à lancer la foudre, une
fusillade, tirée de la Bastille sur eux, au travers
des meurtrières, porte la mort au milieu de la
troupe. Elle fuit en jetant les hauts cris. La rage
s'empare des assiégeans; ils reviennent à la
charge : il n'est question que de brûler l'hôtel.
Alors de la paille et du fumier y sont apportés
en grande quantité; on y met le feu. Une épaisse
fumée entoure la forteresse et ne permet plus
au gouverneur de distinguer ses ennemis; mais,
tandis qu'on emploie cette ruse, quelques-uns
d'entre eux tentent de descendre dans les fossés

avec des échelles, pour limer les chaînes et faire
tomber le pont. Au moment où ils s'apprêtent,
ils tombent eux-mêmes dans les fossés et se mu-
tilent. On propose une capitulation : un drapeau
blanc est arboré sur les hauteurs en signe de
paix, en réponse à d'autres drapeaux blancs, que
quelques personnes agitent dans la rue Saint-
Antoine et autour de la place. Ici, Messieurs,
m'écriai-je à ma petite société, voyez dans ma
lanterne cette fameuse forteresse qui domine
tout Paris; voyez ces tours, ces bastions, ces
créneaux, et les pièces de canon braquées, qui
épouvantent tout le monde, et ne font aucun
mal, parce que le gouverneur le veut bien. On
propose à M. Delaunay de capituler. Mais
comment capituler avec des insurgés qui n'ont
ni chef et ni ordre? et ces insurgés, dans leur
ensemble, ne présentent qu'un torrent dévastateur, qui ne veut que carnage et désolation.
On attaque de nouveau; les pièces de canon
sont braquées sur les chaînes du pont-levis;
on tire à bout portant; plus de deux heures
s'écoulent sans succès. Ici, soit que M. Delaunay attendît des secours ou des ordres de
son roi, soit qu'il espérât traiter avec quelques
chefs qui lui seraient envoyés, ou qu'il perdît
la tête, il resta dans l'inaction pendant tout
ce temps sans faire aucune résistance et sans
tirer un seul coup de canon ou de fusil. Malgré le peu de force qu'il avait avec lui dans la
forteresse, il était à même de tenir long-temps
et de pulvériser les assiégeans, il ne fit rien ou
presque rien. Des bruits populaires les plus
extravagans circulaient de bouche en bouche;

des souterrains, disait-on, communiquaient de la Bastille à Vincennes; ils étaient remplis de troupes, qui n'attendaient que le moment de pénétrer dans cette forteresse et de tirer à mitraille sur le peuple. Du haut des maisons qui environnent la Bastille, des hommes apostés avec des carabines, tirent sur les hauteurs de la forteresse lorsqu'ils aperçoivent quelqu'un. Enfin, dans l'inaction la plus complète, le gouverneur ne fait plus de résistance. Les boulets des assiégeans, à force de frapper les chaînes qui tiennent le pont-levis, les rompent à la fin, et le pont tombe à plat; à cette chûte éclatante, l'on crie de toutes parts : victoire! victoire!

Ici, Messieurs, il est impossible d'exprimer les cris de joie et de fureur qui se font entendre en même temps. On ne se possède plus; la foule, armée, dans un désordre extrême, car il n'y avait aucun commandement, se précipite comme un torrent vers le pont; elle est si considérable, que plusieurs d'entre eux tombent dans les fossés et se tuent. La forteresse est bientôt remplie de peuple armé et de soldats. M. Delaunay, et une quarantaine d'hommes, tant officiers que soldats qui la défendent, deviennent la proie des vainqueurs; plusieurs invalides (il n'y avait pas d'autres troupes) sont tués sur la place sans se défendre. Les soldats aux Gardes, qui conservent encore une espèce de discipline et d'humanité, s'emparent du gouverneur, de quelques officiers et soldats invalides, et les préservent pour le moment de la mort qu'ils ne peuvent éviter plus tard; ils les enlèvent de la Bastille, au travers de la foule qui pousse des cris de rage et de fureur, et les conduisent à l'Hôtel-de-Ville; mais non sans une peine incroyable. Pendant le long trajet, et à chaque pas, mille épées et sabres sont levés sur leurs têtes. Le malheureux gouverneur marche à pied entre la vie et la mort; un tourbillon de furieux le pousse, tantôt en avant, tantôt en arrière, et des hurlemens affreux retentissent à ses oreilles: on tremble pour sa vie; mais lorsqu'il débouche l'arcade Saint-Jean, pour arriver à la porte de l'Hôtel-de-Ville, les cris de fureur retentissent de toutes parts. Dans la place de Grève, on n'entend plus que ces mots: pendus! pendus! la mort! la mort! — Eh! Monsieur, dit un des fils de M. de Varicourt, qui jusque-là m'écoutait avec beaucoup d'attention, vous nous effrayez nous-mêmes, avec ces mots: *la mort! la mort!* — Les hommes étaient donc bien méchans dans ce temps-là? dit un autre; Paris était donc rempli de brigands? — Ah! leur dis-je, tout cela n'est encore rien, vous allez en entendre bien d'autres; je ne présenterai point ces tableaux, ils seraient horribles à voir, et je continue: On se presse les uns contre les autres. La foule effrénée, en poussant des cris de rage, serre de près ce malheureux gouverneur qui, avec toutes les peines du monde, arrive jusque sur les marches de l'Hôtel-de-Ville. Là, les brigands, car ce ne pouvait être des citoyens, comme des canibales, se jettent sur lui, et lui assènent mille coups de sabre, d'épée et de bâton; il tombe mort aux pieds de ceux qui le conduisent. Ceux-ci même en reçoivent quelques coups dans la bagarre. Le major, l'aide-major et les officiers invalides, et quelques soldats qui suivaient le gouverneur, sont entraînés dans différens tourbillons de brigands. Ces tourbillons s'agitent de côté et d'autre dans la place, et massacrent sans pitié ces malheureux. L'un d'eux de ces tourbillons arrive au coin de la rue de la Vannerie, devant la boutique d'un épicier; ici, des monstres font le métier de bourreaux, et pendent aux réverbères plusieurs de ces malheureux. Ah! cessons de vous raconter ces scènes de désolation qui révoltent l'humanité. Deux heures et plus s'écoulent dans un carnage affreux qu'il est impossible de peindre. Quelques centaines de brigands semblant sortis du fond de l'enfer, ne s'en tiennent point encore là. Les vociférations recommencent de plus belle : malheur à celui qui ose élever la voix en faveur de la justice et de l'humanité, ou qui témoigne de la sensibilité, sa vie est dans le plus grand danger! Au milieu de la bagarre, une vingtaine de soldats invalides étaient parvenus dans l'Hôtel-de-Ville ; on voulait leur mort; trois sont entraînés par les brigands; les autres sont sauvés par les Gardes-Françaises qui demandent grâce. Les têtes des victimes sont bientôt arborées au bout des piques. Deux heures auparavant, ou environ, le prévôt des marchands, M. de Flesselles, qui était dans l'Hôtel-de-Ville, au milieu des échevins et des électeurs, calme et tremblant, sous prétexte d'être conduit au Palais-Royal, pour se justifier d'une accusation qu'on lui intente, est entraîné par des hommes fort bien mis, qui le

font descendre dans la place; il marche entre
plusieurs d'entre eux; mais à trente pas de la
rivière, un coup de pistolet lui est tiré au
travers du corps à bout portant; il tombe mort
au milieu de la foule, qui fait aussitôt un grand
cercle, et contemple le corps gisant avec effroi,
qui était habillé de noir.

Tant d'horreur et de crimes, qui se succèdent les uns aux autres avec rapidité, jettent
bientôt l'épouvante dans tout Paris; on se raconte ces scènes de désolation plus ou moins
terribles avec les accens de la douleur. On se
retire dans un silence morne et silencieux.
Qu'allons-nous devenir, se dit-on, s'il n'y a
plus ni justice, ni lois? Les électeurs, toujours
rassemblés à l'Hôtel-de-Ville, témoins de ces
assassinats, tremblent pour eux-mêmes. Le corps
des échevins n'existe plus, leur garde et celle
de Paris ne peuvent opposer aucune résistance.
La bourgeoisie seule, armée de fusils sans mu-
nition, parcourt les rues par patrouille de
quarante à cinquante hommes, encore ne peut-
elle arrêter le torrent dévastateur.

Toutes ces nouvelles alarmantes parviennent
bientôt à Versailles. Le roi et l'Assemblée nationale, instruits de ces horreurs, en sont épouvantés eux-mêmes; aucun commandement n'est
donné pour arrêter ce désordre inouï, quoique
Paris fût entouré de troupes de tous côtés, et le
crime n'en succéda pas moins au crime, comme
vous allez le voir. La nuit, encore une fois,
mit fin à cette anarchie, et les cloches cessèrent de sonner l'alarme, Paris est illuminé et
les rues dépavées. Le lendemain 15, une dépu-

tation de l'assemblée nationale se rend à Paris
pour calmer l'effervescence générale; Bailly et
M. de Lafayette sont à la tête. Cette députation entre au milieu d'une foule immense qui
se presse sur son passage, et les cris de vive la
nation! retentissent à ses côtés dans toute la
longueur du chemin, depuis la barrière de la
Conférence jusqu'à l'Hôtel-de-Ville. Il est
impossible, Messieurs, d'exprimer les sensa-
tions que les cœurs ressentirent à la simple vue
des députés; il semblait que le calme allait
succéder à la tempête. Ah! il s'en faut que la
paix se rétablisse, des ennemis puissans fo-
mentaient sous main cette insurrection, a-t-on
dit: je ne cherche point à approfondir ces données vagues, qui n'ont jamais été prouvées d'une
manière certaine; ils sont hors de mon sujet. Je
continue: Bailly est nommé maire de Paris,
et M. de Lafayette commandant-général de la
garde nationale. Les députés, après s'être con-
certés avec les électeurs sur les mesures à
prendre pour le rétablissement de la tranquillité
publique, se rendent à l'église Notre-Dame,
pour y entendre le *Te Deum*, puis ils se retirent au milieu des mêmes cris de vive la
nation!

De retour à Versailles, la députation rend
compte aux Etats-généraux de la situation al-
larmante où se trouve la ville de Paris, et de
l'enthousiasme que le peuple leur a témoigné par
des cris et des exclamations. Le roi lui-même,
instruit de ce qui se passe dans la capitale, se
rend à l'Assemblée nationale et témoigne aux
députés la douleur qu'il éprouve au récit de

tant de calamités ; il leur annonce qu'il a donné ordre aux troupes de s'éloigner de Paris, et qu'il va se rendre en personne dans cette ville. Jamais prince (et l'on peut le dire à sa louange) n'aima plus la tranquillité et le bonheur de son peuple ; mais , hélas ! que ce prince était loin d'obtenir cette paix et cette tranquillité qui était l'expression de ses plus tendres sentimens ! Pour réconcilier les esprits inquiets et turbulens , deux jours après il se rend à Paris. Entouré d'un grand nombre de députés (ils étaient plus de deux cents) , de ses gardes-du-corps et de la garde nationale de Versailles , il marche lentement vers ce lieu fatal , où il n'y avait ni sûreté , ni bonheur à espérer. Arrivé à la barrière de la Conférence, le maire Bailly et M. de Lafayette se présentent aux portières du carrosse du roi ; puis le maire s'avance et lui présente les clefs de la ville et lui dit : « Sire, ce sont les mêmes clefs qui » furent présentées à Henri IV ; il vint con- » quérir le peuple ; aujourd'hui, c'est le peuple » qui fait la conquête de son roi. » Après cette courte harangue , le monarque se dispose à franchir la barrière ; mais ici les gardes-du-corps ne peuvent continuer leur service : la foule , ou plutôt les chefs de l'insurrection , s'opposent à leur entrée dans la ville. La garde nationale de Versailles et la milice de Paris s'emparent des voitures, les escortent jusqu'à l'Hôtel-de-Ville au travers d'une haie de peuple , qu'il est impossible de dénombrer ; il semblait que tous les Français étaient réunis dans l'étendue de cet immense trajet. Les cris de *vive le roi !*

vive la nation! sont les seules expressions de tant de peuple assemblé. Arrivé à la place de Grève, où le sang de ses nobles serviteurs ruisselait deux jours avant, le roi monte avec un courage vraiment héroïque le grand escalier de l'Hôtel-de-Ville, sous un berceau d'épées et de sabres, qui le préservent de tout danger, ou le menacent de la mort : il est reçu par les électeurs avec respect et enthousiasme. Arrivé dans la grande salle, un trône est dressé ; il s'y place. La Grève, ce lieu de terreur, rempli d'une foule immense, retentit à chaque instant des cris de *vive le roi!* Après quelques momens de calme, le prince paraît à la fenêtre avec une cocarde aux trois couleurs à son chapeau. A la vue de ce signe de ralliement, imaginé par les boute-feux du Palais-Royal, les cris de *vive le roi!* deviennent un délire ; jamais enthousiasme n'éclata avec plus de véhémence. Si les cris de *vive le roi* cessent par intervalles, aussitôt ils recommencent encore avec plus de force. Le monarque, après avoir adhéré à tout ce qu'on voulut exiger de lui et prêté serment de faire le bonheur de son peuple, qui était le plus cher de ses désirs, sortit au milieu de mille acclamations qui l'accompagnèrent jusqu'à la même barrière, où étaient restés les gardes-du-corps. Laissons le roi regagner paisiblement son palais à Versailles, où l'attendaient la reine et ses enfans, ainsi que toute sa famille, dans de cruelles angoisses ; et restons à Paris pour voir ce qui s'y passe.

Si le monarque avait laissé dans sa bonne

ville de Paris, la paix et l'espérance, elles ne
tardèrent point l'une et l'autre à en être bannies.
Ses ennemis (qui n'en a pas ? Dieu lui-même,
je crois, n'en est pas exempt) ne tardèrent
pas à ramener de nouvelles crises aussi terribles
que celles qui venaient de se passer. A chaque
instant du jour on agitait mille questions plus
ou moins effrayantes ; des bruits populaires
jetaient l'alarme de tous côtés. Les troupes
sont à telle barrière, disait-on ; elles vont entrer dans Paris. Des hommes qui se disaient
venir de ce côté, confirmaient ces mensonges
plus ou moins exagérés. Puis quelques instans
après, ce n'était plus à telle barrière, mais à
telle autre que les hussards ou les dragons
allaient pénétrer dans la capitale. Des canons,
des obus, disait-on encore, filaient sur les
hauteurs de Paris pour bombarder le Palais-
Royal et l'Hôtel-de-Ville. Toutes ces nouvelles
fausses et extravagantes jetaient de tous côtés
de sombres terreurs qui excitaient parmi le
peuple de terribles commotions. On courait çà
et là pour s'assurer de la vérité, qui n'était
qu'un mensonge. Puis le lendemain, de nouveaux agitateurs (il y en avait par milliers)
semaient les bruits les plus alarmans. On
coupe les blés au vert dans telle province,
disait-on encore, on les brûle dans telles autres
pour affamer les Parisiens. Enfin, il n'y avait
point de méchanceté dont les ennemis de la
paix ne s'ingérassent pour exciter de nouveaux
désordres dans Paris. Tels furent les instrumens de discorde et de terreur qu'on employa
depuis le 17 au soir jusqu'au 23, époque où

les plus grandes calomnies recommencèrent de plus belle. MM. de Foulon, et Berthier, son gendre, conseiller-d'état et intendant de Paris, furent enlevés dans leurs terres, où ils s'étaient retirés et même cachés : le premier, dans son château de Viry près Nogent-sur-Seine ; et le second, à Compiègne. Découverts l'un et l'autre par des ennemis cruels et vindicatifs qui les poursuivaient, ils les amenèrent à Paris, où ils furent conduits comme des criminels par une troupe de bandits. M. Foulon, amené de Viry à pied, fut entraîné à l'Hôtel-de-Ville. La nouvelle de son arrivée répandue dans Paris, attira bientôt une foule immense dans la place de Grève. Les cris de mort retentirent de tous côtés. Tous les moyens employés par le maire et les électeurs pour soustraire M. Foulon à la mort furent inutiles. A 4 heures, une troupe de femmes et de brigands pénétrèrent dans les salles malgré la force armée, se jetèrent sur ce malheureux et l'entraînent comme une victime dévouée à la mort. Arrivé au coin de la rue de la Vannerie, les brigands font là le métier de bourreau, ils le pendent au réverbère, au milieu des cris de rage et de fureur ; son corps est bientôt traîné dans les rues par les mêmes brigands, qui ne peuvent assouvir leur férocité. Tandis qu'on martyrise M. de Foulon, M. Berthier de Sauvigny, son gendre, était sur la route de Compiègne à Paris, entre les mains d'une autre troupe d'assassins. Quoique le maire Bailly eût envoyé deux cents cavaliers à son secours pour le protéger, rien ne peut le sauver de la mort qui le menace. Ici,

Messieurs, ma voix refuse de raconter les scènes effrayantes qui se passèrent sous les yeux de ce malheureux intendant, à Verberie, à Senlis, Louvres, le Bourget, et dans tous les villages qui garnissent cette longue route, mais sur-tout en entrant dans Paris, entouré de plus de six cents cavaliers, et qui n'étaient pas des militaires ; placé dans un cabriolet découvert, ayant à son côté M. Delarivière, électeur, qui plus d'une fois, le couvrit de son corps pour le garantir de la mort qui le menaçait à chaque pas qu'il faisait vers le lieu fatal où il devait la trouver. Arrivé enfin à l'Hôtel-de-Ville, où il n'entendait que des cris de mort et de supplice, il s'écrie : « Je croirais l'avanie sans » exemple, si Jésus-Christ n'en avait éprouvé » de plus sanglante. Il était Dieu, et je ne » suis qu'un homme. » Enfin, il n'est point de crime de lèse-nation dont on n'accuse ce conseiller-d'état ; qui, comme son beau-père, disait-on, avait dit que le peuple devait, ainsi que les bêtes, se nourrir d'herbes. Mille autres propos plus ou moins exagérés, répandus dans la ville, portèrent la rage parmi la canaille. Traîné depuis la barrière Saint-Martin jusqu'à la ville, au milieu d'un horrible tourbillon de furieux altérés de sang, il fut mis à mort comme M. Foulon ; leurs têtes séparées du corps furent aussitôt portées au bout d'une pique dans les rues de Paris par les brigands, tandis que d'autres brigands, le chapeau à la main, et armés de sabres, demandaient à droite et à gauche de l'argent qu'ils reçurent de toutes mains ; nul être n'osa re-

fuser d'accéder à leur demande, tant on craignait pour sa propre vie !

Dans cette situation, la plus critique qu'il soit
possible de voir, et quoique M. de Lafayette
commandât la milice, et que Bailly fût maire de
Paris, ils ne purent arrêter le torrent dévastateur, qui amena bientôt la disette dans la capitale. Cette ville, naguère si calme et si florissante, se trouva tout-à-coup dans la plus
grande pénurie. Les vivres n'arrivèrent plus.
Le désordre dans toutes les administrations,
avait paralysé tous les bras et ulcéré les cœurs.
Chaque chef craignait pour sa propre existence.
Les fournisseurs de farine et de grains étaient
en fuite ou cachés. Les fermiers n'osaient approcher de ce lieu de carnage, dans la crainte
d'être pillés, et les électeurs, qui étaient à la
tête des affaires, se trouvèrent bientôt eux-
mêmes dans le plus grand embarras. Jusque-
là, si le désordre avait été grand, que ne serait-il pas arrivé de plus, si les vivres avaient
tout-à-fait manqué ! Pour obvier à cet incon-
vénient, les électeurs députèrent un grand
nombre d'entre eux dans tous les marchés en-
vironnant Paris, à l'effet d'accélérer les approvisionnemens de toute espèce. Le pain,
l'âme de la vie, le soutien du malheureux,
s'enlevait déjà de chez les boulangers, à peine
sorti du four. A huit heures du matin, tout
avait disparu ; et chaque jour qui suivit, ces
désordres causèrent la même détresse.

Enfin, Messieurs, *le dieu du jour* (Necker),
le grand ministre des finances, qui était en
partie l'auteur de tant de calamités, reparut

bientôt au milieu de Paris pour fouler aux pieds le sang de tant de victimes qui lui furent sacrifiées. Si, pour un seul homme, la mort doit planer de toutes parts, périsse à jamais la mémoire de celui qui fait répandre une seule goutte de sang humain pour assouvir sa gloire! périsse l'ambitieux ou le tyran qui veut régner sur des monceaux de morts ou de mourans, sur des villes minées, des provinces saccagées! Louis XVI, pour complaire à ceux qui considéraient Necker comme le sauveur de la France, fit expédier des courriers à la recherche de cet homme, qui était déjà passé en pays étranger, et promenait sa grosse opulence de ville en ville, comme un prince souverain. De Bruxelles il se rendit à Bâle; et là il reçoit le courrier du roi de France. Revenir sur ses pas et reparaître à la tête des affaires, était le comble de ses vœux; car il se doutait bien que les Français seraient fort heureux de conserver un ministre qu'ils voyaient aussi populaire. Cet homme vain et plein d'amour-propre, arriva cinq jours après. la mort de Foulon et de Berthier de Sauvigny. Vous dirai-je combien Necker reçut de louanges le long de sa route? Selon lui, il fut accueilli partout avec acclamations. Des hommes, a-t-il dit, traînèrent sa voiture dans quelques villes. Ah! si l'homme se dégrade à un tel point, il faut avouer que l'espèce humaine sait bien peu se respecter. Mais passons sur ces actes de faiblesse qui étaient commandés par ses partisans, et continuons. Le retour de ce Genevois fut assez prompt, comme je l'ai déjà dit,

pour fouler aux pieds le sang encore fumant
des victimes que des brigands avaient sacrifiées
à la suite de sa disparition du ministère. Le
28, il arrive à Versailles, et le 30, il se rend
à Paris dans la matinée, tout tremblant, à
l'Hôtel-de-Ville. Car il pouvait bien, par un
revers de fortune, subir le même sort des
malheureux qui y avaient péri quelques jours
auparavant. Mais cet homme avait un si grand
nombre de partisans, qu'il fut reçu avec transport et aux cris de *vive Necker !* son entrée à
l'Hôtel-de-Ville fut pour lui un jour de
triomphe. Profitant de la bonne réception
qu'on lui fait, il demande aux électeurs réunis, la facilité, pour M. de Besenval, commandant pour le roi dans la généralité de Paris,
de se retirer en Suisse, son pays natal, comme
il en avait obtenu la permission du roi ; et
qu'il soit mis fin à tous les actes de rigueur
dont il avait entendu faire le récit dans sa
route. L'assemblée des électeurs, qui ne voulait rien refuser à ce *dieu du jour,* prend un
arrêté conforme à ce vœu, proclame un par-
don général et proscrit tous les actes de violence et d'excès, tendant à troubler la tranquillité publique.

Après avoir obtenu tout ce qu'il désirait,
Necker parut aussi à la fenêtre de l'Hôtel-de-
Ville avec une cocarde aux trois couleurs à son
chapeau, assez large pour être aperçue d'un
grand nombre de peuple, qui s'était, comme
au roi, porté en foule sur la place de Grève.
Les cris de *vive Necker, vive la nation !* furent
encore poussés jusqu'au délire ; car dans ces

momens de calamité publique, tout n'était que cris d'acclamation et de *vivat*, ou cris de mort : les uns succédaient aux autres. Necker, fêté et caressé par ses adhérens, après avoir obtenu ce qu'il désirait, remonta dans son carrosse et partit pour Versailles, au milieu de nouveaux cris de *vive la nation !* Laissons cet homme comblé de faveurs, rentrer tranquillement dans son hôtel, et faire l'important auprès du roi ; et voyons ce qui se passe dans les provinces ; car vous pensez bien, Messieurs, que la nouvelle de ce bouleversement général ne manqua pas de jeter le désordre dans toute la France, comme cela devait arriver et comme cela eut lieu en effet.

Le Palais-Royal, ce lieu central de commotion populaire et qui n'était, comme je l'ai déjà dit, qu'un vaste comité d'insurrection, ne manqua pas de propager son système de bouleversement. Les nouvelles qui en sortaient étaient comme la foudre, qui s'étend au loin et menace la contrée qu'elle va parcourir. Un grand nombre d'agitateurs et de brigands (et il n'en manquait pas) se jetèrent sur toutes les routes, en amplifiant et exagérant les faits plus ou moins véritables. La Bastille, cette forteresse presque imprenable, était tombée au pouvoir du peuple en moins de deux heures. L'incendie des barrières, l'enlèvement des armes aux Invalides, et la mort des serviteurs du roi étaient racontés de mille manières. Puis les voyageurs, de leur côté, confirmaient ces détails dans chaque village, bourg ou ville où ils s'arrêtaient. Le peuple, avide de nouvelles, entourait les voitures et faisait mille questions à celui qui sortait de Paris. Il n'y avait point encore ce grand nombre de journaux que nous avons vus depuis, pour répandre rapidement tous les événemens qui se succédaient. Les cris de *vive la liberté !* retentirent bientôt d'un bout de la France à l'autre. Les rubans aux trois couleurs furent partout transformés en cocardes. Des milices, ou gardes nationales s'organisèrent bientôt pour arrêter le désordre qui se propageait de tous côtés avec une rapidité étonnante. Des brigands (et il y en avait beaucoup, la France devint une mine pour tous les voleurs de toute l'Europe qui y accoururent pour l'exploiter) se répandant dans les campagnes, y excitaient le peuple aux plus grands désordres. Le pillage et l'incendie des châteaux assurèrent le triomphe et le butin des voleurs et des bandits. Je n'entrerai point dans tous ces détails ; ils seraient immenses, si je vous retraçais les horreurs qui se passèrent dans toutes les provinces, à la suite du 14 juillet. Aussi, Messieurs, c'est de cette époque que datent les premières émigrations de tant de Français qui quittèrent leurs propriétés et leur patrie et passèrent en pays étranger.

Si, d'un côté, l'incendie des châteaux éclairait le système d'insurrection générale dans toute la France et engendrait ce chaos national, un autre chaos succéda bientôt à celui-ci. Les campagnes ne furent plus qu'un vaste champ de destruction et de mort. Les paysans armés, se croyant libres, ne s'occupèrent plus qu'à

poursuivre la biche, le cerf, le lièvre et la
perdrix. Ces animaux des champs et des bois,
poursuivis de tous côtés, ne trouvèrent bientôt
plus aucun refuge pour se cacher. Les plaines
comme les forêts, les vallons comme les montagnes, devinrent des champs de carnage à
leur égard. Par-tout le gibier fut détruit; peu
échappèrent à la mort qui les poursuivait. Les
terres mêmes du monarque ne furent pas plus
respectées que celles des seigneurs. Les environs de Paris, où le lièvre et la perdrix étaient
aussi communs dans les champs que le sont
ordinairement les poules et les canards dans
les basses-cours des fermiers, furent en très-
peu de temps détruits sans exception. Il semblait qu'une armée de chasseurs avait passé
dans toutes les campagnes, et en avait enlevé
jusqu'à la caille et l'alouette. Puis les rivières
et les étangs furent encore une mine qu'on
exploita avec une avidité incroyable. Le paysan,
devenu l'égal de son seigneur, avait une table
aussi bien servie que la sienne; il pouvait passer
du gras au maigre, et du maigre au gras selon
son bon plaisir. Mais le poisson, plus heureux
que le gibier, ne fut pas aussi facile à détruire
dans son élément que le gibier dans la plaine.
Retiré dans le fond des abîmes, il bravait toute
sorte d'attaques et de poursuites; sa destruction n'en fut pas moins considérable.

Jusque-là, Messieurs, le désordre allait
toujours croissant, et les esprits s'agitaient de
plus en plus. Quand l'autorité est méconnue
dans un pays, et que les lois ne sont plus respectées, il n'y a plus ni sûreté, ni bonheur à

espérer pour les honnêtes gens, et les honnêtes
gens deviennent immanquablement la proie des
brigands. Malheur à la contrée, malheur au
peuple qui se trouvent dans le chaos des révolutions. La peste, ce fléau destructeur, est
moins effrayant, je crois, qu'une insurrection :
sous l'une on passe de la vie à la mort dans un
calme parfait, et l'on voit sa fin approcher avec
une résignation glacée ; les larmes seules vous
accompagnent dans le silence des tombeaux ;
mais sous l'autre, le bruit des armes, les
cris d'effroi et la foudre qui retentit de toutes
parts à vos oreilles, vous causent mille morts
avant de voir la fin de votre triste existence.
La vie de l'homme est si courte, elle tient à
si peu de chose ; faut-il la semer de mille
écueils ? L'espèce humaine naît-elle donc pour
s'entre-détruire ? Dieu commande-t-il à ses enfans d'égorger ses propres enfans pour assouvir
cette passion dominante qui ne s'accroît qu'avec
l'âge et ne vous quitte qu'à la mort ? Tout ce
que vous venez de voir, Messieurs, ou plutôt
d'entendre, n'est que le prélude de ce que
vous allez voir. Quittons Paris pour un instant,
et allons contempler ce qui se passe à Versailles;
car vous pensez bien que cette ville, si près des
événemens, ne peut jouir d'un grand calme.

La nouvelle du combat de la place de
Louis XV, entre le peuple et la cavalerie, sous
le commandement du prince de Lambesc, fit
faire de grands mouvemens aux troupes canton-
nées dans les environs. Toute communication
entre Paris et Versailles est intercepteé par des
pelotons de cavalerie et d'infanterie. Des pièces

de canon sont braquées sur les ponts de Sèvres et de Saint-Cloud et sur toutes les routes qui communiquent d'une ville à l'autre ; qui que ce soit ne peut dépasser ces lignes sans être arrêté , à moins d'être porteur d'un ordre du roi. Le parc de Saint-Cloud est converti en un vaste camp : les tentes y sont dressées, de l'artillerie y est mise en réserve. Deux jours s'écoulent dans le silence et dans l'attente des nouvelles qui ne parviennent que difficilement à Versailles. Enfin , l'Assemblée nationale est instruite de ce qui se passe à Paris , par quelques-uns de ses membres qui n'étaient pas étrangers à cette révolte. Une députation est nommée pour se rendre auprès du roi ; mais le prince la prévient , et M. de Liancourt annonce qu'il va se rendre à l'instant dans son sein. M. de Brezé , grand-maître des cérémonies , envoyé par le monarque, confirme cette nouvelle si inattendue , qui fait une grande sensation dans toute la salle ; car l'Assemblée ignorait quel serait son sort. Si le roi eût été un despote, ne pouvait-il pas, au moindre ordre , au moindre commandement, dissoudre cette réunion de députés , et marcher avec trente mille hommes contre Paris , qui n'avait pas pour quinze jours de vivres , et sévir contre une bande de furieux , qui, depuis quarante-huit heures , brûlent, incendient, massacrent au milieu d'un trouble effrayant, les personnes attachées à l'Etat par leurs places et leur naissance ? Mais non : le monarque, aussi bon qu'il était pacifique, aussi clément qu'il était humain, et qui aimait la liberté de son peuple ,

en agit tout autrement. Répandre le sang
pour sa propre cause, était pour son cœur
le comble des calamités. : la mort d'un seul
homme, lui fait faire les plus grands sacrifices.
Ah ! qui le croirait ? ce prince que de mauvais
Français ont osé calomnier par les plus infâmes
satires, sans garde, sans autre cortége que ses
frères, quitte son château dans la matinée du
15, et se rend entre deux haies de peuple à
l'Assemblée nationale : il entre dans la salle
des États au milieu des plus vives acclamations.
Puis, sans faire usage d'un fauteuil qui avait
été élevé sur une estrade, debout et découvert,
il prononce ces paroles : « Messieurs, je vous
» ai assemblé pour vous consulter sur les af-
» faires les plus importantes de l'Etat ; il n'en
» est pas de plus instantes et qui affectent plus
» spécialement mon cœur que les désordres
» affreux qui règnent dans la capitale. Le chef
» de la nation vient avec confiance au milieu
» de ses représentans, leur témoigner sa peine
» et les inviter à trouver les moyens de ra-
» mener l'ordre et le calme.

» On vous a donné contre moi d'injustes pré-
» ventions ; je sais qu'on a osé publier que vos
» personnes n'étaient pas en sûreté. Serait-il
» donc nécessaire de vous rassurer sur des ré-
» cits aussi coupables, démentis d'avance par
» mon caractère connu ?

» Eh bien ! c'est moi, qui ne suis qu'un
» avec la nation, c'est moi qui me fie à vous.
» Aidez-moi dans cette circonstance à assurer
» le salut de l'Etat. Je l'attends de l'Assem-
» blée nationale ; le zèle des représentans de

» mon peuple, réunis pour le salut commun,
» m'en est un sûr garant ; et, comptant sur
» l'amour et la fidélité de mes sujets, j'ai
» donné ordre aux troupes de s'éloigner de
» Paris et de Versailles. Je vous autorise et
» vous invite même à faire connaître mes dis-
» positions à la capitale. »

Voilà, Messieurs, quelles furent les paroles
de paix prononcées dans cette grande assemblée
par le meilleur des rois, ou, pour mieux dire,
par le meilleur des hommes : dans cette assemblée, dis-je, qui allait bientôt bouleverser
l'empire pour une chimère (la liberté), qui
par la suite les entraînerait presque tous dans
le fond des abîmes, sans excepter le monarque
lui-même. Ah! ne devançons pas ces sinistres
événemens ; il sera assez temps de vous les présenter à leur funeste époque. Ce discours, prononcé par le roi avec cette bonté qui le ca-
ractérisait, fut, pour ainsi dire, interrompu à
chaque phrase par les plus vifs applaudissemens, sur-tout ces sublimes paroles : *On vous
a donné contre moi d'injustes préventions ; eh
bien ! c'est moi, qui ne fais qu'un avec la nation,
c'est moi qui me fie à vous....* Ah! bon et digne
roi ! faut-il qu'une prédestinée soit si fatale à
un cœur aussi bon, une âme aussi belle, et
enfin, à cette bonté sans exemple ! Le monarque fut comblé de bénédictions dans la salle
des représentans, et sur-tout dans le long trajet
de cette salle à son château. Entouré seulement
d'une vingtaine de députés, il fut reconduit à
pied, comme il était venu, au milieu d'une
foule de peuple, qui à chaque instant faisait

retentir les airs de ces mots : *Vive le roi !* Les
arbres, les grilles, les statues étaient chargés de
spectateurs. Le temps était superbe, la paix était
dans tous les cœurs, la joie sur tous les visages,
et partout il recueillait cette joie avec les bénédictions du peuple. Arrivé dans la cour de son
palais, la reine paraît au balcon tenant le Dauphin dans ses bras, et le présente au peuple
attendri jusqu'aux larmes; puis une musique
délicieuse se fait entendre; c'est celle des
Suisses : elle joue l'air : *Où peut-on être mieux
qu'au sein de sa famille ?* Ah! Dieu! faut-il
que ces larmes de joie et d'allégresse soient
sitôt changées en larmes de sang!... Que Paris
était loin de jouir du bonheur dont il se flattait!

Le roi eut à peine quitté la salle des Etats,
qu'une nombreuse députation de législateurs se
dirige vers la capitale. Elle s'assemble chez M. de
Montesquiou, aux écuries du prince, et monte
en voiture sans aucun appareil militaire, que
quelques gardes à cheval de la Prévôté. Tandis
que les messagers de paix portent des consolations
aux bons Parisiens entourés de brigands et de
voleurs, le monarque reste dans son château
au milieu de sa famille et attend avec calme leur
retour. Vous dirai-je, Messieurs, qu'un seul
député refusa de faire nombre de la députation.
Il n'est pas possible que j'y paraisse, dit-il, à ceux
qui lui firent la proposition, on n'y verrait que
moi. Comme moteur invisible, cet homme n'avait
garde d'y paraître; le grand nombre d'agens
qu'il avait à ses ordres et qui semaient à propos
les fauses nouvelles, les craintes, les méfiances,
pour perpétuer le trouble, auraient pu le divul-

guer d'une manière trop visible, et ce moteur
n'a cessé ces projets perfides qu'en perdant la vie
quelques années après. Le crime n'a qu'un temps,
Dieu le punit tôt ou tard. L'infortuné monarque
fut bientôt instruit de ce qui s'était passé à
Paris; il l'avait ignoré en partie jusqu'au retour
de la députation. Bailly, qui venait de remplacer le prévôt des marchands M. de Flesselles,
fut alors appelé au château; et là, dans un cabinet
particulier, il rend compte au roi en personne de
tout ce qu'il avait vu et de ce qui était à sa connaissance. Plus d'une heure s'écoule dans cet
entretien qui n'a jamais été connu. Mirabeau,
du parti populaire, joue un autre rôle non moins
intéressant que Bailly; celui-ci acharné au renversement de l'Etat, poursuit les ministres avec
une perfidie inconcevable, comme peu avant il
avait poursuivi les troupes. Cet homme pervers,
bourreau d'argent et avide de gloire, visait à
une place au ministère qu'il aurait peut-être
deshonoré; mais la réputation de cet orateur
qui n'était pas le moins éloquent de cette grande
assemblée, était trop connu par sa moralitée per-
verse. Enfin le roi, pour complaire aux députés
et sur-tout au peuple qu'on agitait de mille manières, change totalement son ministère et le
recompose de nouveaux personnages qu'il croit
être agréables au public. Puis, pour ramener le
calme dans sa bonne ville de Paris, il se rend
au milieu de ce peuple qu'il espère par sa présence ramener dans le devoir et la soumission!
Ah! combien il se trompait! combien il était
loin de voir combler sa plus douce espérance!
Sa présence cependant, il est vrai, fut comme

un jour de triomphe, et jamais prince ne reçut plus de bénédictions du peuple; mais des ennemis cruels, ne se regardèrent point comme vaincus. Si, d'un côté, ils voyaient le calme se rétablir, de l'autre ils excitaient de sombres terreurs et ramenaient bientôt le désordre avec toutes ses horreurs. Au sortir de Paris, et dans cette longue route jusqu'à Versailles, le monarque reçut encore partout les bénédictions du peuple, et les cris de *vive le roi* l'accompagnent jusque dans son palais, où il fut reçu par son illustre famille au milieu des larmes d'attendrissement. Qui pourrait décrire cette scène attendrissante! Tandis que le monarque était au milieu des Parisiens, tous les ministres disgraciés et les princes du sang quittèrent Versailles, ainsi que MM. de Lambert, de Vaudemont, Broglie, Vaudreuil, Berthier, Foulon, de la Vauguyon, de Polignac, etc. La plus grande partie d'entr'eux passèrent en pays étranger, où ils furent pour le moins en sûreté. Malheur à ceux qui restèrent sous la main des méchans! deux furent victimes de leur trop grande confiance, et ce fut MM. Foulon et Berthier. Combien le cœur du roi dut éprouver de terribles commotions par cette fuite précipitée et par ce qui s'ensuivit! car les plus petites choses portaient ombrage parmi les séditieux. Laissons les princes fuir en pays étranger, et continuons de voir ce qui se passe autour du palais du monarque, dans l'Assemblée nationale, et sur-tout à Paris.

Le retour du souverain dans son palais fut comme un baume salutaire qu'on applique sur une plaie désespérée. Tout parut pour le moment reprendre cette stabilité, cette confiance, cette union qui fait le bonheur des peuples dans un temps calme et tranquille. Mais combien peu dura cette stabilité ! L'Assemblée nationale, toute puissante par ce que venait de faire le prince, ne balança plus pour attaquer les pouvoirs du monarque ; elle s'occupa des premiers élémens de la constitution, qui, selon elle, devait faire le bonheur de tous les Français en général. Necker, de retour au ministère, l'occupa conjointement avec l'archevêque de Bordeaux, MM. de Latour-Dupin et de Saint-Priest : ces derniers étaient membres de l'Assemblée nationale. Car que n'aurait pas fait Louis XVI pour complaire aux meneurs ? jamais prince ne fut plus pacifique ; mais comme sa destinée devait être semée d'écueils et de dégoûts, il en éprouve successivement de bien sensibles.

Tandis que le monarque laisse prendre les plus beaux diamans de sa couronne avec une bonté sans exemple, une forte puissance se développe tout-à-coup dans Paris, et cette ville ne ressemble plus qu'à un vaste camp qui recèle une armée innombrable sans ordre et pour ainsi dire sans chef. Si le calme règne d'un côté, le désordre est à son comble de l'autre. La sombre terreur agite les esprits et les remplit d'une méfiance continuelle. Mais, pour soutenir cette puissance qui s'établit sur des décombres, on occupe les serruriers à forger des piques, les plombiers à fondre des balles ; partout où l'on soupçonne un rassemblement d'armes on s'y porte en foule avec la plus grande confusion. Les couvents d'hommes et de femmes ne sont

pas plus respectés que les arsenaux; celui des
Chartreux est visité par une troupe inombra-
ble. Vingt mille personnes se portent à Montmartre et menacent l'abbaye des bonnes religieuses, et ces bonnes religieuses tremblent pour
leurs jours. Mais quelques électeurs s'y rendent
avec célérité et sauvent les vierges du Seigneur
du plus grand désordre et peut-être..........
Quiconque est rencontré dans les rues en voiture
devient un objet d'inquiétude, et bientôt ils
sont conduits à l'Hôtel-de-Ville au milieu des
plus grands dangers : tels furent le prince de
Monbarey et son épouse, qui faillirent y perdre
la vie. Le diable, je crois, était dans tous les coins
de la ville avec sa troupe infernale, et ne donnait
de repos ni le jour ni la nuit; des lumières à
toutes les fenêtres remplaçaient la clarté du
soleil. Après la prise de la Bastille, les héros
conquérans de cette forteresse devinrent les
idoles des insurgés ; montés dans des voitures,
entourés de gardes nationaux, de tambours et
de musiciens, ils parcourent toutes les rues en
triomphe ; ils se pavanent et s'arrêtent dans
les places. Un grenadier des Gardes, nommé
Arné, revêtu de son uniforme, couvert de
lauriers et décoré de la croix de Saint-Louis,
(c'était celle de l'infortuné gouverneur de la
Bastille) était, par mille applaudissemens d'enthousiasme, le principal triomphateur; à ses
côtés figurait une femme de la lie du peuple; sans
doute comme le symbole de la liberté. Dans le
cours de ces promenades, de distance en distance,
on criait avec enjoûment, *vive la nation!* et ses
mots sublimes qui charmaient tous les auditeurs,

se répétaient avec le délire qu'excitaient les circonstances : malheur à celui qui ne prenait
aucune part à cette fête civile et militaire ! il
aurait couru risque de la vie.

Enfin, Messieurs, ce fut dans cet état de
bouleversement général que le maire Bailly
commença ses fonctions périlleuses. Après sa
nomination de premier chef de la ville de Paris,
il descend les marches de l'Hôtel-de-Ville au
milieu d'une foule innombrable de peuple de
tout état, et se rend à pied à l'église de Notre-
Dame pour y assister au *Te Deum*. Le fameux
Hullin, si connu dans nos fastes militaires de
la révolution, et qui n'était encore que compagnon orfèvre, prend Bailly par un bras; un
second le saisit par un autre, et le conduisent
ainsi à la métropole, comme s'ils eussent été à
une partie de plaisir. Si ce maire, premier du
nom, était déjà caressé et fêté par le peuple,
quels honneurs ne reçut-il pas au sortir de
l'église de Notre-Dame ! Reconduit à la ville
bras dessus bras dessous, par les mêmes hommes,
toujours aux cris de *vive Bailly ! vive la nation !* il suit le quai des Orfèvres et arrive au Pont-
Neuf. Là, les Gardes-Françaises qui y étaient en
station, le saluent de plusieurs décharges d'artillerie; puis, au milieu des cris de *vive la nation* qui
retentissent de tous côtés, il se rend à la Grève,
par le quai de la Ferraille, pour être témoin
de nouveaux crimes qui lui prédisent des fonctions orageuses et tragiques. De Paris à Versailles
et de Versailles à Paris, ce chef de la municipalité ne reçut par tout que fêtes et qu'acclamations. Des fleurs lui furent offertes de toutes

parts, les chemins en étaient jonchés sous ses
pas. Ah! combien durent peu les trophées populaires! Aujourd'hui porté en triomphe par un
peuple en délire qui ne voit que l'homme qu'on
lui présente, demain un revers de fortune le
rénverse dans l'abîme, il est traîné à l'échafaud
avec des cris de rage : tel a été le sort du malheureux Bailly quelques années après le comble de sa gloire, et tel sera le sort de celui qui
voudra briller au premier rang dans les révolutions : ce qui prouve combien peu est stable
la fortune de celui qui n'a pour soutien que la
versatilité populaire.

Le conseil de ville, toujours composé d'électeurs et de quelques débris des anciens échevins, forme à Paris une autorité qui rivalise
de pouvoirs avec le monarque. La volonté des
uns y est à-peu-près respectée, celle de l'autre
tout-à-fait méconnue. Tout le monde veut commander et peu veulent obéir ; mille propositions y sont faites, mille autres sont rejetées.
Les uns veulent un gouvernement municipal,
les autres l'adoptent avec des changemens.
L'égalité de pouvoirs et la liberté sont indé-
finies dans toutes les bouches. Les harangues,
les propositions et les discours qu'on prononce
deviennent presque des lois. On parle du gouvernement du monarque avec une espèce d'ironie. Le mot d'ancien régime est déjà prononcé
comme si un siècle se fût écoulé. La Bastille,
au pouvoir du vandalisme, devient une proie
que chacun semble se disputer ; mille bras
s'acharnent à son renversement ; et la municipalité est forcée de prononcer sur sa démoli-

tion , sans consulter le Roi , ni l'Assemblée nationale : elle prend un arrêté qui ordonne quelle sera démolie jusque dans ses fondemens.

Ce fut dans cet état de bouleversement , qu'une armée de journalistes commença sa carrière politique. Le fameux Brissot créa son *Patriote français* , Marat son *Ami du Peuple* , Prudhomme ses *Révolutions de Paris* , Gorsas son *Courrier des Départemens* , Barrère son *Point du Jour* , etc. Ces hommes fameux dans les annales du crime , furent les premiers qui semèrent les méfiances et perpétuèrent le chaos. Leurs feuilles , plutôt incendiaires que véridiques , ne s'occupèrent qu'à chanter les actions de ces héros qui venaient de trahir leur souverain par la plus noire ingratitude. Selon ces pygmées, la France régénérée allait devenir un pays de cocagne , et le peuple français serait le plus heureux de la terre. Le renversement de la Bastille par les Parisiens , promettait une liberté indéfinie. Plus de prisons, disaient-ils, dans leurs jactances , plus de cachots, plus de prisonniers d'état : et cette forteresse que l'on regardait comme le tombeau d'un grand nombre de victimes en renfermait à peine six , parmi lesquels se trouvait un chevalier de Sade , si connu depuis par ses infâmes productions, où il outrageait le bon sens et les mœurs. Ils ignoraient, ces folliculaires, qu'avec les décombres de la Bastille , la prétendue liberté dont ils faisaient parade , en ferait construire mille autres , où eux-mêmes y seraient jetés les premiers , et delà à l'échafaud, à l'exception de Prudhomme.

Le mois de juillet finit comme il avait com-
mencé, c'est-à-dire par de grandes agitations,
par de grands troubles et une suite de crimes :
plus de commerce, plus de travail. Les impôts
ne se prélevaient plus, les droits d'entrée étaient
nuls, et les marchandises entraient dans Paris
comme dans un port franc, avec des branches
de chêne entrelacées de rubans qu'on hissait sur
les voitures. Les quais de Gèvres, de la Ferraille et le Pont-au-Change se métamorpho-
sèrent bientôt en guinguettes; on y vendait le vin
en plein air à cinq sous la bouteille ; des tentes
et des tables y furent dressées à cet effet. La
classe ouvrière s'y enivrait en criant *vive la
nation! vive la liberté!* Les danses en rond et
les gambades du bas peuple procuraient un
charme indéfini aux ennemis de l'État qui y
prenaient part. Ici, Messieurs, m'écriai-je à
ma petite société, vous en voyez le tableau,
c'est le délire de la liberté ; c'est Bacchus pré-
sidant des saturnales. Si le peuple s'enivrait
sur les ponts et sur les quais en dépensant
l'argent qu'on lui prodiguait, le désordre
dans les finances de l'État devenait immense ;
beaucoup de dépense et point de recette. Cela
devait-il durer? Le maire Bailly se trouva bientôt dans le plus grand embarras, Paris vivait,
pour ainsi dire, au jour le jour, et souvent
cette ville n'avait pas pour deux jours de vivres. La population augmentait progressivement à chaque instant ; on y voyait arriver
nombre de déserteurs qui lâchement abandonnaient leurs régimens pour se réunir à la masse

d'insurgés ; ils y étaient reçus à bras ouverts , comme des braves qui venaient partager leurs triomphes et leurs dangers.

Si le service militaire avait été jusque - là le point d'honneur des vieux vétérans qui, sous les règnes précédens, avaient combattu vaillamment à la suite de leurs chefs et sous les ordres de leurs princes, combien de lâches déshonorèrent le nom du soldat français sous le règne de l'infortuné Louis XVI ? combien de transfuges abandonnèrent leurs drapeaux pour se ranger sous les bannières de l'insurrection , bravant l'honneur et leur devoir ?

Les Gardes-Françaises furent les premiers qui donnèrent l'exemple de l'insubordination et tournèrent leurs armes contre leur roi. Six cents hommes, ou environ , faisaient encore le service au château conjointement avec les Suisses. Ils étoient les seuls du premier régiment de la Garde qui n'eussent pas encore abandonné leur prince ; mais bientôt ils imitèrent leurs camarades de Paris. Soit qu'ils fussent entraînés par la force des circonstances, soit qu'un ennemi invisible les portât à déshonorer entièrement leur corps, dans la nuit du 31 juillet ils comblèrent la mesure de la plus perfide lâcheté , ils abandonnèrent totalement le château de Versailles. A minuit ils quittent tous les postes malgré les officiers qui s'opposent à leur départ et s'acheminent sans chefs vers Paris , avec armes et bagages ; et à cinq heures du matin ils entrent tambour battant dans cette ville , et vont rejoindre leurs camarades couverts de lauriers sanglans cueillis

6*

sur le gouverneur de la Bastille. Si ceux-ci
étaient des lâches et des hommes sans honneur,
tous ne l'étaient pas ; les invalides, ces vieux
guerriers de Fontenoy, ne furent pas plutôt
instruits de cette trahison qu'ils s'empressèrent
de reprendre les armes et coururent au château de Versailles s'emparer de tous les postes.
Ils firent le service auprès du roi avec dévouement jusqu'au jour si malheureux qui frappa
la monarchie jusque dans ses fondemens et
amena le monarque prisonnier à Paris.

Voilà, Messieurs, quels furent les résultats
des premiers troubles qui ébranlèrent le trône
du plus grand roi de l'univers, et amenèrent
successivement tous les désordres qui suivirent,
et préparèrent le règne de l'anarchie. Comme le
mois de juillet est fini, je termine aussi ma
séance ; remettons à demain la continuation
de mes tableaux mouvans : en prononçant ces
mots, je tire mon rideau et je dis : Bon soir.

TROISIÈME SÉANCE.

J<small>E</small> commençai ma troisième séance comme
la précédente, toujours monté sur mon escabeau, entouré de MM. de Varicourt, de ses
trois fils et de quelques amis ; puis je m'écrie
aussitôt d'une voix forte : Voyez ! voyez ! dans
ma lanterne le tableau des invisibles , c'est
ainsi que je les nomme. Ici, Messieurs, vous
apercevez, autour d'une table ronde, une
assemblée de conspirateurs, pour ne pas dire
plus, qui délibèrent et reçoivent les ordres de
leurs chefs. Voilà de l'or, dit-il, à la troupe
qui l'écoute avec le plus grand silence : voilà
de l'or ; puis le jetant avec profusion sur la
table : semez, poursuit-il, le métal qui éblouit
tous les yeux, et continuez de perpétuer les
troubles et les alarmes dans la France ; il faut,
n'importe comment, que je parvienne à mes
plus hautes destinées ; il faut, comme Maho-
met, à force de tours de gibecière, que le
peuple me croie une divinité envoyée du ciel
pour le sauver de toutes les peines de ce bas-
monde. Puis il ajoute encore : « Il faut que le
nom chéri de la liberté, ce talisman , qui
charme tous les cœurs, vous serve de guide
et perpétue le désordre dans tout le royaume.

Allez, servez mes projets, et que sur-tout le mot de liberté vous serve de point de ralliement dans toutes les occasions. » Il dit, et la troupe infernale se lève spontanément, jure de le servir avec ardeur, et chacun prend sa direction invisible.

Le mois de juillet, Messieurs, fut à peine écoulé avec toutes ses horreurs, que de nouveaux crimes vinrent éclairer celui qui lui succède. Le mois d'août, si funeste en grands événemens, commença comme son prédécesseur. La discorde continua à promener ses torches enflammées dans tout le royaume; les hommes invisibles, qui étant partout, continuèrent à semer les fausses nouvelles, les craintes et les méfiances; non-seulement ils les répandaient dans Paris, mais encore dans toutes les villes voisines, et elles se distribuaient ensuite dans la France. Saint-Denis, à deux lieues de la capitale, devint le théâtre de nouvelles scènes d'horreurs, semblables à celles de la place de Grève. Le lieutenant de maire Duchâtel, homme fort estimable, subit le sort de Foulon et de Berthier de Sauvigny. Sans jugement et sans vouloir entendre de sa bouche sa justification, il fut pendu par les brigands, pour avoir, disaient-ils, fait faire du pain mêlé de seigle, orge et froment; tandis que lui, ajoutaient-ils encore, riche propriétaire, mangeait du pain blanc, en insultant à la misère du peuple. Ces propos perfides et mensongers, semés avec intention, mirent le peuple en fureur, et l'infortuné père de famille périt au milieu du désordre, qui était inexprimable. Un fort détachement de cavalerie fut expédié de Paris à son secours, à la demande de son fils, qui vint tout en larmes auprès du maire Bailly; mais inutilement, il n'arriva qu'au moment où M. Duchâtel avait cessé de vivre.

Les villes de Saint-Germain-en-Laye et Poissy eurent aussi leurs moteurs de troubles. A l'occasion des grains, le malheureux Sauvage, négociant, subit le même sort que M. Duchâtel. Le nommé Thomassin, à Poissy, évita un pareil supplice avec une peine infinie; à chaque minute, ce malheureux voyait sa fin approcher sans aucun espoir; cependant il fut sauvé de la mort comme par miracle, et échappa à ses ennemis. A Rouen, ce fut tout le contraire; un histrion, qui voulut y jouer un rôle différent de celui des tréteaux, y fut pendu par arrêt du Parlement. Bordier, acteur des Variétés à Paris, quitte cette grande ville, et se rend à Gisors; là, il commença son rôle, et tint des propos outrageans contre l'intendant; il disait, avec impudence, venir dans la province pour avoir la tête de M. de Moussion, magistrat estimable, et qui était aimé de ses concitoyens. N'ayant pu réussir dans son projet infernal, Bordier se rend à Rouen; il y tient les mêmes discours. Aidé d'un nombre de factieux, il dirige une insurrection contre l'intendant; mais celui-ci la soutint avec courage, et échappa à la mort par un pur hasard. Bordier, n'ayant pu parvenir à organiser son plan de massacre, est arrêté au milieu de l'attroupement, qui est dissipé par la force de l'autorité, qui n'était pas encore méconnue. Traduit au **Parlement**, Bordier y est bientôt convaincu; son jugement ne se fit pas long-temps attendre. Peu de jours après, il termina sa vie sur l'échafaud, au grand étonnement des séditieux. Un électeur de Paris, nommé Bonneville, qui était envoyé dans cette province pour les approvisionnemens de la capitale, faillit y subir le même sort, pour avoir voulu prendre sa défense; il fut assez heureux de pouvoir se sauver par la fuite. A Versailles, eut lieu une scène d'un tout autre genre. Un homme, condamné à la roue pour crime de parricide, fut délivré par le peuple qui cria grâce au moment de l'exécution. Ce monstre, qui avait assassiné son père, échappa à la vengeance des lois au milieu de la foule qui l'enleva, et il disparut. Dans le moment d'impunition judiciaire, une femme fut sur le point de perdre la vie pour avoir manifesté son indignation; les brigands tournèrent leur fureur contre cette malheureuse, se jettent sur elle, l'entraînent dans la foule pour la pendre; mais heureusement elle fut enlevée par la force armée, qui arriva au moment où elle allait être la victime de son amour pour la justice.

Tel était, Messieurs, l'ordre des choses, telle était la situation de la France au commencement du mois d'août. Cette France, jadis si fortunée, maintenant avec tant de maîtres, pouvait-elle jouir de cet heureux calme qu'elle avait eu pendant de si longues années? Je dis tant de maîtres; car le roi n'était plus, pour ainsi dire, que la première autorité, et encore ne pouvait-il faire exécuter les lois que l'on foulait déjà aux pieds. Les Parlemens, qui étaient en partie les auteurs de ce bouleversement général par la résistance qu'ils avaient opposée à tout ce qu'avait voulu faire le roi pour le bonheur de son peuple, tremblaient pour eux-mêmes, ne sachant ce qu'ils deviendraient dans ce renversement des choses. Tous les tribunaux en général étaient comme paralysés ; leur autorité était presque méconnue d'un bout du royaume à l'autre. La justice du peuple l'avait remplacée. La justice du peuple ! ah ! quelle expression impropre vient de m'échapper ! Les brigands commettent tous les crimes sans crainte d'être punis ; les victimes deviennent innombrables, même sous les yeux de cette grande assemblée, qui ne faisait rien ou presque rien pour punir les malveillans. Aussi, Messieurs, vous verrez bientôt les affreux événemens qui en resultèrent, en suivant cette route de malheur.

Depuis plus de quinze jours, Paris était continuellement à la veille de nouveaux désastres : les hommes sages et les citoyens riches et tranquilles tremblaient pour leur propre existence. Les spectacles étaient déserts ; on n'osait s'y montrer, dans la crainte d'être signalé par quelques ennemis cachés. La classe ouvrière commençait à ressentir les effets du désordre. La majeure partie des manufactures se fermèrent faute de vente journalière, et le malheureux se trouva sans ouvrage ; puis par bandes, les ouvriers courent çà et là dans les rues en criant par ironie : Vive la nation, pas de pain dans la maison ! Les attroupemens se grossirent progressivement et devinrent si considérables, que le maire Bailly et tous les membres de la Commune qui gouvernaient Paris, en furent effrayés, et, pour leur propre sûreté, ils furent contraints d'ouvrir des travaux. Vingt mille de ces malheureux, parmi lesquels se trouvaient des compagnons orfèvres et bijoutiers, furent employés à Montmartre et tout autour de Paris à aplanir les monticules, à dresser les chemins et enfin à ne pas faire grand'chose. Organisés par bandes comme des compagnies de soldats, ces ouvriers avaient des chefs qui, les matins, les conduisaient au son du tambour aux lieux désignés. L'appel se faisait, et chacun, la pioche ou la pelle en main, se mettait à l'ouvrage ou faisait semblant. Peu d'instans après, un bon tiers d'entre eux avait disparu. La majeure partie des chefs, qui n'étaient, à proprement parler, que des intrigans et des vauriens, participaient à ce désordre, qui devint des plus dangereux. Celui qui avait cinquante ouvriers sous son commandement, en avait à peine trente ou quarante en activité, et cependant l'appel tait toujours au complet, et la paie la même. Combien de ces chefs participaient à ce désordre, qui leur produisait jusqu'à dix et quinze francs par jour ! Le nombre de ces ouvriers devint en peu de temps si considérable, qu'il semblait que la classe mercenaire s'y rendait de tous les coins de la France. Ce corps d'ouvriers devint presque une armée sous Paris et finit par donner des craintes au maire Bailly. Un jour il fut contraint de faire braquer sur eux des canons, dans la crainte d'un soulèvement. Trente mille francs par jour suffirent à peine à les solder. Cette dépense énorme épuisait la caisse de la ville, qui ne se remplissait que des dons gratuits qu'on lui faisait passer de tous côtés. Ne percevant aucun impôt, il fallut cependant arrêter ce désordre qui allait toujours croissant. Peu de temps après, on supprima ces ateliers avec toutes les précautions possibles; et tout ce qui était étranger à Paris, fut renvoyé dans sa province, en leur donnant trois sols par lieue.

D'un autre côté, le Palais-Royal, qui avait été le théâtre des premières agitations, continuait toujours à semer l'alarme dans tout Paris. Les écrits séditieux et licencieux, sans noms d'auteurs et d'imprimeurs, s'y répandaient avec une étonnante profusion. Le grand nombre de nouvelles imprimeries qui s'établirent servaient d'ateliers pour la fabrique de ces pamphlets, et propageaient les haines et les vengeances. Enfin, au milieu de tout cela, arriva cette fameuse journée du 4 août, ou plutôt cette nuit de sacrifice, qui acheva de bouleverser l'empire français par l'abandon des priviléges du clergé et de la noblesse en faveur du peuple. Cette loi, en quinze articles, que le roi, malgré ses observations, fut contraint d'accepter quelques jours après, excita dans toute la France les plus grands désordres. Le peuple n'en eut pas plutôt connaissance qu'il n'eut plus aucune considéraaion pour tous les ordres. La noblesse et le clergé devenant, pour ainsi dire, l'égal du suzerain, n'éprouva que des humiliations. La chasse, pour lors, se trou-

vant comme autorisée, devint universelle, tout
fut ravagé dans les campagnes, tout fut détruit ; on ne laissait pas seulement une caille
dans les champs. Puis, des menaces et des
voies de fait furent bientôt dirigées contre les
seigneurs. Des placards furent affichés aux
portes de leurs châteaux ; dans le nombre on
remarqua celui-ci, portant ces mots : « Ici
» sera pendu le premier habitant qui portera
» la rente à son seigneur ; ici sera pendu le
» seigneur lui-même, s'il la reçoit. » Les magistrats et les officiers de justice furent poursuivis à leur tour comme le gibier dans la forêt.
Beaucoup d'entre eux furent contraints d'abandonner leur pays pour échapper à la vengeance
de leurs ennemis. Enfin, Louis XVI, qui était
le meilleur des hommes et le plus pacifique des
monarques, pour tout ce qu'il faisait en faveur
du peuple, fut déclaré le restaurateur de la
liberté française ; et, pour cet acte de justice,
qu'on feignait d'approuver, un *Te Deum* en
actions de grâce fut voté dans le sénat par
l'archevêque de Paris, et chanté dans toutes
les églises de France. Tant de dévouement et
tant de sacrifices de la part du prince, lui attirèrent bientôt mille dégoûts et mille dangers.
Son trône, déjà ébranlé par tout ce qu'il faisait
en faveur de son peuple, ne fut plus considéré
que comme un arbre auquel on enlève les fruits
à mesure qu'ils mûrissent : bientôt il devait
être dépouillé de ses branches, à commencer
par les plus basses jusqu'aux plus élevées.

La ville de Paris et celle de Versailles, rem-
plies d'un grand nombre de mécontens, ima-

ginaient mille moyens pour renverser la monarchie jusque dans ses fondemens. Tous les
mauvais nobles perdus de débauches et criblés
de dettes ; tous les mauvais prêtres qui voulaient oublier leurs sermens et le plus saint des
devoirs, formaient entre eux une société. Leur
réunion se faisait dans des repas splendides ; et
là, on y prononçait des discours, des motions qui
ne tendaient à rien moins qu'à frapper l'autorité royale. Il faut ici, Messieurs, vous faire
connaître combien l'homme sait peu se respecter dans la fougue de ses passions. L'abbé
d'Espagnac, d'une famille riche et opulente,
si connu depuis dans l'armée de Dumouriez,
comme fournisseur dans les vivres, s'exprime
ainsi dans son infortune, où l'a entraîné son
penchant révolutionnaire, dans un mémoire
justificatif qu'il publia peu avant sa tradition à
ce fameux tribunal : « Le 23 juin 1789, dit-
» il, fut tenue cette fameuse séance royale, et
» je puis vous prouver qu'étant à dîner avec
» quatorze de mes amis patriotes, au moment
» où l'on nous en apporta la nouvelle, j'enfonçai
» sur-le-champ mon couteau dans la table, et
» leur fit faire le serment de l'enfoncer dans
» le cœur du premier de nous qui reconnaî-
» trait la déclaration que la Cour donnait
» comme son *ultimatum*. » De tels sermens
prêtés presque sous les yeux du plus grand
roi de la terre, pouvaient-ils assurer cette
tranquillité qui fait le bonheur des peuples ?
A Paris, des hommes non moins turbulens et
qui appartenaient aussi à la classe noble, y
jouaient des rôles bien plus extraordinaires.

Un certain marquis de Saint-Huruge , homme immoral et qui avait été enfermé comme fou à la maison de Charenton , par mesure de sûreté, était un de ces héros qui faisaient trembler tous les honnêtes gens de la capitale. Ce marquis, de retour d'Angleterre, où il avait été exilé en sortant de l'hôpital des fous, fut un des athlètes les plus acharnés à l'attaque du trône. Toujours à la tête de deux cents hommes armés, il ne quittait le Palais-Royal que pour se porter dans tous les coins de Paris et y jeter le désordre. Plus d'une fois il a fait trembler le maire Bailly lorqu'il lui soupçonnait la plus petite déférence pour l'autorité suprême. Ce misérable marquis, presque ruiné, était un de ceux que le jacobinisme, avec le plus grand acharnement, poussait à malfaire : tantôt monté sur une chaise dans le Palais-Royal, il pérorait les auditeurs avec véhémence; tantôt marchant à leur tête, il secouait les torches de la discorde et n'avait de relâche que lorsque le crime qu'il avait en vue était consommé.

La sombre méfiance était tellement à l'ordre du jour dans tout Paris, que les chefs du gouvernement d'alors étaient à chaque moment à la veille de perdre la vie sur le moindre soupçon qu'ils trahissaient cette chère liberté naissante. Le marquis de Lasalle, commandant en l'absence de M. de Lafayette , qui était aussi un marquis, faillit être victime des craintes toujours renaissantes des révoltés. Voici quelle en fut la cause : les régisseurs des poudres de l'arsenal avaient dans leur magasin une grande

quantité de poudre de traite qu'ils voulaient
envoyer à Essonne pour être échangée contre de
la poudre à canon. Dans ces momens de défiance et d'alarmes, pour faire faire ce transport, il fallait un ordre du commandant générale de Paris. M. de Lasalle dont le dévouement était à toute épreuve au nouvel ordre de
choses, crut pouvoir signer cet ordre en l'absence et pour M. de Lafayette ; il le fit sans
conséquence. Muni de cet ordre, un bateau
se charge sur le port Saint-Paul, sous la surveillance de quatre factionnaires. A peine est-il
complètement chargé, que la méfiance et l'inquiétude se manifestent bientôt sur le bord de la
Seine ; un attroupement considérable s'y porte
et l'on déclare que ce bateau de poudre est
destiné pour les ennemis du peuple. Cette nouvelle se propage de bouche en bouche, et se
répand dans tout Paris avec une promptitude
inconcevable. Des milliers d'agitateurs arrivent
à la Grève comme des furieux et demandent à
grands cris la punition des auteurs de cette
trahison. Le maire Bailly et M. de Lafayette,
instruits de ce qui se passe, se rendent à la ville
au milieu du tumulte. Ils prennent connaissance des faits et ordonnent que le bateau serait
de suite déchargé avec la plus grande précaution, et il le fut effectivement. Mais les meneurs ne s'en tinrent point là ; ils arrêtent les
régisseurs des poudres de l'arsenal, et les conduisent à l'Hôtel-de-Ville, pour qu'ils eussent
à se justifier ou être punis s'ils sont coupables.
L'ordre du transport des poudres à Essonne,
signé du marquis de Lasalle, qu'ils présentent

pour leur justification , est constaté ; ils sont mis en liberté , et ce n'est qu'avec la plus grande précaution , tant on craignait pour leur propre vie dans ces momens périlleux. Mais il fallait une victime. La Grève , en peu d'instans , se remplit de furieux qui s'agitent et demandent à grands cris la mort du marquis de Lasalle , protestant qu'il est un traître , un ennemi de la nation. La foule peu-à-peu s'approche des marches de l'Hôtel-de-Ville ; elle se mêle avec la garde , force les sentinelles et entre comme un torrent en poussant des cris de rage. Les brigands courent de salle en salle , de chambre en chambre , et enfin dans tous les bureaux et jusque dans les greniers ; heureusement que le marquis était absent. Tandis qu'on cherche la victime de tous côtés dans l'Hôtel-de-Ville , d'autres brigands montent sur le réverbère qui était en face , au coin de la rue de la Vannerie , et tiennent une corde toute prête pour le pendre. Pour appaiser les moteurs du trouble , on proclame dans la place de Grève les services rendus par le marquis de Lasalle , dans les premiers jours de révolte , qu'il était un bon patriote et incapable de trahir le peuple. On n'écoute rien. Des hommes fort bien mis , mêlés parmi la foule , déclarent qu'il est un traître , qu'il faut qu'il paraisse à l'instant même , pour se justifier de l'accusation portée contre lui par le peuple. Aussitôt cinquante hommes de garde sont expédiés chez le marquis avec injonction de l'amener à l'Hôtel-de-Ville. Mais tandis qu'on le cherche de tous côtés, ne voilà-t-il pas que le marquis de Lasalle arrive seul sur la place de Grève, ignorant la cause de tant d'agitation; il était loin de penser que tant de vacarme était dirigé contre lui, et que sa personne était dans le plus grand danger. Heureusement qu'un de ses amis le voit de loin s'avancer d'un air tranquille, il l'aborde et l'entraîne avec précaution à quelques pas : sauve-toi, lui dit-il, sauve-toi promptement, ou tu vas périr si tu es reconnu. En finissant ces mots, il l'instruit de ce qui se passe. M. de Lasalle, saisi de crainte et effrayé du danger auquel il se trouve, disparaît fort heureusement, et est sauvé. A peine le marquis est hors de la place de Grève, que le détachement envoyé à son hôtel, revient à l'Hôtel-de-ville et annonce ne l'avoir point trouvé chez lui, qu'on leur avait dit qu'il était à sa maison de campagne. A cette nouvelle, les cris et les menaces recommencent avec une nouvelle fureur. L'agitation devient à son comble. Enfin un nouveau détachement est expédié par le maire Bailly, à cette maison de campagne ; mais avec l'espoir de ne l'y point trouver. Il part au grand contentement des brigands. M. de Lasalle ne s'y trouve point non plus et n'avait garde d'y aller. Vers le soir, un assez grand nombre de troupes que M. de Lafayette avait fait venir sur la place, forme un bataillon carré, puis s'élargissant sensiblement, force les brigands et le peuple à sortir de la Grève, et la tranquillité renaît. Peu de jours après, M. de Lasalle se justifie, mais n'ose reparaître à l'Hôtel-de-Ville que plus d'un mois après.

C'est ainsi, Messieurs, que dans ces temps

1. 7

d'insurrection, les plus petites causes amenaient les plus grands effets. Un rien mettait le
peuple dans le délire, un rien calmait son
effervescence. Tout cela dépendait des meneurs
qui étaient partout comme le génie du mal, et
qui, selon le caprice ou leur volonté, faisaient
agir la populace pour arriver au but qu'ils se
proposaient.

Après avoir parcouru les catastrophes sanglantes des premiers jours de l'insurrection
dont je ne vous ai donné ici qu'un abrégé assez
rapide, passons au délire de la joie qui leur
succéda, et voyons les premieres fêtes nationales dites de la Liberté; car cette déesse invisible commençait furieusement à tourner toutes
les têtes. Jusque-là, en son nom chéri, un
malheur avait succédé à un autre malheur, un
crime à un autre crime; mais, comme je le
dis, cette déesse n'était encore qu'invisible,
quoique son nom fût dans toutes les bouches
et dans tous les cœurs. En achevant ces paroles, je m'écrie : Voyez! voyez! et aussitôt
je présente le tableau de la Liberté portée en
triomphe sur un brancard dans les rues de
Paris, entourée de femmes et de filles,
toutes habillées en blanc comme des Made-
leines de procession. Ah! Monsieur, s'écrie
Adolphe qui ouvrait de grands yeux, où est
donc cette fameuse déesse de la Liberté; je ne
la vois pas? — Je le crois, répondis-je, un peu
de patience; elle est cependant au milieu du
groupe que vous voyez. Mais comme elle ne
fait que de naître et qu'elle n'est pas plus grosse

qu'un poussin qui sort de sa coque, elle ést presque imperceptible. Prêtez attention à ce que je vais vous dire.

En mémoire de tout ce que vous avez vu jusqu'à présent dans mes précédens tableaux, les partisans du nouvel ordre de choses, et les Parisiens voulurent, par des fêtes, rendre des actions de grâce à leur patrone, de ce qu'ils n'avaient pas tous péri dans le chaos qui avait ébranlé Paris jusque dans ses fondemens. Ils résolurent de porter à la bonne sainte Géneviève des fleurs et des trophées et sur-tout d'y conduire la déesse de la Liberté. Des processions patriotiques furent en conséquence organisées pour cet effet. Les femmes des halles furent celles qui les premières donnèrent l'essor à toutes ces fêtes qu'on a vu à Paris, depuis et pendant de si longues années. Il fallait bien de temps à autre ramener la gaîté au milieu de la capitale, et immortaliser nos premiers troubles politiques. Trois ou quatre cents femmes et autant de jeunes filles parées de bouquets et de rubans aux couleurs nationales, partirent des halles un beau matin, et dirigèrent leur marche avec une espèce de solennité vers l'église de Sainte - Géneviève. Une bannière ouvrait la marche entre deux rangées de jeunes filles. Puis ensuite venaient des couronnes de lauriers et de fleurs portées avec recueillement et décence. Puis, au milieu de tout cela, de belles et bonnes brioches toutes tendres et qu'un chacun dévorait des yeux tant elles paraissaient appétissantes, étaient aussi portées avec grande vénération sur de beau linge blanc.

7*

Enfin , suivait un magnifique brancard sur lequel était assise mollement , sur de beaux coussins , une petite fille de trois ou quatre ans , belle comme le sont les enfans de cet âge , parée , de la tête aux pieds , de dentelles , de rubans et de fleurs. Cet enfant , ou plutôt cette petite fille , représentait la déesse de la Liberté naissante qu'on n'avait point encore vue , et qu'on admirait , pour la première fois , dans les rues de Paris. Quelle est belle ! se disait-on , en ouvrant de grands yeux ; quelle divinité ! Vous dire combien cette petite poupée reçut d'acclamations , dans les rues où elle passa , serait impossible ; les cris de *vive la Liberté!* retentirent à ses oreilles , au point que la pauvre petite en fut effrayée. On la voyait avec un charme inexprimable , elle faisait répandre des pleurs de joie. Après avoir parcouru les rues , la bannière , les couronnes, les brioches et la déesse-enfant arrivèrent à l'église de Sainte-Géneviève. Là , des prières furent faites ; là , des messes furent célébrées, et des bénédictions furent données par les chanoines au peuple , et aussitôt la châsse fut parée de fleurs et de rubans. Au sortir de l'église , on se rendit à l'Hôtel-de-Ville pour couronner le maire Bailly et lui présenter les brioches bénites ; car c'était pour lui qu'elles étaient destinées et lui qui devait les manger. Après avoir parcouru les rues avec ordre , la procession ennuyée, entra dans la salle où étaient le maire et les municipaux. Puis , après un petit discours, que l'une des femmes de la halle prononça avec volubilité , elle posa sur la tête de Bailly

une couronne de laurier, que celui-ci reçut
avec un saint recueillement. Alors la bonne
femme se jetant à son cou l'embrassa avec
transport sur les deux joues. Ici les applaudissemens deviennent universels. Une seconde
femme suivit l'exemple de celle-ci, puis une
troisième, puis une quatrième imita la première, puis enfin, voilà-t-il pas que toutes les
femmes et les filles entourent le maire Bailly
et toutes en même-temps veulent se jeter à
son cou, au point qu'il ne sait à laquelle
entendre. Jamais il n'avait été autant fêté
et caressé. Ivres de joie et de plaisir, les
femmes des halles, après cette cérémonie qui
dura une partie de la journée, s'en furent au
Palais-Royal, rejoindre la nation, (c'est ainsi
que se nommaient les attroupemens du café
de Foix, où se réunissaient tous les chefs des
révoltés). Là, les danses en rond, les danses
en carré et des libations terminèrent cette fête,
qui se prolongea fort avant dans la nuit. Je ne
vous parlerai pas, Messieurs, de toutes les
autres fêtes qui suivirent celle-ci, et qui toutes
se ressemblèrent, pendant plus de quinze jours
de suite ; l'église de la bonne Sainte-Géneviève
ne désemplit point ; je crois que toutes les
femmes et les filles de Paris s'y rendirent les
unes après les autres, pour adresser à leur patrone des prières ferventes, et y recevoir les
bénédictions des chanoines réguliers. Que des
couronnes de laurier reçut le maire Bailly, qui
se changèrent bientôt en couronnes d'épines !
Que de brioches bénites lui furent présentées,
au milieu des transports de joie la plus

bruyante et des cris de *vive la liberté !* **On**
l'adorait comme une divinité. Toutes les Parisiennes s'empressaient à lui adresser des hommages. On ne l'appelait plus que le bon maire
Bailly, le sauveur de la France. Ce nouveau
magistrat, qui ne voyait pas plus loin que son
nez, quoiqu'il fût d'une fameuse longueur,
recevait tout cela avec une complaisance vraiment risible, il en était tout fier. Laissons-le
manger en paix ses belles brioches avec ses
amis, et passons à autres choses ; car les fêtes,
comme les événemens, se succédaient avec
rapidité.

Tandis que les femmes et les filles de la
bonne ville de Paris, occupaient leurs momens
de loisir à prier Dieu et à honorer la bonne
Sainte-Géneviève pour qu'elle les préservât de
nouveaux malheurs, les hommes, de leur côté,
employaient leur temps à autres choses non
moins intéressantes dans ces circonstances. Les
héros de la Bastille, ou prétendus tels, dont
le nombre considérable, grossi par des intrigans qui n'avaient jamais été vainqueurs de
la Bastille, faisaient déjà sonner bien haut les
traits de courage qu'ils avaient montrés, disaient-ils, à la conquête de cette forteresse,
qui cependant ne s'était, pour ainsi dire, point
défendue. Pour récompense de tant de courage
et de tant d'audace, ils exigeaient et pressaient
le maire Bailly et la Commune de leur délivrer
des marques distinctives. Parmi ces héros con-
quérins figuraient en première ligne le fameux
Hullin, compagnon orfèvre, qui depuis a été
fait commandant de Paris ; l'huissier Maillard ;

Arné, grenadier aux Gardes-Françaises ; puis
enfin, les Elie, les Richard, les Dupin, les Hum-
bert, les Legris, les Ducastel, les George, les
Marc, et plus de huit cents que je ne nomme
point ; car le nombre en était si grand, qu'il
serait difficile de les compter. Encore une fois,
combien de gens se disaient vainqueurs de la
Bastille, et n'y avaient pas seulement paru ?
Enfin, pour transmettre à la postérité la plus
reculée, cette belle action, l'abbé Fauchet,
qui était du nombre de ces vainqueurs, rassembla tous ses camarades dans l'église de Saint-
Martin-des-Champs, et là, il prononça l'oraison
funèbre de ceux qui étaient morts dans les fossés, soit en tombant de dessus les remparts en
se poussant les uns et les autres, soit du haut
du pont-levis, en s'y précipitant avec trop d'ardeur ; le nombre se réduisait à peu de chose.
L'abbé Fauchet, dans son discours pathétique
et éloquent à sa manière sur les destinées humaines, fit sonner bien haut les mots de patrie,
de liberté, de dévouement ; il ne parla point
encore de la sainte égalité, qui cependant jouera
un très-grand rôle dans la suite, ainsi que vous
le verrez dans mes tableaux.

Les Gardes-Françaises, qui ne gardaient plus
rien, puisqu'ils avaient lâchement abandonné
leur roi, maîtres de leur volonté, sans discipline et presque sans commandement, étaient
dissiminées dans les soixante districts de Paris,
mêlées avec la bourgeoisie. Leur service ne consistait qu'à garder leur poste et à ne pas faire
grand chose. Ils n'obéissaient à leurs nouveaux
chefs qu'autant que tel était leur bon plaisir.

Leur paie était de 20 sous par jour, et cependant ils faisaient grande dépense. Les cabarets, les guinguettes et tous les tripots de Paris en étaient remplis. Enfin, livrés à la débauche, ils menaient une vie crapuleuse ; dans le délire de l'ivresse et d'un patriotisme exagéré, ils tenaient des assemblées et prétendaient aussi aux droits honorifiques, comme vainqueurs de la Bastille. Leurs prétentions devinrent tellement pressantes, que le maire Bailly fut contraint de leur faire délivrer des médailles de cuivre doré, qu'ils portèrent à leurs boutonnières, comme les chevaliers de Saint-Louis portaient leur croix qu'ils obtenaient après vingt-quatre années de service.

L'esprit de liberté et de désordre, Messieurs, commençait fièrement à se manifester dans tout Paris, et même dans toute la France ; les ouvriers se gendarmaient déjà contre les maîtres. Les garçons tailleurs, accablés de besogne par le grand nombre d'uniformes de garde national qu'ils avaient à faire, ne voulurent plus travailler pour le modique salaire de 35 ou 40 sous par jour ; les perruquiers-barbiers en firent autant. Tous les corps de métiers se mirent bientôt en opposition les uns contre les autres, par le grand nombre d'assemblées qu'ils tenaient déjà, ainsi que les y autorisait la *sainte liberté*. Enfin, les ennemis de l'ordre ne balancèrent plus à armer les différens corps les uns contre les autres. On voyait les Gardes-Françaises, les Suisses, les Gardes nationaux et les soldats des autres corps prêts à se combattre à chaque instant du jour ; il n'y avait pas jusqu'aux domestiques

qui voulussent aussi tenir des assemblées, à
l'effet, disaient-ils, de se secourir les uns les
autres, dans le cas où ils se trouveraient sans
place; mais leur projet visible ne consistait qu'à
dénoncer leurs maîtres, dont le patriotisme
n'était pas pur, selon eux, et de les signaler aux
partisans de la révolte. La ville de Paris présentait de momens en momens des situations
les plus critiques. La ville de Versailles se trouvait dans le même cas. L'Assemblée nationale,
dite constituante, qui démolissait tout et ne
construisait rien, était souvent fort embarrassée
pour maintenir l'ordre dans tout le royaume;
quant au monarque, son autorité était déjà
presque nulle, il se laissait dépouiller avec une
bonté sans exemple. Jamais roi, j'ose le dire
à regret, n'eut autant de faiblesse.

Pour maintenir la tranquillité, et ramener
les mauvais Français à l'obéissance, l'Assemblée rédigea une belle proclamation contre le
désordre et le crime, avec injonction de poursuivre, arrêter et punir les brigands partout
où ils se trouveraient; puis, de faire prêter serment aux troupes nationales et de ligne, d'être
fidèles à la nation, à la loi et au roi. Ici, commencent les premiers sermens, si multipliés
par la suite. Cette proclamation, affichée sur les
murs de Paris, fut lue avec avidité; mais les
hommes invisibles, qui riaient sous cape à ce
rappel à l'ordre, n'en continuèrent pas moins
à suivre leur système de bouleversement, et
arrivèrent au but qu'ils se proposaient : bientôt
le monarque devait être au pouvoir des brigands, au milieu d'un carnage affreux. Le fa-

meux Necker, toujours ministre des finances,
travaillait jour et nuit à la restauration du crédit public, qu'il ne put jamais rétablir. Les
coffres de l'État, au lieu de se remplir, étaient
toujours dans un vide très-alarmant. Un emprunt de 30 millions fut discuté et accepté par
l'Assemblée nationale; mais cet emprunt ne
remplit point le but qu'on se proposait; un
second emprunt de 80 millions succéda à celui-
ci; il ne fut pas plus heureux. Comme on visait
déjà à la spoliation des biens ecclésiastiques,
un membre de l'Assemblée, M. Cotte, proposa
de s'en emparer et de les mettre entre les
mains de la nation. Cette proposition n'eut
point de suite pour le moment; elle fut rejetée
avec beaucoup d'indignation. Peu de jours
après, quelques religieux de Saint-Martin-des-
Champs, de leur autorité privée (et on ne fut
pas dupe de cette supercherie), vinrent à l'As-
remblée nationale proposer l'abandon des biens
de l'ordre de Cluny; ils furent bien reçus par
Mirabeau, qui s'écrie : *On croit voir le fil du
grand chapelet monacal se rompre.* Ces faux
frères furent bientôt dénoncés par leurs chefs,
comme n'ayant aucune mission; mais l'Assemblée n'en tint compte; elle ne prit aucun parti
contre les moines qui étaient venus dans son
sein l'abuser, en s'autorisant d'un faux titre.

La France était déjà dans une situation si
critique, occasionnée par tout ce que faisait l'Assemblée nationale, que le désordre, au lieu de
se rétablir, s'accroissait progressivement de
jour en jour. La besogne que les députés se
préparaient, devait durer plusieurs années : ils

ressemblaient à ces architectes à qui on ordonne de restaurer un antique château, ou un palais ; qui, pour tirer un meilleur parti de leurs
ouvrages, déclarent, dès qu'ils ont attaqué un
côté, que le reste ne vaut rien, et qu'il est
plus prudent de démolir de fond en comble,
crainte d'être écrasé sous les ruines, et qu'il faut
en rebâtir un neuf. Le roi qui avait pleine confiance aux députés de la nation, adhéra aux
propositions de ces prétendus réparateurs, et la
construction de ce nouveau monument fut si
longue, si longue, qu'il semblait qu'un mauvais
génie détruisait pendant la nuit l'ouvrage qu'on
avait fait le jour.

Nos *chers* députés qui ne pouvaient vivre de
l'air du temps, se fixèrent de leur propre
volonté des appointemens : cela paraissait juste ;
car tout travail mérite salaire, et la journée
de chacun d'eux fut portée à dix-huit francs.
Une si haute paie donna du courage à tout le
monde : combien parmi eux n'avaient point
auparavant trois francs par jour à dépenser, se
trouvèrent tout-à-coup dans l'opulence ? Ce
fut pour alors que l'édifice fut bientôt attaqué,
renversé, bouleversé, de manière qu'il ne resta
pas pierre sur pierre. Tout ne fut bientôt plus
que ruines, que décombres ; le monarque, au
milieu de ce grand nombre de démolisseurs et
de restaurateurs d'édifices, ne fut plus le maître
de commander à tant de monde. Chacun voulait
construire, élever à sa manière ; les uns péroraient
d'un côté, les autres péroraient de l'autre, c'était
à qui présenterait des plans les plus gigantes-
ques ; enfin, le roi ne fut bientôt plus que le

premier des humbles sujets de son royaume. Les droits de l'homme, car pour séduire les esprits, il fallait des droits de l'homme, et ces droits rédigés et discutés dans les comités, puis dans le sein de l'Assemblée nationale amenèrent enfin cette interminable opposition, qui finit par ébranler l'empire d'un bout du royaume à l'autre, sans jamais pouvoir le rétablir. Le mot de *veto* qui signifie je *m'oppose*, *j'empêche*, et qu'on avait été déterrer chez les Romains, qu'employaient les consuls pour s'opposer aux décrets du Sénat et à tout acte des autres magistrats, fut proposé et accordé au roi comme la seule autorité qu'on voulait bien lui conserver. Mais les partisans du nouvel ordre de choses regardèrent cette loi comme une digue salutaire à tout ce qu'on pourrait faire pour détruire la liberté.

Les suppôts, les agens subalternes du palais de la justice, qui s'assemblaient tous les jours au café de Foix, et qui prétendaient gouverner la France, ou du moins dicter des lois aux Etats-généraux se récriaient avec fureur contre cette loi : Nous ne voulons point de *veto*, disaient-ils. (Ils n'osaient pas encore dire publiquement, nous ne voulons plus de roi; mais ils le pensaient intérieurement.) Nous voulons la liberté toute entière. Le rusé, le subtil Necker, qui avait de l'esprit comme quatre, et qui était toujours auprès du roi à lui présenter des plans de finance qui ne valaient pas grand chose, voulut encore s'occuper des travaux de l'Assemblée nationale. En conséquence, il rédigea un très-grand rapport le sur *veto* absolu, et sur le *veto* suspensif, en se déclarant pour ce dernier. Après l'avoir présenté au souverain, il s'adressa tout de suite à l'Assemblée nationale avec une lettre fort respectueuse ; mais l'Assemblée qui ne voulait plus ni de Necker, ni de ses plans, ni de ses rapports, en refusa la lecture : les beaux jours de triomphe de ce Génevois étaient passés. Il s'occupa cependant encore à faire des plans sur les contributions patriotiques en invitant les bons citoyens à apporter aux hôtels des monnaies la vaiselle d'or et d'argent qu'ils avaient de trop. Triste ressource pour un ministre, quand il est réduit à un pareil moyen ! Mais comme on ne s'empressait pas à donner son bien pour le plaisir de le donner en pure perte, il invitait le monarque; à montrer l'exemple et le roi, encore par excès de bonté, fit le sacrifice demandé par son ministre, pour servir d'exemple, disait-il, et il envoya à l'hôtel des monnaies une grande partie de son argenterie qui fut fondue. En se dépouillant ainsi, le roi et tous les Français en général, devaient par la suite du temps, et ce temps n'était pas éloigné, n'avoir sur leurs tables que des plats de terre pour mettre les viandes, et des couverts d'étain pour manger le potage, et c'est ce qui est arrivé comme vous le verrez en temps et lieu.

Tandis que l'Assemblée nationale discutait à Versailles le *veto* absolu et le *veto* suspensif, la discorde promenait ses torches incendiaires dans tout le Palais-Royal à Paris. La *nation* de ce Palais, composée, comme je l'ai déjà dit, de turbulens et de furieux, réunie au café de Foix, agitait les questions les plus absurdes et les plus révoltantes. On y débitait qu'un parti des députés des États voulait le *veto* absolu, et que la France allait redevenir esclave. Les jours de Mirabeau, ajoutaient-ils, y étaient en danger, et cependant Mirabeau opinait pour le *veto* absolu. Cette multitude, mal instruite, et confusément réunie dans le Palais-Royal, centre de la révolution, et qui, agitée par les hommes invisibles, parlait, avec une audace révoltante, de marcher sur Versailles avec quinze mille hommes, d'y briser les infidèles représentans, et d'en nommer d'autres à leur place. Pour que les choses allassent à leur gré, ils devaient amener le roi et le Dauphin à Paris ; et qu'une fois dans cette ville, leur vie y serait plus en sûreté. Le turbulent marquis de Saint-Huruge était un de ceux qui devaient marcher à la tête de cette masse de révoltés, pour enlever le monarque ; d'un autre côté, on menaçait de brûler tous les châteaux de ceux des représentans qui ne marcheraient pas dans le sens de la révolution. Enfin, on employait les manœuvres, tant de fois répétées depuis, et par lesquelles un parti a cherché à l'emporter sur l'autre, et particulièrement sur les gens honnêtes, sages, mais timides. C'était le 29 août que toutes ces choses se passaient ; mais le 30, Saint-Huruge reparut dans le jardin du Palais-Royal à la tête de nombreuses patrouilles. Après avoir parcouru les galeries et tous les cafés, les patrouilles devinrent considérables ; il ramasse tous les brigands qui s'y trouvaient ; et sort du Palais, à l'effet de se diriger vers la route de Versailles, où l'attendaient d'autres

bandes; mais il fut arrêté du côté de la place
Vendôme par des détachemens de cavalerie
et d'infanterie, postés à cet effet, et fut contraint de rebrousser chemin; il revint au Palais-
Royal agiter de nouveau les esprits, et raconter ce qui lui était arrivé. Tous ces mouvemens
n'avaient d'autre but que d'influencer l'Assemblée nationale, et donner de la force au
parti populaire. N'ayant pu se porter à Versailles avec la force armée, il s'y rendit avec
quelques-uns des siens, et voulut faire connaître la prétendue volonté du peuple de Paris.
Il ne fut point écouté pour le moment; les
choses n'étaient point encore à leur maturité.
De retour à Paris, il rendit compte à la nation
du café de Foix; ce qu'il y débita ne satisfit
guère les Camille-Desmoulins, les Loustalot
et autres turbulens, qui regardèrent la France
et la liberté comme perdues, si la nation ne
se levait pas une seconde fois. Le 31 août, les
mouvemens du Palais-Royal recommencèrent
avec encore plus de vigueur. Les attroupemens,
devant le café de Foix devinrent des plus tumultueux. Les orateurs, montés sur des chaises,
péroraient la multitude avec des cris perçans.
Enfin, le fou de Saint-Huruge, pour mieux
se faire entendre, monta sur un arbre; et là, per-
ché sur une branche comme un singe, il l'imi-
tait par ses contorsions, en braillant de toutes
ses forces. L'intérieur du café de Foix formait
un comité dirigeant : les tables servaient de
bureau à tous les séditieux. Le nombre de ces
misérables provocateurs à la révolte, qui voulaient gouverner la France, et qui se disaient

les défenseurs de la nation, étaient composés d'environ une cinquantaine d'individus. Enfin, l'avocat Loustalot, qui n'était pas sans talent, et faisait preuve de son savoir dans la rédaction des *Révolutions de Paris*, de Prudhomme, par son esprit insurrectionnel, rédigea une espèce de pétition à la Commune de Paris, ou plutôt aux représentans qui siégeaient à l'Hôtel-de-Ville. Cette pétition, qui ne tendait à rien moins qu'à exciter la guerre civile dans tout le royaume, est ainsi conçue : 1°. « L'opinion de
» la Commune assemblée, par individus, est-
» elle que le roi doive avoir le *veto*? c'est-à-dire
» le droit de refuser ou d'adopter les opérations
» du corps législatif; et la Commune le lui ac-
» corde-t-elle, ou le lui refuse-t-elle pour la
» portion qui lui appartient dans le pouvoir
» législatif?

» 2.° La Commune est-elle satisfaite de ses
» députés à l'Assemblée nationale? leur accor-
» de-t-elle la même confiance que lorsqu'elle
» les a nommés, et les confirme-t-elle ?

» Si elle en révoque quelques-uns, qui
» nomme-t-elle électeurs pour élire d'autres
» députés à leur place?

» 4.° Ne convient-il pas de donner à ces
» nouveaux députés, ou d'accorder aux an-
» ciens un mandat exprès pour refuser le veto
» au roi et laisser à la nation l'entier exercice
» du pouvoir législatif?

» 5.° Enfin, d'arrêter que l'Assemblée na-
» tionale suspendra ses délibérations sur le
» veto jusqu'à ce que les districts, ainsi que
» les provinces, aient prononcé ? »

Ce projet de sédition fut à peine rédigé,
que les insurgés, d'une commune voix, l'envoyèrent à l'assemblée de la Commune par des
députés nommés à cet effet, qui en firent lecture à haute voix. Mais comme ce projet n'avait
d'autre but que d'amener immanquablement
la guerre civile la plus affreuse dans tout le
royaume, ils reçurent la réponse suivante :
« Messieurs, leur dit le président avec fer-
» meté, l'assemblée municipale avait annoncé
» l'invariable résolution de ne recevoir aucune
» députation que des corps légalement consti-
» tués ; elle ne vous a reçus que parce qu'on
» lui avait annoncé, comme de votre part,
» que vous vouliez proposer les moyens de
» ramener la paix dans le Palais-Royal ; elle
» n'a rien de plus à vous répondre. » Cette
réception peu amicale, aterra pour l'instant
les députés du Palais-Royal, qui furent contraints de se retirer ; mais ils ne se tinrent
pas pour battus. De retour au café de Foix,
ils rendirent compte à leurs amis de leur mission. Ce fut alors qu'on agita mille questions
plus ou moins effrayantes. Montés sur les tables,
c'était à qui crierait le plus fort : les uns élevaient
la voix d'un côté ; les autres criaient ailleurs ;
à une certaine distance, c'était un tapage affreux. Enfin, on arrêta que de nouveaux députés repartiraient de suite pour la Commune,
accompagnés d'un grand nombre d'entre eux.
Ils s'y rendirent en effet, et renouvelèrent la
demande avec arrogance ; mais ils ne furent
pas mieux reçus que la première fois, et furent contraints de se retirer de suite. Avant

de s'éloigner , ils déclarèrent qu'ils sauraient punir les députés de l'Assemblée nationale qui ne voteraient pas à leur gré ; puis, ils firent des démonstrations de vengeance contre les membres de la Commune , en les regardant et en se portant le doigt au cou, comme pour faire signe qu'ils seraient pendus. Soit que quelques membres de la Commune s'entendissent avec les brigands , soit faiblesse de la part de cette assemblée , elle n'eut pas le courage de les faire arrêter , et les laissa retourner au Palais-Royal y organiser de nouveaux désordres. L'assemblée de la Commune se contenta de prendre un arrêté contre les séditieux , chargeant le commandant-général de déployer toute la force de la Commune de Paris contre les perturbateurs du repos public ; de les faire arrêter et constituer dans les prisons , pour leur procès être instruit selon la nature des délits.

Cet arrêté, qui retrace aux habitans de Paris la situation où ils se trouvent et les dangers qu'ils courent par tout ce qui se passe au Palais-Royal dans ces circonstances malheureuses, fut placardé à tous les coins des rues, et même dans le Palais-Royal ; mais les affiches furent bientôt déchirées et disparurent totalement dans la nuit suivante. Ah ! si l'assemblée de l'Hôtel-de-Ville menaçait les attroupemens du Palais-Royal et tous les brigands de Paris , les séditieux du Palais-Royal , de leur côté , menaçaient l'Hôtel-de-Ville et bravaient d'une manière scandaleuse, et le roi, et l'Assemblée nationale , et la Commune de Paris : rien ne pouvait résister à leurs projets d'insurrection.

Les chefs invisibles, qui étaient l'âme de ces
désordres, gorgés d'or, mettaient une telle
activité à semer ce métal avec profusion, qu'à
des signaux convenus ils avaient toujours à leur
disposition 20, 30 et 40 mille hommes armés,
comme vous le verrez tout-à-l'heure. Au milieu de ce désordre toujours renaissant, les
turbulens bravèrent encore avec plus d'audace
toutes les autorités quelconques ; ils écrivirent
plusieurs lettres menaçantes au président de
l'Assemblée nationale. Saint-Huruge, qui ne
craignait ni Dieu ni les hommes, porta l'insolence jusqu'à en signer une de sa propre main.
Dénoncé à l'Asssemblée nationale par M. de
Clermont-Tonnerre, on demanda qu'on infor-
mât contre son auteur ; il fut ordonné que St-
Huruge serait amené pour être entendu ; mais
ce misérable séditieux n'en eut pas plutôt connaissance, qu'il se mit sous la protection de ses
acolytes et disparut momentanément.

Continuons, Messieurs, de vous dérouler la
trame ourdie par les brigands pour porter le coup
le plus terrible à la monarchie. Les mouvemens
du Palais-Royal étaient loin de finir. Les séditieux craignant d'être arrêtés, cherchèrent
à attirer dans leur parti les districts de Paris.
En conséquence, quelques-uns d'entre eux s'y
rendirent et mirent en question le veto ; mais
comme les districts en général, en ce temps-là,
étaient encore composés d'honnêtes gens, qui
connaissaient leurs devoirs et le respect qu'ils
portaient à leur roi et à l'Assemblée nationale,
refusèrent d'adhérer aux propositions des factieux. La ville de Paris était alors sans lois,

8*

sans tribunaux, sans justice et sans moyens
de punir les coupables; il en résulta que les
prisons se trouvèrent bientôt encombrées de
détenus. La force armée, sous le commandement de M. de Lafayette, arrêtait les voleurs
partout où ils se trouvaient, c'est-à-dire les
petits voleurs, les filous et quelques mauvais
sujets; mais les grands coupables savaient fort
bien braver l'autorité, ils trouvaient toujours
les moyens d'éviter la prise au corps : le patriotisme, qui était le palladium des brigands,
ils l'employaient toujours dans toutes les occasions. Enfin, le veto, qui avait servi de prétexte aux troubles du Palais-Royal depuis plusieurs jours, fut adopté par l'Assemblée nationale après de grands débats, et la personne
du roi déclarée inviolable. Les chefs de révolte
du Palais-Royal, qui avaient jeté feu et flamme
pour l'en empêcher, n'en eurent pas plutôt
connaissance qu'ils regardèrent la liberté française comme perdue; ils jurèrent vengeance
contre ceux qui s'étaient opposés à leurs projets. En conséquence, ils tramèrent en secret
le plus grand crime dont l'histoire fasse men-
tion; ce fut d'affamer les citoyens par une
fausse disette de vivres, amenée par des acca-
pareurs et par des ennemis du bonheur public.
Quoique le maire Bailly et une partie des
membres de la Commune employassent tout
leur temps et toutes leurs veilles à approvision-
ner la capitale, la ville de Paris n'avait jamais
pour plus de deux ou trois jours de vivres :
la halle aux farines était continuellement dans
un vide effrayant. Les ennemis de l'ordre et

de la paix s'y portaient de temps à autre, et lorsqu'ils étaient convaincus de la pénurie qui existait véritablement, ils semaient les bruits les plus alarmans; alors la foule, toujours inquiète, toujours soupçonneuse, se portait aux portes des boulangers, et en peu d'instans tout le pain avait disparu. Malgré cette méchanceté, quoique Paris renfermât plus de huit cent mille âmes, (car il semblait que tous les mécontens et tous les voleurs y étaient rassemblés) il n'en manqua cependant point, et le peuple continua de vivre au jour le jour.

Dans cette situation, presque toujours alarmante, l'assemblée de la Commune, réunie à l'Hôtel-de-Ville, laquelle était de trois cents membres, et qui formait, pour ainsi dire, une seconde Assemblée nationale, car elle avait, à peu de chose près, autant d'autorité, gouvernait Paris et presque déjà toute la France, comme cela est arrivé depuis sous les Assemblées législative et de la Convention, leur dictant des lois, et les faisant rendre sous l'influence des baïonnettes et des canons. Cette Assemblée, ou plutôt quelques membres, mirent à l'ordre du jour ces fameux épuremens qui furent si funestes par la suite aux patriotes et aux personnes qu'on voulait sacrifier au pouvoir des chefs, comme je le ferai voir avec le plus grand soin. Enfin, plusieurs d'entre eux demandèrent un droit de censure pour chaque membre qui devait composer le Conseil municipal. Ce droit de censure ou d'épurement, proposé par M. de Semonville, entraîna des longueurs et de grandes discussions, qui se prolongèrent pen-

dant quelque temps. Tandis qu'on épluchait
le patriotisme de ces municipaux, les brigands
en profitèrent pour tramer sous main l'attentat
horrible qu'ils méditaient depuis quelques jours.
Pour l'accomplir avec plus de sécurité, ils suggérèrent aux Gardes-Françaises de retourner à
Versailles reprendre le service auprès du roi,
qu'ils avaient si lâchement abandonné dans la
nuit, quelques semaines auparavant. Mais pour
accomplir cette trahison, il fallait une autori-
sation du commandant de Paris, et l'assentiment du prince, qui était bien loin d'y consentir; car quelle confiance donner à des hommes
qui avaient foulé aux pieds l'honneur et le
devoir, et qui vivaient dans Paris d'une manière scandaleuse? D'un autre côté, on semait
les bruits les plus absurdes. On voyait, disait-
on, des mouvemens de troupes autour de la
capitale. Les districts en furent alarmés, ils
députèrent près de la Commune de Paris pour
savoir si elle en avait connaissance. Il est à
observer, Messieurs, qu'un piquet de cavalerie, ou un simple détachement d'infanterie,
qu'on apercevait à quelque distance de Paris
ou de Versailles, faisant des patrouilles, jetait
l'alarme et donnait des craintes. Voyait-on
cent hommes, on disait qu'il y en avait mille;
en voyait-on mille, on disait qu'il y en avait
dix mille. On amplifiait, on exagérait les choses,
et tout cela pour le plaisir de tenir le peuple
en alarme et dans une inquiétude continuelle.
Mais le fait est que le roi et les ministres, instruits des mouvemens du Palais-Royal dans les
journées des 30, 31 août, et premier septem-

bre, avaient fait venir à Versailles le régiment
de Flandre qui était en garnison à Douay, dont
le dévouement pour le prince leur était connu,
pour s'opposer, avec les Suisses, aux quinze
mille hommes que les factieux voulaient faire
marcher sur Versailles, à l'effet d'enlever le roi
et le Dauphin et les amener à Paris. Ce régiment ne fut pas plutôt arrivé à Versailles, où
il fut reçu par la municipalité, qui lui avait
été au-devant pour le recevoir et lui avait fait
prêter serment entre ses mains, que les mouvemens de Paris recommencèrent : les factieux,
auxquels un rien donnait de l'ombrage, se portèrent dans cette ville pour épier et observer
les moindres démarches des officiers et soldats;
ils cherchèrent même à les amener dans le parti
populaire, comme ils avaient fait des Gardes-
Françaises : mais ce régiment, qui connaissait
son devoir et le dévouement qu'il portait à son
souverain, fut inébralable dans toutes les propositions qu'on put lui faire, et fit son service
auprès du roi et des Etats-généraux, au grand
mécontentement des agitateurs. De retour à
Paris, les turbulens recommencèrent leur manége infernal; ils travaillèrent sous main les
esprits, pour les porter à une nouvelle insurrection, qui fut la plus terrible; et le sang
ruissela sous les yeux même du monarque,
qui faillit lui-même perdre la vie, ainsi que
sa famille, comme je vous le démontrerai
tout-à-l'heure.

Le mois de septembre, Messieurs, s'écoula
comme le précédent, c'est-à-dire au milieu
de l'inquiétude et de l'agitation; la garde na-

tionale de Paris qui, jusque-là n'avait encore qu'une organisation imparfaite, ne possédait que des tambours et point de drapeaux. Il fut résolu par le commandant M. de Lafayette et le maire Bailly, d'en donner un à chaque district. Il fallait bien donner à cette nouvelle troupe des drapeaux pour les rallier dans toutes les occasions et marcher sous les étendards de la liberté naissante. Paris renfermait soixante districts qui formaient autant de bataillons. Par conséquent, il fallait soixante drapeaux tricolores. Pour activer ces phalanges nationales, les peintres de Paris et les brodeuses furent occupés à ce grand travail. Aussi ces drapeaux furent-ils promptement brodés et peints de toutes couleurs. Rien de plus curieux que ces peintures originales et bizarres représentant divers attributs avec leurs devises. Sur l'un était peint un capucin, au bas duquel on lisait : *Bien osé qui me fera la barbe.* Sur un second, saint Antoine et son cochon; sur un troisième, saint Roch et son chien, etc. etc. Enfin, chaque drapeau était analogue au district auquel il appartenait, et tous et presque tous portaient le nom principal du couvent ou du saint vénéré dans son arrondissement auquel ils appartenaient; tels que Jacobins, Cordeliers, Mathurins, Prémontrés, Barnabites, Augustins, Carmes, Récollets, Théatins, Feuillans, Minimes. Puis, sous le nom de femmes : Carmélites, Filles-Dieu, Magloire, Filles-Saint-Thomas, Capucines, etc. D'autres avaient pris le nom de leurs paroisses. Le 27 septembre, fut le jour mémorable fixé par le maire Bailly et l'assemblée de la commune, pour la bénédiction de cette masse de drapeaux : il fallait bien les bénir. L'église Notre-Dame fut destinée à cette grande cérémonie religieuse. L'abbé Fauchet, l'*un des vainqueurs de la Bastille*, qui, comme le *Gloria Patri*, se trouvait partout, fut nommé pour prononcer un discours analogue à la circonstance, et y débiter ses jongleries nationales, car cet abbé était furieusement patriote ; aussi son patriotisme exagéré le conduisait-il à la mort sans tambour ni trompette, comme cela est arrivé.

Cette grande cérémonie ou plutôt cette fête nationale, car c'en était une des plus éclatantes, attira, je crois, tout le peuple de Paris, dans l'île de la Seine et à Notre-Dame. A dix heures du matin, la place de Grève fut couverte de gardes nationaux, tous habillés de neuf, au milieu desquels on voyait déployés les soixante drapeaux agités par un vent léger. Tous ces drapeaux concentrés, les uns près des autres, formaient un coup-d'œil des plus singuliers. Le bleu, le blanc et le rouge, et les broderies en or, qui resplendissaient à la clarté du soleil, donnaient à tous les yeux un charme inexprimable. On n'avait jamais vu pareille chose. Les cœurs éprouvaient des palpitations de joie et de contentement. Enfin, la procession militaire s'ébranle, les tambours donnent le signal du départ ; on défile ; en peu de temps les quais de Gèvres et de la Ferraille furent couverts de ces oriflammes flottantes, autour desquelles étaient dix gardes nationaux, ainsi que les officiers de chaque bataillon. Ce coup-d'œil était des plus magnifiques. Ici, Messieurs, (m'écriai-je à ma petite société) vous en voyez le tableau. Cinq cents tambours, mêlés de trompettes, car les guidons de la cavalerie étaient du nombre, faisaient un bruit d'enfer ; on ne s'entendait pas à une lieue à la ronde ; puis les applaudissemens de *vive la nation !* faisaient chorus, de manière que la terre en tremblait sous les pieds de ces héros d'un jour. Pour donner plus de développement à ce charmant coup-d'œil, la procession profane passa sur le Pont-Neuf, le quai des Orfèvres, et arriva ainsi à l'église Notre-Dame, où l'attendaient l'archevêque de Paris, M. de Juigné, et l'abbé Fauchet. M. de Lafayette la suivait à la tête de son état-major, le maire Bailly à la tête de la commune. Entrés dans la métropole, les drapeaux se rangèrent sur deux lignes : ici, les tambours recommencèrent leur tapage infernal ; ils semblaient ébranler les voûtes de ce vaste édifice. La musique, placée sur un orchestre, se fit entendre, et donna encore des palpitations à tous les cœurs. Ensuite l'archevêque dit la messe, bénit les drapeaux, prononça un discours analogue aux circonstances, puis les officiers prêtèrent serment entre les mains du maire et de celles de la commune. Cette cérémonie fut à peine terminée, que le roulement des tambours, la musique, les canons, les boîtes, les fusils, le cliquetis des épées élevées en l'air, fut un épisode extraordinaire et ravissant, tant intérieurement qu'à l'extérieur. Ce serment juré, inspira un ravissement universel à tous les spectateurs, et imprima un silence religieux. L'abbé

Fauchet, qui n'attendait que ce moment de calme, fit preuve de ses talens. Son discours éloquent et pathétique, roula sur deux points. Faire tout pour la liberté, dit-il, en dirigeant nos forces avec sagesse ; faire tout pour notre bonheur, en appuyant nos espérances sur la base des mœurs. Son premier point était beau et sage, mais son second fut une attaque virulente contre les riches ; il les peint comme les ennemis du peuple et de la liberté. Ce discours, qui fut fort applaudi, semblait déjà animer les gens qui n'ont rien contre ceux qui ont quelque chose. Aussi les factieux ne manquèrent pas de semer la discorde entre les deux classes, qui devinrent de plus en plus irréconciliables, et amenèrent les plus grands malheurs à la suite de cette bénédiction et de ce serment juré par tant de gens, qui le violèrent peu après. Un *Te Deum* fut chanté en grande musique, et annoncé au peuple par une nouvelle décharge d'artillerie. Ici, Messieurs, les cœurs se dilatèrent, et chacun alla dîner en famille ; mais le maire Bailly, M. de Lafayette, et douze représentans de la commune, s'en furent chez l'archevêque, où ils dînèrent splendidement pour la première et la dernière fois ; car un grand crime se préparait sous le manteau du silence, et devait s'accomplir quelques jours après. Mais comme ce grand attentat est rempli de ramifications et de tours de force les plus exécrables, et que les hommes invisibles y jouent les premiers rôles, tant dans la ville de Paris que dans celle de Versailles, faisons comme nos prêteurs de sermens, allons, non pas dîner puisqu'il est tard, mais

souper; et demain je vous présenterai les tableaux mouvans des tribulations qui amenèrent
l'infortuné monarque prisonnier à Paris. (En
disant ces mots, je fais une grande révérence et
je tire mon rideau.)

~~~~~~

QUATRIÈME SÉANCE.

———

MESSIEURS et Mesdames, m'écriai-je en me per-
chant sur mon escabeau comme les jours précédens, et rangeant par ordre chronologique mes
tableaux mouvans des tribulations humaines,
qui allaient passer dans ma lanterne, les uns
après les autres, dans le cours de la soirée. Nous
arriverons tout-à-l'heure à une de ces grandes
époques qui ont épouvanté la France. Hélas!
oui, Messieurs, à une de ces grandes scènes
tragiques, dites nationales, comme il y en a
eu un si grand nombre, et comme vous en verrez tant. Encore un petit moment, et vous allez
voir des choses bien étonnantes, bien effrayantes,
ou pour mieux dire, bien épouvantables; vous
allez voir, oui, vous allez voir, je crois, l'enfer et
tous les démons sur les bords de la Seine, ou à
peu de choses près, car dans ce temps-là les
hommes n'étaient plus des hommes, les femmes
des femmes; l'espèce humaine, par circonstance pour la sainte liberté naissante, se transformait, je crois, en démons, en furies; rien
ne pouvait arrêter le désordre; c'était, à proprement parler, l'enfer dans le centre de cette
grande ville, qu'on nomme Paris. Hélas! il y a

eu des momens si terribles, où la vie de l'homme
ne tenait qu'à un fil! Un mot dit imprudem-
ment, et qui semblait improuver les actions des
brigands, vous faisait passer de la vie à la mort
sans avoir seulement le temps de recommander
votre âme à Dieu ; vous éprouviez mille morts
en moins de quelques minutes. Enfin, Messieurs, tout-à-l'heure et sans plus tarder, vous
allez voir la Discorde, cette déesse du malheur,
promener ses torches funèbres dans tout Paris.
Ah! jamais furie n'a monté les têtes exaltées
à une telle effervescence. Dieu sera méconnu,
comme s'il était possible de le méconnaître; la
religion, les lois et la sainte humanité, seront
foulées aux pieds; le désespoir, vrai ou simulé,
sera dans toutes les bouches, la rage dans tous
les cœurs, et le désordre à son comble.—Eh mon
dieu! mon dieu! s'écria Adolphe tout tremblant et très-effrayé de mes exclamations,
qu'allez-vous donc nous faire voir aujourd'hui?
Est-ce que toute la cour de Lucifer va passer
dans votre lanterne? — Non pas, s'il vous plaît,
lui répondis-je avec l'accent de la douleur, mais
peu s'en faut; car il est de ces choses qui ne
s'oublient jamais, et qui se sont passées sous
mes yeux, que je frémis encore toutes les fois
que j'y pense. Il est des choses incroyables, et
qu'on ne pourrait se persuader, si elles n'étaient
attestées par des milliers de spectateurs qui,
comme moi, en ont été témoins. J'ai vu, Messieurs, pendant plus de six heures entières,
devant l'Hôtel-de-Ville de Paris, ou pour mieux
dire, sur la place de Grève, une troupe de furieux et de brigands, poussant des cris de fu-

reur en agitant en l'air mille instrumens de mort.
Ah! j'entendais au milieu de ce tintamarre infernal, et confusément articulés de toutes parts,
des cris perçans et sinistres : *du pain! Versailles!
marchons à Versailles!*

Tels furent, Messieurs, les premiers symp-
tômes alarmans de l'horrible attentat organisé
dans Paris par les hommes invisibles et dirigé
contre le meilleur des rois. Je dis invisibles, car
le Châtelet de Paris, après neuf mois de recherches, ne put en découvrir les véritables auteurs,
quoiqu'ils fussent bien connus et bien signalés,
comme on le verra par la suite. Ces événemens,
racontés d'une manière claire et précise et qui
se sont passés sous mes yeux, vont être le sujet des tableaux mouvans que vous allez voir
dans le cours de cette soirée; ils sont pour le
moins aussi terribles à voir que ceux que vous
avez vus dans les journées des 13, 14 et 22 juillet précédent. Je n'oublierai rien, autant que
possible; tout vous sera raconté, jusqu'aux
plus petits détails; car il est des choses qui vous
frappent tellement, qu'elles ne s'oublient jamais, dussions-nous vivre des siècles. Comme
je vous l'ai dit, témoin oculaire de ces événemens, ils m'ont tellement frappé, tellement
épouvanté, qu'ils sont encore présents à ma
mémoire, comme si les choses se fussent passées depuis deux jours. Enfin, Messieurs, faites
attention à ce que vous allez entendre, et écoutez-moi dans le silence. Je commence.

Les drapeaux aux couleurs chéries, délivrés
aux soixante bataillons de gardes nationaux, et
bénis par M. de Juigné, archevêque de Paris,

comme vous venez de le voir, furent bientôt dé-
posés chez le commandant de chaque bataillon,
sous la garde d'une sentinelle qui y veillait jour
et nuit. Tout Paris se félicitait déjà d'avoir enfin
une garde protectrice pour arrêter les brigands
et maintenir la tranquilité publique dans la capitale. Chaque citoyen-soldat s'honorait de faire
partie de ce corps, et c'était à qui endosserait
au plus vite cet uniforme qui en impose toujours à la multitude égarée, et surtout aux voleurs et aux brigands. Ces derniers étaient nombreux, et osaient même se dire patriotes par
excellence. Le temps, qui s'écoule tantôt vite
tantôt lentement, selon les circonstances heu-
reuses ou malheureuses, n'était pas encore arrivé où une poignée d'intrigans et de misérables
seraient maîtres de la France et de toutes ses
administrations. Mais ils y marchaient à grands
pas et tête levée avec une audace révoltante. La
sombre méfiance était devenue permanente ; elle
était sans cesse dans tous les cœurs. Il était une
classe de folliculaires qui la prônait chaque jour
dans leurs feuilles du matin, de manière à tenir le peuple français dans une continuelle
alarme. Rien, selon leur jactance, n'était plus
à craindre que le séjour de quelques princes
français au-delà des frontières. Ils soupçonnaient
à ces princes mille projets chimériques, et
croyaient déjà voir toute l'Europe liguée contre
la France pour la subjuguer. Les Marat, les
Gorsas, les Brissot, les Prudhomme, et autres
coquins, semaient les bruits les plus alarmans.
Ce dernier surtout les répandait dans son journal,
les Révolutions de Paris, avec une audace révol-

tante : Si les rois s'arment contre nous, on trouvera à Paris trois cents Mutius - Scævola (c'est-
à-dire trois cents assassins), qu'ils organisent ensuite sous le nom de *Tyrannicides*. Ces prétendus patriotes aiguisaient déjà leurs poignards
pour les porter dans le cœur de tous les Français qui ne pensaient pas comme eux. Comme si
tous les hommes pouvaient avoir la même pensée et la même manière de voir. Marat, de son
côté, dans sa feuille *l'Ami du Peuple*, attaquait à tort et à travers toutes les autorités, tant
civiles que militaires ; il ne voyait que des traîtres et des ennemis de la liberté dans tout le
royaume. Ce misérable, qui n'avait de patriotisme que sa plume sanglante, bravait déjà, avec
une audace révoltante, Dieu, les hommes, le
ciel et la terre. Ce pygmée, que nous verrons à
tous les instans du jour, comme un tigre en fureur, signalant ses victimes pour les égorger,
figurera bien des fois dans ma lanterne. Il ne
faisait que commencer son cours de désordre et
d'anarchie, qui devint par la suite si funeste à
tout le peuple français, et particulièrement à la
classe marchande, qu'il a fait piller tant de
fois.

Les habitans de la bonne ville de Paris,
comme s'exprimait le monarque quand il parlait des Parisiens, dans une situation presque
toujours critique pour ne pas dire alarmante,
ressemblaient à une armée campée dans la
plaine, à qui on délivre, tous les matins, les
vivres de la journée, sans savoir s'il y en aura
pour le lendemain, étaient calmes et vivaient d'espérance ; et cependant rien ne manquait en-

core, les approvisionnemens de cette grand
ville se faisaient fort heureusement. La garde
nationale, nouvellement organisée, faisait son
service avec courage et dévouement. Chaque
soldat-citoyen cherchait à défendre ses droits
et sa propriété; tous les yeux en général et tous
les cœurs se portaient vers les États-généraux.
La ville de Versailles semblait être le point central de toute prospérité à venir. Nos législateurs modernes faisaient déjà preuve de leurs
singuliers talens dans les deux partis par leurs
discours et par leurs motions. Les divisions
commencèrent furieusement à se manifester
entre les députés qui se distinguaient par côté
droit, par côté gauche : ce dernier s'appelait
Palais-Royal. La garde de cette grande Assemblée, se partageait entre les Suisses et le régiment de Flandre. Ce dernier régiment sur-
tout, qui avait remplacé les Gardes-Françaises,
donnait de la méfiance aux partisans du nouvel
ordre de choses. Ce régiment était vu de mauvais œil. Les gardes - du - corps du roi, les
Suisses et le régiment de Flandre vivaient dans
la meilleure intelligence, rien ne semblait les
troubler dans leur service journalier. L'attachement qu'ils portaient les uns les autres à leur
souverain et à toute la famille royale, était
sincère et véritable. Enfin, pour cimenter cette
bonne union, les gardes-du-corps crurent, pour
le bonheur commun et selon l'usage, de devoir donner un repas de corps aux officiers
du régiment de Flandre. Ce repas eut lieu le
premier octobre, dans la salle de l'Opéra. Il
fut des plus splendides ; la douce gaîté présida

à tous les instans. Les toasts furent portés au roi et à la reine et à la prospérité de la France. La reine s'y rendit avec le Dauphin. La présence de cette princesse redoubla la gaîté parmi les convives. Les cœurs s'épanouirent et le cris de *vive le roi! vive la famille royale !* se firent entendre dans toute l'étendue de la salle du festin. La reine, ayant le Dauphin dans ses bras, fut accueillie par des acclamations inexprimables ; tous les yeux se portèrent sur la princesse et sur le prince-enfant. La douce effervescence fut telle, que des larmes de sensibilité et de dévouement coulèrent de tous les yeux. Puis, au milieu de cet enthousiasme général, on chanta la fameuse romance : *O Richard ! ô mon Roi !* romance qui avait été applaudie tant de fois au théâtre Italien, lorsqu'on donnait *Richard cœur de lion*, et qui le fut de même par tous les convives. Tout cela était fort naturel, tout n'indiquait en rien qu'il y eût de mauvaises intentions de part et d'autre. La douce aménité avait présidé à cette fête, qui se termina à huit heures du soir ; et tout rentra dans l'ordre accoutumé.

Hélas ! Messieurs, tandis que la douce gaîté présidait dans ce repas de corps , un mauvais génie écoutait aux portes, et ouvrait des yeux d'Argus ; il avait tout vu et tout entendu. Rien ne lui avait échappé, il avait su même approfondir la pensée de tous les convives. Suivant le dire de ce mauvais génie, la reine et le Dauphin avaient parcouru la salle du festin d'un bout à l'autre, pour subjuguer tous les cœurs. Les toasts portés à Leurs Majestés,

9*.

avaient été accompagnés de sermens et de
blasphêmes contre la liberté naissante. La romance : *O Richard ! ô mon roi !* chantée dans
l'ivresse, disait encore le démon, avait été
accompagnée de cris de *vive le roi !* et de satires
les plus virulentes contre la liberté. Puis,
ajouta-t-il encore, pour noircir, aux yeux du
peuple, les convives, la cocarde nationale avait
été foulée aux pieds, et la blanche arborée
à tous les chapeaux. Enfin, les bruits les plus
alarmans, les plus sinistres et les plus incom-
préhensibles circulèrent bientôt dans toute la
ville de Versailles, et jusque dans l'Assemblée
nationale : on se les racontait de mille manières, plus ou moins exagérées, plus ou moins
graves. Il ne fut rien que la malignité publique
n'inventât pour jeter l'alarme et la terreur
dans Versailles, dans Paris et dans toute la
France. Pour exécuter ces projets prétendus
et inverses, disait encore le génie du mal, le
roi devait être enlevé sous peu de jours de
Versailles, ainsi que toute la famille royale, et
conduits à Metz. Là, dans cette ville, l'une
des places les plus fortes de l'Europe, par sa
situation et ses moyens de défense, le roi
devait tout renverser et tout détruire (ce
qu'avait fait jusqu'alors l'Assemblée nationale).
En fallait-il tant, pour monter les têtes et
aigrir les esprits contre l'infortunée reine
Marie-Antoinette, à qui on attribuait mille
projets absurdes ?

Ces nouvelles, Messieurs, ces nouvelles ca-
lomnieuses, amplifiées de mille manières, arrivèrent au **Palais-Royal** comme un brûlot

enflammé lancé par des scélérats ; elles se répandirent bientôt dans tout Paris. Les députés du parti populaire , tel qu'un Mirabeau ,
un Pétion et autres volcaniseurs ; prétendirent
avoir des connaissances particulières de ce
projet de bouleversement Leurs créatures en
furent alarmées et crièrent au scandale. La
pauvre liberté qui n'avait pas trois mois d'exis-
tance , était , selon eux , à la veille d'être en-
gloutie toute vivante. Ils le dirent à tous ceux
qui voulurent bien les entendre. Tous les
amans de cette déesse , et elle en avait beaucoup, la larme à l'œil , coururent tout effrayés
vers le lieu fatal où s'étaient passés ces prétendus
projets de vengeance. La route de Versailles
à Paris , et de Paris à Versailles en fut couverte. Ils voyaient ou croyaient déjà voir les
canons lancer des boulets contre leur bien-
aimée qu'ils adoraient avec passion. Le démon
du désordre et toutes les furies, la torche en
main , couraient çà et là , pour incendier la
France , et l'occasion en était belle. En fallait-
il davantage pour accumuler les plus grands
malheurs sur la tête du monarque , le meilleur
des hommes , qui ne s'en doutait pas ? Lui
seul était calme au milieu des plus grands dangers. Le cœur pur et l'âme belle , ce bon roi
n'avait d'autre jouissance que celle de faire
des heureux et de donner à son peuple une
douce liberté ; mais non pas celle de faire le
mal, comme vous le verrez bientôt.

Enfin, Messieurs, le Palais-Royal qui ressemblait toujours à un volcan , recommença
bientôt ses irruptions. Tous les séditieux sem-

blèrent s'y réunir de nouveau , pour porter le
dernier coup à la monarchie. Le café de Foix,
principal foyer de tous nos malheurs et de tous
les désordres de la France , fut bientôt encombré de factieux et de brigands ; on y ajoutait mille projets de vengeance. L'infortunée
reine y fut traitée avec le dernier mépris. Le
respect qu'on avait eu jusqu'alors pour cette
princesse était banni , depuis long-temps
toutes les bouches ne s'ouvraient que pour la
calomnier. Le maire Bailly et le général Lafayette, instruits de ce qui s'y passait , y envoyèrent de nombreuses patrouilles pour maintenir la tranquillité publique ; mais rien au
monde ne pût arrêter le torrent qui grossissait
de moment en moment ; s'il se dissipait d'un
côté , il se grossissait de l'autre. L'agitation et
les cris de liberté retentissaient de toutes
parts. De petits drapeaux aux trois couleurs
flottaient çà et là , ils servaient de ralliement
aux séditieux qui n'avaient d'autres intentions
que de marcher en masse sur Versailles. Les
brigands , pour parvenir à un soulèvement général contre la cour , imaginèrent un moyen
violent, et qui ne pouvait manquer de réussir,
s'il avait lieu. C'était , dirent-ils , d'empêcher
les boulangers de cuire ; ils le tentèrent, mais
inutilement. Paris , comme je l'ai déjà dit,
vivait au jour le jour. Les approvisionnemens,
interceptés de tous côtés par les ennemis du
monarque , parvenaient avec peine dans la capitale. Les boulangers ne recevaient souvent que
le soir , et quelquefois fort avant dans la nuit,
la farine qui devait être convertie en pain de

quatre livres, pour le lendemain. Pour peu qu'il y eût un retard sensible dans la distribution des vivres du matin, les cris et les menaces étaient proférés par une populace qu'on aigrissait de mille manières, et cette populace inconsidérée se mettait en fureur contre les autorités, et particulièrement contre le roi, la reine et la cour, qu'ils accusaient de vouloir affamer Paris. Puis, des pamphlets que l'on répandait avec profusion, commençaient ainsi : Vous dormez, Parisiens, et vous manquez de pain! D'un autre côté, les journalistes patriotes, tels qu'un Marat et un Prudhomme, semaient l'alarme dans la capitale. Ce dernier, disait dans son journal : « Il » faut un second accès de révolution, tout s'y » prépare. » Enfin, la faction manœuvrait en tous sens, pour porter le dernier coup à la royauté. Le projet d'affamer la capitale, en arrêtant les vivres de toutes parts, et en accuser les ministres, et particulièrement l'infortunée reine, fut ce qui réussit le mieux, au gré des chefs de révolte, pour faire un soulèvement général.

Dans la soirée du 4 octobre, les mouvemens commencèrent à se manifester d'un faubourg à l'autre. Les agens de la faction insurrectionnelle se portèrent de tous côtés en publiant que les vivres allaient totalement manquer. Pour éviter ce malheur, disaient-ils, et ramener l'abondance au milieu des Parisiens, il fallait marcher en masse sur Versailles, pour enlever le roi, la reine et le Dauphin, et les amener à Paris. Pour accomplir cet acte d'hé-

roïsme et attaquer le trône à sa base, comme
ils le publiaient dans leurs motions incendiai?
res, il s'agissait de s'armer de toutes manières,
n'importe comment ; mais il fallait s'armer
comme au 14 juillet et braver toute espèce
d'autorité quelconque : puis, ajoutaient-ils
pour aigrir les esprits avec plus de violence,
les gardes-du-corps du roi sont les ennemis
implacables du peuple et de sa liberté; ils ont
foulé aux pieds la cocarde nationale et arboré
la blanche, dans le repas qu'ils ont donné aux
officiers du régiment de Flandre, qu'ils quali-
fiaient d'orgie; ensuite, dans le délire de la vengeance, ils avertissaient la canaille que les plus
grands malheurs planaient sur leurs têtes, et
qu'ils allaient retomber dans les chaînes de l'esclavage. Enfin, il n'est point d'absurdité, point
de calomnie que les factieux ne débitassent
contre la Cour pour monter les têtes et les
porter au plus haut degré d'effervescence.
Hélas ! ils ne réussirent que trop pour organiser le vaste plan d'insurrection qui amena
le roi et sa famille prisonniers à Paris. Ce qui
va suivre, Messieurs, est la vérité et toute
la vérité : j'en ai été témoin.

La nuit du 4 au 5 octobre prépara ostensi-
blement le plus grand des crimes et l'organisa
avec toutes ses horreurs. La conspiration éclata
dès la pointe du jour. Des brigands se portèrent dans tous les faubourgs de Paris, pour
organiser les bandes qui devaient marcher sur
Versailles et investir le palais du monarque.
L'alarme devint bientôt générale d'un bout de
la ville à l'autre. Le pain fut enlevé de chez

tous les boulangers en moins d'un instant.
L'agitation devint tellement tumultueuse, tellement effrayante qu'on aurait dit qu'une armée
ennemie allait prendre la ville d'assaut et mettre
tout à feu et à sang. Des bandes couraient
de rue en rue, de quartier en quartier, en
criant : Aux armes ! aux armes ! A huit heures
du matin, la bourgeoisie et tous les hommes
paisibles de cette capitale se réveillèrent au
bruit que faisaient les brigands dans toutes les
rues où ils passaient, ignorant la cause de tant
d'agitation. Dès neuf heures, la place de Grève
se remplit de bandes armées, criant avec rage :
Du pain ! Versailles ! allons à Versailles ! Le rappel se fit bientôt entendre dans tout Paris. La
garde nationale prit les armes et se rassembla
dans tous les districts, pour attendre les ordres
du général Lafayette. Le maire Bailly et les officiers municipaux se rendirent à l'Hôtel-de-
Ville, à l'effet de prendre des mesures pour
arrêter l'effervescence populaire, qui se grossissait de momens en momens. A peine ces
municipaux purent-ils pénétrer dans la place
de Grève, où le désordre était immense, où
une populace mêlée d'hommes, de femmes et
d'enfans, armés de fusils, de sabres, d'épées,
de piques et d'autres instrumens de mort qu'ils
agitaient en l'air au moindre signal que leur
faisaient les chefs ; puis les cris de *vive la nation !* qu'on entendait de tous côtés, et les
blasphêmes qu'on lançait contre la Cour, re-
donnaient aux bandes cette fureur indomptable
et menaçante qui leur faisait lever leurs armes
au-dessus de leurs têtes et semblaient menacer

le ciel et la terre. Le général Lafayette, à la tête de son état-major et d'un détachement de cavalerie se rendit bientôt à l'Hôtel-de-Ville. Il veut haranguer les factieux et leur adresser des paroles de paix, mais il ne peut se faire entendre : on criait de tous côtés : Du pain ! du pain ! Versailles ! marchons à Versailles ! Il monte à l'Hôtel-de-Ville pour se concerter avec le maire Bailly et les officiers municipaux ; mais tandis qu'il cherche par des moyens sages à ramener la paix et à détourner la tempête qui menace le souverain, les cris recommencent avec une nouvelle fureur. Les tourbillons de peuple armé se jettent pêle-mêle dans la place, se poussent les uns contre les autres comme les vagues d'une mer agitée. Des quais on entre dans la Grève en torrent ; de la Grève on se porte sur les quais : les vagues de l'océan furieux sont moins agitées.

Jusque-là, Messieurs, tout allait au gré des chefs de révolte : l'insurrection prenait de plus en plus un caractère indomptable ; le peuple, dont l'esprit et la vengeance étaient montés au plus haut degré d'effervescence, ne voulait plus entendre la voix de la raison ; rien ne pouvait calmer sa rage, que les factieux animaient par mille propos les plus invraisemblables. Les rives de la Seine retentissaient d'injures et de menaces contre la Cour. Ah ! ce peuple, qui ne connaît aucun frein lorsqu'il est porté au mal par les méchans, armé de toutes manières, sa fureur allait toujours croissant : les cris, du pain ! du pain ! quoique la plupart d'entre eux en eussent de gros morceaux enfilés au bout de leurs piques et de leurs bâtons ferrés, étaient toujours le signal du désordre. Enfin, cette place de Grève ressemblait à un vaste camp en pleine insurrection, où il n'était plus possible de faire entendre des paroles de paix et de soumission. Le tocsin sonnait depuis le matin à l'Hôtel-de-Ville et dans plusieurs églises; la générale battait dans les rues. Les hommes et les femmes, mêlés les uns avec les autres, la plupart ivres et couverts de la livrée de la misère, étaient toujours disposés à égorger le premier d'entre eux qui se serait opposé à leur volonté suprême. Ah! qu'ils étaient donc coupables ceux qui bouleversaient ainsi les lois humaines et armaient la canaille contre leur prince!

Vers les onze heures du matin, une espèce d'avant-garde de cette émeute populaire qui allait prendre sa direction sur la ville de Versailles, s'organise tant bien que mal, elle s'ébranle vers le quai Pelletier; des chefs obscurs que l'on poussait au mal, et que peu de personnes connaissaient, étaient à la tête. On défile ensuite vers les quais de Gèvres et de la Ferraille, en longeant les bords de la Seine. Un gros peloton de femmes... (hélas! quelles femmes!) avaient pour commandante une femme habillée en amazonne: c'était la Théroigne. Le sabre à la main, à la tête de son peloton, elle ouvrait la marche de cette armée. Puis un second peloton, puis un troisième, puis un quatrième, composés de peuple des faubourgs, et mélangés de brigands et de voleurs armés de piques, de sabres, de fourches,

de broches, de haches et de bâtons ferrés, au
nombre de plus de deux mille hommes, suivaient les femmes. Cette première armée fut
à peine en marche, qu'une seconde armée la
suivit à quelque distance. Toutes ces masses
indisciplinées, au milieu desquelles étaient
des pièces de canon chargées à mitraille, formaient un désordre épouvantable et entraî-
naient dans leur marche tous les hommes armés
qu'elles rencontraient, ou les désarmaient s'ils
ne voulaient pas accompagner de bonne volonté.
Malgré le départ de plus de six ou huit mille
hommes, la place de Grève ne désemplissait
point. La garde nationale arriva sur l'heure de
midi devant l'Hôtel - de - Ville. Le général Lafayette parut au milieu de cette garde et voulut
l'organiser ; mais il ne put en venir à bout
qu'avec la plus grande difficulté : de nouveaux
groupes de peuple armé rompaient les rangs,
et mettaient un désordre qu'il était bien difficile d'arrêter. Puis de tous côtés, des cris de
vive la nation ! du pain ! du pain ! Versailles !
ne cessaient de se faire entendre et jetaient la
confusion de toutes parts. Le général Lafayette,
monté sur son cheval, tantôt au milieu des
groupes armés, tantôt au milieu de la garde
nationale, pérorait la multitude et cherchait
par tous les moyens possibles à rétablir l'ordre.
Vain espoir : plus ce général cherchait à calmer
les esprits, plus les esprits s'aigrissaient. C'est
un lâche, disaient les uns en l'apostrophant
de paroles menaçantes ; c'est un traître, disaient les autres en lui présentant des piques
et des bâtons ferrés, comme pour le percer

s'il n'obéissait à l'instant même. Dans cette alternative difficile à dépeindre, il ne savait auquel entendre, il était à chaque instant entre
la vie et la mort. En spectateur passif, je le
voyais toujours sur son cheval, pâle et tremblant, luttant contre les insurgés en leur adressant des paroles de paix. Soit qu'il n'adhérât
pas aux ordres qu'on lui imposait, soit qu'il
refusât absolument d'obéir aux factieux, toutes
les armes se dirigeaient de nouveau contre son
cheval et sa personne, comme pour les percer
l'un et l'autre. Enfin, dit-on, contre la force
pas de résistance : il fallait, ou que ce général
obéît aux factieux, ou qu'il pérît sur la place
même où il commandait. A cinq heures de
l'après-midi, ou à-peu-près, il fut forcé de demander à la municipalité un ordre qui l'auto-
risât à marcher sur Versailles à la tête de la
force armée. Le maire Bailly et les municipaux, dans une situation pareille à celle du
général Lafayette, entourés de factieux et de
brigands, dont la majeure partie ne demandaient que le pillage et la mort des défenseurs
du monarque, furent forcés de délivrer au général l'ordre suivant, ou plutôt l'arrêté pris
par les municipaux, au milieu des piques et
des armes, et des cris de fureur : il était ainsi
conçu : « Vu les circonstances, et le désir du
« peuple, et sur la représentation du com-
» mandant-général, qu'il est impossible de s'y
» refuser, la Commune autorise M. le com-
» mandant-général, et même elle lui ordonne
» de se transporter à Versailles. »

Muni de cet ordre, rédigé sous l'influence
des armes et par la force des circonstances, le
général Lafayette descend de l'Hôtel-de-Ville
et se rend dans la place de Grève, au milieu
des bataillons et des groupes de peuple armé ;
là il pérore la multitude qui l'écoute dans le
silence, et annonce qu'il va se mettre en route
pour Versailles, et qu'il en a l'ordre signé de
la municipalité. Cette nouvelle, qu'on désirait
depuis plus de quatre heures, car M. de Lafayette n'avait cessé de monter à l'Hôtel-de-
Ville et de reparaître au milieu des groupes au
moins cinq à six fois dans la journée, sans apporter aucune décision ; cette nouvelle, dis-je,
fut reçue avec de grandes acclamations, par des
cris universels de *vive la nation ! vive la liberté !*
Quelques voix se firent entendre par ces mots :
Vive le duc d'Orléans ! L'ordre de marcher sur
Versailles est à peine connu de tout le monde,
que le calme renaît de toutes parts et un profond
silence glace tous les cœurs. Cette place, peu auparavant si tumultueuse, si bruyante et si agitée,
où des femmes ressemblaient à des furies, et
les hommes à des diables, se trouve déblayée en
moins d'une demi-heure. Le général Lafayette,
à la tête des grenadiers, des gardes nationaux
et des compagnies soldées, commande la marche
et suit la rive droite de la Seine, en passant sur
les quais de la Ferraille, du Louvre et les
Champs-Élysées, et marche au petit pas vers le
palais de son roi. Il était six heures du soir lorsque cette armée longea les bords de la Seine,
suivie d'une foule de peuple armé et non armé.
Paris se montre bientôt calme par l'éloignement

de ces masses tumultueuses. La route de Versailles devint seule agitée ; elle fut couverte de
gardes nationaux, de voleurs et de brigands,
car ces derniers ne sont pas rares dans les insurrections ; ils y font souvent de brillantes mois-
sons. Laissons la garde nationale diriger ses
pas vers le palais du roi, protéger le monarque
et le sauver des mains des brigands, et allons
d'avance à Versailles voir ce qui s'y passe. Hélas !
il est à craindre que le sang n'y coule à grands
flots ; et sûrement que les chefs des révoltés
n'auront pas manqué de signaler aux brigands
les victimes qu'ils doivent frapper.

Ah ! Messieurs, qui pourrait douter de ces
scènes d'horreur si elles n'étaient attestées par
des milliers de personnes qui, comme moi, les
ont vues de leurs propres yeux, et en ont été effrayées. Ce qui va suivre est la vérité, nul ne
peut contester ces malheureux événemens. Celui qui les commandait était bien criminel ; mais
que n'osent pas des hommes puissans, quand
ils ont le cœur corrompu et qu'ils ne connaissent ni la honte ni les remords ! Tandis que la
ville de Paris est, depuis cinq heures du matin,
dans le désordre, dans l'anarchie, dans l'insurrection la plus complète ; tandis que trente
mille hommes armés suivent la route de Versailles dans le plus grand désordre, pour assiéger le palais du souverain, lui seul ignore ce
qui se trame dans sa capitale, contre sa personne et ceux qui l'entourent. Oui, Messieurs,
le 5 octobre, à une heure de l'après-midi, le roi
ignorait encore ce qui se passait à Paris depuis
plus de six heures. Il ignorait que des brigands

armaient son peuple pour venir faire le siége de
son palais, pour l'assassiner ainsi que son auguste famille. Comme dans les beaux jours de
son règne, Louis XVI est calme au milieu du
danger ; il part pour la chasse ; mais à peine est-
il au rendez-vous, qu'on vient l'avertir que sa
vie est menacée, que des troupes de brigands
sont en marche pour fondre sur son palais, et
renverser son trône, et qu'ils vont bientôt arriver. Malgré cet avis, ce bon prince doute encore que des méchans en veulent à sa personne.
Il croit avec peine ce qu'on lui dit ; cependant il
se hâte de retourner à Versailles ; et attend les
assassins avec un calme imperturbable, et ne
donne, pour ainsi dire, aucun ordre pour repousser la force par la force, quoiqu'il eût assez
de troupes pour résister aux méchans qui conspiraient contre sa vie, contre celle de son épouse,
et particulièrement contre ses plus dévoués serviteurs. Le sang va bientôt couler jusque dans
ses appartemens.

Ces conjurés, qui armaient ainsi la canaille
contre le monarque, me demanderez-vous,
Messieurs, étaient-ils dans Paris ? étaient-ils
dans Versailles ? dans l'Assemblée nationale ou
dans le palais du souverain ? N'importe, les méchans sont de tous les pays ; le nombre de ceux-
ci était considérable. Jusque-là tous ces conjurés étaient invisibles à tous les yeux, ou semblaient l'être, quoiqu'ils fussent bien connus.
Pétion, député du pays chartrain à l'Assemblée
nationale, et que vous verrez bientôt maire de
Paris, car dans les révolutions le temps est si
court, les événemens se succèdent avec une telle

rapidité que l'honnête homme n'a pas seulement le temps de se reconnaître. Pétion, dis-je,
d'épouvantable mémoire, attend les jours d'a-
larmes, attend que les brigands soient armés
et prêts à assiéger le palais du roi, pour dénoncer à ses collègues le repas des gardes-du-corps
et des braves officiers du régiment de Flandre,
qu'il accuse d'avoir avili la représentation nationale en foulant aux pieds, dit-il, la cocarde
aux trois couleurs. Pétion voulait-il par là donner de l'authenticité à un délit le plus absurde,
le plus mensonger, et encourager les brigands
à faire le mal? Le député Mirabeau, qui n'i-
gnore rien, est plus instruit peut-être que pas
un des Français sur la marche des brigands;
demande à l'Assemblée que la personne du roi
seule soit inviolable, et que tout autre soit responsable devant la loi. Si ce fougueux député
est un des conjurés, ainsi que tout le prouve,
je ne l'en accuse point, puisqu'on n'a jamais pu
débrouiller les ramifications de cet horrible
chaos. Il n'était pas moins instruit de tout ce
qui se passait, ce Mirabeau; signalait-il aux
brigands, par cette exception, l'épouse de son
roi, signalait-il ses frères, sa sœur et tous ceux
qui l'entouraient? Eh! c'est ce qui est difficile de prouver, quand un tribunal, chargé de
poursuivre les auteurs de cette horrible conspiration, déclare à la face de la France et de
l'Europe entière, qu'après avoir entendu trois
cent quatre-vingt-douze témoins, il n'a pu découvrir les véritables chefs de cette insurrection,
qui étaient tous bien connus. Mais il n'est pas
difficile d'en démontrer l'inconséquence, quand

on sait que ce tribunal se trouvait sous la verge des factieux, et qu'il tremblait pour lui-même.

L'Assemblée eut à peine entendu la dénonciation du fameux Pétion, et la proposition de Mirabeau, que le premier détachement de l'armée populaire arrive à Versailles, tout dégoûtant de boue et de sueur, et la plupart ivres; car le long de la route les auberges avaient été toutes forcées. Malheur aux hôtelleries qui étaient fermées ou qui refusaient du vin ou des liqueurs aux brigands! ils enfonçaient les portes et brisaient les enseignes. Les villages de Sèvres et de Viroflay en furent témoins; les habitans essuyèrent mille atrocités; chez l'un d'eux, tout son vin fut bu de force, et encore ce malheureux fut-il battu et sa maison dévastée. Enfin, après avoir parcouru cette longue route, au milieu de la boue, les femmes arrivèrent dans la grande avenue, vers les quatre heures et demie, précédées d'un peloton d'une trentaine d'hommes qui semblaient être les éclaireurs de cette dégoûtante cohorte. Crottées jusqu'aux épaules, mouillées jusqu'aux os, car il faisait un temps déplorable, elles s'arrêtèrent à quelque distance de la salle de l'Assemblée nationale. Parmi ces héroïnes de désordre, plusieurs d'entre elles étaient montées sur des chevaux qu'elles avaient enlevés aux bourgeois qu'elles rencontraient, et les prenaient de vive force. Un carrosse, un cabriolet, ou toute autre voiture, se trouvant sur leur route, elles en faisaient descendre les propriétaires, montaient dedans, devant et derrière, et les pauvres chevaux étaient obligés

de traîner cette mascarade jusqu'à Versailles.
Ainsi fut composée cette avant-garde de Parisiens, qui, les premiers, débouchèrent dans la
grande avenue du palais du monarque. Laissons
arriver peu-à-peu à Versailles ces cohortes fémi-
nines et masculines ; car, parmi cet assemblage
dégoûtant, une partie était des hommes habillés en femmes, munis de toutes sortes d'armes,
au milieu desquels étaient canons, caissons et
munitions. Voyons les préparatifs de défense
de la part du souverain.

Louis XVI, comme je viens de le dire, Messieurs, était parti à la chasse vers une heure
après midi, ignorant absolument ce qui se passait à Paris, tandis que tout Versailles savait
déjà ces sinistres nouvelles. Ce malheureux
prince était dans les bois de Meudon, depuis
deux heures, à chasser au tir, lorsque M. de
Cubière, écuyer-cavalcadour, apporte au roi
une lettre qui lui annonçait les troubles de Paris
et la marche des révoltés sur Versailles. Ce
prince infortuné était donc bien mal servi, bien
mal entouré ? il fallait qu'il eût bien des ennemis, puisqu'on lui cachait la vérité, et qu'il
n'apprît l'attentat dirigé contre lui et sa famille,
qu'à trois heures après midi ? Il y avait neuf
heures et plus que tout Paris était en mouvement et dans un grand désordre, sans qu'il en
sût la moindre nouvelle. Après avoir parcouru
cette lettre, le roi, sans montrer la moindre
altération, sans rien dire à personne, remonte
à cheval et revient à son palais. Il était trois
heures et demie : tout ce qui lui était cher l'attendait avec une vive impatience. La reine, ses

enfans, sa sœur, et toute sa famille, sont dans la douleur. Ce prince, entouré de ses courtisans, apprend de ses ministres ce qui se passe à Paris, et la marche des cohortes factieuses, qui étaient déjà près d'arriver. Il n'y avait point de temps à perdre pour opposer la force à la force; trente mille combattans étaient en marche sur la ville de Versailles, et le roi n'avait à leur opposer que ses gardes-du-corps, environ six .cents Suisses, le régiment de Flandre, et une portion d'un régiment de dragons; mais avec ces forces bien disciplinées, quoique faibles, un Henri IV à leur tête pouvait faire une vigoureuse résistance et mettre facilement en déroute ces masses indisciplinées, composées d'hommes et de femmes, marchant dans un désordre inouï. Mais Louis XVI, bon par excellence, et témoignant la plus grande répugnance à .répandre le sang de son peuple, en agit tout autrement; il resta enfermé dans son palais et ne monta point à cheval; aussi en résulta-t-il les plus grands malheurs, comme on va le voir. Vers les quatre heures, toutes les forces disponibles de ce prince furent bientôt sous les armes; on se range en bataille devant le château. Les gardes-du-corps sont adossés à la grande grille, qui fait face à l'avenue de Paris dans toute sa largeur; le régiment de Flandre forme la gauche devant les écuries; les dragons se placent sur l'avenue devant la salle de l'Assemblée nationale; les Suisses, formant l'arrière-garde, sont cantonnés derrière les grilles; et la droite doit être composée de 'la garde nationale de Versailles. Mais cette garde nationale y viendrat-elle? prendra-t-elle une position pour appuyer la droite des gardes-du-corps? c'est ce que nous vous dirons tout-à-l'heure. Le rappel se fait en-tendre dans toute la ville; on se revêt l'uniforme à la hâte; on prend ses armes, et chaque garde national se rend à son poste, sous les ordres du capitaine de sa compagnie.

Enfin, sur les quatre heures et demie, l'avant-garde de l'armée parisienne débouche dans la grande avenue de Paris; elle s'arrête un ins-tant en apercevant de loin les forces du mo-narque, rangées en bataille sur la place d'armes. Bientôt cette armée, après avoir écouté ses chefs, s'ébranle et se remet en marche en criant de toutes ses forces: *vive la nation!* Les femmes, car c'étaient elles qui formaient les premiers détachemens, au nombre de plus de deux mille, mouillées et crottées comme des barbets, avaient été considérablement augmentées dans sa route par l'enlèvement de femmes et de filles qu'elles rencontrèrent et qu'elles forcèrent de les accom-pagner; elles couvrent bientôt toute l'avenue. Quant à l'ordre de bataille, il n'y en avait point: le tout ne formait qu'une masse indisci-plinée, dans un désordre affreux, au milieu de laquelle des chevaux traînaient leur artillerie. On arrive à peu de distance de la salle de l'As-semblée nationale qui tenait sa séance. Cette Assemblée, jusque-là, n'avait pris aucune mesure pour aviser aux moyens d'arrêter le désordre qui menaçait la famille royale, et peut-être elle-même directement, ou du moins une partie de ses membres; mais il ne faut pas s'en étonner, quand on saura que nombre de

députés étaient partisans de ce désordre, ou
agens principaux de cet immense soulèvement.
Les femmes montrèrent une telle audace,
qu'elles s'avancèrent jusqu'aux portes de l'Assemblée, et veulent y pénétrer, pour ainsi dire,
en masse ; mais les dragons, et un détachement de gardes-du-corps, les arrêtent de nouveau ; elles délibèrent entre elles, ou plutôt elles
ne délibérèrent point ; puis, comme un nuage
de sauterelles qui se répand dans une contrée
fertile pour la dévaster, elles enveloppent cette
cavalerie de tous les côtés, et forcent les gardes
du roi à se retirer. Ceux-ci, accablés par le
nombre, partent au galop et vont rejoindre le
corps de bataille sur la place d'armes. Ces femmes, toujours dans le même désordre, forcent
les sentinelles, et demandent à être admises
à la barre de l'Assemblée. Mais comment ad-
mettre un si grand nombre de personnes dans
l'intérieur d'une salle qui était remplie de députés ! Après quelques pourparlers, l'Assemblée,
par l'organe de son président, consent à ce que
une douzaine de ces amazones soient admises
à la barre ; elles y entrent ayant à leur tête un
homme vêtu en noir, c'était l'huissier Maillard.
Ce misérable, aussi audacieux que perfide, et
qui va jouer un rôle infâme dans la suite de
mes tableaux, porte la parole au nom de ces
furies ; il retrace à l'Assemblée, d'une manière
soumise et respectueuse, les causes de cet armement, et déclare que la disette la plus grande
affligeait Paris, que les meûniers, à qui on distribuait de l'argent, dit-il, refusaient de moudre
le grain, et que le pain valait à Paris trois livres

douze sous les quatre livres, etc. ; puis il demanda le prompt éloignement du régiment de
Flandre..... Laissons cet agent de la faction
mentir impunément, et dicter, pour ainsi dire,
des décrets aux législateurs ; sortir de la salle, y
entrer et en sortir encore, comme pour dire
aux modernes amazonnes : « Soutenez-moi et
ne craignez rien, ni pour ma vie, ni pour la
vôtre. »

Tandis que le chef de cette armée de femmes
occupe l'Assemblée et amène quelques débats,
car il fut soutenu par quelques députés, entre
autres par le fameux Robespierre, les bandes
armées arrivent à Versailles par milliers, traî-
nant au milieu d'elles canons et caissons. Ces
bandes, renforcées de momens en momens, s'ap-
prochent avec une audace révoltante jusque sur
la place d'armes, et se mettent en bataille en
face les gardes-du-corps. Bientôt une douzaine
de pièces de canon sont braquées à cent pas de
la cavalerie royale, et prêtes à lancer la foudre ;
mais ceux-ci n'en sont point épouvantés, car
tous auraient sacrifié leur vie pour leur prince,
tant ils montraient d'ardeur et de courage. Les
gardes-du-corps, au nombre de plus de trois
cents cavaliers, couvrent, comme je vous l'ai dit,
toute l'étendue de la grille du château, ayant
le régiment de Flandre sur la gauche ; mais,
quant à la milice de Versailles, qui devait former la droite, elle ne parut point. Le comte
d'Estaing, qui en était le commandant, après
bien des rappels et des ordres les plus précis,
ne put jamais réunir autour de lui plus de vingt
hommes ; il semblait comme abandonné au

milieu de cette place. Cette garde nationale
était-elle de complicité avec les factieux, ou
craignait-elle de périr avec les gardes-du-corps?
Enfin, elle ne parut point, et resta dans ses
cantonnemens au milieu de la ville et dans les
corps-de-garde. Il n'y a pas lieu de s'en étonner
lorsqu'on saura qu'un Laurent Lecointre,
marchand de toiles à Versailles, en était lieu-
tenant-colonel, et l'ennemi déclaré de la Cour.
Quand les bandes armées eurent pris leur position menaçante en face des gardes-du-corps,
ils commencèrent à provoquer les troupes du
roi en voltigeant à droite et à gauche, et vociférant mille propos infâmes contre ces troupes
et contre l'infortunée reine. Les femmes étaient
les plus acharnées à provoquer l'attaque. Ces
femmes, parmi lesquelles se trouvaient des hommes déguisés, se portèrent sur le derrière du
régiment de Flandre, et employèrent tous les
moyens imaginables pour en exciter la défection.
Des bouteilles d'eau-de-vie à la main, elles
faisaient boire les soldats pour les attirer dans
leur parti et les entraîner avec elles; mais, ne
pouvant réussir dans leurs projets, elle n'enlevèrent que quelques lâches; car où ne s'en
trouve-t-il pas? Ce régiment, on peut le dire
à sa louange, resta ferme et constamment sous
les armes, et maintint son ordre de bataille.
N'ayant pu entraîner dans la défection le régiment de Flandre, les brigands tentèrent de
rompre la cavalerie; ils s'en approchèrent pour
se jeter dans les rangs; mais les gardes serrés,
et les chevaux piétinant continuellement,
étaient, au moindre commandement, prêts à

courir sur les pièces et s'en emparer, ce qui pouvait se faire en moins de quelques minutes. Mais le commandant, M. de la Savonnière, maintenait cette cavalerie et criait de moment en moment: *Messieurs, ne bougez pas, vous perdrez le roi!* Les gardes, provoqués de mille manières, bouillaient d'impatience de sabrer les bandits, et avaient toutes les peines du monde à se maintenir. Enfin, le malheureux commandant, courant à cheval, tantôt à droite, tantôt à gauche, poursuivait quelques bandits qui, assez audacieux, tentaient d'approcher de la cavalerie; il reçut en ce moment, par derrière, un coup de fusil qui le renversa de son cheval; tombé à terre, ce brave commandant criait encore: *Messieurs, ne bougez pas! vous perdrez le roi!* Puis il s'écrie de nouveau, en se relevant un peu: *Messieurs, ne vengez pas ma mort! ou tout est perdu!*

Dans cette position extrêmement critique et alarmante, on attendait toujours les ordres du souverain qui était concentré dans son palais, au milieu de sa famille éplorée; mais, aucun ordre ne fut donné par le monarque, de repousser la force par la force. Ce prince espérait toujours que les choses s'arrangeraient et qu'en employant la douceur et la clémence, on parviendrait à désarmer le courroux de ces masses indisciplinées. Vain espoir! plus l'armée du roi paraissait calme et silencieuse, plus les brigands montraient de l'audace et de la témérité; ils voltigeaient continuellement, tantôt à droite, tantôt à gauche, et provoquaient l'attaque: les canons, au moindre signal, étaient

toujours prêts à lancer la foudre. Les forces
parisiennes s'accroissant de moment en moment, devinrent extrêmement inquiétantes.
L'Assemblée nationale, de son côté, encombrée
de femmes, rendait des décrets au milieu du
tumulte ; un, entre autres, sur les grains, fut
porté au roi pour la sanction royale, par le
président M. Mounier. Ce président, entouré
de quelques députés, et d'un grand nombre de
femmes, se présenta au château. Mais, comment entrer chez le roi, avec une telle compagnie et aussi nombreuse ? elles étaient plus
de trois cents ; la chose était impossible. Une
députation d'environ une douzaine de femmes,
furent nommées pour accompagner le président.
Elles furent reçues au château avec beaucoup
de douceur. Le prince, bon et pacifique, les
accueillit de la meilleure grâce du monde,
en leur témoignant le chagrin qu'il éprouvait
sur des circonstances malheureuses, et qu'il
faisait tout pour la liberté de son peuple qu'il
aimait comme ses enfans. Sensible à tant de
bonté, à tant de douceur de la part du roi et
de la reine, la députation en fut attendrie aux
larmes ; ces femmes n'avaient jamais appro-
ché le monarque d'aussi près ; elles répon-
dirent à ce bon accueil, par des cris de *vive
le roi ! vive la reine !* et se retirèrent extrêmement satisfaites. Mais, rendues au milieu de
leurs camarades, à qui elles firent part de leur
bonne réception, elles y furent accueillies avec
mécontentement. On les accusa d'avoir reçu
de l'argent et qu'elles avaient été gagnées avec
ce métal qui corrompt tous les cœurs. Ayant

prouvé leur innocence, toutes les femmes se retirèrent. Le président de l'Assemblée nationale revint dans la salle des séances, avec la sanction du décret. Mais la tranquillité ne se rétablit point. L'esprit de discorde et d'acharnement contre la reine et la Garde-royale était toujours le même. Le comte de Mirabeau, qui, au lieu de siéger avec ses collégues à l'Assemblée, se promenait parmi le peuple le sabre sous le bras; ce Mirabeau encourageait-il les brigands à faire le mal, ou observait-il les forces du souverain, pour en rendre compte aux chefs des révoltés? c'est ce qu'on a toujours ignoré; il adressait la parole tantôt à une femme déguisée, tantôt à un chef de bandits, et partout il était bien reçu. La nuit étant survenue, les gardes-du-corps reçurent enfin l'ordre de se retirer. Faisant un demi-tour à droite, ils partent au trot par la rue Satory, et se rendent dans le parc sur le tapis-vert; mais lorsqu'ils quittèrent la place d'armes, plus de cinquante coups de fusil furent tirés sur l'arrière-garde, et tuèrent plusieurs chevaux; ils éprouvèrent le même sort dans la rue de l'Orangerie, on tira sur eux par les fenêtres. Une pareille lâcheté, ou plutôt de scélératesse de la part de quelques habitans de Versailles, est digne de la plus noire ingratitude; car, que penser d'une population qui vivait des bienfaits de la Cour, et dont un grand nombre occupait des places au château? Il faut avouer, Messieurs, que l'espèce humaine est bien ingrate et peu reconnaissante, et que l'homme méchant, quoique très-commun, est le plus vil des êtres. Laissons là les réflexions, et continuons le récit de ces événemens; ils sont de la plus grande importance pour nos enfans.

Lorsque les troupes royales et le régiment de Flandre (ce dernier était rentré dans les écuries où il logeait) eurent abandonné la place d'armes et laissé le champ de bataille aux révoltés, les bandes armées s'en emparèrent et vinrent camper jusqu'auprès des grilles du château, qui étaient toutes fermées et gardées intérieurement par les Suisses. Ah! quelle nuit, quelle nuit que celle qui précéda la journée du 6 octobre! Les brigands méditèrent dans les ténèbres le plus horrible attentat, et le jour devait éclairer le plus grand, le plus effroyable de tous les crimes. La garde nationale de Paris, commandée par M. de Lafayette, toujours en marche et n'arrivant jamais, était encore loin de paraître. Tandis que cette armée parcourait au petit pas cette longue route avec un silence glacé, les bandes jetèrent la terreur dans la ville de Versailles : la générale battait dans les rues; le tocsin sonnait dans les églises; c'était un désordre affreux. Les brigands, en parcourant les rues et les places, forcèrent les marchands de vin et les cafés à délivrer des vivres. Ceux-ci, effrayés, fermèrent leurs boutiques et eurent beaucoup de peine à se garantir du pillage. Toutes les avenues du château et la place d'armes furent éclairées toute la nuit par des feux, autour desquels des hommes et des femmes se chauffaient, et une pluie fine et froide les arrosait continuellement. L'Assemblée nationale tenait toujours

sa séance ; on discutait des propositions, ou
pour mieux dire, on ne discutait point ; car
la salle était presque entièrement au pouvoir
des femmes ; tous les couloirs en étaient remplis. A onze heures et demie du soir, le général Lafayette déboucha enfin dans la grande
avenue, à la tête de son armée, que l'arrière-
garde était à peine sortie du village de Sèvres.
Ce général fait faire halte à peu de distance de
la salle, et entre dans l'Assemblée pour lui
faire part de sa belle expédition ; il en sort
peu d'instans après, et se rend chez le roi au
château. Sa visite ne fut pas longue : il revient
à l'Assemblée nationale ; mais la séance était
levée ; il n'y trouve que des femmes. Après
avoir donné des ordres à son état-major, l'armée
parisienne prit ses cantonnemens ; partie se
retira dans les écuries du roi et dans l'hôtel
des gardes-du-corps, partie dans les églises.
Il était plus d'une heure du matin lorsque
l'arrière-garde arriva à Versailles. Tout était
calme en apparence dans toute la ville. Si les
gardes nationales, après sept heures de marche
pénible, au milieu de la boue et de la pluie,
et crottés horriblement, prenaient du repos
dans les lieux couverts, les brigands n'en
prirent point ; ils veillaient pour exécuter le plus
affreux des complots. L'Assemblée nationale
avait levé sa séance à une heure du matin ; la reine
se coucha à minuit, le roi à deux heures, et le
général Lafayette en fit autant. Mais les ennemis de l'ordre et de la tranquillité, et surtout
de la famille royale, n'eurent garde de s'endormir sur le volcan qui allait bientôt faire érup-

tion. Tout ce qui va suivre le démontre d'une manière assez précise ; et, pour le prouver, suivons l'ordre des événemens : mon récit est de la plus exacte vérité.

A deux heures du matin, la ville de Versailles, après avoir essuyé les plus violentes tempêtes et les plus grands troubles, était rentrée dans une espèce de calme; tout en apparence était tranquille, lorsque le général Lafayette se retira dans son hôtel, rue de la Pompe, laissant le commandement de ses troupes à M. le duc d'Aumont. Les bandes armées répandues de tous côtés, soit dans les places publiques, soit dans les avenues du château, ou dans les rues adjacentes, attendaient le jour pour exécuter l'horrible complot combiné et discuté à Paris par les chefs invisibles. Mais ces chefs n'avaient garde d'attendre le lever du soleil pour accomplir l'exécution de leur vaste projet d'assassinat. Tandis que les troupes du général Lafayette et lui-même prenaient du repos, les brigands veillaient; ils veillaient pour surprendre le château et l'envahir au milieu des ténèbres. La nuit s'avançait, et le jour allait bientôt paraître lorsque les chefs ne se continrent plus. Après avoir tourné le château de tous côtés pour y pénétrer par surprise, après différentes tentatives pour forcer les parties faibles, où ils trouvèrent partout une surveillance active et de la résistance, ils ne balancèrent plus à attaquer de vive force le palais. En conséquence, à cinq heures du matin, les grilles furent attaquées avec fureur; on brise les portes d'entrée à coups de hâche et une

brèche fut bientôt faite, parce qu'on ne trouvait point de résistance dans l'intérieur. Aussitôt les bandes entrèrent en foule dans la première cour comme un torrent dévastateur auquel rien ne résiste, et allaient tout détruire,
tout ravager, et cette cour fut encombrée de
ces masses furibondes qui poussaient des cris
affreux. Conduits par des chefs qui avaient des
connaissances particulières de l'intérieur du
château, de la première cour ils pénétrèrent
dans la seconde; puis ils dirigèrent leurs forces
vers la partie droite du palais, et arrivèrent
au bout de la chapelle, au pied du grand escalier. Là, ils firent une décharge pour épouvanter toutes les sentinelles, et ils en enlevèrent plusieurs qui étaient en faction. Deux
gardes du roi, MM. Deshutes et Varicourt,
jeunes et pleins de vigueur, furent enlevés par
les brigands et traînés dans les cours. Ces deux
malheureux, quoique luttant avec un courage
intrépide, furent accablés par le nombre, et
assassinés dans la cour des ministres. Un scélérat, armé d'une hache, faisant le métier de
bourreau, leur coupe la tête au milieu des cris
de fureur. Leurs têtes sont aussitôt plantées
au bout de deux piques et portées en triomphe.
Un brigand périt dans la bagarre. Ceux-ci, pour
animer la férocité des scélérats, accusent les
gardes du roi d'avoir fait feu sur le peuple et
tiré par les fenêtres

Tandis que les assassins assouvissent leur
vengeance sur les deux victimes, d'autres
brigands attaquent les portes du palais à coups
de hache et brisent en éclats celles qui sont

au bas du grand escalier , et y pénètrent comme la foudre à qui rien ne résite. Ils arrivent à la porte de la salle des gardes de la reine. Celle-ci est enfoncée comme les premières ; ils y entrent en foule. Les gardes-du-corps , les Cent-Suisses ne font , pour ainsi dire, qu'une faible résistance , parce qu'ils n'ont point d'ordre de repousser la force par la force , et n'osent prendre cette détermination sans la volonté du roi ; ils se reploient sur les appartemens du monarque. Les brigands, jusque - là victorieux et toujours triomphans , sont arrêtés à chaque pas. Ils désarment quelque Cent-Suisses , à qui ils ne font que peu de mal. Tandis que les bandits cassent, brisent tout ce qui se trouve devant eux, un des gardes de la reine court à la porte de la chambre de la princesse pour la prévenir du danger qui menace la famille royale ; il frappe avec précipitation ; une femme-de-chambre lui répond et refuse d'ouvrir. Sauvez la reine , dit le garde avec l'accent de l'effroi, sauvez la reine, sa vie est en danger, les brigands sont dans le palais. La reine , réveillée , saute de son lit , passe une camisolle et un jupon , et se sauve presque nue chez le roi par un passage dérobé. Le roi, inquiet de son épouse , sort de sa chambre pour l'aller chercher, lorsqu'il apprend en chemin qu'elle est sauvée ; il revient la trouver.

Maîtres d'une partie des appartemens du palais, les brigands , conduits par des guides , arrivent droit à la porte de la chambre de la reine , la brisent à coups de hâche, et y entrent comme des furieux , mais ils n'y trouvent personne ; la

chambre était déserte. Aussitôt les brigands assouvissent leur rage sur tout ce qui se présente sous
leurs mains. Le lit, où quelques minutes aupara-
avant la princesse reposait, est percé de coups
d'épées, de sabres, de piques, dont leurs bras
sont armés. Les brigands, écumans de rage d'a-
voir manqué leur coup, sortent de cette chambre, se jettent dans les grands appartemens, et
rejoignent les autres bandits. Ils ne doutent pas
que la princesse se soit sauvée chez le roi; mais,
pour enlever la reine des bras de son époux, il
faut commettre de nouveaux crimes, il faut
briser de nouvelles portes et passer sur le corps
des gardes du prince, qui, en nombre, en défendent l'approche, et jurent qu'ils périront
tous avant qu'on parvienne jusqu'au roi.

Malgré le danger le plus imminent, le monarque, entouré de sa famille éplorée, ne donne
encore aucun ordre de repousser la force par la
force; il espère toujours qu'un génie bienfai-
sant le délivrera des mains de ses ennemis.

Une heure et plus venait de s'écouler dans
un désordre affreux, tant à l'extérieur du palais que dans l'intérieur, lorsqu'enfin la force
armée arrive. Les grenadiers de la garde nationale de Paris entrent dans les appartemens la
baïonnette en avant, poursuivent les bandes fé-
roces de salle en salle, de chambre en chambre,
et en moins de quelques minutes tout le palais
est évacué par les brigands, qui s'enfuient par
toutes les issues, et se jettent dans les cours du
château.

Ah! Messieurs, comment vous retracer le
désordre affreux qui venait d'avoir lieu dans la

galerie, dans les appartemens et dans toutes
les chambres. La consternation et l'effroi étaient
peintes sur toutes les figures. Gardes-du-corps,
Cent-Suisses, valets-de-pied, et toutes les personnes attachées à la famille royale étaient tellement effrayés, qu'ils semblèrent renaître à la
vie lorsque le général Lafayette se présenta à la
porte de la chambre du roi, entouré de ses grenadiers. Le silence succède bientôt au bruit et
au tumulte, tout dans ce palais ne présentait
plus qu'une place forte prise d'assaut. Les
baïonnettes avaient remplacé les poignards et
les piques ; l'uniforme qui fait l'unité et la force
sous les armes, celui des haillons et des déguisemens de femme. Le général Lafayette fut
à peine entré chez le roi, que les cris de la
populace armée se firent entendre sous les
fenêtres du balcon, dans la cour de marbre :
Le roi à Paris ! le roi à Paris ! Ce prince malheureux, ému jusqu'aux larmes, entouré de
sa famille, reçoit cependant avec bonté ce général, qui n'avait pas su prévoir le plus grand
des crimes, et la violation du palais de son
souverain. Les cris au dehors continuant de se
faire entendre, le monarque est forcé de paraître sur le balcon ; il s'y rend, entouré des
gardes-du-corps et des grenadiers de la garde
nationale. A la vue de ce prince, les cris de
vive le roi ! vive la nation ! vive le Dauphin !
devinrent généraux. La fureur populaire se changea bientôt en larmes de joie, et l'enthousiasme fut universel. Ainsi va le monde, et tel
est le peuple qu'on abuse, qui, tout-à-coup
d'une extrême fureur, passe au plus grand

calme. Peu d'instans après, la reine, tenant le Dauphin dans ses bras, parut sur le balcon à côté de son époux. Un grand silence se fit dans ce moment. Les grenadiers ôtent leurs bonnets et les posent sur la tête des gardes-du-corps, en signe de réconciliation et de paix. Les cris aussitôt se font entendre : *vive la reine ! vive le Dauphin !* puis on recommence à crier avec véhémence : *le roi à Paris ! le roi à Paris !* Ce malheureux prince, contraint par la force des circonstances, et pour sauver sa famille de nouveaux outrages, annonça à ses ennemis victorieux qu'il s'y rendrait, et allait donner les ordres en conséquence. Laissons le roi au milieu de la garde nationale, et voyons ce qui se passe dans la ville de Versailles, en attendant son départ pour Paris.

A cinq heures du matin, tandis que les bandes armées enfoncent les grilles du palais du monarque et se jettent dans les cours en poussant des cris affreux, le général Lafayette reposait fort tranquillement dans son hôtel : ce général n'est, pour ainsi dire, réveillé que par le bruit des armes et les cris des combattans. L'attaque du château durait depuis plus d'une heure, lorsque ce général fit mettre ses troupes sous les armes. Réveillé en sursaut, il court de tous côtés à pied (car son Bucéphale était boîteux depuis son arrivée à Versailles), appelle ses troupes, qui, moitié endormies, moitié éveillées, sortent avec précipitation des écuries du roi, de l'hôtel des gardes-du-corps et des églises, et se rangent en bataille sur la place d'armes. Le régiment de Flandre, qui était aussi cantonné aux écuries , prend position en face des gardes nationales. Cette armée fut bientôt en mouvement par ordre de son chef : elle entre dans les cours du palais par la brèche qu'avaient faite les brigands , et marche au pas accéléré jusqu'aux portes du château et y pénètre , comme je viens de le dire , la baïonnette en avant. Les brigands, après avoir évacué les appartemens et toutes les salles , ne se tinrent pas encore pour battus : ils se jetèrent dans la ville comme des furieux. Les écuries du roi et l'hôtel des gardes-du-corps devinrent pour eux un nouveau sujet de désordre ; ils s'y précipitèrent en foule et jetèrent l'effroi parmi les valets d'écurie et les palefreniers. Une douzaine de gardes-du-corps qui étaient à l'infirmerie, n'eurent que le temps de sauter par les fenêtres pour échapper au fer des assassins. Après avoir brisé tout ce qui se trouvait sous leurs mains, les brigands s'emparèrent des chevaux (c'étaient ceux des malades), les montèrent et disparurent. Aux écuries du roi ils tentèrent le même coup ; mais la force armée s'y étant transportée avec célérité , arrêta les bandits et les chassa la baïonnette dans les reins. Tel fut le sort de tout ce qui appartenait au monarque. La ville de Versailles présentait la situation d'une place forte prise d'assaut. Les gardes-du-corps qui avaient passé la nuit dans le parc , sur le tapis-vert , ne prirent aucune part à la défense de leur roi. Ils avaient, dans la nuit, reçu ordre de se rendre à Rambouillet et étaient partis à cinq heures du matin. Ce fut un instant après que les brigands , qui n'ignoraient rien , et étaient instruits de tout ce qui se passait au château, commencèrent leur attaque.

Enfin, maîtres du palais, maîtres du souverain, maîtres du pouvoir, les troupes nationales, ou plutôt les Gardes-Françaises, n'eurent plus d'autres fonctions à remplir que celle de conduire leur roi prisonnier à Paris. Ah ! quelle destinée ! quelle humiliation pour ce monarque, qui, plein de bonté, plein de clémence, plein de dévouement pour son peuple, et qui, quelques heures auparavant, avait encore un simulacre d'autorité, ne fut plus que le jouet d'une populace effrénée ! Ce prince méritait-il un traitement pareil, lui dont le cœur était aussi pur que l'astre d'un beau jour et sacrifiait tout pour cette liberté que lui seul allait perdre sans retour ? Ce prince plein de clémence, méritait-il une aussi terrible humiliation ? traîné dans son carrosse le long d'une route de quatre lieues, au milieu d'une forêt de baïonnettes et de piques, précédé d'une vile et dégoûtante cohorte, forte de canons, caissons et mitraille, et la plupart ivres, couverts de haillons et de boue, vociférant dans leur marche triomphale ces mots : *Nous emmenons le boulanger*, *la boulangère et le petit mitron* : c'est ainsi qu'ils désignaient le roi, la reine et le Dauphin, qu'ils accusaient de la disette des vivres.

La journée du 6 octobre, qui portait un si fatal coup à la monarchie, fut aussi triste que celle de la veille : le temps était sombre et couvert. Le roi monte en voiture à midi. A une heure seulement, le cortége se met en

marche, et le monarque quitte la ville de Versailles et son magnifique palais pour ne jamais
y rentrer!!! Entouré de députés, de ses amis
et de grenadiers, il suit au petit pas cette longue
route que tant de fois il avait parcourue au
comble des grandeurs et de la magnificence
royale. Quel terrible spectacle que de voir le
monarque du plus puissant empire traîné au
milieu d'une haie de baïonnettes et de piques,
ayant en avant des canons, sur lesquels étaient
assises des femmes ivres et dégoûtantes, précédé
de trophées sanglans! Les brigands, les assassins devançaient le cortége de plus de deux
lieues, portant au bout des piques les têtes
des malheureux gardes-du-corps qu'ils avaient
assassinés. Enfin, le roi, après six heures d'une
marche lente et pénible, arriva aux portes de
Paris, où il trouva le maire Bailly et vingt-
quatre officiers municipaux, qui, depuis une
heure de l'après-midi, l'attendaient au bas du
village de Passy. Le cortége s'arrête, le maire
s'approche du carrosse, et présente au prince
les clefs de la ville qui, depuis cent ans,
n'avait que de mauvaises barrières. Après avoir
prononcé un discours, que le monarque écouta
avec une grande tranquillité; le maire monte
en voiture et précéde le carrosse du roi jusqu'à
l'Hôtel-de-Ville. Ce cortége, qui ressemblait,
pour ainsi dire, à un convoi funèbre, arrive au
milieu des municipaux, à huit heures du soir;
et le roi, entouré de sa famille, se place sous
un dais préparé à cet effet. Là, au milieu d'un
grand nombre de députés, il fallut encore entendre un nouveau discours, prononcé par le

président. Enfin, pour terminer cette lugubre cérémonie, le roi et la famille royale passèrent dans une pièce voisine ; et se mettant à une fenêtre, se montrèrent au peuple, à ce même peuple qui, trente heures auparavant, dans ces mêmes lieux, sur la même place, était dans un désordre affreux, et crie alors à tue-tête : *Vive le roi ! vivent la reine et le Dauphin !* Ainsi finit cette journée qui amena le monarque prisonnier à Paris. Louis fut conduit, à dix heures du soir, au château des Tuileries, où il trouva à peine un lit pour se reposer de ses fatigues. Ainsi finit le second acte de la tragédie, dite nationale. Tirons le rideau sur ces tristes événemens. (En prononçant ces mots, je dis : A demain la suite.)

CINQUIÈME SÉANCE.

Comme j'entrais chez M. de Varicourt, ses trois fils accoururent au-devant de moi, dès qu'ils m'aperçurent: Oh! Monsieur, me dirent-ils tous ensemble, combien vous nous avez attristés hier en nous racontant les malheurs du trop bon et trop pacifique monarque qui s'est laissé conduire à Paris comme un criminel! —Ah! dit Adolphe, le plus jeune des trois amis, ce prince n'aurait-il pas dû se mettre à la tête de ses troupes, vaincre ou périr les armes à la main, plutôt que de se laisser enlever de son palais? Jarny Dieu! ajouta-t-il en colère, comme Henri IV, je serais monté sur mon palefroi et aurais dit : Qui m'aime me suive : ralliez-vous à mon panache blanc.—Oui, oui, reprend Raoul, quand on a de braves soldats et qui vous sont dévoués, doit-on craindre de tomber sur des brigands qui viennent chez vous pour vous assassiner et vous voler?—Qu'est-ce qu'une troupe de bandits sans chef, sans ordre et sans motifs, dit Edouard, qui d'un propos délibéré, s'arment de bâtons, de fourches, d'épées, de sabres et de mille instrumens de mort, viennent avec une audace plus que révoltante,

attaquer leur roi , qui ne leur a jamais fait que
du bien ? Louis XVI n'aurait-il pas dû , avec
ses cinq cents hommes de cavalerie et trois mille
hommes de pied , repousser ces furieux et ren-
voyer à Paris dans le désordre ces masses furibondes , qui n'avaient de force et de jactance
que parce qu'ils ne trouvaient nulle part d'opposition ? — Trop de bonté , ajoute Adolphe en
se calmant un peu , vous rend le jouet des
passions , et on n'est le plus souvent que la
victime de tout ce qui vous approche. Je l'ai
éprouvé moi-même plus d'une fois avec mes
camarades de collége , parce qu'ils me sentaient
plus faible qu'eux ; mais aussi , quand je me
mettais en colère et m'armais de mon canif,
souvent je les faisais fuir comme des lâches , et
je restais maître du champ de bataille. — Il est
vrai , mes amis , repris-je , que le courage fait la
force et que si Louis XVI eût monté à cheval et
se fût mis à la tête de ses troupes , il eût pu facilement mettre en déroute ces masses indisciplinées , et leur enlever leurs canons , leurs
caissons et tout leur attirail de guerre ; car il
est certain , et je l'ai vu moi-même , que la
plupart de ces malheureux qui formaient
nombre dans ce grand armement populaire ,
avaient été entraînés de force , de Paris et
même sur la route ; et ceux-là n'auraient pas
manqué de fuir à la moindre résistance. Puis
toutes ces femmes qu'on avait mis en avant
pour servir de plastrons à la cohorte ; la plupart d'entre elles avaient été aussi entraînées
de force au milieu de ces furies qui criaient :
Du pain ! du pain ! et qui en avaient leurs

poches pleines ; mais il n'en fut rien , comme vous venez de le voir ; et le bon Louis XVI devint par la suite la victime des brigands. Quand on est trop bon , dit le proverbe , les loups vous mangent. D'ailleurs il est des circonstances , où il ne faut pas se laisser opprimer : il vaut mieux tuer le diable que de vous laisser tuer par le diable. Allons, mes amis , calmez-vous un peu , et reprenons la suite de mes tableaux mouvans. Ecoutez-moi : ce qui va suivre ne sera pas aussi terrible que ce que vous venez d'entendre. Le calme succède ordinairement à la tempête, et la bonne ville de Paris , à l'exception de quelques petits mouvemens populaires, sera , pendant un espace de temps, assez tranquille ; mais cela ne durera pas. En révolution, on éprouve continuellement des alternatives , de bons et de mauvais succès : tel qui brille au premier rang est presque toujours précipité dans l'abîme ; tel qui paraît en sous-ordre y succombe à son tour. La palme reste toujours entre les mains du plus audacieux, comme du plus scélérat ; et c'est ce que nous verrons par la suite des événemens.

Monté sur mon escabeau , je repris la continuation de mes tableaux mouvans, et commençai de la sorte :

Louis XVI et toute sa famille, après avoir éprouvé tant de peines et de chagrins, arrivèrent enfin , à dix heures du soir, dans le vaste palais des Tuileries, qui n'avait pas été habité depuis plus de soixante ans, où il n'y avait rien, absolument rien ; les quatre murs en faisaient tout l'ornement ; quelques matelas et

de vieux lits à moitié rongés par le temps, servirent à faire prendre un peu de repos au monarque qui, depuis trente heures, avait éprouvé
mille frayeurs et mille dangers, et avait été à
la veille de périr par la main des brigands.
Quelle affligeante situation, pour ne pas dire
affreuse, que celle où se trouvait le roi, la
reine, et toute la famille royale, ainsi que les
officiers de leur suite! La plupart de ces derniers passèrent la nuit dans une continuelle
agitation; les uns, assis sur des siéges; les autres, à se procurer le plus nécessaire à l'ameu-
blement de ce palais; encore la chose était extrêmement difficile ; entouré de gardes de tous
côtés, on pouvait à peine entrer et sortir sans
se faire reconnaître, tant on craignait que le
roi ne s'évadât dans la nuit. Cette farouche surveillance devint presque éternelle par la suite.
La garde intérieure et extérieure de ce château fut confiée à la garde nationale, qui fit le
service conjointement avec les Suisses. Les
gardes-du-corps envoyés dans la nuit précédente à Rambouillet, ne reparurent plus. Ils
furent licenciés quelques jours après par le roi
et malgré lui ; ainsi l'ordonnait la déesse de la
liberté, qui ne voulait plus de distinction. Elle
était fièrement despote cette liberté! Ainsi finit
ce corps de jeunes officiers créé depuis des siècles, et qui, depuis des siècles, faisait le service autour de la personne des rois de France.

Enfin, ce malheureux prince passa la nuit
dans ce grand palais, naguère habité par les
chauve-souris et par les hiboux. Son réveil fut
pour ainsi dire celui d'Épimenide ; il ne con-

naissait presque plus personne, tant les figures
des serviteurs étaient tristes et abattues par la
douleur. Malgré le mouvement continuel d'al-
lée et de venue, la tristesse était universelle
dans ce château. Jamais emménagement de
meubles et effets ne se fit avec plus d'activité
pour loger convenablement la famille royale qui
n'avait pas seulement de linge à changer. Tout
avait été abandonné à Versailles à la garde des
valets et des femmes-de-chambre. Dans cet
état de dénuement et d'infortune, ce prince
avait besoin de consolation, et il en reçut de
toutes les personnes qui prenaient part à ses
malheurs. Les députés qui l'avaient accompagné à Paris, se rendirent au château dans la
matinée, et lui firent leur compliment de doléance. Le roi les accueillit avec beaucoup de
douceur, et ils s'en retournèrent à Versailles
avec promesse de revenir bientôt, car l'Assemblée avait décrété qu'elle était inséparable de
son roi. Le général Lafayette et le maire Bailly,
souverains pour ainsi dire l'un et l'autre de Paris,
car rien ne se faisait sans leur ordre, se rendirent aussi près du roi et de la reine, pour les
complimenter sur leur séjour dans la capitale,
et furent aussi accueillis avec beaucoup de calme.
Le maire demanda et obtint la permission de
venir avec le corps de ville, témoigner au roi
combien la nation prenait part à ses peines et à
ses chagrins. Mais quant au peuple, dans l'a-
près-midi, il se porta en foule dans les Tuileries. Cent mille âmes entourèrent le château, et
se firent bientôt entendre de tous côtés; les
cris de *vivent le roi, la reine et le Dauphin!*

furent ses premières expressions de tendresse et
de dévouement ; mais lorsque le monarque parut à la fenêtre qui, pour la première fois, était
vu dans ce château, jamais acclamations, jamais enthousiasme ne furent plus grands ; tous
les cœurs français semblaient lui être offerts
pour ainsi dire en masse, pour le consoler de
tant de chagrins qu'il avait éprouvé depuis deux
jours. Combien ce malheureux prince dut éprouver de consolations en voyant cette masse de
peuple faire éclater des transports d'attachement ; ce même peuple, dont une partie la
veille l'avait assiégé dans son palais, et l'avait
conduit à Paris d'une manière si inouïe ! Ici,
Messieurs, je m'arrête ; oublions, s'il est possible, un tel événement. Ainsi se passa la journée du 7 octobre, bien différente de celle du 6.

Deux jours après, nouvelles visites, nouveaux
complimens de condoléance ; le maire Bailly,
qui avait demandé et obtenu la permission de
venir en corps présenter au roi le vœu du peuple
de la bonne ville de Paris, se rendit aux Tuileries en grand apparat. Ce cortége fut des plus
magnifiques ; il était digne d'un souverain. Une
garde nombreuse, tant à pied qu'à cheval, accompagnée d'une file de voitures des plus brillantes, dans lesquelles étaient vingt-cinq membres de la commune. Introduit dans les appartemens par M. de Brézé, maître des cérémonies, le maire, à la tête de la députation, s'approche du monarque qu'il trouve assis dans un
simple fauteuil ; à sa droite, son frère, et entouré des ministres et seigneurs de la cour. Après
une salutation très-respectueuse, il adresse au

monarque ces doucereuses paroles : « Sire , les
» représentans de la commune de Paris , nous
» ont député vers Votre Majesté, pour lui por-
» ter l'hommage de leur respect et de leur
» amour. Ils nous ont chargés de lui exprimer
» leur reconnaissance, de la bonté qui vous a
» amené dans Paris avec votre auguste épouse
» et le prince qui est l'espoir de la nation. Sire ,
» vous avez rempli notre désir ; mais ce désir ne
» vous est peut-être pas connu dans toute son
» étendue ; nous souhaitons de ne vous perdre
« jamais ; nous demandons que Paris soit désor-
» mais votre demeure principale ; vous êtes aimé
» partout ; partout on voudrait vous posséder ;
» vous êtes à tous les Français, comme tous les
» Français sont à vous ; mais nous révendiquons
» un ancien privilége ; c'est ici qu'ont demeuré
» vos illustres ancêtres ; c'est ici que l'empire
» français a été fondé , et c'est d'ici qu'il s'est
» élevé à cette haute puissance, que le règne
» de Votre Majesté va faire reposer sur des bases
» inébranlables. Sire, rendez-vous à nos vœux ;
» demeurez dans votre capitale ; que cet illustre
» enfant qui vous est si cher, s'élève au milieu
» de nous ; il connaîtra nos sentimens ; il verra
» toujours amour et fidélité inaltérables pour le
» roi, union et fraternité avec toutes les par-
» ties du royaume ; nous n'avons, sur vos au-
» tres sujets, que l'avantage d'habiter le centre
» de l'empire. Le centre de l'empire doit être
» le séjour des rois ; nous les avons possédés ;
» nous les redemandons. Sire, vous avez re-
» gretté de vous éloigner de l'Assemblée natio-
» nale ; vous l'avez remerciée du décret qui la·

» rend inséparable de votre personne ; en effet,
» le monarque n'est qu'un avec la nation. Au
» moment où la liberté renaît sous vos auspices,
» où l'Assemblée nationale va revivifier ce corps
» antique de la monarchie, où Votre Majesté,
» avec la liberté, va lui rendre sa splendeur,
» faites à-la-fois tous les actes de justice et de
» bonté qui sont dignes de votre cœur paternel ;
» rendez à la capitale les rois qui faisaient sa
» gloire, et surtout votre présence qui fera son
» bonheur. »

Ah ! Messieurs, combien ces paroles flat-
teuses durent attendrir le cœur de ce bon roi,
qui n'avait d'autre jouissance que celle de faire
le bien de son peuple et qui en était si mal re-
compensé ! Demeurer à Paris, rien de plus naturel ; y demeurer libre comme tous les Français, rien de plus juste ; mais ce prince était loin
de jouir de cette douce liberté qu'on lui prônait
avec emphase ; lui seul, au milieu de Paris,
perdit sans retour cette liberté, et devint le prisonnier des factieux, comme je vais le prouver
bientôt. Le maire de Paris, qui était de bonne foi,
et aimait sincèrement son prince, après avoir
obtenu une réponse satisfaisante, se rendit chez
la reine, qu'il trouva, comme son époux, assise
dans un fauteuil, entourée de ses enfans et des
dames du palais. Comme au roi, le maire lui
adressa aussi des paroles de condoléance, et en
reçut une réponse courte et brève. « Monsieur le
» maire, dit la reine, je reçois avec plaisir les
» hommages de la ville de Paris, et je suivrai
» avec satisfaction le roi partout où il ira, et
« surtout ici. » Puis elle ajoute avec précipitation:

« Mes enfans n'ayant point encore d'apparte-
« mens, je les ai fait venir avec moi afin que
» vous les voyiez. »

Ainsi fut reçue cette grande députation de la
ville de Paris, qui se retira du palais avec le
même apparat. L'invitation faite au roi de demeurer dans le palais de ses ancêtres, n'était
rien moins qu'un ordre dicté par la douce persuasion. Refuser au peuple de Paris d'habiter
cette grande ville, était de toute impossibilité,
car les factieux ayant accompli leurs desseins,
prétendirent que ce malheureux roi restât éternellement leur prisonnier. Aussi, par cet acte
de despotisme populaire, le roi ne put sortir de
ses appartemens. Les moindres plaisirs lui furent interdits; jamais il ne put dépasser les
barrières, je dis dépasser les barrières librement comme pouvaient le faire tous les Français, sans être accompagné d'une garde de surveillance. Le bois de Boulogne et Saint-Cloud
furent les seuls endroits où il put porter ses
pas dans l'année suivante. Il fut privé du plaisir de la chasse qu'il aimait passionnément. Le
jardin des Tuileries fut la seule promenade
qu'on daignât lui accorder, encore y allait-il
rarement.

Enfin, pour rétablir l'ordre dans tout le
royaume, et surtout dans Paris et Versailles, il
ne fut plus question que de poursuivre les auteurs, fauteurs, complices et adhérens des
voies de fait, de l'attentat commis envers le
roi, dans les journées des 5 et 6 octobre. Le
Châtelet de Paris fut seul chargé de cette procédure inouie. Les membres du Parlement qui

étaient en vacance depuis plus de six mois, et qui le furent éternellement, restèrent spectateurs passifs de ce grand procès, qui devint interminable. Louis-Philippe d'Orléans, qu'on soupçonnait n'être pas le moins coupable dans ce crime de lèse-majesté, disparut de France pendant plus d'une année, et passa en Angleterre, sous prétexte d'une mission particulière, dont il fut chargé par le roi auprès de S. M. Britannique. Une mission pour Louis-Philippe !!! Elle fut secrète... n'en parlons point... Pour découvrir tant de coupables, pour arrêter tant de gens qui avaient participé à ce grand crime, le Châtelet avait besoin d'une autorité qui l'aidât dans ses fonctions. Pour cet effet, un comité de recherches, pris dans le sein de la commune de Paris, lui fut adjoint. Ce comité de recherches, composé de six membres, tous patriotes connus, parmi lesquels on remarquait le fameux Brissot de Warville et Lacretelle, fit beaucoup de bruit dans le monde et peu de besogne. Ses recherches devinrent presque nulles. Laissons cette autorité faire des perquisitions jour et nuit dans les rues de Paris, ainsi que sa banlieue, et revenons à l'Assemblée nationale, qui se trouve comme abandonnée dans la ville de Versailles.

Jusque-là, Messieurs, comme vous venez de le voir, tout allait de mal en pire : cette pauvre France marchait à sa destruction. Le roi était prisonnier, l'Assemblé nationale toute-puissante, et des milliers de brigands qui la harcelaient de toutes parts, ne pouvaient manquer de s'ensevelir sous ses ruines. L'Assemblée nationale, divisée entre elle, formait déjà, et depuis quelque temps, cette lutte interminable. Le côté gauche, qu'on nommait le Palais-Royal et qui pouvait bien avoir pris sa bonne part aux manœuvres impies exercées contre le souverain, attendait l'occasion propice pour saper avec plus de force les bases qui soutenaient encore la monarchie. Beaucoup d'entre eux avaient paru au milieu des bandes armées, lorsqu'elles prirent position dans les avenues du château et sur la place d'armes. Je ne les nomme point; ils sont assez connus. Enfin, cette grande assemblée, qui était inséparable de son roi, puisqu'un décret émané d'elle l'ordonnait ainsi, quitte Versailles et la salle qu'elle occupait, le 18, et vient s'établir, le 19, à Paris dans une des salles de l'archevêché, où elle tint sa première séance. Mais un emplacement plus vaste, plus spacieux lui était destiné. Un manége qui, depuis plus de cent ans, avait servi à l'exercice des chevaux, fut bientôt métamorphosé en salle de harangues; et ce manége, ou plutôt cette salle fut bâtie en moins d'un mois sur la Terrasse des Feuillans, à peu de distance du château des Tuileries; et le 9 novembre, nos *chers* députés s'y installèrent pour préparer la chute du trône et faire naître les terribles événemens qui suivirent. Ainsi, par cette translation, cette ville de Versailles, qui n'était rien moins qu'opulente, perdit en moins de quinze jours toute sa splendeur : vingt-cinq mille âmes lui furent enlevées, et le séjour de nos rois depuis Louis XIV, ne fut plus qu'un vaste désert.

Depuis plus de trois mois, le peuple de Paris

était tellement habitué à répandre le sang de
ses prétendus ennemis et à faire justice de ses
propres mains sur le moindre soupçon qu'on le
trahissait, que la place de Grève devint encore
le théâtre de nouveaux carnages. Malgré la
présence du roi à Paris ; malgré que l'Assemblée nationale y tînt ses séances, les brigands
se portèrent à de nouveaux désordres. La disette des vivres, qui était toujours à-peu-près
la même, quoique cependant rien ne manquât
à la subsistance du peuple, en fut le prétexte.
Un boulanger du Marché-Palu, près de l'église
de Notre-Dame, fut la victime que les brigands signalèrent à la canaille. Ce malheureux
fut soupçonné d'avoir caché du pain dans l'intérieur de sa maison ; sa boutique fut bientôt
forcée, et comme des loups affamés, les femmes
furetèrent partout, et trouvèrent dans un coin
quelques petits pains à café et trois ou quatre
pains de quatre livres, que cet homme, nommé
François, avait mis de côté pour ses pratiques.
Cette cachette, qui n'était rien autre qu'un
usage habituel chez les ouvriers de cette profession, fut cause de sa mort. Enlevé de chez
lui, traîné par les rues comme un grand coupable, il fut conduit à l'Hôtel-de-Ville pour se
justifier. Peu d'instans après, la foule de peuple
devint si considérable sur la place de Grève,
qu'il ne fut plus possible d'y ramener le calme.
Les cris se firent entendre de toutes parts : *A
la lanterne le boulanger, le boulanger à la lanterne !* Plus les cris se répétaient de tous côtés,
plus on mettait d'acharnement à faire périr le
coupable prétendu qui n'était rien moins que

12*

criminel. On se racontait son action de mille manières, on l'exagérait, on l'amplifiait; enfin, que de mensonges absurdes ! Les cris : *à la lanterne ! à la lanterne !* montèrent tellement les têtes , que les forts du port au blé forcèrent les gardes de la ville, y pénétrèrent en foule et enlevèrent le malheureux François des mains des municipaux. Traîné dans la place de Grève , il fut pendu à la funeste lanterne, sans pouvoir se justifier , et sa tête fut portée au bout d'une perche comme un trophée de la vengeance nationale; mais le crime ne resta pas impuni. La force armée y étant accourue , mais trop tard pour sauver la victime , arrêta quelques-uns des bandits au milieu de leur triomphe. L'un d'eux, nommé Blin, traduit en justice , fut condamné à mort comme assassin du malheureux François , et périt deux jours après sur l'échafaud et à la même place où il avait commis le crime. Un second accusé , reconnu moins coupable, fut condamné au bannissement pour neuf années. Cet événement désastreux se passa du 19 au 22 octobre.

Mais de tels événemens qui avaient lieu sous les yeux de l'Assemblée nationale et presque à la porte de la salle , pouvaient bien amener d'autres commotions plus dangereuses. Nos représentans , effrayés eux-mêmes et pouvant craindre pour leur personne , prirent des mesures sévères pour arrêter le crime dans son principe. L'Assemblée rendit cette fameuse loi martiale , qui fut si fatale à celui qui la fit exécuter : elle est ainsi conçue :

1°. Dans le cas où la tranquillité publique sera

en péril, les officiers municipaux seront tenus, en vertu du pouvoir qu'ils ont reçu de la Commune, de déclarer que la force militaire doit être employée à l'instant pour rétablir l'ordre public, à peine, par ces officiers, d'être responsables des suites de leur négligence.

2°. Cette déclaration se fera, en exposant à la principale fenêtre de la Maison-de-Ville, et en portant dans toutes les rues et carrefours, un drapeau rouge; et en même temps, les officiers requerront les chefs des gardes nationales, des troupes réglées et des maréchaussées, de prêter main-forte.

3°. Au signal seul du drapeau rouge, tous attroupemens, avec ou sans armes, deviendront criminels, et devront être dissipés par la force.

4°. Les gardes nationales, troupes réglées et maréchaussées, requises par les officiers municipaux, seront tenues de marcher sur-le-champ, commandées par leurs officiers, précédées d'un drapeau rouge, et accompagnées d'un officier municipal au moins.

5°. Il sera demandé, par un des officiers municipaux, aux personnes attroupées quelle est la cause de leur réunion, et le grief dont elles demandent le redressement; elles seront autorisées à nommer six d'entre elles pour exposer leurs réclamations, et présenter leurs pétitions, et tenues de se séparer sur-le-champ, et de se retirer paisiblement.

6°. Faute par les personnes attroupées de se retirer en ce moment, il leur sera fait, à haute voix, par les officiers municipaux, ou l'un d'eux, trois sommations, de se retirer

tranquillement dans leur domicile. La première sommation sera exprimée en ces termes :
*Avis est donné que la loi martiale est proclamée ;
que tous attroupemens sont criminels ; on va
faire feu, que les bons citoyens se retirent.* A la
deuxième et troisième sommation, il suffira de
répéter ces mots : *On va faire feu, que les bons
citoyens se retirent.* L'officier municipal énon-
cera que c'est ou la première, ou la seconde,
ou la dernière.

7°. Dans le cas où, soit avant, soit pendant
le prononcé des sommations, l'attroupement
commettrait quelques violences, et pareillement
dans le cas où, après les sommations faites, les
personnes attroupées ne se retireraient pas paisiblement, la force des armes sera à l'instant
déployée contre les séditieux, sans que personne
soit responsable des événemens qui pourront en
résulter, etc., etc.

Cette loi, en douze articles, rendue le matin
de l'assassinat du boulanger, et sanctionnée
dans l'après-midi par le roi, fut publiée le
22 à son de trompe dans toutes les rues et places
publiques de Paris, et amena cependant cette
tranquillité tant désirée et si long-temps atten-
due. Elle n'a jamais été mise en vigueur qu'une
seule fois par le maire Bailly, et ce fut plus
de vingt mois après, comme je vous le dirai en
son temps ; et les causes qui amenèrent ce dé-
ploiement du drapeau rouge, fut un des principaux motifs qui fit endurer une si longue
agonie à cet infortuné maire, lorsqu'il fut conduit à l'échafaud sous le règne des Jacobins
et de cette fameuse Convention d'horrible mé-

moire. En attendant, suivons le cours du torrent qui ravage la France, et revenons aux grandes commotions qui ébranlèrent le trône.

Louis XVI, sequestré dans le palais des Tuileries, comme je viens de le dire, faisait tout son possible pour ramener le calme dans toute l'étendue de son royaume : ses ministres et lui-même, de concert avec le maire de Paris, employaient toute la force de leur autorité pour activer les approvisionnemens de cette grande ville, semblable à un gouffre et où tout s'engloutit. Le monarque y réussit cependant et parvint à ramener l'abondance dans son royaume: les vivres y reparurent à-peu-près comme dans les beaux jours de la toute-puissance royale ; mais le désordre qui avait régné depuis plus de quatre mois dans tout l'empire, ne donnait aucun moyen de remplir les coffres de l'Etat. Les finances, au lieu de s'améliorer, diminuaient de jour en jour : les impôts foncier et mobilier ne se payaient plus; l'impôt indirect sur le tabac, le sel, le vin, les eaux-de-vie, était comme supprimé ; car on ne le percevait plus. Les rentes sur l'Etat, réduites à l'arriéré de plusieurs trimestres, jetaient parmi les rentiers cette défiance qu'inspire le désordre. Enfin, au milieu de ce chaos public, tout allait de mal en pire. L'Assemblée nationale, qui ne faisait que détruire et ne restaurait rien, employait la plus grande partie de son temps à se disputer. De grands discours et de grandes phrases faisaient retentir la tribune pour prouver que tout allait pour le mieux. Le clergé et la noblesse soutenaient leurs droits et leurs

prérogatives autant qu'ils le pouvaient ; mais
le tiers-état, qui était en force, parce qu'il
était deux fois aussi nombreux, attaquait
ces deux ordres privilégiés avec une hardiesse
qu'il n'avait jamais osé prendre. Il fallait cependant trouver les moyens de ramener le
crédit public et la confiance générale, qui en
est la base. La France, quoique riche en
grandes propriétés, était pauvre en espèces
monétaires. L'argent se resserrait toujours de
plus en plus : tout cela était vraiment alar-
mant ; mais que ne fait pas l'homme dans un
moment désespéré ? Le clergé, qui, depuis
des siècles, possédait de grandes propriétés
territoriales, et ne payait presque rien à l'Etat,
se trouvait dans ces circonstances malheureuses,
à la veille d'être dépouillé de tous ses domaines.
Le tiers-état, qui visait à cette spoliation nationale, employait tout le pouvoir de la parole
pour démontrer que ces grands biens n'étaient
autres que des dons gratuits de nos bons aïeux,
faits à l'Eglise dans les temps gothiques, et
même successivement d'âge en âge jusqu'à nos
jours. Mirabeau et quelques autres députés demandaient avec instance que l'Assemblée s'en
emparât pour payer les dettes de l'Etat, et
ajoutaient que c'était la seule ressource qui
restât à la nation pour la relever de son dépé-
rissement. L'abbé Maury et le haut clergé défendaient les biens ecclésiastiques comme leur
appartenant légitimement, et s'écriaient que
personne ne pouvait y prétendre. Mais après
de longues discussions et les débats les plus
tumultueux, l'Assemblée nationale, sans plus

vouloir rien entendre, le 2 novembre, dans
la salle même de l'archevêché, déclara que
tous les biens ecclésiastiques étaient à la disposition de la nation. Ce décret, rendu après de
vives oppositions, fit jeter les hauts cris à tout
le clergé, qui se voyait ainsi dépouillé. Après
cette capture de plus de deux milliards sans
répandre une goutte de sang dans le combat,
l'Assemblée tomba sur les Parlemens, qui
étaient en vacance depuis plus de six mois ;
mais, par un décret rendu le 3, elle prolongea
leur inaction éternellement ; car jamais ils ne
purent se rassembler. Les chambres de vaca-
tions les représentaient dans leurs cours respectives, et protestèrent contre ce décret en re-
fusant l'enregistrement des lettres-patentes qui
l'ordonnaient ainsi. Tous les Parlemens en
général se trouvèrent bientôt dans un état de
nullité : leurs arrêts et leurs décisions devinrent
comme non avenus, et ne firent plus que de
jeter quelques signes d'existence, en attendant
leur suppression totale.

L'Assemblée nationale était toujours à l'archevêché en attendant la construction de la
nouvelle salle. Mais le roi pressait tellement
les travaux, qu'en moins d'un mois cette salle
fut achevée ; et le 9 novembre, nos députés
s'y installèrent. Ah ! ce manoir, le centre de
tous les malheurs de la France, bâti sur la terrasse des Feuillans, à peu de distance du palais
des Tuileries, devint un monument de destruction et de carnage.... Mais ne devançons pas
ces sinistres événemens. La faction qui projetait le renversement de tout ce qui existait,

manœuvrait toujours pour arriver à ses fins.
Pour jeter de la défaveur sur le règne de nos
rois, on imagina de faire jouer sur la scène
française une tragédie nouvelle, intitulée :
Charles IX, ou le massacre de la St-Barthélemi.
Cette tragédie, d'un jeune poète nommé Chénier, amena de grands débats entre le peuple
et l'autorité; mais, comme à cette époque les
factieux l'emportaient toujours, elle fut jouée
au grand contentement de la tourbe révolutionnaire et eut une grande vogue. Tout Paris
voulut voir le massacre des protestans par les
catholiques. Le Théâtre-Français, aujourd'hui
l'Odéon, fut tellement encombré de curieux
et de peuple, qu'on fut obligé d'y envoyer de
forts détachemens de troupes pour y maintenir
l'ordre. C'était une fureur que le désir de tourner en ridicule le règne de nos rois et de présenter au peuple tout le mauvais côté pour
aigrir les esprits; mais on n'était pas dupe de
voir des factieux qui voulaient régner eux-
mêmes, ou plutôt les chefs invisibles qui faisaient agir sous main, et ne réussissaient que
trop dans leurs projets perfides. Un roi plus
sévère que Louis XVI eût facilement détruit
la trame qu'on ourdissait contre lui. Mais ce
monarque trop bon, en ne réprimant pas les
méchans dans leur marche, en fut la victime
et entraîna les plus grands malheurs dans sa
chute. Mais ne devançons pas l'ordre des temps :
il suffira d'entrer dans ces tristes récits quand
nous arriverons à leur époque.

Au milieu de ces tableaux de tribulations qui
se succédaient les uns aux autres, l'Assemblée

nationale marchait toujours au but qu'elle s'é-
tait tracé. Pour mettre tous les Français au
même niveau, elle déclara qu'il n'y avait plus
de distinction d'ordres en France. Puis, pour
donner au nouvel ordre de choses les moyens
de se maintenir malgré la rareté du numéraire,
elle créa l'émission de ce fameux papier-monnaie auquel on donna le nom d'assignats. A ce
nom d'assignat, ah! Messieurs, quel souvenir
affreux pour les pauvres rentiers et les pensionnaires de l'Etat qui avaient placé leurs ca-
pitaux sur le trésor royal! Ils devinrent par la
suite si pauvres, si pauvres, qu'avec un billet
de mille francs ils purent à peine se procurer
des souliers pour mendier leur pain. Ainsi se
termina cette fameuse année de 1789, qui fut
une des plus funestes au règne de Louis XVI.
Mais cette année remplie d'horreurs et de crimes, ne fut que le prélude de plus grands malheurs encore. Ce qui va suivre, Messieurs, ne
sera pas aussi terrible que ce que vous venez
de voir; car les deux années qui vont se succéder ne seront qu'un mélange de biens et de
maux, de plaisirs et de peines, de folies et de
fêtes. La déesse de la liberté, qu'on pouvait
appeler en ce temps-là le symbole de la folie
et du crime (car quel autre nom lui donner?)
tournait tellement toutes les têtes, qu'on se
pâmait d'aise à la vue de son simulacre, que
l'on voyait déjà partout; partout son nom était
chanté; c'était un délire universel; toutes les
modes lui furent offertes : les chapeaux, les
bonnets et les étoffes étaient à la liberté; ses
couleurs favorites, blanc, rouge et bleu, do-

minaient dans toutes les parures, dans tous les costumes et dans toutes les fêtes et cérémonies publiques. Donnait-on un repas de corps, on portait les toasts à la liberté et l'on chantait ses louanges. Enfin, il n'y eut pas jusqu'aux boulangers qui lui firent des petits pains, et les femmes des poupées. Laissons cette année de 89 à ses terribles adorateurs, et entrons enfin dans celle de 90, et voyons ce qui s'y passe.

Oui, Messieurs, l'année 1790, où nous entrons, ne fut pas aussi malheureuse en événemens que sa sœur aînée, dite de 89; cependant quelques petites secousses politiques et même impolitiques, continueront encore d'agiter le monde. Le volcan de l'insurrection, quoique calme en apparence, n'en jetera pas moins de temps à autre des flammes incendiaires dans toute l'étendue de l'empire, sans pouvoir, pour ainsi dire, en arrêter les progrès; car le feu de l'insurrection est un de ces feux qui détruisent tout et incendient tout, à moins qu'une main puissante ne les arrête dans leur cours. Le mont Vésuve, tout en lançant de ses abîmes profonds, des laves brûlantes dans les airs, des matières au-dessus de la ville de Naples, épouvante moins les habitans, que les événemens du 14 juillet et jours suivans épouvantèrent les bons citoyens de Paris; car la vie de l'homme, comme je l'ai déjà dit, y était si peu en sûreté, qu'au moindre signal d'un méchant, vous tombiez sous les coups des assassins. Ah! me direz-vous, mourir n'est rien, puisqu'il faut tôt ou tard payer ce tribut à la nature ; mais encore ne vaut-il pas mieux faire ce grand voyage éternel avec calme, au milieu de ses amis, en recevant leurs bénédictions, que de périr dans le chaos qui engloutit les hommes et les choses ? Pauvres humains, qui habitez cette terre que Dieu donna à l'homme en le créant, pour y passer une vie si courte, faut-il la semer d'écueils et d'embûches, pour en avoir une portion plus ou moins petite, ou plus ou moins grande ? Cette terre qui donne la vie à tout ce qui l'habite, n'importe dans quelle condition où se trouve chaque individu, n'est-elle pas suffisante pour nourrir les uns comme les autres ? Celui qui ambitionne une plus forte part que son frère, croit-il après sa mort l'emporter dans le trou qui reçoit sa dépouille mortelle et engloutit pour jamais sa triste renommée ? Mais non, l'homme a été, il est, et sera dans tous les temps le plus sot animal de ce bas monde. A peine a-t-il atteint l'âge viril, que l'ambition des richesses, les plaisirs de la table, le goût de la débauche et la cupidité s'emparent de ses sens ; il ne rêve plus que vanité, orgueil et domination. Il est si beau de commander aux humains et de gouverner les hommes, n'importe comment, que les zélateurs du nouvel ordre de choses ne visèrent plus qu'à s'emparer du pouvoir, dussent-ils mourir dans l'abîme que l'on creusait de toutes parts.

Cependant, malgré le calme apparent qui va naître, le feu de l'insurrection n'en continuera pas moins à s'étendre de tous côtés, les furies promèneront encore leurs torches ardentes de ville en ville, de bourg en bourg, et même jusque dans les plus petits villages de la France. Paris, quoique agité, tourmenté et bouleversé, pendant le cours de quelques mois de l'année 89, était redevenu calme et silencieux. Pour réconcilier tous les Français de toutes conditions, comme de tous états, une grande fête fut préparée par le monarque, et cette fête fut fixée au jour, à jamais mémorable, qui mina les fondemens du trône de nos rois et le menaçait de son renversement total. Le roi, dans son palais des Tuileries, à l'exception près de la liberté qu'il n'avait plus, car il était vraiment prisonnier, et prisonnier pour toujours, comme vous l'allez voir par la suite, employait tous les instans de sa vie à rendre son peuple heureux, et à lui assurer une existence. Ce malheureux prince jugeait les hommes par lui - même. Bon père, bon époux, il ne voyait autour de lui qu'une grande famille à qui il devait tous ses soins. Rien ne rebutait son cœur paternel, quand il s'agissait de faire une belle action. Ah ! malheureux prince, que j'ai vu tant de fois et même de si près, que mes yeux ne pouvaient se lasser de contempler sa figure céleste, sans répandre de grosses larmes !.... Mais il est une destinée que rien au monde ne peut prévenir.

Le roi, comme vous savez, fait bâtir à la hâte la salle des députés, à peu de distance de son palais ; il pouvait s'y rendre en moins de quelques minutes, car la distance de l'un à l'autre n'était pas de plus de cinq cents pas. Ce prince pouvait, à tous les instans du jour, connaître les débats de l'Assemblée, et, pour ainsi dire, entendre les discours des orateurs. Les délibérations toujours agitées, toujours tumultueuses, ne se terminaient le plus souvent que par des menaces. Le tiers-état bourrait la noblesse et le clergé avec une hardiesse inconcevable. Il ne respectait ni titres, ni dignités, et marchait à son but, sans s'embarrasser s'il y arriverait. Les deux premiers ordres, composés d'hommes d'un grand mérite, se défendaient avec un courage admirable ; mais ils avaient beau faire, il fallait passer par la route qu'on leur avait tracée. Le monarque qui n'avait plus que le vain titre de roi, en exerçait encore les prérogatives sans en avoir l'autorité ; il désirait de tout son cœur réconcilier les Français de tous les partis ; mais la chose était difficile par le temps qui courait. Enfin, ce prince voulut, en personne, faire entendre au milieu de ces législateurs, les plus secrètes pensées de son cœur. Le 4 février, il se rendit en grand cortége à l'Assemblée nationale, et prononça ces paroles remarquables : « Que » ceux qui s'éloigneraient encore d'un esprit » de concorde, devenu si nécessaire, dit le » prince presque la larme à l'œil, me fassent » le sacrifice de tous les souvenirs qui les » affligent, je les paierai de ma reconnaissance » et de mon affection. . . . . » Puis, s'adressant aux députés : « Vous qui pouvez influer » par tous les moyens sur la confiance publi- » que, éclairez sur ses véritables intérêts le » peuple qu'on égare ; ce peuple, qui m'est » si cher et dont on m'assure que je suis aimé,

» quand on veut me consoler de mes peines »...
Il ajoute : « Ne professons tous, à compter de
» ce jour, ne professons tous, je vous en donne
» l'exemple, qu'une seule opinion, qu'un seul
» intérêt, qu'une seule volonté, l'attache-
» ment à la constitution nouvelle, et le désir
» ardent de la paix, du bonheur et de la pros-
» périté de la France ! »

A peine le prince eut prononcé ces dernières
paroles, qu'elles furent couvertes d'applaudissemens, et il s'en retourne avec le même appareil, au milieu des cris de *vive le roi !* et
d'acclamations universelles. De retour dans
sa prison (car je ne puis autrement dé-
signer le palais des Tuileries, puisqu'il ne pouvait point en sortir), il témoigna à tout ce qui
l'entourait, cette tendre affection qui était le
plus doux épanchement de son cœur. La joie
brillait dans ses yeux ; puis il se jette dans
les bras de sa famille, qu'il embrasse avec
tendresse. Les députés qui avaient encore pour
le roi un attachement sincère, viennent bientôt au château lui payer le tribut de reconnaissance, si bien dû aux touchantes expressions
de son amour. Ils y sont reçus avec bienveillance.
La reine ayant le Dauphin dans ses bras, leur
dit : « Voici mon fils, Messieurs ; je n'oublierai
rien pour lui apprendre de bonne heure à
imiter les vertus du meilleur des pères, à respecter la liberté publique. »

Depuis plus d'une année, aucun jugement
criminel n'avait été rendu dans la ville de
Paris. Le Parlement, le Châtelet et la Cour
prévôtale se trouvaient tous ensemble comme

arrêtés dans le cours de leurs travaux ; on n'osait prononcer aucune sentence, dans la crainte que le peuple ne leur fît un mauvais parti et n'arrêtât l'exécution de leurs juge-mens. La place de Grève, lieu des exécutions habituelles, n'avait été arrosée de sang humain que par celui qu'avaient répandu les brigands, dans les mouvemens populaires. Mais comme tout à un terme, et qu'il faut que justice soit rendue à qui elle appartient, le Châtelet ayant repris enfin le cours de ses travaux, s'occupait déjà de la grande affaire des 5 et 6 octobre, et en poursuivait les auteurs avec célérité : Mais, outre ce grand procès, plusieurs causes lui furent encore soumises, et entre autres celle du marquis de Favras, arrêté dans la nuit du 24 au 25 décembre, par le comité des re-cherches de la commune de Paris. Ce pauvre marquis, qui demeurait fort tranquillement dans son hôtel, place Royale, fut accusé d'être chef d'une conspiration, tendante à soulever trente mille hommes, pour faire assassiner le maire de Paris, le commandant, et couper les vivres aux Parisiens. Oh ! pour le coup, ce n'était pas une petite bagatelle que de couper les vivres aux Parisiens ! a-t-on jamais conçu un pareil complot, s'il a jamais existé ? Peut-on voir plus de hardiesse, plus de témé-rité pour un seul homme, que d'armer trente mille autres contre un million, et surtout au moment où toute la France pensait de même et avait la même opinion ? Je ne sais trop où le marquis aurait trouvé tant d'hommes dé-voués à la contre-révolution, et surtout dans ce temps-là, la chose n'était pas facile. Mais cependant il n'en payât pas moins de sa tête une entreprise aussi hardie. Monsieur, frère du roi, que la malignité inculqua dans ce vaste projet, dont je ne chercherai point à pénétrer le mystère, fut cependant obligé le lendemain même de l'arrestation du marquis, de se transporter à l'Hôtel-de-Ville, devant nos seigneurs les municipaux pour se justifier ; car, disaient les faiseurs de projets, il était l'âme de ce vaste complot. Quant à moi, Messieurs, je n'en sais rien, quoiqu'on ait bien jasé là-dessus : il est des choses qu'on ne peut trop approfondir. Mais le marquis de Favras n'en fut pas moins condamné à être pendu en place de Grève, un mois après son arrestation. Jamais cause ne fut poursuivie avec plus d'acharnement. Le peuple qui n'entendait pas raison ; car, en ce temps-là, il suffisait d'être accusé par la volonté générale, pour passer de la vie au trépas, sans pouvoir se sauver. Ce malheureux Favras, convaincu seul du crime de lèse-nation, par les conseillers au Châtelet de Paris, fut conduit en chemise à l'échafaud, avec tout l'appareil d'un grand criminel. Jamais, je crois, on ne vit plus de monde à l'enterrement d'un homme vivant, ou plutôt à son exécution ; car, il fut pendu à la clarté des flambeaux, en présence de plus de cent mille âmes ; mais ce qu'il y a d'étonnant dans cette circonstance, c'est le silence qui régna dans le court trajet et pendant l'exécution ; la chose était inconcevable, dans les circonstances où l'on se trouvait. Ce peuple, habitué depuis quelquetemps, à faire justice lui-même sur le moindre soupçon qu'on le trahissait, ne manifesta aucune joie, ni mécontentement, il se retira avec calme. On eût dit que le temps du repentir allait renaître dans tous les cœurs et que l'humanité habiterait encore au milieu de Paris.

L'exécution du marquis Favras fut suivie de près par celle de deux autres Français, mais non pour la même cause. Les deux frères Agasse, appartenant à une famille aisée, et jouissant d'une considération parmi leurs concitoyens, furent traduits au Châtelet, pour avoir fabriqué de fausses actions de la caisse d'escompte; convaincus l'un et l'autre, ils furent condamnés à mort, à peine âgés de 22 à 25 ans. Ces deux exécutions, qui se succédèrent à peu de distance, devinrent, pour les parens, un sujet de désespoir et de honte; mais nos députés ne voulant plus de tache dans les familles par la mort judiciaire d'un de leurs membres, ils décrétèrent que le crime n'imprimerait plus de flétrissure à la famille du coupable, par la raison que les fautes étaient personnelles. Ainsi finit le préjugé, qui, depuis des siècles avait été un sujet de honte et de désespoir pour les vivans et ne devait plus donner matière aux épuremens de la conduite de nos bons aïeux.

Enfin, le Châtelet de Paris, chargé de poursuivre tous les crimes qui avaient ensanglanté les événemens de 89, soit de lèse-majesté, soit de lèse-nation, avait à prononcer sur des prisonniers du premier ordre, tels que MM. de Besenval, de Barentin, d'Autichamp, de Broglie et de Puységur, tous accusés de s'être op-

posés aux troubles de juillet, et d'avoir obéi aux
ordres du roi. Combien les temps étaient changés ! Poursuivre des hommes qui avaient fait
leur devoir, la chose était délicate. Le Châtelet
ayant à prononcer entre deux partis bien distincts, la noblesse et le tiers-état, hésitait à
mettre en accusation des hommes d'une aussi
haute importance. Le fameux Necker qui avait
fait tant de bruit dans le monde, et qui, comme
un moribond, ne donnait plus qu'un faible
souffle d'existence, employait toute son influence pour sauver de l'échafaud son compa-
triote de Besenval ; il y réussit cependant au gré
de ses désirs. Le Châtelet déchargea ces cinq
gentilshommes des plaintes et accusations inten-
tées contre eux, et ils furent mis en liberté.
Mais comme la nation n'était pas plus juste qu'il
ne le fallait ; et que, dans toutes les occasions,
elle pouvait encore faire justice de ses propres
mains, comme elle l'avait fait déjà tant de fois,
ces messieurs n'eurent pas plutôt la clef des
champs qu'ils mirent leurs personnes en sûreté, en passant au plus vîte en pays étranger,
et je crois qu'ils firent bien ; car nos faiseurs de
révolutions, qui n'étaient encore en ce temps-
là que des agneaux, pouvaient bien se couvrir
de la peau du tigre et en avoir toute la férocité.
Laissons le Châtelet poursuivre les auteurs des
5 et 6 octobre, et transportons-nous ailleurs,
c'est-à-dire au jardin des Tuileries, et voyons
les singuliers événemens qui s'y passent.

Les Tuileries ! ah ! quel beau séjour pour un
prince libre et maître de ses volontés ! le palais
est magnifique, les cours sont superbes, et le

jardin de toute beauté ; rien n'est agréable comme
cette promenade d'une assez vaste étendue. Ce
jardin qui, depuis longues années, ne servait à
peine que de promenade aux belles dames de
Paris, aux petits-maîtres, aux rentiers et aux
gens à intrigues, se changea bientôt en un lieu
de politique et de tribulations. La salle de nos
représentans ayant une entrée par la terrasse des
Feuillans, et les fenêtres donnant sur le jardin,
tout le peuple s'y portait en foule pour y pénétrer et entendre les débats de nos grands législateurs, les séances étant publiques. Ce jardin
devint tout-à-fait le rendez-vous des patriotes ,
des aristocrates, des femmes publiques et même
des voleurs. Tout y était admis, n'importe dans
quel costume on s'y présentât, car la liberté le
voulait ainsi. La terrasse du château, celle des
Feuillans et les belles allées qui servaient de promenade, ne furent plus que des camps de politique et de débats ; on y discutait en plein air
à en perdre l'haleine. Les jeunes gens comme
les vieillards, les filles comme les femmes, se
groupaient de tous côtés, et c'était à qui présen-
senterait un beau plan de gouvernement ; mais
comme on n'était pas tout-à-fait d'accord en
fait d'opinions, il arrivait souvent qu'on se châ-
maillait d'une belle manière. Les grands débats
dans l'Assemblée nationale entre Mirabeau,
l'abbé Maury et autres députés, attiraient aux
alentours de la salle beaucoup de curieux, qui
prêtaient l'oreille pour les entendre. Il est à
observer qu'étant sur la terrasse des Feuillans,
on pouvait quelquefois distinguer les voix des
orateurs. Le comte de Mirabeau, qui avait une

voix de Stentor, se distinguait facilement d'avec
ses collègues ; l'abbé Maury, Cazalès, Barnave,
et même le gros frère, le vicomte de Mirabeau, ne
lui cédaient guère en verve éloquente. Oh ! disait un jour un des écouteurs, voilà l'abbé
Maury qui parle, l'entendez - vous ? il défend
l'expropriation des biens du clergé ; un autre,
non, non, c'est Cazalès ; un troisième, c'est Barnave ; c'est Mirabeau-Tonneau, disait un quatrième : celui-ci est un aristocrate du premier
ordre, il défend ses priviléges. Bah ! disait un
cinquième, vous ne vous y connaissez pas, c'est
son frère le comte. Oh ! pour celui-là, il est
l'ami du peuple, le défenseur des opprimés.
Oh ! comme il parle bien, ajoutait un autre,
qui se pâmait d'aise. Entendez-vous ces mots :
Suppression des droits féodaux sans indemnité.
Ici on applaudit. Çà ira rondement, disait une
femme habillée en amazone, qui écoutait de
toutes ses oreilles, et qui, par parenthèse, n'é-
tait pas une poltrone, car elle avait figuré à la
tête de ces furies qui avaient fait le fameux
voyage de Paris à Versailles. Oui, oui, disait la
foule en applaudissant, çà ira, çà ira. Comme
tout allait rondement au désir des partisans du
nouvel ordre de choses, le jardin des Tuileries
désemplissait plus. Le bonhomme hiver qui fuyait
rapidement, emportant ses neiges et ses glaçons
(on était à la fin de mars), redonnait à la nature
cette beauté qui charme tous les cœurs, même
les plus endurcis. Ce jardin qui fut bientôt em-
belli de mille fleurs, le seul qui restât au roi de
tous ses domaines, car le monarque n'avait plus
la jouissance que de celui-là, y faisait accourir

tout Paris. Tantôt le peuple se portait en foule
devant le château, en criant *vive le roi ! vivent la
reine et le Dauphin !* tantôt aux alentours de la
salle des députés, en criant *vive la nation !*
Ce jardin était, pour ainsi dire, un vrai paradis
pour les uns, et un purgatoire pour les autres.
Tout le monde ne voyait pas les choses du même
œil. La noblesse, en perdant ses titres et ses priviléges, et le clergé ses propriétés, n'en étaient
pas plus contens ; mais il fallait se soumettre
au droit du plus fort, et qui n'était pas toujours
le plus juste. Plus on empiétait sur les uns et
sur les autres, plus on voulait empiéter encore.
Le renversement de toutes les lois de nos aïeux
allait toujours grand train. Nos députés du tiers-
état, continuellement à la découverte, ne manquaient pas de frapper à toutes les portes pour
découvrir les abus de nos pères ; mais lorsqu'il
fut ordonné que le livre-rouge serait rendu public,
tout Paris parut étonné de cette découverte,
qui, depuis long-temps, était un grand secret
pour tout le monde. Qu'est-ce que le livre-
rouge se demandait-on de tous côtés ? C'est un
livre relié en maroquin rouge, qui renferme de
grandes vérités, disaient les uns. Bah ! disaient
les autres, c'est un livre de magie où le diable
y écrit tous les péchés, et les intrigues amou-
reuses de nos dames de haut parage. — Eh,
non, disait un autre, c'est le *nec plus ultrà* des
aristocrates, c'est la boîte de Pandore, où il y a
de grandes vérités dévoilées. Chacun raisonnait
à sa manière sur la découverte de ce fameux
livre-rouge, et qui n'était pas plus rouge que
l'Abécédaire des petits enfans. — Eh ! mais,

Monsieur, me dit Adolphe, curieux de connaître l'étymologie de ce livre, qu'est-ce donc que le livre-rouge? expliquez-nous-en le contenu? — Ma foi, mes amis, lui répondis-je, ce n'était rien du tout; c'était tout simplement un grand registre sur lequel on inscrivait les noms des pensionnaires de l'Etat, tant civils que militaires. Les uns étaient écrits en lettres rouges, les autres en lettres noires, et voilà tout; mais on était curieux de connaître ces pensionnaires qu'on appelait sangsues du peuple, et à qui on attribuait la ruine de l'Etat, comme si dans ces temps, et même encore aujourd'hui, il n'est pas d'usage d'accorder des pensions de retraite aux vieux militaires blanchis sous les drapeaux, et aux serviteurs du prince, dans le civil. Pour donner du ridicule à cette découverte, qu'on appelait la boîte de Pandore, on poussa l'ironie jusqu'à imprimer en rouge le nom de tous ces pensionnaires, afin que le public fût convaincu, disait-on, des dilapidations du trésor et des prodigalités du monarque; tandis qu'il est prouvé que jamais prince ne fut plus économe; mais il fallait du ridicule pour abattre ce qu'on voulait renverser.

Les Tuileries enfin ne devinrent plus que le rendez-vous des Parisiens, et particulièrement des étrangers qui accouraient à Paris pour voir et entendre les débats de nos législateurs français. Il y avait des momens où le public pouvait à peine s'y promener sans être bousculé par les masses de curieux. Mais lorsque l'Assemblée s'occupait de grandes discussions politiques, ou qu'elle frappait à droite ou à

gauche pour enlever au clergé ou à la noblesse
quelques portions de leurs titres ou de leurs
propriétés, alors le peuple se portait en plus
grande foule sur la terrasse des Feuillans. Il
y avait des momens où l'on ne pouvait approcher de la salle des séances que de très-loin,
tant les groupes étaient nombreux et serrés les
uns contre les autres. Mais lorsqu'il fut question d'ordonner la vente des biens du clergé,
ce fut pour lors que la salle des séances fut
assiégée de toutes parts. L'abbé Maury, l'un
des meilleurs orateurs du clergé, y fit preuve
d'un grand talent; il défendit sa cause avec un
courage éloquent, mais sans pouvoir l'emporter
sur ses collègues du côté gauche, quoiqu'il fût
fortement appuyé par le vicomte de Mirabeau,
qui ne le cédait guère à son frère aîné le comte,
en verve éloquente. Le côté gauche, très-nombreux, soutenu par la masse générale, l'em-
portait sans cesse. Un jour, à la suite d'une
discussion des plus orageuses, l'abbé Maury
et le vicomte de Mirabeau, en sortant de la
salle, faillirent être assassinés par le peuple
qui les entourait l'un et l'autre. L'abbé Maury,
pressé par la foule qui le suivait, se retourne
et fait face aux mutins. « Eh bien, leur dit-il,
» quand vous me lanterneriez, vous ne verriez
» pas plus clair. » Ce bon mot, qui ne fut
qu'une plaisanterie au milieu du danger, désarma
la foule et laissa l'abbé libre de rentrer chez lui.

Malgré l'opposition la plus vigoureuse, malgré le tumulte qui régna pendant plusieurs
jours de suite dans la salle des députés, l'As-

semblée n'en décréta pas moins que tous les biens du clergé de France seraient vendus au plus offrant , sans aucune restriction. Ainsi fut dépouillé, le 18 mars 1790, tout le clergé, tels que, archevêques, évêques, abbés, commandataires, moines blancs, moines noirs, ainsi que les bonnes religieuses, dont le nombre en tout pouvait aller à près de quatre cent mille. Mais comme nos représentans ne voulaient pas que tant de gens mourussent de faim en prenant leurs biens sans bourse délier , une modique pension fut accordée à chacun d'eux; ce qui était fort juste. Mais cette pension, hypothéquée sur le grand-livre, ne leur fut pas toujours bien payéé. Il fut un temps, et ce temps n'était pas fort éloigné , où ces malheureux osèrent à peine paraître au milieu de leurs concitoyens, ni même dans leurs églises ; car le clergé fut proscrit en totalité sans pouvoir éviter les malheurs qui le menaçaient de toutes parts, comme je le ferai voir plus tard. Laissons courir le temps et venir les événemens , et ils viendront assez tôt pour vous faire voir le chaos qui changera l'ordre des choses. Ce fut à cette époque, Messieurs, que naquit cette secte infernale dont on a tant parlé et dont on parle encore, qui bouleversa le monde et prit le nom de *frères jacobins*, et qui n'étaient rien moins que des moines, dont le diable fut éternellement le chef et l'ordonnateur. Ah ! si jamais il y a eu des démons sur terre pour tourmenter les hommes, s'il y a jamais eu un enfer pour engloutir les vivans, et si jamais il y a eu un foyer de destruction, d'horreurs et de crimes, que puisse inventer les démons des antres infernaux, il faut nous transporter au milieu de cette réunion d'hommes inhumains, qui prit naissance vers l'époque dont je parle : tout ce que vous avez vu jusqu'alors ne fut que des roses en comparaison de ce que je vous ferai voir par la suite dans mes tableaux. Comme cette secte a bouleversé le monde en France, en mettant sens dessus dessous et les hommes et les choses, je pénétrerai dans ces repaires de brigands et vous en ferai voir toutes les horreurs

Le clergé de France, dépouillé de tout son bien par une loi, fut bientôt forcé d'abandonner ses superbes abbayes, ses cloîtres, ses cellules et les églises d'une magnificence digne de la religion chrétienne, et il lui fallut courir le monde en attendant mieux. La noblesse, de son côté, étant menacée aussi d'être frappée dans ses richesses, faisait de grands sacrifices pour plaire à la nation. MM. de Lafayette et Lameth, patriotes par excellence, ne se croyant plus dignes de figurer dans le monde avec des titres et des dignités, se dégradèrent publiquement à la face de l'univers, en se dépouillant de leur qualité de nobles. Ce bel exemple d'humilité chrétienne fut suivi par quelques autres députés qui rentrèrent dans la classe du peuple. Mais ces hommes, tout en se dégradant publiquement et se mettant au niveau du pauvre citadin, ne s'aperçurent pas qu'un jour viendrait où ils seraient obligés d'abandonner encore leurs propriétés pour sauver leurs corps et leurs âmes, et ce temps n'était pas fort éloigné ; car quand une armée gagne un pouce de terrain

sur son ennemi dans le combat, elle fait tous
ses efforts pour en avoir deux, puis trois, puis
quatre, ainsi de suite, jusqu'à ce qu'elle soit
tout-à-fait maîtresse du champ de bataille. La
nation plébéienne, empiétant sur la nation no-
biliaire, n'eut plus de frein dans ses prétentions, jusqu'à ce que la bonne déesse de l'égalité régnât conjointement avec sa sœur la bonne
sainte liberté; car l'une, disait-on, ne pouvait
marcher sans l'autre; elles devaient être insé-
parables. Aussi l'Assemblée nationale décréta
qu'elle supprimait pour toujours la noblesse en
France, et les qualités et honneurs qui en
étaient la suite. Encore un pas, disaient les
factieux, et nous aurons à notre tour les biens
et les honneurs. Le comte de Mirabeau, qui
n'était patriote que de nom, savait bien qu'un
roi ne pouvait régner sans avoir un point d'appui
qui soutînt sa grandeur et sa puissance; car,
Messieurs, vous dirai-je, qu'est-ce qu'un trône
sans noblesse? c'est tout uniment un château
bâti sur de mauvais fondemens, qui s'écroule
à la première tempête. Le comte de Mirabeau,
chef du parti populaire, ayant eu le dessous
dans une discussion sur le droit de faire la paix
et la guerre, inclinait pour le concours de la
volonté royale dans l'exercice de ce droit. Barnave, en réfutant son système, avait obtenu le
plus brillant succès. « Et moi aussi, dit Mirabeau avec humeur : on voulait, il y avait peu de
jours, me porter en triomphe; mais maintenant, on crie dans les rues : *Grande trahison
du comte de Mirabeau!* Je n'avais pas besoin
de cette leçon pour savoir qu'il n'est qu'un pas

du Capitole à la roche Tarpéienne. » Il ne se trompait pas trop, cet orateur de grand renom; car il marchait d'un pas accéléré à sa perte, et ce temps n'était pas fort éloigné : encore quelques mois, il ne sera plus que poussière.

Malgré quelques petites secousses d'insurrections partielles, qui se faisaient sentir encore dans les différentes provinces, l'ordre des choses n'en suivait pas moins son cours. La ville de Vernon, en Normandie, venait d'avoir sa part dans les mouvemens populaires, à l'occasion des grains. Montauban, dans le Midi, venait, de son côté, d'éprouver un combat sanglant entre les patriotes et les non-patriotes. Plusieurs d'entre eux s'étaient battus avec acharnement et étaient restés sur le champ de bataille. Ces mouvemens partiels, qu'excitait la discorde, tantôt dans une province, tantôt dans une autre, ne donnait pas une très-grande stabilité dans les affaires. Louis XVI, qui voyait avec peine ces divisions intestines se reproduire de temps à autre, sans espoir de mieux, voulut réconcilier tous les Français en général, et en faire un peuple de frères ; ce qui, en ce temps-là, n'était pas facile, vu qu'un parti gagnait toujours sur l'autre. L'anniversaire du 14 juillet, époque mémorable par la conquête de la Bastille et de la naissance de la *sainte liberté*, était sur le point d'arriver. Ce jour pouvait être une occasion favorable pour réconcilier prêtres, nobles et le tiers-état, qui avaient continuellement l'épée tirée l'un contre l'autre, et toujours prêts à se frapper. Pour cimenter l'union de tout le peuple français, une grande

fête nationale fut ordonnée par nos représan-
tans, et le 14 juillet fut à jamais fixé pour la
célébrer. Le monarque, qui se prêtait à tout ce
qu'on voulait et ne demandait que la paix dans
tout son royaume, accorda de tout son cœur
la permission de célébrer cet aniversaire, qu'on
nomma Fédération, fête qui fut des plus magnifiques et des plus imposantes, à l'exception du
beau temps qui ne fut pas des plus agréables.
Ici, Messieurs, m'écriai-je à ma petite société,
je vais vous présenter les tableaux mouvans de
cette grande réunion de peuple, qui fut des
plus considérables. Jamais Paris, je crois, n'a
possédé autant d'acteurs et de spectateurs. Ce
fut la réunion du beau monde de tout le
royaume et même de l'étranger ; car les hommes,
de tous les pays sont avides de nouveautés, et
cette fête n'était pas à dédaigner ; on en voit
rarement d'un genre aussi nouveau. Je vais vous
la détailler dans toute sa beauté et dans toute
sa magnificence ; rien au monde n'a présenté
un plus beau coup-d'œil et avec plus d'ensemble. En disant ces mots, je m'écrie : voyez,
Messieurs, voyez, ici je présente mon tableau
général, et je leur dis : regardez, mais écoutez.

Pour célébrer cette grande fête, à qui on donna
le nom de Fédération des Français, Louis XVI
fit faire de grands préparatifs, pour réunir dans
un même lieu, et sur le même emplacement,
quelques centaines de mille âmes ; oui, quelques centaines de mille âmes, et cet emplacement devait être de la plus grande dimension,
pour contenir environ un vingt-cinquième de la
population de la France ; c'est-à-dire un mil-

lion de peuple de tout sexe et de tout âge. Le vaste terrain du Champ-de-Mars, qui servait depuis 30 ans à l'exercice des jeunes élèves de l'École-Militaire, où ils étudiaient l'art de la guerre, fut choisi par le roi pour être le théâtre de cette grande réunion. Cette plaine, qui était une pelouse unie, fut bientôt défoncée, d'un bout à l'autre par les bons Parisiens, qui y coururent tous à l'envi les uns des autres pour y travailler ; car il fallait que les acteurs comme les spectateurs fussent tous à leur aise, les uns pour agir, les autres pour regarder. Jamais on n'a vu pareil dévouement à préparer un aussi grand amphithéâtre national. Bientôt le Champ-de-Mars ne fut plus que trous, que précipices ; on y creusait de tous côtés, à qui mieux mieux. Plus de vingt mille ouvriers travaillaient jour et nuit à brouetter à droite et à gauche, les masses de terre que nous voyons encore de nos jours, et qui forment les talus, où se placèrent les spectateurs. Pour encourager les Parisiens à ce travail immense, qui pouvait être très-long, Louis XVI et la reine son épouse, voulurent y prendre part ; ils s'y transportèrent l'un et l'autre, sans aucun appareil, et mirent la main à l'ouvrage. Le roi, confondu au milieu du peuple, prend tantôt la pèle, tantôt la pioche et brouette la terre comme un simple particulier sur les hauteurs. La reine, de son côté, en fait autant. Cet exemple de courage, de la part du souverain, fit un si grand plaisir parmi les travailleurs, que jamais on ne montra autant d'ardeur à accélérer la besogne ; c'était à qui mettrait la main à l'œuvre, et on criait *vivent le roi et la reine !* dans toute l'immensité des travaux, et on brouettait la terre à perdre haleine. Nos belles dames de la capitale, à l'exemple de leur reine, prirent part aussi à ce grand travail : et moi aussi, disaient-elles dans les sallons, j'ai travaillé au Champ-de-Mars.

Dans ce moment, tous les Français ne semblèrent plus former qu'un peuple de frères, dont le roi était le père commun. L'esprit de parti et les opinions diverses étaient comme bannis de la capitale ; on s'encourageait, on se félicitait, et on désirait cette grande réunion pour réconcilier les hommes de quelque classe qu'ils fussent. Les travaux furent tellement accélérés qu'en moins d'un mois tout fut achevé.

Tandis qu'on élevait au milieu de la plaine un vaste plateau pour y dresser un autel qu'on nomma autel de la patrie, et sur lequel on devait y dire la messe et prêter le serment civique, toute la nation fédérale des départemens, parcourait les routes, et marchait à grandes journées vers Paris. Vous dire, Messieurs, combien la joie régnait de toutes parts, est une chose absolument impossible. Tous les cœurs paraissaient unis de bonne foi, et la concorde était universelle. Louis-Philippe d'Orléans, qui était à Londres depuis neuf mois, en vertu d'une mission secrète, demanda son rappel, et revint à Paris pour prendre part au serment civique; et le prêter lui-même avec l'Assemblée nationale, car le roi voulait, et c'était son plus cher désir, que ses ennemis et ses amis se réconciliassent dans un seul jour. Arrivé à Paris, le 11 juillet, le duc se rendit au palais des Tuileries le même jour; dire ce qui

se passa entre le monarque et le prince, c'est
ce que j'ignore.

Enfin, le jour tant désiré arrive : c'était le 14
juillet, et la fête se prépare avec la plus grande
solennité ; mais, pour le malheur général, l'Être-
Suprême seul ne semble point y prendre part ;
au lieu d'éclairer cette grande cérémonie par
les rayons de son soleil, de gros nuages venant
du nord-ouest, couvrent l'horizon, et versent
de temps à autre un déluge de pluie ; il semblait que le ciel eût le dessein de noyer les assistans. Jamais, je crois, il n'a tant plu. Cependant la matinée fut assez belle. Toutes les troupes
fédérales, rangées en ligne sur le boulevard du
nord de Paris, depuis la porte St.-Martin jusqu'à la porte St.-Antoine, et classées par ordre
de départemens (il y en avait quatre-vingt-trois),
attendent, depuis cinq heures du matin, le
moment du départ ; à dix, tout s'ébranle, et
les colonnes se mettent en marche par la rue
St.-Denis, la rue de la Ferronnerie, la rue St.-
Honoré, la place de Louis XV, les Champs-Élysées, la barrière de la Conférence, passent la
Seine sur un pont de bateaux, construit en face
du village de Passy, et pénètrent dans le Champ-
de-Mars, sous un arc de triomphe des plus magnifiques, élevé à cet effet, et se rangent autour
de l'autel de la patrie, par bataillons et par
carrés, au milieu desquels flottaient des bannières déployées. Le canon, qui retentit à droite
et à gauche sur les bords de la Seine, annonce à
plus de huit cent mille âmes, placées sur les
monticules et assises sur des banquettes, car le
roi l'avait voulu ainsi, que la fête nationale va

1.   14

commencer. Le monarque, assis sur un trône
élevé devant l'Ecole-Militaire, entouré de sa famille et de l'Assemblée nationale, attend le
moment de l'ouverture de cette grande cérémonie ; tout se dispose pour célébrer la messe et
prêter serment de fidélité à la nation. Il est
midi : l'évêque d'Autun, M. de Taleyrand-
Périgord, à la tête de son nombreux clergé,
monte sur l'autel de la patrie et dit la messe.
La cérémonie religieuse se fait avec le plus grand
recueillement. Tous les assistans, et je crois
qu'il n'y a jamais eu un nombre si prodigieux
de monde à une messe, prient et adressent au
ciel leurs prières les plus ferventes pour obtenir
du Dieu des chrétiens la paix dans toute la
France et l'union dans tous les cœurs. Un silence respectueux règne dans cette vaste enceinte. Bientôt on s'apprête à jurer le serment
civique. Les mouvemens généraux se font dans
l'armée ; les tambours et les trompettes retentissent de toutes parts. Le général Lafayette,
l'âme de cette grande réunion, commandant
l'armée, s'avance à la tête de son état-major,
monte sur l'autel de la patrie, et baissant la
pointe de son épée, prononce ces mots : « Nous
» jurons tous d'être à jamais fidèles à la nation,
» à la loi et au roi. » Au même instant, toutes
les troupes et le public répètent ce serment ; on
n'entend plus qu'un bruit universel d'acclamations et de *vivat* ; aussitôt le canon, par des décharges multipliées, se fait entendre de tous côtés,
et semble ébranler les voûtes du ciel ; de gros
nuages qui couvrent l'horizon, obscurcissent
la clarté du soleil, s'entrouvrent et versent de

l'eau à torrens sur le Champ-de-Mars, et trem-
pent jusqu'aux os tous les spectateurs. Quoique
la pluie tombe à verse, la fête n'en continue
pas moins. Cinquante mille parapluies de toutes
couleurs sont ouverts dans le Champ-de-Mars,
et donnent le plus singulier coup-d'œil qu'on
ait jamais vu. Le temps s'éclaircit, le soleil repa-
raît et darde ses rayons brûlans sur tous les spectateurs, les réchauffe tous, et la fête continue au
milieu d'un silence profond. Tous les yeux se
portent sur l'autel de la patrie. Le président de
l'Assemblée nationale s'avance à son tour, et
prononce le même serment d'être à jamais fidèle
à la nation, à la loi et au roi, et de maintenir
de tout son pouvoir la constitution décrétée
par l'Assemblée et acceptée par le roi. Après ce
serment, l'airain se fait encore entendre de
tous côtés. Jupiter, qui en ce moment semble
être en colère contre un serment qui sera bientôt violé, lance sa foudre sur toutes les têtes,
et un coup de tonnerre jette l'épouvante dans
l'immense assemblée ; la pluie tombe à torrens
et noie, pour ainsi dire, la nation.—Vous êtes
un mauvais railleur, me dit Adolphe, de tourner en ridicule une fête nationale aussi majestueuse et que j'aurais bien voulu voir. Votre eau
qui tombe à torrens et les coups de tonnerre
qui se font entendre, sont assurément des plai-
santeries que vous nous débitez. Cela n'est pas
possible, je ne puis y croire. Edouard et Raoul
qui m'écoutaient avec beaucoup de tranquillité,
me dirent aussi que j'étais un railleur et que la
chose n'était guère croyable. — Si vous en dou-
tez, Messieurs, leur répondis-je, vous pouvez

y aller voir. Ici, ils partent d'un éclat de rire.
Y aller voir, me dirent-ils, la chose est impossible? Mais, appuyé dans mon dire par des témoins oculaires qui confirmèrent la vérité : oui,
oui, repris-je, et je m'en souviens. L'eau tombait tellement par ondées, que je fus mouillé
comme si j'avais pris un bain, quoique ayant
un parapluie. Mais appuyés les uns contre les
autres, l'eau du voisin retombait sur le voisin,
de manière que les deux côtés recevaient l'eau
comme sous une gouttière Les robes blanches
des femmes, car elles étaient presque toutes en
blanc, étaient tellement collées contre les parties du corps, qu'on aurait dit qu'elles sortaient
de la rivière.

Enfin, malgré la pluie, malgré le temps affreux, sans cependant faire un très-grand vent,
la fête n'en continua pas moins jusqu'à la fin.
Les fédérés, répandus dans le Champ-de-Mars,
ayant de l'eau jusqu'à la cheville des pieds, restèrent continuellement sous les armes. Le soleil revient encore darder ses rayons brûlans sur
toute la nation, la réchauffe et lui redonne
cette gaîté qui lui est si familière. Il est à observer que la pluie n'abattait point le courage
des soldats; plus elle tombait à verse, plus on
criait *vive la nation!* Le roi, qui avait devant
les yeux une grande partie de son peuple armé
et non armé, et auquel il voyait tant de dévouement pour sa personne, dit à son tour :
« Moi, roi des Français, je jure d'employer
» tout le pouvoir qui m'est délégué par la loi
» constitutionnelle de l'Etat, à maintenir la
» constitution décrétée par l'Assemblée natio-

» nale et acceptée par moi, et à faire exécuter
» les lois. » Ce dernier serment, qui fut prononcé vers les cinq heures, donna à toute la
nation un mouvement si spontané de *vivat*, qu'il
est impossible d'en faire ici le tableau. Tous les
cœurs épanouis ne formèrent plus qu'un seul
et même élan de patriotisme et de dévouement
pour le monarque. Ah! que ne durèrent-ils toujours! Les troupes fédérales qui pouvaient se
monter à cent mille hommes, quoique ayant
de l'eau et de la boue des pieds jusqu'à la tête,
pataugeaient dans le liquide, en dansant en rond
et riaient aux éclats.

Un *Te Deum*, chanté en chœur, accompagné de plus de huit cents musiciens, termina
cette fête, qui fut la seule et vraie fête nationale; à l'exception de la pluie qui tomba à torrens, tout en fut majestueux et d'une magnificence extrême. Vous dire, Messieurs, que
tout le monde partageait l'allégresse universelle,
ce serait m'exposer à m'éloigner de la vérité. Le
monarque était de bonne foi, la majeure partie
de la nation l'était aussi; mais combien de Français ne l'étaient point, et qui, intérieurement,
s'occupaient déjà de ces projets sinistres qui devaient éclater un jour. Les fêtes qui suivirent
la journée du 14 juillet, durèrent huit jours;
la nation fédérale fit des dépenses énormes; les
banquets civiques furent très-nombreux, et des
toasts par milliers furent portés au roi et à la
famille royale. Les Tuileries et les Champs-Élysées devinrent des lieux enchantés. Le jour fut
remplacé par des millions de bougies et de lampions de toutes couleurs; il semblait que les

fées les avaient fait sortir de terre comme par enchantement. Le palais des Tuileries était transformé en un vaste globe de feu, depuis le rez-de-chaussée jusque sur les toits. Tout fut prodigué avec un tel abandon de générosité, qu'il semblait que nous allions entrer dans l'âge d'or. Les troupes fédérales, après mille divertissemens, mille plaisirs plus ou moins bruyans, qui durèrent plusieurs jours, quittèrent enfin Paris, et portèrent dans le chef-lieu de leur département les bannières fédérales. Au moment de leur départ, ils défilèrent sous les yeux du roi et de la reine, et reçurent des couplets et les discours imprimés que la princesse leur distribua elle-même avec profusion. Ah! Messieurs, combien cette malheureuse reine recueillit de bénédictions! Toutes les troupes, tous les cœurs semblaient lui être offerts. Ainsi se termina cette fête à jamais mémorable, qui donna naissance à tant d'autres fêtes nationales dont je vous rendrai compte. Continuons de vous présenter mes tableaux mouvans; ils ne sont pas sans intérêt.

La faction qui projetait le renversement de la monarchie, recommença bientôt à jeter dans les provinces l'esprit de discorde. Le Châtelet de Paris, qui depuis près d'une année, était à la recherche des auteurs de l'attentat des 5 et 6 octobre, vint enfin à l'Assemblée nationale rendre compte de ses découvertes. Ce tribunal, après avoir entendu les dépositions de trois cent quatre-vingt-douze témoins, tant à Paris que dans les départemens, parmi lesquels un grand nombre désignaient, d'une manière assez précise, les chefs de ce complot, avait décrété de prise de corps quelques agens subalternes qui avaient figuré à la tête des brigands, tels que le nommé Nicolas, dit la grande barbe ; la Thérouene de Méricourt, Armand, Louise-Réné Leduc, et le nommé Blangey, ainsi que treize quidams non dénommés, mais signalés par leurs déguisemens et par leur figure, parmi lesquels s'en trouvait un revêtu de l'uniforme de général et décoré de l'ordre de Malte. Outre ceux-ci, plusieurs députés de l'Assemblée nationale se trouvaient aussi dans le cas d'être appréhendés au corps. Bouché d'Argis, rapporteur de cette grande affaire, et signalant tous ceux qu'il fallait mettre en jugement, apporta à l'Assemblée nationale la procédure instruite contre ces coupables, s'exprima ainsi : « Nous venons, » après dix mois de recherches, déchirer le » voile qui couvrait les attentats commis dans » le palais de nos rois, etc. »

Le voilà donc connu ce secret plein d'horreur !

s'écrie un membre. Mais ce secret fut bientôt enseveli dans la nuit des temps (1). Cette procédure, qui signalait les véritables auteurs du

(1) Le comité des recherches de la Commune ayant député auprès de la reine pour recueillir de sa bouche des faits dont elle avait connaissance, relativement à ces événemens, la princesse répondit ces mots : *Je ne veux pas être la dénonciatrice des sujets du roi.* A une seconde députation que lui envoya le Châtelet, elle fit encore cette sublime réponse : *J'ai tout vu, j'ai tout su, j'ai tout oublié !*

crime, déposée dans le sein de l'Assemblée nationale, resta deux mois dans les bureaux; et le 2 octobre, un an après l'horrible attentat, l'Assemblée déclare qu'il n'y a pas lieu à accusation contre le duc d'Orléans et le comte de Mirabeau. Ce dernier, plein d'audace, et on peut dire blanchi par ses collègues, se montra en ce moment aussi audacieux qu'il l'avait été à Versailles lorsqu'il figura le 5 octobre au milieu des brigands, le sabre au côté. Oui, s'écria Mirabeau, le secret de cette infernale procédure est enfin découvert; il est là tout entier (en désignant du geste le côté droit); il est dans l'intérêt de ceux dont le témoignage et les calomnies en ont formé le tissu; il est dans les ressources qu'elle a fourni aux ennemis de la révolution; il est........ il est dans le cœur des juges, tel qu'il sera bientôt buriné dans l'histoire, par la plus juste et la plus implacable vengeance. »

. . . .

Ainsi se termina le procès des assassins du 5 et 6 octobre, qui, blanchis par ceux mêmes qui en étaient les principaux auteurs, ne fut plus que le signal donné aux brigands pour commettre encore de plus grands crimes. L'attribution donnée au Châtelet pour juger les crimes de lèse-nation et de majesté, fut révoquée, et le champ fut ouvert à tous ceux qui voulurent manœuvrer dans le sens du parti qui triomphait. C'est le cas, Messieurs, de placer ici ce vers :

Le parti qui triomphe est le seul légitime.

La fédération du peuple Français, qui avait
en apparence réconcilié tous les cœurs, fut
bientôt suivie de nouveaux désordres. La discorde, qui avait été, ou qui semblait comme
enchaînée dans la capitale par la réconciliation de tous les partis dans cette mémorable
journée, reprit bientôt son vol dans les contrées éloignées; elle se fixa pour un instant
dans la ville de Nanci, où étaient en garnison
les régimens du Roi, de Château-Vieux, et de
Mestre-de-camp, cavalerie. Les soldats de ces
corps, qui, poussés par l'esprit de liberté, n'obéissaient à leurs chefs qu'autant que tel était leur
bon plaisir, devinrent bientôt un sujet de révolte générale; ils s'armèrent les uns contre
les autres, et en vinrent aux mains....... Pour
établir la discipline parmi ces soldats, le marquis de Bouillé, qui commandait à Metz,
marche bientôt sur Nanci avec des troupes de
ligne et des gardes nationales; arrivé sous les
murs de cette ville, il trouve la porte gardée
par le régiment de Château-Vieux; ce régiment
refuse l'entrée aux troupes de Bouillé, et fait
feu par une décharge de mousqueterie; mais le
général, à la tête de ses troupes, riposte par
un feu terrible, et fond sur les soldats de Château-Vieux, qu'il force de plier. Le carnage
aurait été terrible sans le courage d'un jeune
officier, nommé Desilles, qui, au moment où
les Suisses allaient mettre le feu à une pièce
de canon chargée à mitraille, se jette à la
bouche, et en arrête l'explosion. Mais ce dévouement fut le signal de sa mort; quatre coups
de fusil lui sont tirés presque à bout portant, et

il meurt peu de temps après. Le marquis de Bouillé, maître de la ville, fit bientôt rentrer les troupes dans le devoir, et une punition éclatante s'en suivit. Quelques Suisses des plus mutins, au nombre de douze à quatorze, furent condamnés aux galères; ces malheureux, qui peut-être n'avaient fait qu'obéir à leurs chefs, devinrent par la suite un motif de bravade et d'insulte à la royauté et au roi. Un an après, ils furent mis en liberté et portés en triomphe dans Paris par les Jacobins, comme je le ferai voir en temps et lieu.

Le fameux Necker, qui, depuis plus d'une année, ne faisait plus que jeter de temps à autre, un souffle de vie, au milieu de Paris, ne rêvait plus qu'aux moyens de sauver du naufrage son immense fortune et sa triste existence. Cet homme dont la renommée avait proclamé si haut le grand savoir, était tellement paralysé dans son administration des finances, qu'il crut prudent de débarquer dans un port sûr, où il pourrait, de loin, contempler les flots de cet océan de malheur qui devait engloutir tant de Français. Peu lui importait que le roi pérît dans les flots sur lesquels il l'avait embarqué, pourvu qu'il se sauvât de l'abîme qu'il avait creusé. Ce charlatan politique, qui n'aurait jamais dû paraître dans notre belle France, pour le bonheur de l'humanité, donna enfin sa démission de surintendant des finances, le 4 septembre 1790, et se retira dans sa terre de Coppet, en Suisse. Mais, à peine fut-il sur la route de Genève, que partout il éprouva toutes les vexations et les insultes qu'il avait si justement méritées. Arrêté presqu'à chaque pas, malgré qu'il eût un passe-port bien en règle, il fut obligé d'écrire à l'Assemblée nationale, pour en obtenir un sauf-conduit. « Il est mort, dit M. de » Cazalès, ce ministre qui abandonne la France » au milieu des périls où il l'avait précipitée. » Son nom, n'est-il pas rayé de la liste des » vivans? » C'est ainsi, Messieurs, que se termina la gloire d'un homme qui nous a été si funeste. Ah! que Dieu nous préserve, à l'avenir, de pareils étrangers, qui viendraient encore se mêler de nos finances et brouiller nos affaires politiques! Cet homme, couvert de honte, en fuyant le gouffre qui l'aurait immanquablement englouti, nous laissait encore plusieurs de ses compatriotes, entre autres Servan et Clavière, qui furent l'un et l'autre ministres, et un Marat, aussi sanguinaire qu'un tigre.

Tout en marchant lentement dans une route couverte d'épines et de ronces, nous arrivons cependant à la fin de l'année 1790. Malgré les fêtes et les réjouissances, malgré que le monarque fît tous ses efforts pour ramener le peuple dans le droit chemin, il arrive que de temps en temps on s'écarte encore de la ligne droite. Tous nos députés, au lieu de montrer le bon exemple au peuple qu'ils veulent régénérer, semblent, au contraire, lui indiquer le chemin le plus tortueux. La noblesse qui devait, de tout son pouvoir et de toute sa force, servir d'arc-boutant au trône de Louis XVI, et l'appuyer, à qui mieux mieux, semblait, au contraire, en détacher les colonnes les plus solides par la mésintelligence qui régnait entre elle. Cette noblesse ne voyait donc point qu'en affaiblissant peu-à-peu l'édifice qui faisait toute sa gloire, elle écraserait en tombant et les uns et les autres dans sa chute. Mais on ne voulait rien voir, et on marchait en aveugle vers le précipice qu'on creusait de toutes parts. MM. de Castries et Charles Lameth, tous deux députés de la noblesse, ne craignirent point de jeter le scandale dans Paris, en se battant en duel; l'un, pour la cause du peuple, l'autre, pour la noblesse. Si le premier avait raison, le second n'avait peut-être pas tort. Le premier n'avait que son épée pour soutenir sa cause, l'autre avait des milliers de bras pour le secourir en cas de danger, et c'est ce qui arriva. M. de Lameth, blessé dans le combat par son adversaire, fut vengé d'une manière bien terrible. La nouvelle du combat entre ces deux gentilshommes, fut bientôt répandue dans tout Paris. Les journaux patriotes ne manquèrent pas de jeter l'alarme parmi le peuple, en publiant que Charles Lameth était victime de la bonne cause; et que l'assassinat, c'est ainsi qu'ils désignaient ce duel, criait vengeance. Les brigands armèrent encore le peuple, et se portèrent à l'hôtel de M. de Castries, rue de Varennes, brisent les portes et pénètrent dans les appartemens; tout n'est bientôt plus que poussière; on jette les meubles par les fenêtres, on casse les glaces, les lustres, et on pille de fond en comble tout le mobilier. M. de Castries évite la mort, en se sauvant par une porte de derrière. Après plus d'une heure du désastre le plus affreux, la force armée arrive enfin, chasse

les brigands la baïonnette dans les reins , les
poursuit de rue en rue ; et rétablit l'ordre au
milieu des ruines. Ainsi fut vengé Charles Lameth, du coup d'épée que lui avait donné M. de
Castries. Mais cette vengeance ne pouvait-elle
pas retomber sur son auteur? et les mêmes armes
qui l'avaient défendu, ne pouvaient - elles pas
le frapper lui-même ? C'est ce que nous verrons
plus tard. Laissons courir le temps, Messieurs ,
ils vous apprendra bien des choses. Ainsi finit
l'année 1790. En prononçant ces paroles , je
salue mes auditeurs et me retire.

SIXIÈME SÉANCE.

CHAQUE soir que je me présentais chez M. de
Varicourt, j'y étais toujours attendu avec une
vive impatience par mes trois jeunes amis, qui,
pleins de confiance dans mes récits non exagérés, mais très-véridiques, accouraient toujours dans mes bras, du plus loin qu'ils m'ap-
percevaient, et chacun témoignait le désir d'entendre et de voir la suite de mes tableaux
mouvans. Adolphe, quoique le plus jeune, était
celui qui montrait le plus d'empressement. —
Quels sont les événemens les plus remarquables
de l'année 1791 ? me dit-il avec une tendre curiosité.— Ma foi, lui répondis-je, je n'en sais
trop rien ; tout est si rapide et si étonnant, qu'il
faudrait avoir une grande mémoire pour me les
rappeler tous à l'instant même ; mais, à vous
dire vrai, quoique les événemens soient déjà
éloignés de nous, je m'en souviens encore,
comme si c'était d'hier. Tout s'oublie, nous
dit-on, par la suite des temps ; cependant il
est des choses qui ne s'oublient point. L'année
que nous allons parcourir, tantôt calme, tantôt
agitée, a son beau et son mauvais côté, et
c'est ce que vous allez voir. Les principales épo-

ques sont celles-ci : La journée du 28 février, celle du 2 avril et sa suite, le 18 du même mois, le 21 juin et sa suite, et enfin la journée du 30 septembre. Ah ! pour cette journée-là, ces changemens de décorations, de nouveaux acteurs vont paraître sur la scène française, ou pour mieux dire, la nation changera de maître. — Qu'entendez - vous, Monsieur, me dit Edouard, par changer de maître ? est-ce que Louis XVI ne sera plus roi ?—Pardonnez-moi, Louis XVI sera encore roi, mais roi constitutionnel, par la grâce de l'Assemblée constituante, et ce n'est pas cela que je veux dire ; c'est que l'Assemblée nationale, dite la Constituante, cessera ses fonctions, et sera remplacée par une nouvelle assemblée, qui prit le nom de Législative. — Oh ! oh ! je vous entends ; c'est-à-dire que de nouveaux députés remplaceront les anciens. — Précisément. — Marcheront-ils sur les traces de leurs aînés ? seront-ils moins exigeans ? --- Oh ! leur répondis-je, vous m'en demandez beaucoup à-la-fois ; ma foi, je crois qu'ils feront pire, ils achèveront la besogne de leurs prédécesseurs ; mais comme nous ne sommes pas encore arrivés là, occupons-nous du présent et parcourons cette année 91. En disant ces mots, je monte sur mon escabeau et je commence ainsi :

Après le départ de Necker, le conseil de Louis XVI fut recomposé de nouveaux ministres. Le monarque avait beau faire pour appeler auprès de sa personne des hommes sages, laborieux, et sur-tout qui convinssent au parti qui voulait régner, aucun ministre n'était assez patriote pour remplir ces places, qui devenaient de jour en jour plus épineuses. Celui-ci était un aristocrate, disait-on avec ironie ; celui-là n'avait pas les talens requis pour gérer les affaires d'Etat. Dieu lui-même, je crois, aurait eu bien de la peine à plaire à tous les partis qui étaient continuellement en présence et toujours prêts à se frapper au premier signal. Cependant le conseil du roi se composa ainsi : M. de Fleurieu fut nommé ministre de la marine, à la place de M. de la Luzerne ; M. Duportail, ministre de la guerre en remplacement de M. de Latour-Dupin ; Duport du Tertre, garde-des-sceaux, au lieu de M. Champion de Cicé, archevêque de Bordeaux ; M. de Lessart, contrôleur-général des finances au lieu de M. Lambert. Avec tous ces changemens, les choses n'en allèrent pas mieux. Les Français, divisés et subdivisés en opinions diverses, mettaient les hommes continuellement en opposition les uns avec les autres, et c'était à qui serait le plus patriote. L'Assemblée nationale, présidée tantôt par un archevêque, un évêque, un comte ou un marquis ; tantôt par un curé de village, un avocat ou un financier, faisait continuellement des adresses à la nation pour lui faire part de ses travaux. Le comte de Mirabeau en était presque toujours le rédacteur. Ces adresses étaient relatives à l'émission du papier-monnaie que l'on se proposait de mettre entre les mains du peuple et qui devait le ruiner un jour ; et à la constitution civile du clergé, et aux pensions qu'on devait accorder à chacun de ses membres, avec promesse de les bien

payer autant qu'il y auroit des espèces dans les
coffres de l'Etat, bien entendu ; car depuis
long-temps ces coffres étaient tristement à sec,
quoiqu'on eût établi un nouveau système de
perception directe et indirecte. Quant à l'impôt
indirect qui avait été rétabli quelques mois
après la journée du 14 juillet, il ne se percevait pas toujours avec une grande exactitude.
La contrebande était tellement devenue à l'ordre
du jour, qu'un grand nombre de bandits faisaient ce métier nuit et jour et à main armée,
même à la barbe d'un régiment de chasseurs
qu'on avait créé exprès et établi aux barrières de Paris pour protéger les commis. Le
nombre de ces contrebandiers était devenu
si considérable et si audacieux, qu'un jour
un combat fut livré au faubourg de la Vil-
lette entre ces deux corps ; plusieurs d'entre
eux restèrent sur la place. Le peuple libre, qui
ne voulait, ni de commis, ni de barrières, se
mêlait souvent de ces combats partiels et tournait ses armes contre le régiment de chasseurs,
qu'on nommait chasseurs des barrières ou ga-
belous. Ces scènes de rebellion se renouvelèrent
tant de fois, que l'Assemblée nationale fut forcée de supprimer, quelque temps après, les
chasseurs, les commis et les barrières pour toujours, c'est-à-dire, pour un temps. Un nouvel
impôt remplaça celui-là ; car il fallait bien avoir
de l'argent de quelque part pour faire face à
tant de dépenses. Alors les droits d'enregistrement, le droit de timbre et le droit de patente
lui furent substitués, et ces impôts qui ont sur-
vécu à tous les orages, subsistent encore au-

jourd'hui parmi nous , grâces à l'Assemblée constituante et à celles qui l'ont suivie.

En ce temps-là , la bonne ville de Paris était devenue tout-à-fait un champ de tribulation , elle ne se composait en partie que d'orateurs , harangueurs , motionneurs et agitateurs , que l'on trouvait partout. Outre l'Assemblée nationale , appelée à faire des lois , on vit s'élever dans différens quartiers de la ville , d'autres assemblées qui prirent le nom de *clubs*, nom qui avait pris naissance dans les trois royaumes unis d'Angleterre. Il y en eut quatre en même temps qui s'intitulèrent : club des Jacobins , club des Feuillans , club des Cordeliers , et club monarchique. Le premier club , composé de députés , s'installa dans le couvent des pères jacobins de la rue Saint-Honoré , et en prit le nom. Parmi les membres de cette réunion, qui par la suite s'appelèrent *frères et amis*, on y vit figurer des personnages de la plus grande distinction , que je vois sur la liste imprimée alors , tels que MM. de Biron , de Broglie , de Castellane , Choiseul-Praslin , d'Aiguillon, d'Estaing , Arthur-Dillon , d'Orléans ; puis les frères Lameth , La Rochefoucault , Montmorency, Lafayette, Talleyrand-Périgord , Beauharnais, etc. ; puis en seconde ligne , Gobel, évêque de Paris ; Boissy-d'Anglas , Grégoire , Lanjuinais, Chapelier , Cochon , Dubois de Crancé , Sieyes, Barrère-Vieuzac, etc. , dont le nombre allait à près de quatre cents députés. Ils formaient le côté gauche de l'Assemblée nationale

Le second club , qui fut se nicher dans le

couvent des Cordeliers , se composa de patriotes outrés, tels qu'un Marat, un Danton ,
Camille-Desmoulins , Brune, Chaumette , Hébert , dit le Père Duchêne, Momoro , etc.
Ajoutez quelques douzaines de cordonniers ,
perruquiers , savetiers et autres braillards de
cette étoffe , qui furent autant de factieux qui
se firent la guerre entre eux et furent les boute-feux de l'anarchie : ils s'intitulèrent *Frères
Cordeliers.*

Le troisième club prit le nom de club monarchique, et s'installa dans un hôtel rue Ven-
tadour. Celui-ci se composait de députés du
côté droit de l'Assemblée nationale ; il était
présidé par M. de Clermont-Tonnerre. Mais
ce troisième club ne conserva pas long-temps
son existence politique. Les Jacobins et les
Cordeliers lui déclarèrent la guerre , et un
beau jour, l'attaquèrent de vive force. Après
un siége en règle, ce pauvre club fut obligé
de se dissoudre , et les membres furent poursuivis à coups de pierres par le peuple qu'on
avait armé contre lui.

Le quatrième club, qui s'installa dans le
couvent des Feuillans et en prit le nom , se
composait d'une portion des membres des Jacobins. Comme tous ces patriotes n'étaient pas
d'accord entre eux en fait d'opinion , ils firent
scission le 16 de juillet 1791. Une portion des
membres abandonnèrent les autres , et furent
prendre séance dans le couvent des Feuillans.
Alors, partie d'un côté , partie de l'autre , ils
devinrent ennemis jurés , et se firent la guerre
jusqu'à extinction.

15*

Au milieu de tant d'opinions diverses, les choses n'en allèrent pas mieux : les factions qui déchiraient la France, amenaient chaque jour de nouveaux troubles et de nouveaux désordres. Tantôt c'était contre la noblesse que les factieux dirigeaient leurs coups; tantôt c'était contre les prêtres qui ne voulaient point prêter le serment. Leur méchanceté se porta si loin, si loin, qu'ils voulurent un jour pendre le curé de Saint-Sulpice, parce qu'il n'avait pas encore prêté le serment qu'avaient exigé les nouvelles lois.

Mesdames Adélaïde et Victoire de France, tantes du roi, qui, depuis plusieurs années, s'étaient retirées dans leur château de Bellevue, près du village de Meudon, où elles vivaient d'une manière fort retirée, crurent apercevoir qu'il n'y avait plus pour elles, dans leur propre pays, sûreté et protection pour leurs personnes; et craignant d'un moment à l'autre d'être victimes du parti qui dominait la France, conçurent le projet de se retirer à Rome, où elles pourraient, dans le calme de leur conscience, adresser à Dieu des prières ferventes pour la paix et la tranquillité de la France. Mais combien ces princesses éprouvèrent de contrariétés avant d'exécuter ce projet ! Ayant obtenu du roi la permission de faire ce voyage et même le consentement de la municipalité de Versailles, elles partirent le 20 février, mais non sans trouver mille osbstacles. Au moment de leur départ, le peuple se porta au-devant des voitures et les força à rentrer dans le château. Le commandant de la garde nationale de Versailles, M. Berthier, fut obligé de s'y rendre avec des détachemens de gardes nationales, pour les protéger. Elles partirent enfin, mais non sans éprouver encore dans leur route, de nouvelles contrariétés, et arrivèrent à Rome fort heureusement, où de nouveaux malheurs les attendaient un jour. La nouvelle du départ de Mesdames jeta l'alarme dans Paris. On répandit le bruit que MONSIEUR, frère du roi, avait aussi quitté cette ville. Le peuple se porta au Luxembourg, demeure du prince, pour s'assurer de la vérité : MONSIEUR fut contraint de se montrer à la foule, et assura qu'il ne quitterait point la France et resterait constamment attaché à la nation. Enfin, d'événemens en événemens, arriva la journée du 28 février.

Mesdames furent à peine sorties du royaume que de nouveaux troubles faillirent ramener la guerre civile aux barrières de Paris. Le donjon de Vincennes fut le motif de l'armement du faubourg Saint-Antoine, dont Santerre, brasseur de bière, était depuis peu commandant de la garde nationale. Les factieux ne voyaient point d'un bon œil ce donjon succéder à la forteresse de la Bastille, qui avait été détruite de fond en comble, dont il n'y avait plus que des ruines ; ils voulurent aussi lui faire subir le même sort. Le brasseur Santerre, à la tête des gardes civiques, se porta à Vincennes pour y protéger, disait-il, des ouvriers qui, sous prétexte d'y faire des réparations, le démolissaient avec une grande activité. Le maire de ce village fit d'inutiles efforts pour détourner cette troupe de démolisseurs. Il fut insulté, même chassé par les chefs. Mais le maire ne s'en tint pas là ; il appela le général Lafayette à son secours, et en sa qualité de maire, il avait droit de requérir la force armée pour repousser la force. En conséquence, le général Lafayette s'y rendit avec une troupe nombreuse, tant infanterie que cavalerie, et somma Santerre et ses soldats de se retirer. On y répondit par des cris séditieux. Les deux armées se mirent en présence ; le canon fut braqué de part et d'autre, et la foudre allait lancer la mort dans les rangs, lorsque Santerre, qui n'avait jamais vu que le feu des fournaux de sa brasserie, capitula honteusement et fut forcé de se retirer. Le donjon de Vincennes étant au pouvoir du général Lafayette, il fit arrêter une soixantaine de mutins qui furent conduits à Paris, et enfermés à la Conciergerie ; mais on n'osa point faire leur procès : ils en furent quittes pour quelques jours de prison.

Tandis que ces événemens se passaient à Vincennes, à une lieue de Paris, d'autres événemens avaient lieu dans la capitale. Pour détourner la destruction de Vincennes, on répandit le bruit que le roi devait être assassiné dans son palais des Tuileries, par des chevaliers qu'on disait être armés de poignards, et qui s'y étaient introduits furtivement pour consommer les crimes que l'on méditait depuis long-temps. Ces nouvelles, qui n'avaient pas la moindre vraisemblance, n'en furent pas moins répandues à dessein. Le palais des Tuileries fut entouré par Lafayette qui y accourut avec une grande vîtesse de Vincennes, et arrêta quelques personnes qui n'étaient rien autres que des gentilshommes qui veillaient à la personne de leur roi. Mais le monarque ne fut point dupe de ces subterfuges, qui lui retirèrent ses amis, et fut presque entièrement sous la surveillance des gardes de Lafayette, qui ne le quittèrent plus ni jour ni nuit. Tant de coups portés à-la-fois à ce malheureux prince, accablé de chagrins, de de dégoûts et d'une surveillance tyrannique, le firent tomber malade, et il fut obligé de garder le lit pendant plusieurs jours. Plût à Dieu qu'il eût alors terminé sa carrière ! la France n'aurait pas à se reprocher un crime que des fanatiques audacieux ne rougirent point de commettre à la face du ciel ; mais comme la palme du martyre était réservée à ce bon roi, il se rétablit peu-à-peu, et un *Te Deum* fut chanté à Paris, dans la cathédrale, en mémoire de sa convalescence. Le maire Bailly et un grand nombre de députés, se rendirent aux Tuileries pour féliciter ce prince sur son rétablissement, et donnèrent au monarque toute espèce de consolations, lui déclarant que le peuple lui montrait autant d'attachement que par le passé ; ce qui était vrai. Mais ces discours ne prouvèrent point que ce prince était libre.

Tant d'événemens, Messieurs, qui venaient d'avoir lieu du 28 février au 20 mars, devaient amener de plus grands événemens encore, oui de plus grands événemens. Le *Te Deum* chanté pour la convalescence du monarque, fut bientôt remplacé par de grandes lamentations et de grandes douleurs ; un deuil fut bientôt général dans toute la France, et le 2 avril fut témoin d'une perte irréparable. Écoutez ! écoutez ! m'é-

criai-je à mes jeunes amis, qui ouvraient de
grands yeux; ce qui va suivre est de la plus
grande vérité : j'en fus témoin.

Le monarque fut à peine échappé des portes
du tombeau par la toute-puissance céleste,
et rendu aux Français, qu'un personnage fameux dans nos troubles politiques, et dont
le nom retentissait dans tout l'univers; illus-
tré par les uns et méprisé par les autres,
pour son jacobinisme apparent, fut précipité
au tombeau en moins de quelques jours, au
grand regret d'une partie de la nation. Le
comte de Mirabeau, l'un des chefs de la révolution, tomba malade tout-à-coup vers les derniers jours de mars. Cette nouvelle fut bientôt
connue de tout Paris, et jeta la consternation
dans tous les esprits et dans tous les cœurs des
patriotes. Les églises furent ouvertes aux âmes
fidèles, ou plutôt aux infidèles, pour y adresser à Dieu des prières ferventes pour la conser-
vation d'une tête si chère. Tout le monde s'en-
tretenait dans les rues de Paris, dans les cafés,
dans les salons, de la maladie du comte de Mirabeau. Les conjectures les plus extraordinaires,
les bruits les plus absurdes, se propageaient de
tous côtés, sur les causes de la maladie subite
de ce grand homme. Il en mourra, disaient les
uns, son sang est gangrené et en ébullition. Non,
non, disaient les autres, il n'en mourra pas,
une tête aussi chère sera conservée aux Français. Que deviendrait la liberté, disaient ses
amis, et il en avait beaucoup, si nous avions le
malheur de le perdre! L'hôtel de cet homme
fameux ne désemplissait point. Sa rue était en-

combrée de groupes de peuple, on s'y portait
en foule pour avoir le bulletin de sa situation.
Tous les yeux enfin étaient fixés vers la Chaus-
sée-d'Antin, où demeurait ce grand orateur patriote. Le premier avril, il était si faible, si
faible, qu'il n'y avait plus pour ainsi dire aucune espérance. Les Parques, armées de leurs
funestes ciseaux, planaient depuis plusieurs
jours sur les toits de son hôtel, et ces divinités
de la mort sont impitoyables quand elles en
veulent à quelques-uns des humains. Enfin, la
nouvelle se répand de tous côtés qu'il n'y avait
plus d'espoir, et, le 2 au matin, tout Paris
est dans la consternation. Mirabeau est mort! se
dit-on avec l'accent de la douleur, Mirabeau
est mort! Cette nouvelle affligeante se commu-
niqua de bouche en bouche, dans toute la ville,
avec une rapidité surprenante; on se la raconte
de mille manières différentes; la mort d'un
monarque n'aurait pas fait plus de sensation
dans tous les cœurs. Les spectacles furent fermés; l'Assemblée nationale suspendit ses séances, et un deuil général fut ordonné pour huit
jours. Ah! il faut avoir vu Paris à cette époque,
un rien mettait cette ville dans la douleur; un
rien la réveillait de son insomnie, et la gaîté re-
naissait de ses sombres terreurs. Tels furent les
premiers temps de la liberté.

Le convoi du comte de Mirabeau, *ad patres*,
devint le sujet d'une grande fête funéraire. L'Assemblée nationale tout entière se rendit à ses
obsèques; mais comme il fallait immortaliser
la mémoire de ce *grand législateur* (et ce fut une
porte ouverte pour l'avenir), l'Assemblée dé-

créta que le nouvel édifice de Sainte-Géneviève, qui n'était pas encore achevé, serait destiné à recevoir les cendres des grands hommes morts pour la patrie. Par conséquent, l'église de Sainte-Géneviève fut nommée *Panthéon*. L'on grava au-dessus du fronton ces mots : *Aux grands hommes, la patrie reconnaissante*. Tant et de si sublimes choses ne furent pas fort agréables à la patrone de Paris, qui se vit dépouillée de son temple, en vertu d'un décret. Ainsi se transforma cette magnifique église en un lieu de sépulture. Voyons cette fête funéraire faite par la nation à Mirabeau, à ce Mirabeau qui ne fut ni bon fils, ni bon père, ni bon mari, ni bon citoyen, mais un homme avide de richesses et d'honneurs, et dont la vie ne fut qu'un tissu de vagabondage et de débauche, dont plus d'un père et d'un mari avaient à se plaindre (1); mais comme sa conduite politique et civile est hors de mon sujet, je reviens à ses funérailles.

Deux jours après le trépas du comte de Mirabeau, tous les habitans de Paris, je crois, assistèrent à son convoi, cérémonie lugubre, magnifique et imposante. Le cortége qui accompagne les restes mortels de nos rois, à Saint-Denis, peut à peine se comparer à celui-ci.

(1) La célèbre Sophie, madame Lemonnier, que Mirabeau avait enlevée à son mari, pour vivre avec elle en Hollande, et qui devint le sujet de ces fameuses *Lettres à Sophie*, avait terminé son existence le même jour, 2 avril de l'année précédente, dans un couvent en Gâtinois: ainsi, le 2 avril fut un jour funeste aux deux amans.

Pour vous en donner une idée, Messieurs, je vais
faire passer, dans ma lanterne, le convoi tout
entier ; oui, le convoi tout entier. Apprêtez-
vous à ouvrir de grands yeux, et à bien faire
attention ; car, de telles fêtes funéraires ne
se font pas tous les jours. Je commence : voyez
l'ouverture, c'est un fort détachement de cavalerie, qui, dans un morne silence, s'avance à
très-petits pas, fait ouvrir le passage au travers
du peuple, qui se presse de tous côtés pour
admirer les derniers honneurs rendus à l'homme
qui faisait tant de bruit dans le monde, il n'y
a que quelques jours. Puis, vient ensuite un
détachement d'infanterie, armes basses, au
milieu duquel sont des tambours, dont les
caisses couvertes d'un drap noir, font, de temps
à autre, des roulemens lugubres et finissent en
mourant, au point qu'on ne les entend plus du
tout. Voyez actuellement les pleureuses, et le
nombre en est considérable ; ce sont des femmes, qui, vêtues moitié noir, moitié blanc,
ont de grandes guimpes qu'elles portent en
signe de douleur. Puis, viennent des pauvres
des deux sexes, avec de grands flambeaux à la
main et une pièce d'étoffe noire qui leur
couvre les épaules. Ceux-ci gagnent leur argent,
ils sont payés par la nation. Puis viennent des
détachemens d'infanterie, armes basses, devant lesquels sont des tambours et le tam-tam
sourd, qui, par sa détonation, jete la tristesse dans l'âme et glace tous les cœurs. Tous
les assistans en sont comme pétrifiés. Puis
viennent ensuite les autorités du département, les membres de l'Hôtel-de-Ville, les

autorités des sections, et les officiers de la garde
nationale et le général Lafayette, l'air triste
et morne. Puis enfin paraît le corbillard sur
lequel reposent les restes de l'homme mort
pour la patrie. Voyez son épée, ceinte d'une
couronne de myrte et de laurier, et tous les
attributs de la mort qui l'accompagnent; des
chevaux couverts de draps semés de larmes
d'argent traînent ce pesant fardeau; ils semblent prendre part à la douleur commune.
Voyez, derrière le char funèbre, les douze
cents législateurs de l'Assemblée nationale, qui,
le mouchoir en main, essuient de temps à autre
de grosses larmes qu'ils répandent pour leur
défunt collègue, ou qu'ils feignent de répandre.
Ah! Messieurs, jamais homme n'a eu autant
de monde à son enterrement; que dis-je! jamais homme ne fut porté avec plus de pompe
au temple de la gloire, au temple de l'immortalité..... Voyez le Panthéon, c'est un édifice
de la plus belle apparence, de la plus belle archi-
tecture, ouvrage du génie sorti des mains de
feu M. Soufflot: il n'était pas destiné pour un
comte de Mirabeau; mais n'importe, les temps
sont changés, laissons-le entrer dans ce vaste
et superbe édifice, en attendant qu'un autre
prétendu grand homme (Marat), le chasse de
ce temple, comme traître à la patrie. Tel est,
Messieurs, la destinée de l'espèce humaine. Ce
comte de Mirabeau, qui, naguère méritait un
autre sort, si justice eût été rendue; mais je
m'arrête..... La postérité le jugera. Les événemens du 5 octobre, s'éclairciront peut-être
un jour... Ainsi finit la renommée d'un homme

fameux, qui repose du sommeil de la mort!!!
dont M. de Cerutti, son collègue, prononça
l'éloge funèbre dans l'église de St.-Eustache.

La mort du comte de Mirabeau fut-elle un
bien, fut-elle un mal pour la patrie? influença-
t-elle sur la destinée du monarque? porta-t-elle
un coup funeste à la royauté? C'est une question difficile à résoudre. Cependant le comte
de Mirabeau, tout patriote qu'il était, n'avait
pas l'âme d'un scélérat, tout en lui était grand
et avait une sorte de sublime; doué d'un rare
talent, eût-il vu d'un bon œil cette masse de
factieux tramant la ruine de la France, en portant une main homicide sur l'infortuné monarque, qui était le meilleur des hommes. Le comte
de Mirabeau, tout en suivant le torrent qui con-
duisait les Français à la république, n'était
cependant point un républicain, et il l'avait
prouvé, en différentes occasions, à la tribune
de l'Assemblée nationale. En voici la preuve,
sur un débat qui s'était élevé à l'occasion du
président, dans lequel on prétendait qu'il distinguait le serment constitutionnel de celui fait
au roi : « Je déclare, dit-il avec force, que je
» combattrai toute espèce de factieux qui
» voudraient porter atteinte aux principes de la
» monarchie dans quelque système que ce
» soit, et dans quelques parties qu'ils osent se
» montrer. » Les dernières paroles de Mirabeau, en mourant, furent celles du repentir
de ses fautes, dans le parti populaire. « La
» royauté, dit-il, est le plus riche domaine du
» peuple. »

Le comte de Mirabeau fut à peine arrivé

dans le temple de l'immortalité, que le despotisme populaire recommença sa tyrannie avec
le même acharnement contre la royauté, dont
il voulait se défaire à tel prix que ce fût,
et abreuver le monarque de dégoûts et d'humiliations. Tout ce qui pouvait être agréable à
ce prince et à sa famille, devenait un motif de
contrariété qu'on se plaisait à exercer sans le
moindre ménagement. Le club des Cordeliers,
repaire d'intrigans et de braillards, disputait
déjà à l'Assemblée nationale le pouvoir absolu ;
et, dès le 18 avril, il exerça son despotisme
populaire d'une manière inouie. En voici la
preuve :

Louis XVI, depuis dix-neuf mois, n'avait obtenu
la permission de sortir de son palais des Tuileries, qu'une seule fois, pour aller passer la
belle saison dans le château de Saint-Cloud, et
c'était dans l'année qui venait de s'écouler. La
permission ! ah ! combien le prince était donc
déchu de son autorité, encore ce n'était qu'entouré d'une force armée dont il n'avait ni le
commandement, ni le droit de commander. Le
général Lafayette, en vertu des pouvoirs qui
lui étaient délégués par l'Assemblée nationale,
exerçait une autorité bien supérieure à celle de
son roi ; il en était le gardien absolu. Depuis
dix-neuf mois renfermé dans l'intérieur de
son palais, au milieu de quelques amis qui
lui étaient sincèrement attachés, le monarque
avait besoin, pour le rétablissement de sa santé
affaiblie par une longue privation, du droit
qu'avaient tous les Français, excepté lui, de
respirer un air plus pur que celui qui régnait

aux Tuileries. Le palais de Saint-Cloud, et les promenades de ce beau parc, lui devenaient un besoin absolu pour reprendre ses forces : il le désirait sincèrement, et on peut le dire, sans aucune mauvaise intention. Franchir les barrières et s'éloigner de deux petites lieues de Paris, était presque un crime aux yeux des patriotes. Tout se prépare aux Tuileries pour faire ce petit voyage. Le roi en avait obtenu l'assentiment du commandant Lafayette et du maire Bailly et même du département. Mais la faction jacobite et le club des Cordeliers, qui, avec leur prétendue liberté, étaient plus despotes qu'un visir de Constantinople, soupçonnèrent au parti royaliste, le projet d'enlever le roi. Ils jetèrent l'alarme dans tous les esprits qui étaient faciles à s'alarmer. Je ne rapporterai pas ici, Messieurs, ce que ces deux cavernes de machinations ourdirent contre ce malheureux prince, pour arrêter l'accomplissement de ce voyage. Au moment où le roi monte en voiture, avec son intéressante famille, (c'était le 18 avril) et qu'il va pour partir, une scène des plus affligeantes se manifeste autour des carrosses. Le peuple qu'on avait attroupé s'oppose à son départ ; on l'entoure, on crie, on menace ; le tocsin se fait entendre à Saint-Roch, comme dans le temps des calamités et dans les dangers extrêmes. Le général Lafayette commande aux grenadiers du district de l'Oratoire, de repousser la force par la force, et de faire ouvrir les rangs ; mais les grenadiers refusent d'obéir ; le général crie, menace, rien ne peut vaincre cette résistance qui devient des plus alarmantes. Une heure se passe, sans pouvoir se mettre en route. Le monarque enfin est obligé de suspendre son voyage, et de rentrer au château avec sa famille. Ah! combien ce prince dût être accablé de chagrin, en se voyant prisonnier dans ses appartemens sans pouvoir en sortir!

Le lendemain, le roi se rend à l'Assemblée nationale, et fait part des événemens de la veille, exercés contre sa personne. Après avoir fait sentir le besoin urgent de se rendre à St-Cloud, il déclare qu'il avait défendu d'employer la force contre une multitude trompée, et ajoute : « Il importe de prouver à la nation » entière que je suis libre ; je persiste dans mon » projet de voyage à St-Cloud, et l'Assemblée » en sentira, comme moi, la nécessité. » Mais l'Assemblée nationale, au lieu d'acquiescer à la demande du monarque et lui permettre de sortir de Paris, garda un silence coupable, et le roi eut encore cette humiliation, et rentra dans sa prison accablé de chagrins et de douleur. Ici les autorités jouèrent encore la comédie : le département de Paris et la municipalité lui adressèrent chacun en son particulier une adresse de condoléance, qu'il fallut que le roi digérât bon gré et malgré.

Tant d'humiliations d'une part, tant de dégoûts de l'autre, suggérèrent au monarque de s'affranchir d'une captivité qui devenait de jour en jour des plus accablantes. Quoi! tout le peuple français jouirait de la liberté, de cette liberté que l'on chantait dans tout l'empire, et le roi seul en serait privé ! Aussi tout-à-l'heure,

Messieurs, je vais vous rendre compte de ce qui en advint. Mais en attendant, suivons l'ordre des choses.

Deux jours après la scène des Tuileries, le général Lafayette se vengea d'une manière frappante envers les grenadiers de l'Oratoire qui avaient désobéi à ses ordres. Ce grand capitaine, qui n'était pas toujours maître de ses soldats (et en ce temps-là le soldat n'obéissait pas toujours à ses chefs), fit assembler cette compagnie soldée de l'Oratoire sur la place du Louvre, leur fit poser les armes et les licencia.

Cette compagnie avait été formée de l'élite des Gardes-Françaises, c'est-à-dire des plus révolutionnaires.

En ce bon temps de liberté, malgré que le peuple de Paris n'eût pas toujours du pain à discrétion, il riait, chantait, dansait et buvait, Dieu sait comment. D'un autre côté, les plaisirs d'une classe des Français étaient de vrais plaisirs; on sortait de France, on rentrait en France, et c'était à qui ferait le plus de folies. L'émigration était tellement à la mode, qu'on allait de Paris à Coblentz et de Coblentz à Paris, comme on va à Saint-Cloud par mer et comme on en revient à pied par terre. Il n'existait pas encore de lois contre l'émigration. Ces promenades (c'est ainsi qu'on les appelait) fournirent tellement matière à la plaisanterie, que le bon Parisien n'était plus que l'enfant de la joie. Le joujou en main (l'émigrant ou l'émigrette), et il fallait des joujoux pour passer le temps, faisait rire aux éclats ceux qui le portaient comme ceux qui ne le portaient pas. On

donne au jour de l'an , pour amuser les enfans ,
des Polichinelles , des Pierrots, des Arlequins,
et même de petits chevaux de carton ; mais nos
bons Parisiens n'avaient pas tout-à-fait cela en
main ; vraiment c'était bien autre chose : c'était
une petite roue attachée à un cordon de soie ,
qui montait et descendait par le moyen du
mouvement de la main, et qu'on appelait émigrant ; et même dans les spectacles , dans les
rues , dans les promenades publiques , jeunes
comme vieux , petits comme grands , tout le
monde avait son émigrette , et c'était à qui le
ferait danser , en chantant : *Saute , saute mon
émigrant.* Il n'y avait pas jusqu'à nos *chers*
députés qui ne s'en amusassent pour rire en
famille. Ce joujou devint tellement à la mode ,
que , du nord au midi, de l'est à l'ouest , tous
les Français avaient en main cette folie nationale , qui n'était rien autre qu'un ridicule dirigé contre les émigrés qui sortaient de France
et y rentraient de même, sans qu'ils trouvassent
d'opposition , du moins quand ils n'étaient ni
connus ni poursuivis.

Ce grelot de la folie qu'on pouvait appeler,
à cette époque , le passe-temps des Français,
ne fut pas d'une bien longue durée; il fut
suivi bientôt de larmes de douleur, oui , de
larmes de douleur , et je m'en souviendrai
long-temps. Ne voilà-t-il pas qu'un beau matin
(c'était le 21 juin) tout Paris est frappé d'é-
pouvante; la grosse pièce de canon du Pont-
Neuf, qu'on appelait le canon d'alarme , fait
une terrible explosion et jette l'effroi dans toute
la ville. Le peuple, réveillé par la détonation,

se demande l'un à l'autre, en se frottant les yeux : Eh ! mon Dieu, mon Dieu ! qu'est-il arrivé ? qu'y a-t-il de nouveau ? Je n'en sais rien, dit le voisin aussi effrayé que son voisin ; car on savait que ce gros canon ne se faisait entendre que dans un moment de danger extrême. Les rues, les quais et les places publiques se remplissent de monde. On va, on court, on jette les yeux au ciel pour voir si la voûte céleste n'est point ébranlée, et le ciel est sans nuages. Le soleil s'est levé comme à l'ordinaire. Tout-à-coup la nouvelle la plus alarmante, la plus étonnante, la plus surprenante, circule dans tout Paris : Le roi est parti, se dit-on, le roi est parti. Pas possible, disait l'un, pas possible, disait l'autre ; il est trop bien gardé pour qu'il nous échappe en ce moment. Tous les doutes se confirment, le tocsin sonne dans toutes les églises, la générale bat dans les rues ; c'est un bruit affreux de toutes parts, qui jette la consternation dans l'âme des bons Parisiens. L'effroi est peint sur toutes les figures ; on se regarde en tremblant. Qu'allons-nous devenir, se demande-t-on, si nous n'avons plus de roi ? Les quais, les ponts et les places publiques s'encombrent de monde. On court aux Tuileries, on va au Luxembourg, on revient à l'Hôtel-de-Ville, puis à l'Assemblée nationale pour s'assurer de la vérité qui, hélas ! n'est *que trop véritable* ; puis on se dit encore l'un à l'autre avec inquiétude : le roi est parti ! le roi est parti ! Et le Dauphin, se demande-t-on, est-il parti aussi ? — Eh ! mon Dieu oui. — Et la reine a-t-elle suivi le roi ? — Eh ! mon Dieu

16*

oui. — Et Monsieur, frère du roi ? et Madame
première, et Madame Élisabeth ? — Ah ! ils
sont partis aussi, se dit-on en soupirant et en
laissant tomber les bras, comme accablé de
douleur.

Voilà que toute la garde nationale court aux
armes et se rassemble dans les districts pour
empêcher le désordre et maintenir la tranquillité publique. La générale qui continue de
battre de tous côtés, et le tocsin qui sonne
dans toutes les églises, ne rassurent point du
tout les Parisiens, pétrifiés jusque dans le fond
de l'âme. Toutes les boutiques sont fermées,
les ouvriers ne vont point à leur travail, tous
les bras sont paralysés dans toute l'étendue de
la ville. M. de Lafayette, monté sur son Bucéphale blanc, court les rues à bride abattue,
comme un général qui a perdu une bataille et
n'a plus la tête à lui. Toutes les bouches l'accusent d'avoir participé à la fuite du monarque.
Le maire Bailly, dont le nez déjà très-long était
alongé d'une aune, court à l'Assemblée nationale lui faire part des découvertes qu'il a faites
sur le départ du roi et de la famille royale.
Hélas ! le château des Tuileries et le palais
du Luxembourg sont déserts comme avant le
14 juillet; pas un prince n'est resté ni dans
l'un ni dans l'autre pour donner des nouvelles
concernant ces illustres fuyards. Vîte, vîte,
de grandes mesures sont prises pour courir
après le monarque; trente couriers montent à
cheval; en moins d'un instant, ils volent par
toutes les barrières de Paris, et parcourent les
routes à bride abattue, en s'informant de poste

en poste, de village en village, si le roi ne serait pas passé par là, dans des voitures ou à cheval; car on ne sait pas trop comment le monarque est parti et par où il est allé. Le général Lafayette en sait peut-être quelque chose. C'est son secret; il le dira, ou il ne le dira point. N'importe, laissons les couriers suer sang et eau en arpentant les routes du nord, du sud, de l'est et de l'ouest, voler après le roi, qui est déjà bien loin : il y avait plus de dix heures qu'il était parti sans dire adieu à personne.

Tandis que Louis XVI parcourt la route de Montmédi, et Monsieur celle de Valenciennes, l'Assemblée nationale rend décrets sur décrets, et il en fallait dans cette circonstance critique. M. de Beauharnais, qui la préside, remplace, pour ainsi dire, le souverain absent. Tous les ministres sont mandés à la barre de l'Assemblée pour lui donner des renseignemens sur le départ du roi. Sorti du palais des Tuileries, déguisé, sous un nom supposé, ainsi que sa famille, dans la nuit du 20 au 21 juin, le roi laissa une proclamation adressée à tous les Français, dans laquelle il motive la cause de son départ. Cette proclamation, lue à l'Assemblée et écoutée dans le plus grand silence, est bientôt connue des Parisiens et de toute la France, et ne laisse guère d'espoir que le monarque reprendra ses fers. Il avait déjà plus de trente lieues d'avance sur les couriers. L'Assemblée nationale, alors toute-puissante, ne balança point à représenter le souverain absent. Elle enjoint au ministre de la justice

d'apposer le sceau de l'Etat aux décrets , sans
qu'il soit besoin de la sanction ou de l'acceptation du roi. Cette décision suprême qui semble
déjà pronostiquer de grands changemens en
France , annonçait que les choses pouvaient
aller leur train, malgré la fuite du roi. Mais
le bon peuple de Paris , habitué depuis tant
d'années à ses rois et à ses usages, ne voyait pas
cela avec un très-grand calme (j'en excepte un
certain nombre qui visaient déjà à la souveraineté , comme je le ferai voir plus tard). On
se portait de tous côtés avec une inquiétude
extrême, pour recueillir des nouvelles , et ces
nouvelles n'étaient pas des plus consolantes.
La journée du 21 s'écoule tout entière sans
avoir appris rien d'extraordinaire. La nuit arrive , on se jette dans les bras de Morphée,
sans pouvoir s'endormir. Le lendemain matin
22, les journaux sont lus avec avidité ; on se
flatte d'y savoir pourquoi et comment le monarque a quitté Paris. Les uns racontent la chose
d'une façon , les autres y ajoutent des faits
étrangers, et c'est à qui fera les plus absurdes
détails , qui s'écartent plus ou moins de la vérité. Le jardin des Tuileries se remplit d'une
foule de peuple, qui s'y porte avec avidité en
jetant les yeux sur le vaste palais qui est totalement désert ; toutes les fenêtres en sont
fermées comme s'il n'eût jamais été habité. La
salle de nos députés, qui n'est qu'à deux pas,
devient alors l'espoir de toute la nation. Allons
à l'Assemblée, se dit-on avec inquiétude, nous
apprendrons peut-être du nouveau. Des milliers de groupes se forment de tous côtés , au

point que la terrasse des Feuillans est inabordable. Midi sonne, l'Assemblée délibère ; car en ce temps-là on se levait matin, et dès neuf heures tous les députés étaient à leur poste. Rien ne transpire , point de nouvelles. La séance se lève à deux heures ; à six, elle se rouvre jusqu'à dix du soir, sans rien apprendre encore. Ah! se dit-on en rompant un triste silence, c'en est fait, le roi est passé au-delà des frontières. Puis on se couche comme la veille, en attendant mieux.

Le 23, le soleil se lève aussi radieux que les jours précédens; un courier arrive enfin, il donne des nouvelles. L'Assemblée nationale instruit la nation que le roi est arrêté à Varennes, à cinquante lieues de Paris. Ce fut alors que la joie succéda à la douleur ; tous les cœurs se dilatèrent, et on se félicitait l'un l'autre sur le prochain retour du monarque. Mais l'Assemblée nationale toute - puissante , ne s'occupe plus qu'à prendre de grandes mesures pour ramener le roi sain et sauf à Paris ; car les hommes invisibles pourraient bien renouveler une de ces scènes de douleur comme celles que nous avons déjà vues, tant à Paris qu'à Versailles : elle nomme trois de ses membres pour se rendre à Varennes, chargés du soin de ramener le roi et sa famille et d'en répondre : ce furent MM. de la Tour-Maubourg, Pétion et Barnave. Vous dirai-je, Messieurs, ce qui se passa sur la route ? il serait trop affligeant de vous retracer de tels événemens; tirons le rideau sur ces scènes de douleur. Le roi s'arrêta à Varennes, parce qu'il le voulut bien ; car que pouvaient faire quelques paysans excités par un maître de poste, nommé Drouet, tandis qu'à peu de distance un fort détachement de hussards et de dragons, commandé par le général Bouillé, lui aurait prêté main-forte? Sur un simple ordre de sa part, il pouvait se faire ouvrir passage et arriver à Montmédi, lieu de son rendez-vous, sans que qui que ce fût ôsât lui fermer la route. Mais non, le roi aima mieux revenir sur ses pas que de faire répandre une seule goutte de sang; et l'on peut le dire à sa louange, jamais prince ne fut plus humain et n'aima plus son peuple; mais il était écrit dans le ciel que ce bon roi serait victime de son cœur généreux, et que des pervers porteraient une main sacrilége sur sa personne sacrée.

Le 25, le cortége du royal prisonnier arrive aux barrières de Paris. Jamais spectacle ne fut plus désolant et plus triste. La voiture dans laquelle étaient le roi, la reine, leurs enfans et les trois députés, précédée, entourée et suivie d'une force armée considérable, entre à pas lents, au milieu d'une foule immense de peuple qui s'était porté à sa rencontre, et sur l'impériale de laquelle on voyait deux malheureux gardes-du-corps attachés comme des criminels avec des cordes. Si l'humanité commande l'humanité, ici ces précieuses vertus sont bannies et foulées aux pieds. Les barbares n'eussent jamais imaginé une telle infamie. C'est ainsi que MM. de Valory et Maldan furent exposés à la fureur des méchans. Ah! il me semble voir encore cet affligeant cortége qui glaçait les cœurs. Le peuple, mu par une pitié expansive, témoigne tantôt sa colère contre ces deux malheureux captifs qu'il voit enchaînés et qu'il accuse d'avoir participé au départ du monarque ; tantôt il est indigné de la barbarie qu'on exerce à leur égard. La voiture entre dans Paris par le faubourg St.-Martin, suit les boulevards de Bonne-Nouvelle, de Montmartre, des Italiens, et entre aux Tuileries par la place de Louis XV. Enfin, le roi reprend ses fers dans le château avec sa famille, et n'éprouve plus qu'humiliations sur humiliations. MONSIEUR, frère du roi, et son épouse, qui avaient pris la route de Flandre, plus heureux que le monarque, arrivent à Mons en Belgique, sans la moindre opposition, mais non sans avoir de nouveaux chagrins. Quelle nouvelle pour ce prince lorsqu'il apprend la captivité de son frère ! Bientôt il s'éloigne de la frontière et se rend sur les bords du Rhin. Là, du moins, il peut jouir de cette liberté qu'on demandait tant en France, et dont la famille royale était seule privée. Là, maître de ses volontés, il ne craint plus les yeux d'Argus qui observaient ses moindres démarches. Comme Louis XVI, il était prisonnier dans son palais du Luxembourg et ne pouvait en sortir. Le jardin était sa seule promenade ; encore n'y allait-il que rarement.

Revenons à Louis XVI. Ce prince était à peine rentré dans le palais des Tuileries, que les cours et les jardins ne furent plus qu'un désert ; car l'un et l'autre furent fermés au public pendant plus de deux mois. Le roi et la famille royale éprouvèrent une terrible surveillance ;

l'entrée dans ce palais devint exactement in-
terdite pour tout le monde, excepté pour la
force armée qui y faisait son service avec une
grande rigueur. Le roi alors ne fut plus que
le jouet des factions. Le pouvoir exécutif fut
suspendu, et les décrets continuèrent d'être
exécutés sans la sanction ou l'acceptation du
roi. Enfin, l'Assemblée nationale ne s'occupa
plus qu'à faire subir à la famille royale des
interrogatoires, comme à de simples particuliers, ou plutôt à recevoir leurs déclarations.
MM. Tronchet, Duport et d'André, nommés
commissaires, se rendirent au palais et reçurent du monarque la réponse suivante : « Je
» veux bien répondre aux désirs de l'Assem-
» blée nationale, et je ne craindrai jamais de
» rendre publics les motifs de ma conduite.
» Les motifs de mon départ, ajouta-t-il avec
» bonté, sont les outrages qui ont été faits, le
» 18 avril, à moi et à ma famille ; ces insultes
» sont demeurées impunies, et j'ai cru dès-
» lors que je ne pouvais, ni avec sûreté, ni avec
» décence, rester plus long-temps à Paris. Mon
» intention n'a jamais été de sortir du royau-
» me ; et à cet égard, je n'ai aucune intelligence
» avec les puissances étrangères. J'ai quitté Paris ;
» mais dans l'intention d'y revenir et pour
» détruire l'opinion de ma non-liberté ; je n'ai
» pas attaqué la constitution dans mon mémoi-
» re ; mais j'ai dit que les décrets n'ayant pas été
» présentés en masse à la sanction, je ne pou-
» vais juger de l'ensemble de la constitution.
» J'ai reconnu dans mon voyage que l'opinion

» publique était pour la constitution; je n'au-
» rais pu avoir la même certitude en demeu-
» rant à Paris. »

Après avoir reçu cette déclaration, les commissaires de l'Assemblée se rendirent chez la
reine; mais la réponse de cette princesse ne fut
pas à beaucoup près aussi motivée que celle de
son époux; elle ne répondit que ces mots :
« Le roi devant partir avec ses enfans, rien au
» monde n'aurait pu m'engager à ne pas le
» suivre. »

Je ne vous rapporterai pas ici, Messieurs,
les débats qui eurent lieu dans l'Aassemblée
nationale, sur l'intention d'une partie de ses
membres, de faire le procès au roi et aux deux
gardes-du-corps qui avaient accompagné le
prince dans son voyage; mais le côté droit s'y
opposa fortement; il repoussa avec horreur de
semblables propositions, qui semblaient déjà
annoncer le gouvernement populaire. M. de
Bonnai fut un de ceux qui se montra le plus
courageux défenseur de son souverain. « Je
regarde le roi et la patrie comme indivisibles,
dit-il avec force; si le roi m'avait appelé à ses
conseils, je l'aurais déconseillé de ce départ;
mais s'il m'avait choisi pour le suivre, je répète
ici que je serais mort à ses côtés, et je me glori-
fierais d'une telle mort. »

Les factieux qui voulaient déjà régner à tel
prix que ce fût, parmi lesquels on remarquait
les fameux Pétion, Vadier, Rewbel et Robespierre, se montrèrent furieux dans ce moment
de crise. Robespierre surtout, qui projetait son

épouvantable despotisme populaire, se montra en cette occasion ce qu'il devait être un jour. « Tout est perdu, dit-il à ses amis en sortant de l'Assemblée! tout est perdu! le roi est sauvé! » Le soir, dans le club des Jacobins, il excita une fermentation épouvantable; mais son influence n'était que faiblement écoutée; le parti du roi, qui était très-fort, maintint les factieux dans leur caverne, en leur opposant la force par la force. Ah! si la tourbe révolutionnaire semblait comme enchaînée dans son antre, elle n'en jetait pas moins dans le public ce système de bouleversement de la monarchie! Les placards de tout genre commencèrent à couvrir les murs de Paris; ils les affichèrent même jusque dans les couloirs de la salle de l'Assemblée nationale. Parmi les placards, il s'en trouvait un qui déclarait positivement qu'il était nécessaire d'abolir en France la royauté; et déclarait traître à la patrie les députés qui s'opposeraient, disait-il, à cette salutaire destruction.

Le club des Cordeliers, qu'on peut appeler le second tome des Jacobins, se montra à cette époque ce qu'il serait un jour. Les membres de cette caverne de machinations, tels qu'un Marat, un Danton, Camille-Desmoulins, Manuel, Brune, Hébert et autres perturbateurs de la tranquillité publique, sortis, je crois, du fond des enfers, organisèrent, dans le courant de juillet, le plus épouvantable chaos qu'il soit possible de voir. Le Champ-de-Mars fut le lieu fatal où ils fixèrent le point de leur réunion pour attenter à la souveraineté. Leur plan, amena la guerre civile, et il fut comme juré sur l'autel de la patrie.

Le 15 juillet, l'Assemblée nationale avait rendu un décret portant que celui du 25 juin précédent, qui suspend l'exercice du pouvoir exécutif dans les mains du roi, subsisterait jusqu'au moment où la constitution lui serait présentée, c'est-à-dire quelques mois après. Le club des Cordeliers, qui ne voulait ni du roi, ni de royauté, rédigea le 16, au nom du peuple, une pétition à l'Assemblée nationale, contre le décret de la veille, à l'effet de forcer le roi à abdiquer sa couronne, et l'Assemblée à la recevoir. Cette pétition faite au nom du peuple, qui, pour être présentée telle qu'ils le désiraient, avait besoin de la signature du peuple; et la chose n'était pas facile; mais, que ne fait pas l'homme, lorqu'il foule aux pieds les lois humaines, et brave l'autorité? Les membres des Cordeliers et toute la secte jacobite de Paris, firent part à leurs amis, et les amis aux amis, qu'une pétition rédigée par et pour le peuple, serait déposée sur l'autel de la patrie, le lendemain 17, à six heures du matin. La chose ayant lieu, l'écrit est porté au Champ-de-Mars, accompagné d'une rame de papier; car il fallait terriblement de pages blanches pour contenir des milliers de noms, de paraphes, de croix, ou plutôt de pates de mouches et de griffonnages de tout genre. Non-seulement on signait son nom, mais encore on y faisait des observations, selon la manière de voir les choses du bon ou du mauvais côté, ce qui amena le plus grand trouble et la plus violente opposition. À six heures du matin, il y avait à peine cinquante individus; à sept heures, cinq cents; à huit, douze cents, et à dix, deux mille. Enfin, la foule devint si considérable, qu'il ne fut plus possible de s'entendre. Dans le premier abord, tout fut assez calme, on signait, en faisant telle ou telle observation, ce qui était inconvenant, selon le désir des chefs; puis on en faisait lecture de temps à autre, à haute et intelligible voix : on applaudissait, puis les griffonnages se jetaient sur le papier avec profusion. Mais le diable se mêla bientôt de la partie, il se fourra dessus et dessous l'autel, et monta les têtes au point qu'on ne s'entendait plus. Non-seulement il y avait des hommes de tout âge, mais encore des femmes, des filles et même des enfans. Cet autel devint tellement surchargé, qu'il y avait à craindre qu'il ne s'affaissât tout-à-fait. Dans ce tumulte, quelques-uns de la bande politique, eurent l'imprudence de se fourrer sous les planches, pour faire des malices à ceux qui étaient dessus, et c'était aux femmes particulièrement à qui ils en voulaient. Mais cette imprudence leur fut bien funeste. Tout-à-coup on crie avec effroi : il y a du monde sous l'autel de la patrie, on nous trahit, on veut le faire sauter ! Ces mots jettent l'épouvante parmi la foule, en moins de rien. La pétition et la table sur laquelle on signait, se trouvent abandonnées, et l'on fait des perquisitions dans les pilliers et dans les fondations. On y découvre un perruquier et un invalide, qui furent les seules personnes qui s'y trouvèrent. On les enlève de leur retraite, puis on les traîne comme deux criminels, et aussitôt on crie avec fureur : *à la lanterne ! à la lanterne !* Ces deux malheureux deviennent les victimes de la multitude. On se fait d'abord un jeu de leur position et on les accable de sarcasmes ; mais de la plaisanterie, on en vient au sérieux. Des bruits se répandent qu'ils, sont les agens de l'aristocratie et qu'ils s'étaient cachés sous l'autel de la patrie pour le faire sauter. Alors les têtes se montent, la rumeur devient tellement alarmante, qu'une guerre à mort se déclare contre les accusés. Ils sont assassinés par des brigands, qui leur coupent la tête, qu'ils promènent dans le Champ-de-Mars, au bout des bâtons. Ces phalanges sanglantes deviennent le signal du plus grand désordre. Les corps de ces deux malheureuses victimes, le perruquier et l'invalide, restés sur la place, à la vue des milliers de spectateurs, y attirèrent une foule innombrable de peuple qui y arriva de tous côtés. Malgré les assassinats, on n'en continua pas moins d'apposer des signatures à la pétition. Ainsi se passa une grande partie de la journée du 17 de juillet.

Mais, à six heures du soir, la scène du Champ-de-Mars changea de face, et le sang y fut répandu à flots. La nouvelle du désordre qui avait lieu sur l'autel de la patrie, se répandit bientôt dans tout Paris. L'Assemblée nationale manda à sa barre les autorités ; alors la générale bat dans les rues, la force armée se rassemble. Le drapeau rouge se déploie en vertu d'un arrêté du corps municipal, et s'arbore à une fenêtre de l'Hôtel-de-Ville, et la loi martiale va être proclamée. Bientôt le corps municipal, à la tête duquel sont le maire Bailly et le général Lafayette, marche vers le Champ-de-Mars, avec une armée d'environ six mille hommes et trois pièces de canon. Le drapeau rouge flotte au milieu de cet attirail de guerre. Le cortége militaire arrive ; mais, pour le malheur de l'humanité, ce cortége est accueilli par d'épouvantables hurlemens. On crie de toutes parts : *A bas les assassins du peuple ! à bas les baïonnettes ! à bas le drapeau rouge !* On fait les sommations, au terme de la loi, et on ordonne au peuple de se retirer; mais, au lieu d'obéir, les cris redoublent, et une grêles de pierres fond sur la municipalité et sur les troupes. Le maire Bailly ordonne de charger les armes; elles sont chargées en présence de la multitude, et le général aussitôt commande le feu. Mais, la première décharge n'est qu'à poudre pour épouvanter, personne n'est tué ; les factieux s'en aperçoivent, ils recommencent à jeter des pierres ; mais une seconde décharge à balle et à mitraille, jette la mort de tous côtés parmi la foule. Alors tout n'est plus que confusion, que désordre, c'est un carnage affreux, la terre est jonchée de morts et de mourans. Les troupes poursuivent les restes épouvantés, c'est une déroute effrayante. Ici ma voix refuse d'entrer dans de plus grands détails ; nombre de malheureux ouvriers des faubourgs, poussés

au mal, par une poignée de brigands, périssent
sans trop savoir pourquoi, et sont victimes de
cet entraînement au désordre si commun à
cette lamentable époque ; mais les chefs,
après avoir encouragé, poussé et excité le peuple
à se défendre avec vigueur contre la force
armée, n'eurent garde de rester parmi la foule.
La tactique de ces chefs était, dans toutes
les occasions, de commencer les attroupemens,
les encourager au mal, et de se retirer au moment du danger. Je ne puis vous dire, Messieurs, combien il y eut de morts sur la place :
le nombre en fut considérable. Les anciens chasseurs des barrières, qui avaient une vengeance
à exercer, poursuivirent les fuyards de tous
côtés, avec un acharnement incroyable, et le
carnage ne se termina qu'à la nuit tombante.
Alors on ne s'occupa plus qu'à faire disparaître
les traces de ces assassinats, qu'on aurait pu
éviter si on avait arrêté les chefs dans l'origine du rassemblement.

Ainsi se termina le projet de la pétition de
ces fameux Cordeliers, qui rentrèrent dans leur
caverne, avec promesse de se venger un jour;
mais, hélas ! leurs projets criminels ne s'accom-
plirent que trop tôt, et leur vengeance fut
terrible, comme je le démontrerai plus tard.
Voici une copie exacte de cette pétition, telle
qu'elle fut rédigée et paraphée sur l'autel
de la patrie, le 17 juillet 1791, par les Cordeliers, et le peuple qu'ils y avaient appelé :

PÉTITION.

VIVRE LIBRE OU MOURIR.

« Les Français soussignés, considérant que
» dans les questions auxquelles est attaché le
» salut du peuple, il est de son droit d'ex-
» primer son vœu pour éclairer et diriger ses
» mandataires;

» Que jamais il ne s'est présenté de ques-
» tion plus importante que celle qui concerne
» la désertion du roi;

» Que le décret rendu le 15 juillet, ne
» contient aucune disposition relativement à
» Louis XVI;

» Qu'en obéissant à ce décret, il importe de
» statuer promptement sur le sort futur de cet
» individu;

» Que sa conduite passée doit servir de base
» à cette décision; que Louis XVI, après avoir
» accepté les fonctions royales et juré de dé-
» fendre la constitution, a déserté le poste qui
» lui était confié, a protesté, par une déclara-
» tion écrite et signée de sa main, contre cette
» même constitution; a cherché à paralyser,
» par sa fuite et par ses ordres, le pouvoir exé-
» cutif, et à renverser la constitution par sa
» complicité avec des hommes aujourd'hui
» accusés de cet attentat;

» Que son parjure, sa désertion, sa protes-

» tation, sans parler de tous les autres actes
» criminels qui les ont précédés, accom-
» pagnés et suivis, emportent une abdication
» formelle de la couronne constitutionnelle qui
» lui avait été conférée;

» Que l'Assemblée nationale l'a jugé ainsi,
» en s'emparant du pouvoir exécutif, suspen-
» dant les pouvoirs du roi, et le tenant dans
» un état d'arrestation;

» Que de nouvelles promesses de la part de
» Louis XVI, d'observer la constitution, ne
» pourraient offrir un garant suffisant à la
» nation contre un nouveau parjure et contre
» une nouvelle conspiration;

» Considérant enfin qu'il serait aussi con-
» traire à la majesté de la nation outragée,
» que contraire à ses intérêts, de confier dé-
» sormais les rênes de l'empire à un homme
» parjure, traître et fugitif:

» *Demandent formellement et spécialement*
» que l'Assemblée nationale ait à recevoir, au
» nom de la nation, l'abdication faite, le 21
» juin par Louis XVI, de la couronne qui lui
» avait été déléguée, et à pourvoir à son rem-
» placement par tous les moyens constitu-
» tionnels;

» Déclarant lesdits soussignés, qu'ils ne
» connaîtront jamais Louis XVI pour leur roi,
» à moins que la majorité de la nation n'émette
» un vœu contraire à celui de la présente pé-
» tition. »

Cette bonne ville de Paris avait déjà vu tant
de choses nouvelles dans le courant des deux
années qui venaient de s'écouler, que les ha-

bitans passaient de l'extrême douleur aux
fêtes nationales., et des fêtes à la douleur, avec
la plus grande tranquillité; on se berçait toujours entre le bien et le mal, mais, hélas !
avec l'espoir du mieux, et ce mieux était encore loin d'arriver. Quelques jours avant la
catastrophe du Champ-de-Mars, une fête la
plus pompeuse avait été faite aux cendres de
Voltaire, qui fut porté au Panthéon français,
au milieu d'un peuple immense qui s'était porté
sur son passage. En ce temps de plaisirs et de
peines, il fallait bien de temps à autre quelque
chose qui dilatât les cœurs des Parisiens; et c'é-
tait ainsi qu'allait le monde. Le comte de Mirabeau, que vous avez vu conduire dans le
temple de l'immortalité, en grande pompe funèbre et silencieuse, fut bien peu de chose en
comparaison de celle de Voltaire, qui fut toute
magnifique et toute majestueuse. Ici, Messieurs, m'écriai-je, vous en voyez le magnifique cortége qui, du quai des Théatins, où il
avait été transféré et où il était mort, traversa
une partie de la capitale avec une pompe majestueuse, digne d'un roi; et le 11 juillet, il
entra dans ce vaste monument qu'on avait destiné aux grands hommes, et fut placé dans le
caveau à peu de distance de Mirabeau. Ah !
quel contraste frappant ! combien la réputation
de l'un était loin d'approcher de celle de l'autre!
Voltaire était mort au milieu d'une paix profonde, regretté de tous les savans, tandis que
l'autre avait terminé sa carrière dans le trouble
et regretté seulement de quelques ambitieux.
Ce dernier ne jouit pas long-temps de ce

triomphe honorifique, comme vous le verrez
plus tard. Mais Voltaire, dont la mémoire ne
mourra jamais parmi les hommes de tous les
pays, eût-il vu d'un bon œil cette révolution
qui mettait son roi dans les fers? eût-il con-
templé sans peine ces désordres affreux qui sont
la suite des révolutions et qui ne s'arrêtent
qu'après la mort d'un grand nombre de citoyens
de tout âge et de tout état? Voltaire eût-il
resté en France, au milieu de l'anarchie et de
ces masses de vauriens qui ne respectaient ni le
ciel ni la terre? Non : il eût resté dans un pays
neutre, s'occupant à contempler de loin les
troubles, le bouleversement de son pays, et à
gémir sur les malheurs des peuples. J.-J. Rousseau, comme Voltaire, dont le nom et les
écrits passeront aussi à la postérité, fixa de même
l'attention de nos *chers* députés. Un décret,
ouvrage de leur puissance, ordonna qu'une statue
lui serait élevée aux frais de toute la nation ;
mais il était réservé à la Convention nationale,
quatre ans après, de transférer ses cendres au
Panthéon, à côté de Voltaire. Je vous présenterai, Messieurs, en son temps, cette fête nationale. Ces deux grands hommes, morts à
quelques jours de distance, furent un deuil
général pour les lettres. Voltaire avait terminé
sa carrière le 30 mai 1778 ; et Rousseau, trente-
quatre jours après, le 4 juillet. Ainsi la France
perdit en quelques jours les deux plus grands
hommes du dix-huitième siècle.
Tout passe, Messieurs : le temps, les hommes,
les choses, le bien, le mal ; tout finit, et le
souvenir nous en reste seul. L'Assemblée consti-

tnante, dont je viens de vous retracer une esquisse bien légère et assez rapide de ses travaux, approche à la fin de sa trop longue carrière politique, qui, comme le voyageur intrépide, à force de mettre un pied devant l'autre, touche au but de son voyage, mais non sans suer sang et eau, en éprouvant quelquefois mille dangers. De même, l'Assemblée nationale arrive au but qu'elle s'était tracé, après avoir dépouillé son roi de ses prérogatives, de sa puissance, dont les Bourbons jouissaient depuis tant de siècles, elle venait d'achever son grand œuvre de miséricorde. Une constitution bien constituée, mais malheureusement bâtie sur un terrain mouvant, venait de recevoir son dernier coup de plume. Elle s'était élevée comme un vaste édifice qui va braver les efforts des temps au milieu des orages, et n'attend que les derniers travaux. Trente mois s'étaient écoulés au milieu des peines et des plaisirs toujours renaissans. Tout annonçait le calme des tempêtes. Louis XVI, retiré dans le fond de son palais, sous la surveillance d'une garde nombreuse, était toujours dans l'attente de sa liberté; et cette liberté ne lui serait donnée, avait-on dit, et même décrétée, qu'autant qu'il accepterait ce faisceau national qui, réuni, deviendrait indissoluble comme un rocher que rien ne peut ébranler.

Enfin, le 3 septembre, cette constitution qui avait coûté tant de sang et de larmes au peuple français, sortit des mains de nos fameux représentans, comme Jonas du ventre de la baleine (pardonnez-moi cette expression), et l'on s'écrie : la voilà donc cette constitution qui a coûté tant de larmes ! Ah ! quel immense travail ! Soixante membres de l'Assemblée prennent sur le bureau cet acte constitutionnel avec un saint respect, et le portent comme en procession ; ils traversent les Tuileries avec un saint recueillement, portant sur un coussin de velours cramoisi, brodé en or, l'acte si précieux; ils arrivent au palais avec une gravité digne de la majesté nationale. A leur approche, toutes les portes sont ouvertes, et d'appartemens en appartemens, ils arrivent enfin auprès du monarque prisonnier, qui avait encore le titre de roi. Ici tout reprend la splendeur de la majesté royale. Le roi, entouré de ses ministres et de ses serviteurs, les accueille avec bonté, et leur dit : « Messieurs, je reçois la constitution que » me présente l'Assemblée nationale. Je lui » ferai part de ma résolution dans le plus court » délai qu'exige un examen aussi important. » Je me suis décidé à rester à Paris. Je don-» nerai mes ordres au commandant - général » de la garde parisienne pour le service de ma » garde. »

Le lendemain, tout change de face : le palais des Tuileries, naguère désert, redevint ce qu'il était avant le 25 juin ; toutes les consignes sont levées ; le jardin fermé au public depuis plus de deux mois, se rouvre aux bons Parisiens ; c'était le 4 septembre, et cette journée devint, pour ainsi dire, un jour de fête. On se porte aux Tuileries pour y jouir de cette belle promenade dont on a été privé depuis si long-temps. C'est un délassement pour nos belles Parisiennes qui y reparaissent avec leurs charmes et leurs parures, comme ci-devant. Enfin, l'espérance renaît dans tous les cœurs; et les fêtes qui vont se donner dans tout Paris, ramèneront cette gaîté française qui en était comme bannie. Aussi le peuple, passant de la tristesse à la joie, se réunit sous les fenêtres du château pour témoigner au monarque son amour et son attachement, et les cris accoutumés de *vive le roi!* se font entendre dans toute l'étendue du palais. Tel fut, Messieurs, ce jour de consolation et d'espérance. Mais ces cris devaient-ils toujours durer?

Le roi, placé par l'Assemblée nationale entre la nécessité d'accepter la constitution dans son entier, ou de renoncer à la couronne de ses ancêtres, se trouve dans une cruelle position. Il est prisonnier: plusieurs lois qu'il avait jugées incompatibles avec son autorité, dans son mémoire lu à l'Assemblée nationale, après son départ, subsistent encore : tout pacte intermédiaire lui est interdit ; il ne lui reste plus que la faculté de dire oui ou non. Son refus entraîne le renversement du trône et la guerre civile avec toutes ses fureurs. Il voit le danger sans doute dans son acceptation ; mais il lui paraît moins grave et moins éminent; et dix jours après, il écrit à l'Assemblée une très-longue lettre dictée par la force et par la nécessité, par laquelle il annonce qu'il accepte la constitution et promet de la faire exécuter ; mais, en faveur de cet acte d'enchaînement et de captivité, il demande à l'Assemblée un décret d'amnistie pour tous les délits nationaux.

Ce décret accordé lui est envoyé à l'instant
même par une nombreuse députation, qu'il
reçoit avec le plus touchant intérêt, et leur
dit avec une expression pleine de bonté : « Je
» souhaite, Messieurs, que le décret que vous
» me présentez mette fin aux désordres, qu'il
» réunisse tout le monde, et que nous ne soyons
» qu'un. » Puis en achevant ces paroles, il
leur déclare qu'il renonçait à la décoration du
cordon bleu et à toute autre. Cette scène fut
des plus intéressantes. « Voilà ma famille,
» ajoute-t-il, elle partage tous mes senti-
» mens. » La reine s'avance vers la députation
avec ses enfans, et dit : « Nous accourons
» tous, mes enfans et moi, et nous partageons
» tous les sentimens du roi. »

Passons, Messieurs, à des scènes non moins
touchantes. Le monarque dépouillé (c'est ainsi
qu'on peut l'appeler maintenant, puisqu'il ne
lui reste plus qu'un simulacre d'autorité ; car
cette constitution ne lui laisse seulement que
la faculté de faire exécuter les lois), après avoir
examiné d'un bout à l'autre le nouveau code
des Français, dix jours après se rend dans
le sein de l'Assemblée nationale, accompagné
de ses ministres, sans autre décoration que
celle de la croix de Saint-Louis, la seule qu'il
conservait ; c'était le 14 septembre : sa marche
est celle d'un homme qui se trouve placé dans
l'alternative du bien et du mal ; au milieu de
son cortège règne le silence et le calme le plus
profond. Des milliers d'yeux revoient enfin le
roi après deux mois d'une rigoureuse surveillance et consigné jusque dans ses appartemens.

Les larmes d'un grand nombre de peuple sont les seules expressions qu'on laisse apercevoir sur son passage des cours des Tuileries, du Carrousel, et enfin dans la cour du Manége. Ce fut là tout son trajet. Il me semble le voir encore, ce malheureux prince vêtu d'un simple habit bleu. On pouvait à peine le distinguer de ses ministres, tant sa mise était simple. Il entre dans le sénat : l'Assemblée se lève tout entière ; elle lui témoigne tout le respect que l'on doit à son roi. Puis le monarque s'assied à côté du président, et prononce son discours, par lequel il promet d'être fidèle à la nation et à la loi, et d'employer tout le pouvoir qui lui est délégué, à maintenir la constitution, et de faire exécuter les lois. « Puisse cette grande » et mémorable époque, dit-il avec l'accent » d'une sensibilité expansive et concentrée, être » celle du rétablissement de la paix, et deve- » nir le gage du bonheur du peuple et de la » prospérité de l'empire !... »

Vous dire, Messieurs, combien ces paroles touchantes furent couvertes d'applaudissemens, me serait impossible. Je ne puis vous rappeler ici les *vivat* et les acclamations de toute l'Assemblée et des tribunes. Mais, à la sortie de la salle, ce fut bien autre chose : dès que le roi parut au milieu du peuple qui s'était porté en foule sur son passage, les acclamations devinrent universelles, les cris d'allégresse retentirent de toutes parts. Tous les fronts des citoyens honnêtes brillaient de la joie du cœur, qui se communique si rapidement ; elle s'exprimait par des larmes, et par des paroles mal articulées, qui s'échappaient au milieu des sanglots. Ce fut au milieu de cette foule enivrée de joie, que le roi, ému, attendri, retourna au château. Il se précipita dans les bras de la reine qui l'attendait avec ses enfans, et qui versa, comme lui, des larmes de tendresse, que faisait si naturellement couler le spectacle si attendrissant de tout ce qui venait de se passer.

Tels furent, Messieurs, les résultats de cette journée, qui fut bien douce pour la famille royale après une si longue captivité. Tous les cœurs français, à l'envi, semblaient se disputer la reconnaissance et l'attachement à leur roi. (Ici, je ne comprends pas la faction qui se cachait derrière la toile, et qui complottait le plus affreux des crimes.) Cette constitution à qui on donna vulgairement le nom de 91 , et qui devait n'avoir que dix mois et vingt-six jours d'existence, fut reçue par la nation avec un délire général. Tout le peuple se félicitait enfin d'avoir obtenu un code national qui mettait tous les Français égaux devant la loi; la fortune seule faisait la distinction de toutes les classes de la société. Les titres honorifiques de duc, de comte, baron, marquis, chevalier, et tous les signes distinctifs qui marquaient une différence dans le peuple français, se trouvaient supprimés par les lois constitutionnelles que venait d'accepter Louis XVI. La nation régénérée, ainsi qu'on la dénommait, n'avait plus, suivant la volonté de nos législateurs constituans, qu'à se soumettre à ce pacte fédératif qui, selon eux, allait rendre la nation française le plus heureux peuple de la terre. Combien cette Assemblée était dans l'erreur!

combien elle se trompait dans ses calculs politiques ! Un décret, émané de sa toute-puissance,
fut encore rendu par l'Assemblée nationale, qui
ordonnait que cette constitution serait proclamée dans tout l'empire. A Paris seul était réservée cette grande et auguste cérémonie. Le
Champ-de-Mars devint encore le point central de
la réunion du peuple français. Le 18 septembre,
le maire Bailly et la municipalité toute entière
se rendirent au château pour féliciter le roi et
le remercier de sa libre accession à la constitution ; puis, en grand appareil, ils se rendirent à
l'autel de la Patrie, encore tout sanglant. Là, le
maire, entouré d'un peuple immense, montre
à la nation le livre de la constitution, relié en
maroquin et doré sur tranche, et prononce un
discours que cinq cent mille âmes écoutent en
silence, mais que peu de personnes entendent.
Puis, une musique harmonieuse et bruyante
succède à la voix du maire Bailly ; ensuite la
voix du peuple se fait entendre au milieu du
cliquetis des armes qui brillent, et le canon qui
tonne. On aperçoit de tous côtés les bonnets des
grenadiers au bout des baïonnettes, et les
chapeaux au haut des cannes des spectateurs ;
et les cris de joie se mêlent au bruit redoublé
de l'airain tonnant. Enfin, le soir, les Tuileries, les Champs-Élysées sont magnifiquement
illuminés comme au 14 juillet. La clarté du
jour est remplacée par des lampions, et présente un coup-d'œil enchanteur. Le monarque
et son auguste famille redoublent la joie en se
montrant au milieu du peuple.... O jour de consolation et d'espérance !.... Faut-il que de si

beaux momens se changent, en un jour, en un
deuil universel !

L'Assemblé constituante tirait à la fin de sa
session : encore quelques jours, elle ne sera plus.
Tandis qu'on fêtait à Paris l'acte constitutionnel du peuple français, les nouveaux législateurs des départemens marchaient vers la capitale à grandes journées. On se félicitait déjà de
leur arrivée prochaine: ceux-là, se demandait-on,
feront-ils mieux, feront-ils pis? suivront-ils les
traces de leurs prédécesseurs? achèveront-ils
leur ouvrage? aideront-ils le monarque à faire
exécuter les lois, et à gouverner la nation française avec sagesse? C'est ce que nous verrons
bientôt, Messieurs. Quelle fut leur conduite !
Enfin, tout espoir était fondé sur un plus heureux avenir qu'on aimait à se représenter.

Au milieu de l'allégresse qui était généralement
ment universelle, les nouveaux députés prêtent
serment à la constitution, dans le sein de l'Assemblée nationale ; on le prête dans le Champ-
de-Mars, à l'Hôtel-de-Ville et dans tous les districts de Paris. On prête serment dans toutes les
villes des départemens et jusque dans les villages
les plus éloignés du centre du royaume. Enfin tous
les Français jurent de maintenir la constitution
de tout leur pouvoir. Le 30 septembre arrive,
l'Assemblée constituante siége pour la dernière
fois. Le monarque veut encore voir ces grands
législateurs qui lui ont enlevé les plus beaux
fleurons de sa couronne, pour lui en laisser une
garnie d'épines; il se rend au milieu d'eux et leur
adresse ces paroles remarquables : « Vous avez
» fixé ce jour pour le terme de vos travaux ; il

» eût été peut-être à désirer que cette session
» se prolongeât encore quelque temps pour que
» vous puissiez vous-mêmes essayer votre ou-
» vrage, et ajouter à vos travaux ceux qui,
» déjà préparés, n'avaient plus besoin que d'être
» perfectionnés par les lumières de l'Assemblée,
» ou ceux dont la nécessité se serait fait sentir
» à des législateurs éclairés par l'expérience de
» plus de trois années...... En retournant
» dans vos foyers, vous serez les interprètes de
» mes sentimens auprès de mes concitoyens.
» Dites-leur que leur roi sera toujours leur
» plus fidèle ami, qu'il a besoin d'être aimé
» d'eux, et que l'espoir de contribuer à leur
» bonheur soutiendra son courage. »

Telles furent les dernières paroles que
Louis XVI adressa aux membres de l'Assemblée constituante, le 30 de septembre 1791.
Oui, Messieurs, ce furent les dernières paroles
qu'il adressa à ces députés qui avaient préparé
la chute du trône de nos rois par de si funestes
coups portés à la monarchie; à ces députés qui
avaient amené le chaos dans toute l'étendue
de l'empire français, en renversant toutes les
institutions de nos pères, et en mettant le souverain à la discrétion d'une multitude de factieux
qui n'attendaient que le moment de fouler aux
pieds la constitution, le trône, et toutes les lois
anciennes et nouvelles, et périr eux-mêmes
sous leur propre ouvrage, comme je le mon-
trerai dans la suite de mes tableaux mouvans.
Laissons ces législateurs céder leurs chaises curules à leurs successeurs; car ceux-ci sont à la
porte du sénat, et n'attendent que le moment

de paraître dans l'arène pour se disputer l'empire et mettre le trône en pièces. Ici, Messieurs, finit la session de l'Assemblée constituante et tous les pouvoirs qui lui étaient délégués; ici finissent pour eux les appointemens de dix-huit francs par jour que chaque membre s'était alloué de sa propre volonté, sans consulter le roi, ni la nation. Ils se font leurs adieux ces députés, et se félicitent du monument qu'ils ont élevé au peuple français (la constitution), et qui doit les écraser un jour dans sa chute..... En ce moment, je m'écrie : Séance levée, Messieurs, à demain.

~~~~~~~~~~~~~~~~~~~~~~~~~~~~~~~~~~

SEPTIEME SÉANCE.

—

Dès que je fus entré chez M. de Varicourt, je me vis bientôt entouré de mes trois jeunes amis, Edouard, Raoul et Adolphe, qui, comme auparavant, me pressèrent vivement de leur mettre sous les yeux la suite de mes tableaux mouvans. Adolphe toujours le plus empressé de connaître les malheurs de son pays, me dit avec une vive curiosité : J'espère, Monsieur, que la constitution décretée par l'Assemblée nationale et acceptée par le roi et la nation, ramènera tout-à-fait le calme dans notre patrie, et que les hommes seront beaucoup plus sages que par le passé.—Oui, lui répondis-je ; mais, comme en ce temps-là la paix du monde n'était pas ce que désirait une partie des Français, il en fut bien autrement : on avait demandé, on avait exigé, puis on exigea encore ; car l'espèce humaine est quelquefois insatiable dans ses désirs, et c'est ce qui arriva alors. — Pourquoi ne pas se soumettre aux lois de son pays, me dit Raoul, puisque ces lois avaient été données à la nation par l'Assemblée de la nation ? ne valait-il pas mieux vivre dans une paix profonde avec son roi, avec sa famille, avec ses concitoyens, que de vivre au milieu d'une guerre sans fin et sans but? — Oh! oh! mes amis, vous parlez bien à votre aise; et que seraient devenus un tas de vauriens et de mauvais Français qui étaient à Paris depuis trois ans, dans un état de médiocrité, et ne vivaient que dans la licence et le trouble? La paix du monde n'est pas ce qui convient à certains individus, qui, nés avec une ambition démesurée, veulent, à tel prix que ce soit, parvenir aux premières dignités, au risque de périr mille fois dans le trouble qu'ils organisent.

Qu'est-ce-que la vie? disaient certains personnages, si nous sommes plongés éternellement dans un état de médiocrité et d'abandon? Aussi, d'après ce système perfide que j'ai entendu adopter par quelques-uns, tous les crimes furent mis à l'ordre du jour dans les deux clubs qui étaient déjà organisés presqu'en Assemblée nationale; et qui eurent tant d'imitateurs. Non-seulement Paris avait dans son sein ces deux sociétés fameuses, qu'on nommait Jacobins et Cordeliers, mais encore on voyait dans chaque district, une assemblée délibérante, qu'on nommait assemblée de section; et ces assemblées s'occupaient aussi de questions politiques. Tant d'assemblés diverses, répandues de tous côtés, ne pouvaient guère ramener le calme dans notre belle France qu'on entraînait rapidement à sa perte. La société des Jacobins, qui prit le titre d'*Amis de la constitution*, et en fut le plus cruel ennemi, ne manqua point de la violer dès son principe; tous ses membres devinrent comme ces vers rongeurs qui s'attachent aux livres, et qui en mangent les feuilles et les pages. Cette société funeste, à l'imitation de l'Assemblée nationale, avait son président et ses secrétaires ; et publiait un journal qui faisait connaître ses débats et ses arrêtés, ainsi que sa correspondance avec ses associés répandus dans tous les départemens, et il y en avait déjà quelques centaines. Ce qu'il y a de plus étonnant, c'est qu'une grande partie des membres de l'Assemblée nationale ne rougirent point de s'en déclarer membres, et se montrèrent les plus acharnés au renversement de tout ce qui existait encore des lois sages de nos bons aïeux. Quant au club des Cordeliers, c'était, comme je l'ai déjà dit, une assemblée de braillards et de tartuffes immondes ; ils faisaient cause commune avec les Jacobins, qu'ils surpassaient souvent en scélératesse, et correspondaient chaque jour par des délibérations et des arrêtés. Ces deux chancres, prétendus politiques, dont je vous présenterai les manœuvres dans le plus grand jour, devinrent tellement audacieux et perfides, qu'ils tramèrent la perte du trône de Louis XVI, jusqu'à ce qu'il fût tout-à-fait renversé et réduit en poussière.

Est-ce que la constitution n'avait point défendu toutes ces réunions ? reprit Edouard avec étonnement. Puisqu'il y avait une Assemblée nationale qui représentait la nation, avait-on besoin d'autres réunions ? — Non, certes, on n'en n'avait pas besoin, et c'est ce qui a tout perdu. La constitution n'avait laissé à Louis XVI que le titre de roi des Français, avec la libre volonté seulement de sanctionner les lois, les faire exécuter, ou d'en arrêter la pu-

blication, lorsqu'elle lui paraissait incons-
titutionnelle ou susceptible de causer quelque
trouble. Mais, lorsque le roi refusait sa sanction à telle ou telle loi, ce qu'on appellait *veto*,
alors ce n'était plus que cris, que déclamations, que mouvemens populaires. Les clubs
criaient tant, et faisaient même tant de menaces,
que le plus souvent le roi était obligé de sanctionner ces lois malgré sa volonté. Ce furent
précisément ces oppositions violentes qui amenèrent le renversement de la constitution et
la chute du trône, comme je vais vous le dire
bientôt. Un roi plus sévère et moins bon eût
peut-être arrêté ces menées perfides, en sévis-
sant contre ces chefs de révolte, tels qu'un
Marat, un Danton, un Manuel, un Chabot,
et autres scélérats qui conspiraient audacieu-
sement et sans pudeur. Mais malheureusement il n'en fit rien, et tout ce que je vais
vous présenter dans mes tableaux, vous fera
voir les choses dans son plus grand jour.

En finissant ces mots, je m'écrie : voyez
l'intérieur de l'Assemblée législative et tous
les membres qui la composent : voyez comme
ils se font de grandes courbettes, quoiqu'ils
ne se connaissent pas, se saluent et se félicitent les uns les autres du poste honorable où ils sont appelés : voyez ces nouveaux
législateurs qui examinent leurs pouvoirs et
forment leurs bureaux. Le plus âgé est appelé à la présidence, et les plus jeunes remplissent les fonctions de secrétaires. Comme
tout est majestueux, grand et sublime ! C'est
la gravité même qui va donner des lois à la

nation. Ici, ce n'est plus les trois ordres de
l'état, de la sœur aînée (la Constituante), la
noblesse, le clergé et le tiers-état, c'est l'égalité tout entière ; oui, l'égalité, tous les ordres sont confondus. Ici, c'est un riche propriétaire qui n'a jamais quitté sa province ; là,
un ex-juge ; plus loin, un ex-avocat, un ci-
devant procureur, un ancien commis ; puis un
moine défroqué ; c'est le ci-devant capucin
Chabot, qui n'ira plus courir le monde et demander l'aumône avec son bissac sur le dos : le
voyez-vous comme il est fier et pédant, de ce
qu'il a obtenu de ses concitoyens, à force de
bassesse et de jactance, la place honorable de
représentant de la nation ?... Mais, avant de
vous les faire connaître tous, laissons-là les
titres et qualités des nouveaux législateurs,
qu'importe ce qu'ils ont été, pourvu qu'ils
gouvernent la France avec honneur, sagesse
et probité ? c'est là tout ce qu'il nous faut.....
mais, avant d'entrer dans de plus grands détails, je reviens, pour un instant, à l'Assemblée
constituante.

Dans le cours des trente mois qui venaient
de s'écouler, la France avait vu disparaître de
son sein les treize Parlemens, le Châtelet de
Paris, les bailliages et leurs baillis, et toutes
les cours de justice quelconques qui avaient
été instituées depuis plusieurs siècles. Elle vit
disparaître la cour des comptes, la cour des
aides et la cour des monnaies. Elle avait vu
disparaître toutes les charges, tant à la cour
qu'à la ville, droits seigneuriaux, droits de
chasse, droits de pêche ; enfin tout ce qui tenait

au gouvernement royal ; puis les maîtrises, les jurandes, et enfin toutes les corporations des arts et métiers avaient été supprimées : ainsi le voulait la liberté. Mais, pour le malheur commun, et au milieu de tout cela, la guerre civile se faisait sentir, tantôt dans une ville, tantôt dans une autre, et même jusqu'au-delà des mers ; oui, jusqu'au-delà des mers. M. Barnave, qui ne voulait d'esclaves dans aucun pays du monde civilisé, demande et obtient la liberté des noirs, qui bientôt dévorèrent les blancs. L'île St.-Domingue, si grande, si riche, si florissante, ne fut bientôt plus qu'un vaste abîme de malheurs et de calamités, dont je ne parlerai point, pas même d'aucune autre colonie française. Je les laisse à leur malheureux sort ; elles sont trop éloignées de ma sphère pour m'en occuper. Je laisse aux historiens le soin de raconter ces tristes événemens, et je reste en France, pour vous dire ce que j'ai vu.

Louis XVI, presque seul de sa famille, au milieu de son royaume, sans pouvoirs et presque sans autorité, se trouvait comme abandonné de tout ce qui lui était cher, excepté du peuple qui l'aimait et le chérissait toujours ; mais, pour le malheur de l'humanité, pour le malheur de la France, une armée de factieux l'entourait de tous côtés, et pour peu que ce prince prît quelque intérêt à sa famille réfugiée au-delà des frontières, on lui supposait mille projets chimériques, et sur-tout celui de la contre-révolution. Aussi le roi s'aperçut, mais trop tard, que trop de bonté nous rend le jouet des passions humaines ; il ne pouvait plus revenir sur ce qu'il avait fait, et il fallait, bon gré malgré, suivre la route qu'on lui avait tracée, à ses risques et périls. L'Assemblée constituante en abandonnant le monarque à l'arbitraire des membres de l'Assemblée législative, était peut-être bien loin de penser aux malheurs inouis qui l'attendaient dans quelques mois, et ne prévoyait guère le renversement de cette même constitution, qui, comme je l'ai dit, avait coûté tant de sang et de larmes. Le 30 de septembre, les chaises curules de ces vieux législateurs furent évacuées dans le plus grand calme ; et le lendemain, 1.er octobre, elles furent occupées par leurs successeurs. M. Pastoret fut élu président. Mais, avant d'entamer aucune matière politique, il s'agit de prêter serment à la constitution. Un décret ordonne que les membres les plus âgés iront chercher aux archives l'acte constitutionnel, pour la prestation du serment prescrit aux législatures, lorsqu'elles entrent en fonctions. Ils s'y rendent, escortés de gendarmes et précédés de M. Camus, l'archiviste ; reviennent et montent à la tribune où se dépose la constitution, loi sacrée et invulnérable qui bientôt allait être violée.

Ici, Messieurs, se présente une scène des plus attendrissantes. Voyez tous les membres appellés successivement les uns après les autres, et s'approchant, avec un saint respect, du livre auguste ; chacun, la main posée sur ce nouvel évangile, jure de maintenir la constitution jusqu'à son dernier soupir. Deux heures s'écoulent dans un silence imposant; on n'avait jamais vu pareille chose. Des milliers d'yeux regardent avec attendrissement ces nouveaux maîtres de la France, qui promettent ce qu'ils ne tiendront point; après quoi, la constitution de 1791 est refermée, pour ne plus jamais s'ouvrir, et reportée aux archives nationales de l'Assemblée, avec la même pompe qu'on employa en allant la chercher. Après un tel exemple, fiez - vous à l'enthousiasme et aux honneurs! Cette cérémonie terminée, M. de Cerutti, membre de la députation de Paris, propose, et l'Assemblée décrète des remerciemens à l'Assemblée constituante, qui sont accueillis par une acclamation unanime et aux applaudissemens universels.

Jusque - là, Messieurs, les choses allaient le mieux du monde; tous les yeux, tous les cœurs français se portèrent vers cette assemblée nouvelle qui promettait beaucoup par ce saint respect qu'elle semblait porter à la constitution. L'Assemblée législative, beaucoup moins nombreuse que la constituante, promettait aussi d'être moins tumultueuse, par la réunion d'hommes qui paraissaient avoir la même pensée et la même opinion. Le roi et la patrie, la concorde et la clémence, devaient servir de base aux travaux de leur nouvelle législation; mais malheureusement il n'en fut rien. A peine constituée, et le serment prêté, que dès le lendemain quelques membres attaquèrent tout de suite le monarque dans ses titres et prérogatives. Plus de sire, s'écrièrent-ils, plus de majesté, l'expression de roi des Français sera substituée à ces deux mots. Puis l'Assemblée décreta, le 5, que lorsque le monarque se rendrait dans son sein, il s'asseoirait à côté du président, dans la même ligne et sur un fauteuil semblable. Cette attaque à la majesté royale, qui annonça fièrement le républicanisme, fut loin d'être approuvée dans le public; presque tous les citoyens de Paris se récrièrent contre une telle loi, qui fut rapportée dès le lendemain, après une discussion des plus vives et des plus tumultueuses qui éclata à la lecture du procès-verbal. Cet essai d'abaissement dirigé contre la majesté royale, semblait déjà pronostiquer les plus grands malheurs.

L'Assemblée constituante eut à peine disparu du théâtre politique, que la discorde recommença à secouer ses torches incendiaires sur tous les points de la France. Une insurrection venait d'avoir lieu en Alsace; les départemens de la Vendée, des Deux-Sèvres, de la Mayenne et de la Loire, manifestaient déjà les troubles les plus violens. Le Calvados était en fermentation, et la ville de Caen, chef-lieu de ce département, fut inondée de sang. La ville de Brest venait d'être témoin d'un soulèvement. Dans cet état de choses, qui n'était pas trop rassurant, le roi, pour plaire à tous les partis, renouvela son conseil. M. Bertrand fut nommé ministre de la marine; M. de Lessart, aux affaires étrangères; Cahier de Gerville, à l'intérieur; et M. de Narbonne, à la guerre. Malgré tous ces changemens, le vaisseau de l'État n'en voguait pas moins agité tour-à-tour par mille

vents furieux, et posé sur les vagues orageuses
de la politique.

Louis XVI, qui se prêtait de bonne foi à tout
ce qu'on désirait, et qui ne demandait que la
paix dans son royaume, fit une proclamation
à tous les Français émigrés, pour qu'ils eussent
à rentrer en France dans le plus bref délai. Il
écrit aux princes ses frères, et en reçoit une réponse dans laquelle ils proclament leurs sentimens : ces sentimens étaient loin de calmer les
inquiétudes des nouveaux députés, qui croyaient
déjà voir les phalanges des princes aux portes de
Paris avec cent mille hommes. Mais que ne
font pas la peur et la méfiance? Bientôt un décret, émané de l'Assemblée législative, requiert
Monsieur, frère du roi, de rentrer en France
dans le délai de deux mois, faute de quoi, il
sera censé avoir abdiqué son droit à la régence.
Neuf jours après, un second décret est encore
lancé par l'Assemblée nationale contre les frères
du monarque ; celui-ci ordonne le sequestre des
biens des princes français, et condamne à la mort
les émigrans rassemblés au-delà des frontières,
s'ils ne rentrent dans le royaume avant le 1er janvier 1792. Ces deux décrets avaient été rendus,
l'un, le 31 octobre, le second, le 9 novembre:
voilà, Messieurs, ce qui s'appelle aller rondement en besogne, sans consulter le roi, et sans
même lui en faire part. Mais il ne faut pas s'é-
tonner de la promptitude avec laquelle on prenait ces mesures répressives, quand on saura
que ces projets sortaient du club des Jacobins,
où ils avaient été discutés en avance par les députés qui en étaient membres; ensuite ces mêmes

députés les proposaient aux délibérations de l'Assemblée nationale.

Ces deux lois furent bientôt envoyées à la sanction du roi; mais le roi, plus retenu, plus réfléchi dans ses résolutions que les députés, se contenta d'écrire une seconde lettre aux princes ses frères, et apposa son *veto* sur ces deux décrets; puis il adressa une seconde proclamation aux émigrans, avec invitation de rentrer dans leur patrie, et de se soumettre à l'acte constitutionnel qui avait été envoyé à tous les ambassadeurs, pour le notifier aux souverains avec lesquels ils étaient en relation amicale; et en reçut des réponses assez satisfaisantes. Les ministres de la religion, ou du culte évangélique, qui n'avaient point encore prêté serment, devinrent aussi un sujet d'attention pour l'Assemblée législative. Elle rendit un décret qui ordonnait à tous les prêtres de prêter, devant la municipalité du lieu de leur domicile, le serment civique prescrit par l'article 5 du titre 2 de l'acte constitutionnel, et prive les ecclésiastiques qui n'auront pas prêté serment, de toutes pensions et traitemens; et, dans le cas où il surviendrait dans une commune des troubles dont les opinions religieuses seraient le prétexte, veut que tous les ecclésiastiques ayant refusé de prêter serment, regardés alors comme suspects, soient éloignés des lieux où les troubles auront existé, en vertu d'un arrêté du département, sur l'avis du district; et que, dans le cas de désobéissance à ces arrêtés, les contrevenans soient punis par les tribunaux, d'un emprisonnement qui ne pourra excéder une année. Enfin, un autre décret fut encore rendu contre les émigrans; il portait invitation du roi de requérir les princes de l'empire d'Allemagne, de ne plus souffrir sur leur territoire d'attroupemens et enrôlemens de Français fugitifs.

Toutes ces lois, proposées et rendues sans de grandes discussions, étaient portées au roi par des députations qui se rendaient au château des Tuileries, avec le cérémonial accoutumé. Dans le nombre de ces députés, il s'en trouva un qui eut l'insolence et l'effronterie d'entrer chez le roi, le chapeau sur la tête. Cet homme, nommé Chabot, ex-capucin, qui devint par la suite le plus vil scélérat de la propagande jacobite, se croyait peut-être encore revêtu de son habit de bure et coiffé de son capuchon; mais il ne faut pas s'étonner de la licence et du peu de respect que l'on portait à tout ce qui n'était pas à la hauteur du système de liberté. Il en était encore quelques-uns qui regardaient le monarque français comme le premier citoyen chargé de faire exécuter les lois, et rien de plus : enfin il était réservé à Louis XVI d'essuyer insulte sur insulte. Un soir, voulant sortir de son appartement pour communiquer avec sa famille, il en fut empêché par un factionnaire qui s'opposa à sa sortie. Ah ! si jamais roi fut malheureux dans le cours de sa vie politique, Louis XVI peut être cité comme un modèle de patience et de bonté équivalentes à celles du dieu des chrétiens !

Passons à autre chose, Messieurs, quittons pour un instant la cour et l'Assemblée nationale, et voyons ce qui se passe dans l'intérieur de la ville de Paris; car cette ville sera témoin de bien de

terribles événemens et de bien grands malheurs.
Après la dissolution de l'Assemblée constituante,
chaque député prit son point de départ. Les uns
retournèrent dans leurs provinces rendre compte
à leurs commettans de la mission qu'ils avaient
remplie auprès du roi ; les autres s'en furent dans
leurs palais , dans leurs châteaux , rejoindre
leurs familles , ou passèrent en pays étranger.
Mais il en fut d'autres qui restèrent à Paris
pour consommer le crime qu'ils avaient projeté,
et se lier d'amitié avec les nouveaux législateurs. Comme membres des Jacobins, ils prirent part à tous les projets de lois oppressives, à
tous les crimes : tels furent les Pétion , les Robespierre , les Barrère , les Rewbel , et autres.
Pétion sur-tout, nommé maire de Paris à la
place de Bailly , devint chef du parti populaire,
et son nom fut le signal des plus grands crimes,
que la postérité ne pourra apprendre qu'avec
horreur. Le maire Bailly, homme faible et pol-
tron, mais patriote par esprit de liberté et d'indépendance, ne fut ni assez courageux, ni assez
téméraire pour se déclarer chef de parti. Les
deux années qui venaient de s'écouler lui avaient
appris combien il est dangereux de n'avoir pour
appui, dans ses fonctions, qu'une popularité
versatile et changeante qui, aujourd'hui vous
porte en triomphe , et demain vous écrase de sa
force et de sa fureur. En cessant ses fonctions
de député, Sylvain Bailly cessa aussi celles de
maire de Paris. Il ne fut jamais membre de la
société des Jacobins; plus d'une fois il avait vu
le glaive levé sur sa tête, comme pour le frapper , sans cependant en être atteint ; plus d'une

fois il avait vu des flots de sang humain couler à
ses pieds, sans pouvoir les arrêter, quoique
entouré de baïonnettes. Les Cordeliers et les Jacobins ne lui pardonnèrent jamais le déploie-
ment du drapeau rouge et la publication de la
loi martiale, au Champ-de-Mars, dans la journée
du 17 juillet. Dans le ballotage des voix pour
le renouvellement aux fonctions de maire de
Paris, il eut pour concurrent le député Pétion,
qui obtint six mille sept cent huit suffrages,
sur dix mille six cent trente-deux votans. Bailly
ne fut point jaloux de la popularité de son ancien collègue, il le félicita même de sa nomination, lui adressa des complimens, et prononça
un discours pathétique au Conseil-général de la
commune en remerciant les membres, de la
confiance qu'ils lui avaient toujours témoignée
dans ses dangereuses fonctions. Bailly ne reparut plus sur la scène politique; soit qu'il prévît
les sinistres événemens qui devaient arriver bientôt, soit qu'il regrettât de s'être trop avancé
dans le torrent qui devait l'engloutir un jour, il
n'accepta aucune fonction, se retira dans sa famille, où il ne vit plus que quelques amis qui
le consolèrent dans ses chagrins.

Pétion n'eut pas plutôt obtenu la place de
maire de Paris, qu'il se rendit le soir même aux
Jacobins, et les remercia de l'avoir fait élire
maire le 14 de novembre; il entra en fonctions le 18. Peu d'hommes ne furent plus ca-
ressés et fêtés par tout ce qui était patriote. Les
clubs lui envoyèrent des députations, et lui
firent jurer qu'il leur serait dévoué à la vie
comme à la mort; ce qu'il leur promit, comme

je le prouverai dans le cours de ma narration.
De simple avocat au bailliage de Chartres, sa
patrie, il devint un des premiers magistrats de
France. Son autorité était presque équivalente
à celle du roi. Entouré d'une troupe de factieux,
il commandait et ordonnait en maître. Les anciens maires du palais, sous la première race de
nos rois, premiers et principaux officiers qui
avaient l'administration de toutes les affaires
de l'État sous le nom du roi, n'avaient pas, je
crois, plus d'autorité. Pour seconder le maire
Pétion dans cette place éminente, on lui donna
pour adjoints deux hommes fameux, membres
des Jacobins et des Cordeliers, et connus l'un
et l'autre par leurs motions patriotiques. Ce furent Manuel et Danton. Le premier, fils d'un
portier de la petite ville de Montargis, ex-moine,
commis-libraire, professeur de grammaire et
d'histoire, et auteur plagiaire de la Bastille dé-
voilée, fut élu procureur-syndic de la commune de Paris; le second, fils d'un notaire
d'Arcis-sur-Aube, ex-avocat au conseil, sans
moyens pécuniaires et de mœurs réprouvées, fut
élu substitut du procureur de la commune.
Avec de pareils hommes, la municipalité de
Paris fut bientôt à la discrétion du parti qui voulait régner; et tout alla au gré des deux clubs,
qui conspirèrent ouvertement contre la monarchie. Ce fut alors que les journaux de Camille-
Desmoulins, de Marat, de Brissot, de Gorsas,
de Prudhomme, de Carrat, et d'Hébert dit le
père Duchêne, forgèrent les chaînes du trop
malheureux Louis XVI, et ne craignirent plus
d'être arrêtés dans leurs plans de destruction.

Dans cet état de choses, l'Assemblée nationale marchait presque toujours de concert avec
les partis incendiaires qui se développaient de
tous côtés. La constitution ne fut bientôt plus
qu'un vain nom, renfermée dans les archives
de l'Assemblée; la nation n'eut plus qu'à gémir
sur ses malheurs et sur sa destinée future.
Louis XVI, qui suivait l'acte constitutionnel
de point en point et sans jamais s'en départir,
exerçait ses pouvoirs avec loyauté et franchise;
il faisait exécuter les décrets autant qu'il le pouvait, et opposait son *veto* sur ceux qui lui paraissaient inconstitutionnels. Celui qui forçait tout
le clergé à prêter le serment civique sous peine
de perdre leurs pensions et traitemens, fut arrêté dans son exécution par le *veto* que le roi
y apposa, car ce prince ne voulait employer que
la douceur et la clémence pour gouverner le
peuple français; ce qui était bien difficile pour
le temps qui courait. Son *veto*, aussi apposé
sur le decret qui ordonnait aux princes ses
frères de rentrer en France, lui attira bien des
ennemis. On l'accusa de favoriser l'émigration
et même de correspondre avec les chefs de la
noblesse sur les bords du Rhin. Pour faire connaître combien il était loin d'approuver ce qu'on
lui supposait, il se rendit à l'Assemblée nationale et lui adressa ces mots :

« Messieurs, leur dit-il avec franchise et
avec sa bonté ordinaire, j'ai pris en grande considération votre message du 29 du mois dernier. Dans une circonstance où il s'agit de
l'honneur du peuple Français et de la sûreté
de l'empire, j'ai cru devoir vous porter moi-

même ma réponse; la nation ne peut qu'applaudir à ces communications entre ses représentans élus et son représentant héréditaire.

» Vous m'avez invité à prendre des mesures décisives pour faire cesser enfin ces rassemblemens extérieurs qui entretiennent au sein de la France une inquiétude, une fermentation funestes, nécessitent une augmentation de dépenses qui nous épuise, et compromettent plus dangereusement la liberté qu'une guerre ouverte et déclarée.

» Vous désirez que je fasse connaître aux princes voisins qui protégent ces rassemblemens contraires aux règles du bon voisinage et aux principes du droit des gens, que la nation française ne peut tolérer plus long-temps ce manque d'égards et ces sourdes hostilités.

» Enfin, vous m'avez fait entendre qu'un mouvement général entraînait la nation, et que le cri de tous les Français était : plutôt la guerre qu'une patience ruineuse et avilissante, etc. »

Après avoir fait connaître de bonne foi ses relations politiques avec les puissances d'Allemagne, le roi termine ainsi son discours :

« Portez votre attention, Messieurs, sur l'état des finances, affermissez le crédit nationale, veillez sur les fortunes publiques; que vos délibérations, toujours soumises aux principes constitutionnels, prennent une marche grave, fière, imposante, la seule qui convienne aux législateurs d'un grand empire; que les pouvoirs constitués se respectent pour se rendre respectables; qu'ils se prêtent un secours mutuel au lieu de se donner des entraves, et qu'enfin on reconnaisse qu'ils sont distincts et non ennemis. Il est temps de montrer aux nations étrangères que le peuple français, ses représentans et son roi ne font qu'un. C'est à cette union, c'est encore, ne l'oublions jamais, au respect que nous porterons aux gouvernemens des autres États que sont attachées la sûreté, la considération et la gloire de l'Empire.

» Pour moi, Messieurs, c'est vainement qu'on chercherait à environner de dégoûts l'exercice de l'autorité qui m'est confiée. Je le déclare devant la France entière, rien ne pourra lasser ma persévérance ni ralentir mes efforts; il ne tiendra pas à moi que la loi ne devienne l'appui des citoyens et l'effroi des perturbateurs. Je conserverai fidèlement le dépôt de la constitution, et aucune considération ne pourra me déterminer à souffrir qu'il y soit porté atteinte; et si des hommes qui ne veulent que le désordre et le trouble, prennent occasion de cette fermeté pour calomnier mes intentions, je ne m'abaisserai pas à repousser par des paroles les injurieuses défiances qu'ils se plairaient à répandre. Ceux qui observent la marche du gouvernement avec un œil attentif, mais sans malveillance, doivent reconnaître que jamais je ne m'écarte de la ligne constitutionnelle, et que je sens profondément qu'il est beau d'être roi d'un peuple libre. »

Ce discours, prononcé d'une voix ferme par Louis XVI, et qui fut applaudi à plusieurs reprises, ainsi que celui du ministre de la guerre qui l'accompagnait, n'empêcha point les factieux de poursuivre leurs projets du bouleversement de la France.

Le *veto* apposé sur le décret qui ordonne le serment des prêtres, *veto* qui avait été provoqué par une adresse du directoire du département de Paris, excita de plus en plus la fureur des Jacobins et des frères Cordeliers. Camille-Desmoulins, au nom de la section du Théâtre-Français, présenta une pétition à l'Assemblée contre les membres du directoire du département de Paris ; puis, pour appuyer cette dénonciation, on fit agir dans le même sens les sections du Luxembourg, de Monconseil, de la Croix-Rouge, du faubourg Saint-Antoine, des Halles et de l'Arsenal, qui présentèrent aussi leurs pétitions. Cette tactique machiavélique, mise en avant par les clubs, et qui n'était encore qu'un essai pour provoquer des lois ou les renverser, devint par la suite un système de désordre et de crimes, dont il fut impossible de prévoir les tristes résultats. L'Assemblée nationale, qui voulait gouverner la France dans un sens tout-à-fait opposé à nos mœurs et à nos usages, et bannir toute espèce d'étiquette de cour, se montra à la fin de l'année ce qu'elle serait bientôt. Pour s'affranchir d'un devoir de politesse ou d'égards que l'on montrait encore à la famille royale au renouvellement d'une année, abolit par une loi cet usage de nos pères. Ainsi, par ce décret, nos législateurs se débarrassèrent absolument de l'étiquette de cour, et ne rendirent point à Louis XVI la visite d'usage qui fut abolie pour plusieurs années. Cette

morgue, qui sentait fièrement le républicanisme, ou plutôt cette insulte au monarque,
qu'on voulait abaisser, était bien digne de
quelques mauvais Français revêtus de pouvoirs
qu'ils croyaient au-dessus du prince lui-même.
Mais on n'en sera point étonné quand on saura
que tout tendait à établir la république. Ainsi
finit l'année 1791, qui amena celle de 1792.
Ah! pour cette année-ci, elle doit faire époque
dans les annales des révolutions, et nous allons
y pénétrer avec une douloureuse inquiétude.

Messieurs, quelle tâche accablante que celle
de mettre sous vos yeux les tristes événemens
del'année que je vais parcourir! Ce n'est qu'avec
peine que je me décide à présenter à vos regards
étonnés les tableaux mouvans des machinations
que le génie du mal seul pouvait avoir inventés
pour le malheur des Français. Les événemene
malheureux qui amenèrent le renversement du
trône de nos rois, que je vais vous détailler,
sont gravés dans ma mémoire, et m'ont tellement frappé d'épouvante, qu'il me semble voir
encore les brigands armés de toute manière,
marcher à la tête des colonnes insurgées contre
le palais de Louis XVI, l'attaquer, le prendre
d'assaut, et mettre en poussière jusqu'au plus
petit meuble qui semblait assouvir la rage du
vainqueur. Mais avant d'arriver à cette effrayante
catastrophe, je vais suivre pas à pas, pour ainsi
dire, les hommes et les événemens qui préparaient le chaos de la France et l'extermination
de milliers de familles. Témoin des événemens
qui se sont passés tant à la cour qu'à la ville, et
même dans l'Assemblée nationale, dans cette

Assemblée qui ne fit rien pour sauver son roi,
et arrêter l'anarchie; elle voulait au contraire
l'organiser par son silence et sa coupable indif-
férence; je vais vous présenter tout cela dans
mes tableaux avec la plus grande exactitude.
Je ne puiserai rien chez les historiens de la révolution. Ce ne sont pas des on dit, mais bien
des vérités sans nuage que je vais mettre sous
vos yeux. J'ai vu tout par moi-même. Je frémis
aux souvenirs douloureux de ces effrayantes catastrophes qui placèrent les brigands sur le trône
de Louis XVI, et plongèrent ce prince dans les
fers. Enfin, Messieurs, je commence cette année 1792, qui changea la forme de notre gouvernement.

L'Assemblée nationale, par son décret du 31
décembre, qui l'affranchit du devoir de rendre
à Louis XVI la visite du premier de l'an, lui fit,
sinon une insulte, du moins elle manqua d'é-
gards à la dignité du souverain. Cette Assemblée
semblait regarder comme trop au-dessous de sa
puissance un devoir qui n'est qu'une politesse
des peuples et une tendre amitié des familles.
Souhaiter la bonne année à quelqu'un, n'est-ce
pas lui dire : vivez en paix, vivez heureux, et ai-
mez vos semblables comme vous-même? Mais
dans ce temps-là, il était de certains hommes
qui étaient bien éloignés de désirer à Louis XVI
une paix profonde et une félicité inaltérable sur
son trône. Le premier jour de cette année fut
plutôt pour ce prince un jour de calamité; non
seulement il ne reçut aucune visite des autorités civiles et militaires, mais une attaque
cruelle contre les membres de sa famille. L'As-

semblée, qui projettait l'anéantissement de la
famille des Bourbons , décréta d'accusation
MONSIEUR, frère du roi, M. le comte d'Artois
et le prince de Condé; puis MM. de Calonne ,
le vicomte de Mirabeau et M. de La Queuille.
Un décret de cette force, qui n'était rien moins
que lancé par la foudre des Jacobins contre la
famille royale, semblait déjà pronostiquer celui qu'on devait bientôt lancer contre le trop
malheureux monarque. Il semblait, en ce temps-
là, qu'un mauvais génie tournait toutes les têtes
et provoquait les plus grands crimes. Telles furent, Messieurs, les funestes étrennes que le
roi des Français reçut des députés, le 1er de
l'année de 1792.—Ah! si cette année commence
par des accusations , me dit le jeune Edouard
avec un accent douloureux, quelle en sera donc
la suite ? — Écoutez, lui dis-je, et prêtez attention à ce qui va suivre.

A mesure qu'on empiétait sur l'autorité du
roi et qu'on cherchait par tous les moyens possibles à lui aliéner l'amitié du peuple et à le ri-
diculiser dans tous les esprits, on conspirait
encore par les projets les plus sinistres. Aujour-
d'hui on voulait une chose, demain on en voulait une autre. Les esprits étaient insatiables
dans leurs désirs et dans leurs plans d'envahis-
sement. Les trois clubs (les Jacobins, les Cordeliers et les Feuillans) qu'on peut regarder
comme trois ateliers de discorde, délibéraient
dans leurs salles comme on délibérait dans l'Assemblée législative. Cependant les esprits des
uns et des autres étaient bien différens. Le
club des Feuillans voulait la France sous le rè-

gne de la monarchie; les Jacobins et les Cordeliers la voulaient sous la république, ou auraient demandé l'anarchie. L'un voulait la constitution, la liberté et la paix; l'autre voulait la guerre et ses horreurs. Les Jacobins accusaient les Feuillans de réclamer la nécessité d'une seconde chambre, et la restauration de la noblesse. Les Feuillans accusaient les Jacobins d'un esprit de révolte contre toute autorité et de souffler dans tous les départemens cette fureur désorganisatrice dont ils sont possédés, et la tyrannie qu'ils exercent dans toutes les villes par la correspondance de leurs clubs, par les comités de recherches et les journaux vendus à leur parti.

Cet esprit de discorde se répandait dans tout le royaume avec la rapidité de la foudre, par le moyen de cette chaîne de clubs et de sociétés populaires qui se propageaient avec un acharnement incroyable; et les dissensions de ces sociétés populaires passaient dans les familles, dans les corps administratifs et dans l'Assemblée nationale elle-même : tous les attentats étaient exercés contre les personnes et les propriétés. Les lois étaient sans force et sans puissance, les magistrats sans autorité, le crédit public anéanti, les assignats sans valeur. L'agiotage semant de faux bruits, multipliait la terreur. Les marchés devinrent sans denrées, et les attroupemens sans nombre. Les bandits parcourant les campagnes, faisaient sonner le tocsin, assemblaient les cultivateurs et les poussaient à la révolte contre la noblesse, le clergé et contre les administrateurs des départemens.

Au milieu de ces agitations, on harcelait le gouvernement sans le seconder ; on l'épie, on lui cherche des crimes, on ne s'occupe qu'à le rendre odieux ; enfin, on l'attaque, on le menace, on le dénonce, on l'accuse sans cesse, et dans l'Assemblée et dans les journaux, et surtout dans les clubs qui, sous le nom d'amis de la Constitution, en sont les plus terribles ennemis en entravant le gouvernement et propageant les malheurs publics. Tel est, Messieurs, le tableau de la France pendant les derniers mois du règne de Louis XVI, qui amenèrent le renversement du trône et les scènes d'horreur qui le suivirent, et donnèrent aux Français la république et avec elle l'anarchie.

Dès que le premier pas fut fait par une partie des membres de l'Assemblée nationale pour attaquer la famille royale, ils ne balancèrent plus à en faire un second, puis un troisième, puis un quatrième, jusqu'à ce qu'enfin ils dirigèrent toutes leurs forces contre le roi lui-même et le mirent dans les fers. Après avoir décrété d'accusation les frères de Louis XVI, l'Assemblée déclara que l'an 4 de la liberté commencerait le 1er. janvier 1792 ; puis elle décrète que tous les actes publics porteraient dorénavant l'inscription de l'ère de la liberté. Quel puissant talisman que ce nom de liberté, pour électriser les têtes ! Cet élan du patriotisme avait amené parmi les législateurs cette lutte nationale qu'il ne fut plus posssible d'arrêter. Le député Isnard prononça un discours des plus pathétiques, pour engager à la concorde tous les citoyens et singulièrement les membres de l'Assemblée nationale. De son côté, le roi venait de publier une proclamation concernant le maintien du bon ordre sur toute la frontière. Mais le discours d'Isnard et la proclamation du roi ne firent pas plus d'effet sur les esprits, qui étaient extrêmement montés, qu'un coup d'épée dans l'eau. Les ennemis de la constitution et de la monarchie, qui ne voulaient ni repos ni paix, ni bonheur ni prospérité, semaient l'alarme de tous côtés; et c'était à qui se livrerait aux plus sinistres projets. Une haute-cour nationale fut décrétée pour juger les conspirateurs du premier ordre, tels que ministres, généraux, commandans, et autres personnes de marque qui seraient accusés de trahir la patrie. Puis on discuta dans l'Assemblée nationale la question de savoir si les articles nécessaires pour l'organisation de cette haute-cour nationale seraient ou non sujets à la sanction du roi; et elle décréta que le ministre de la justice serait tenu de rendre compte sous huitaine des moyens par lui pris pour mettre ce tribunal en activité. Le siége de cette haute-cour, qui ne jugea personne, quoique beaucoup de Français lui fussent envoyés, fut installé dans la ville d'Orléans, à trente lieues de Paris. Enfin, on prêtait sermens sur sermens. Le député Guadet, après un très-grand discours sur les circonstances, en fit prêter un nouveau à l'Assemblée de ne jamais consentir à composer sur la constitution. M. Duport du Tertre, ministre de la justice, et M. de Lessart, ministre des relations extérieures, qui étaient présens, unirent leur ser-

ment à celui des membres de l'Assemblée nationale. Tous ces sermens, prêtés de vive voix
et non de cœur, comme on en prononça tant
depuis, furent bientôt violés, et par les uns et
par les autres : c'était une vraie comédie de parade que ces sermens.

Malgré ce pacte d'union et ces juremens nationaux, le plus grand désordre se fit bientôt
sentir dans toute l'étendue de la ville de Paris,
et un vol immense fut organisé et exécuté dans
l'espace de quelques heures, malgré la force
armée, malgré les ordres du roi et de toutes
les autorités. En voici les motifs et les causes.
Depuis la publication du décret de l'Assemblée
constituante, qui avait donné la liberté aux
noirs dans toutes les colonies françaises, et les
avait bouleversées, les expéditions d'outre-mer
furent bientôt interceptées et paralysées par le
désordre qui se communiquait d'une manière
effrayante dans l'île Saint-Domingue. Dès que
les noirs eurent connaissance du décret qui les
affranchissait de l'esclavage et les rendait maîtres de leurs personnes et de leur volonté, ils
cessèrent la culture du sucre et du café. Les
colons blancs ne furent plus maîtres des hommes
qui leur appartenaient, et qui ne travaillèrent
qu'autant que telle était leur volonté, ou plutôt ils
ne travaillèrent plus. Alors tout espoir de culture devint un motif d'accaparement des marchandises coloniales. Le sucre et le café qui
étaient une branche très-considérable et dont la
consommation était immense dans la ville de
Paris, s'enlevaient dans les ports de mer avec
une promptitude inconcevable, et c'était à qui

ferait les plus fortes provisions, dans la crainte d'une disette générale. Le prix de ces denrées augmentait chaque jour. La circulation des assignats, qui perdaient déjà dix, quinze et vingt pour cent, donnait encore un motif à ce renchérissement de denrées, qui fit craindre au peuple, habitué à prendre tous les matins cette potion coloniale, de ne plus pouvoir s'en procurer. Toutes ces craintes et toutes ces inquiétudes occasionnèrent des mouvemens dans les faubourgs, qui n'étaient pas des plus rassurans. Les journaux patriotes, entre autres celui de Marat, qui se trouvait dans les mains du peuple, sonnait l'alarme sur ces accaparemens, et semblait prédire à ce même peuple dont il se disait l'ami et le défenseur, que le marchand était son plus grand ennemi, et que bientôt il serait privé totalement de sucre et de café.

Ces bruits et ces inquiétudes amenèrent des mouvemens qui furent bientôt apaisés par la force de l'autorité, qui se faisait encore craindre dans de certaines occasions. L'Assemblée nationale, instruite de ces mouvemens et des inquiétudes du peuple sur la disette factice, se fit faire un rapport sur les accaparemens du sucre et du café. Ce rapport eut lieu le 20 janvier; il ne produisit rien de satisfaisant. Alors, le 24, tout Paris se trouva dans la plus grande alarme, et le pillage des épiciers devint général dans toute la ville, à la même heure et presque à la minute. Les agens du désordre, qui se connaissaient à l'organisation des troubles, prirent si bien leurs mesures, que d'un faubourg à l'autre, toute la ville se trouva

tout-à-coup dans un désordre affreux. A neuf
heures du matin, les mouvemens commencent,
les rues se remplissent, les cris se font entendre ; les groupes se grossissent progressivement ; les marchands effrayés se renferment dans leurs boutiques. Mais un désordre
épouvantable éclate de toutes parts, les magasins sont enfoncés, les boutiques pillées, le
sucre et café s'enlèvent au plus vîte. Les
femmes du peuple, échevelées, furieuses, emportent, sans bourse délier, dans leurs bras,
dans leurs tabliers, et même dans des hottes,
les vols dont elles viennent de se rendre coupables, et qu'on appelait les vols nationaux,
avec raison. Car combien de pillages eurent
lieu aux cris de *vive la nation !* on eût crié :
vive le peuple ! mais il ne se qualifiait pas encore de peuple souverain, ainsi que par la suite.
Non - seulement on prit le sucre et le café,
mais encore on enleva aux épiciers l'argent de
leurs comptoirs. Dans un pareil désordre, les
voleurs ne s'oublient point, ils figurent toujours à la tête de la populace. Plus de deux
heures s'écoulèrent avant que la force militaire
eût pris les armes. Bientôt cette force armée
prend l'offensive, et poursuit de tous côtés
les pillards ; mais ceux-ci n'abandonnent point
leur proie, et ne se retirent qu'après avoir
ruiné quantité de marchands qu'ils laissent dans
la désolation. Ce premier pillage ne fut qu'un
essai d'un plus grand vol. Le lendemain, on
tenta de recommencer le même désordre ;
mais il fut arrêté dès son commencement. Le
15 février suivant, même scène, même tenta-

tive ; mais il était réservé à un temps plus reculé, l'organisation d'un vol général, qui ruina une grande partie des épiciers de Paris , dont je parlerai en temps et lieu.

Parmi le grand nombre de marchands qui furent pillés , il s'en trouva un qui en fut préservé d'une manière bien miraculeuse ; ce fut un épicier-droguiste de la rue des Lombards. Après avoir fureté dans sa boutique, où ils ne trouvèrent que peu de chose à leur convenance , les voleurs, au nombre d'une vingtaine , descendirent dans la cave, et y firent quelques dégâts. L'un d'eux enfonça un tonneau dans lequel étaient renfermées des couleuvres ovipares destinées à la médecine. Dès que le tonneau eut une ouverture, ces reptiles sortirent en sifflant , et se traînèrent de tous côtés en se redressant. A la vue de ces animaux, jamais terreur ne fut plus grande ; l'épouvante se met parmi les voleurs, qui jettent des cris perçans, et chacun prend la fuite avec la plus grande vîtesse. La cave et la boutique furent évacuées en moins de rien , et personne n'osa plus en approcher , tant on redoutait ces animaux vénimeux, qui furent les meilleures sentinelles qu'on pût opposer aux voleurs de sucre.

Après un tel désordre , la tranquillité se rétablit dans la ville de Paris. Mais cette ville n'était pas arrivée au terme de ses maux , on se regarda comme fort heureux de ce que la populace ne s'était portée que chez les épiciers ; car , dans ces momens d'insurrection , les brigands n'avaient d'autre intention que celle

d'acquérir de la fortune, n'importe comment.
Louis **XVI**, roi par la grâce de la constitution, n'avait pas toute l'autorité nécessaire pour
empêcher le désordre, parce qu'il était arrêté
à chaque pas par certains personnages qui élu-
daient l'exécution des lois, ou les mettaient
en vigueur avec tant de lenteur, que le crime
était souvent consommé avant leur publication.
A l'exception du département de Paris, toutes
les autorités étaient composées de gens affidés
aux Jacobins et aux Cordeliers, dont la plupart
étaient des patriotes sans patriotisme. Le calme
fut à peine rétabli dans la ville, que l'Assemblée nationale se trouva tout-à-coup dans la
plus grande agitation, par la plus impolitique
inconséquence. Dans la journée du 25 janvier,
elle avait rendu un décret portant invitation
au roi de demander à l'empereur d'Allemagne,
s'il entend vivre en bonne intelligence avec la
France, et de lui déclarer que, faute par lui de
donner, avant le premier mars prochain, une
réponse satisfaisante, son refus sera regardé
comme une déclaration de guerre. Ce décret
fut porté au roi, le lendemain, par quatre commissaires députés, ayant Thuriot à leur tête. Le
roi les reçoit avec sa bonté ordinaire, et leur
déclare qu'il prendra en très-grande considération l'invitation qui lui est faite. Mais cette députation fut à peine de retour dans la salle de
l'Assemblée, que l'avocat Thuriot se récrie
avec humeur, protestant que la députation
n'avait pas été reçue avec toute la dignité que
l'on doit aux représentans de la nation, parce
que, dit-il, il n'y avait qu'un des battans de la

porte ouverte pour entrer dans la chambre du
conseil, usage établi pour une simple députation, même du temps de l'Assemblée constituante, les deux battans ne s'ouvraient qu'aux
députations de vingt-cinq membres ; mais, en
ce temps-là, un député se croyait presque autant et même plus que le roi lui-même ; aussi
cette dénonciation amena dans l'Assemblée
le plus grand trouble ; il n'y eut pas jusqu'aux
tribunes qui se récrièrent sur la prétendue insulte faite à la nation. Pour avoir la paix dans
l'Assemblée, comme il la désirait dans toute
l'étendue du royaume, le monarque fut assez
bon de se justifier, et envoya son ministre garde-
des-sceaux, qui, par la même occasion, déclara que le projet de décret du 25, était in-
constitutionnel et qu'il était impossible de le
mettre à exécution.

Tout en suivant les lois constitutionnelles de
l'État, le roi se trouvait tous les jours en opposition avec toutes les autorités. Celle-ci le harcelait d'une manière, celle-là d'une autre. Ses
ministres ne pouvaient faire un pas, une démarche sans être attaqués dans leur conduite,
qu'on supposait toute contraire au bien de la
nation. MONSIEUR, frère du roi, venait d'être
déchu de son droit à la régence. La loi qui ordonnait le sequestre des biens des émigrés venait d'être promulguée. La municipalité de
Paris, dont l'autorité balançait presque celle du
monarque, prenait des arrêtés qui avaient, pour
ainsi dire, force de loi. Elle en prit un entre
autres, portant qu'il serait fabriqué des piques
pour armer, disait-elle, les citoyens, mais dont

le vrai but était d'armer la canaille. Pour jeter
dans le public de la défaveur sur le roi, et lui
aliéner les cœurs, on fit répandre le bruit qu'il
voulait sortir une seconde fois de Paris et passer
en pays étranger. Ces nouvelles, fabriquées par
la plus vile méchanceté dans les clubs, se répandaient avec emphase et se propageaient de bouche
en bouche, d'un bout de la France à l'autre, au
point que le roi lui-même fut obligé de condes-
cendre à se justifier par une lettre qu'il adressa
à la municipalité. Cette justification eut lieu le
13 février ; et le lendemain on vit paraître pour
la première fois, dans les rues de Paris, le vilain bonnet rouge. Les Jacobins venaient de le
mettre sur le buste de la déesse de la liberté qui
avait été placée en grande cérémonie dans leur
salle, à côté du président, et à qui ils adres-
saient des vœux les plus fervens pour l'accomplissement de leurs projets. Les premiers factieux qui parurent dans les rues avec le bonnet
rouge sur la tête, furent hués par les enfans
qui les prirent pour des galériens échappés des
bagnes de Brest ou de Toulon. On était loin
de penser que ce bonnet du crime serait arboré
plus tard par des représentans de la nation, qui
se firent gloire d'en être coiffés, et de porter à
leurs pieds des sabots, comme je ne manque-
rai pas de vous le dire en son temps, et ce
temps n'est pas très-éloigné.

Les mouvemens populaires devenaient tellement multipliés dans toute la France, qu'une
insurrection ne faisait que succéder à une autre
insurrection. Aujourd'hui elle avait lieu dans
une ville, demain dans une autre. La disette

factice était presque toujours le motif de ces désordres. La ville de Dunkerque venait d'éprouver une révolution ; celle d'Etampes se trouva bientôt dans la même situation. Le maire Simoneau fut victime de son dévouement à faire exécuter les lois et à maintenir le bon ordre dans les marchés, en faisant distribuer les grains aux pères et aux mères de famille mal aisés. Le 3 mars, s'étant rendu, selon son usage, au milieu du peuple, où il exerçait son autorité avec une extrême prudence, tout-à-coup il est accusé par quelques bandits de protéger les uns et de repousser les autres. Bientôt une émeute générale a lieu de toutes parts. On crie à la trahison, on crie à l'accaparement, on se pousse, on se culbute, on s'écrase, on crie aux armes. Le maire veut donner force à la loi ; mais, au moment où il veut rétablir l'ordre, des brigands l'assassinent au milieu de l'émeute, et il meurt en sacrifice à la fureur populaire. Tel était le sort des honnêtes gens qui alors faisaient exécuter les lois.

Tandis que les départemens étaient à la merci d'une troupe de brigands, à Paris on tourmentait le gouvernement de mille manières. Les ministres n'étaient pas plutôt en fonctions, qu'on les accusait des désordres que la populace commettait de toutes parts. C'était sur eux particulièrement que retombaient toutes ces calamités. M. Bertrand de Molleville, ministre de la marine, et M. de Lessart, ministre des affaires étrangères, furent dénoncés l'un et l'autre comme traîtres à la patrie. Après avoir examiné la conduite du premier, l'Assemblée nationale décréta qu'il n'y avait pas lieu à accusation ; mais elle décréta, en outre, qu'il serait présenté au roi des observations motivées sur sa conduite. Quant à M. de Lessart, poursuivi par l'abbé Fauchet et par le fameux Brissot de Warville, il fut décrété d'accusation et envoyé dans les prisons d'Orléans, pour y être jugé par la haute-cour nationale. M. Duport du Tertre, ministre de la justice, se trouvait à-peu-près dans la même situation. Il n'y eut pas jusqu'à l'ambassadeur d'Espagne, M. de Florida-Blança, qui fut forcé de sortir de France.

Au milieu de cette tourmente révolutionnaire, où le diable lui-même n'aurait pu y tenir, Louis XVI, qui souffrait mort et passion, forma cependant la garde que lui avait accordé l'Assemblée constituante : elle fut composée de douze cents hommes de pied et six cents à cheval. M. de Brissac, nommé commandant par le roi, les fit mettre en ligne devant le palais des Tuileries, le 16 de mars, jour de son installation, et leur fit prêter serment. On n'avait jamais vu un plus beau corps et d'une plus belle tenue ; le choix des hommes, le choix des armes, depuis le simple soldat jusqu'au premier capitaine, tout était magnifique et montrait le plus sincère attachement à la personne de leur prince : c'était vraiment admirable. Le roi la passa en revue avec cette bonté qui lui était si familière ; quoique ce corps fût peu considérable, la revue dura plus de deux heures. Le monarque leur adressa ces paroles remarquables, qui étaient celles d'un roi vraiment constitutionnel. « Messieurs, leur dit-il

» avec la plus grande douceur, en prenant
» auprès de moi le service de ma garde ordi-
» naire, j'espère bien voir régner entre vous
» et la garde nationale, la plus parfaite union
» et la cordialité la plus fraternelle, et que,
» par votre conduite vis-à-vis d'elle, vous me
» servirez à lui donner en même temps des té-
» moignages de la bienveillance et de l'affec-
» tion particulière que je lui porte.

» Vous venez de prêter le serment que la
» constitution prescrit. Songez toujours qu'elle
» doit être le point de ralliement auprès de
» moi, et que votre attachement à la nation et
» votre respect pour la loi, sont les plus sûrs
» garans que vous pourrez me donner de votre
» dévouement pour mon service. La garde na-
» tionale, ajoute Louis XVI, conservera une
» garde d'honneur, qui fera le service conjoin-
» tement avec vous, auprès de ma personne. »

Ces paroles furent à peine prononcées, que
tous les soldats à pied et à cheval, au même
moment et comme par enchantement, mettent
leurs chapeaux au bout des baïonnettes et des
sabres, et on n'entend plus que les mots : *Vive
le roi! vive la nation !* Non-seulement la garde
répète ces *vivat* à plusieurs reprises, mais cent
mille âmes qui étaient présentes, y mêlent leur
voix, et ces exclamations se répètent de toutes
parts avec un délire qui promettait le plus heureux avenir. Mais, hélas ! combien peu durèrent
ces cris joyeux et ces *vivat!* Que penserez-vous,
quand vous saurez, Messieurs, que le démon
de la discorde ne donna que deux mois et demi
d'existence à cette belle garde, oui, deux mois

et demi, pas plus ni moins, malgré qu'elle fît
son service le plus actif et le plus régulier, sous
les ordres de ses chefs et en observant la plus
sévère discipline : bientôt vous en verrez la cause
et les motifs dans la suite de ma narration. —
Laissons cette garde royale prendre les postes
du château, de concert avec la garde nationale,
et passons à autre chose.

Dans ce malheureux temps qui nous menaçait d'un déluge de maux, les factieux et les brigands ne se décourageaient point en poursuivant
leurs victimes. Jamais chasseur le plus intrépide
ne mit plus d'activité à poursuivre un lièvre ou
un cerf dans les champs et dans les forêts, que
ne firent les mauvais Français à suivre à la piste
tout ce qui n'était pas attaché aux clubs et à
toutes les sociétés populaires. Ces repaires de
discorde ne voyaient de toutes parts que machinations et conspirations qui émanaient des
trônes. Selon eux, leurs ennemis étaient au
ciel, à la terre et même jusque dans le tombeau ; car où ne les auraient-ils pas été chercher ? Tous les rois, tous les potentats, tous les
princes morts ou vivans étaient leurs ennemis
jurés. La mort de l'empereur Léopold, roi des
Romains, arrivée le 1er. mars, et célle de
Gustave III, roi de Suède, assassiné le 16 du
même mois par Ankastroëm, furent, pour les
Jacobins et toute leur secte, un sujet de fête et
de réjouissance : il semblait qu'une partie des
hommes de ces temps critiques n'étaient plus
les hommes d'autrefois. Le dieu des enfers semblait être dans toutes les têtes et dans tous les

cœurs. On ne se connaissait plus, on ne s'aimait plus : la division dans les familles se faisait sentir dans toute l'étendue de la France, et c'était à qui serait le plus patriote ou le plus fou. Une grande partie des membres de l'Assemblée législative étaient tous dévoués au changement de dysnatie, ou plutôt ne voulaient plus de rois en France, entravaient la marche du gouvernement par tous les moyens possibles ; ils voulaient régner eux-mêmes : tels étaient les Chabot, les Bazire, les Brissot, Thuriot, Fauchet, et autres députés qui faisaient leur possible pour armer la canaille et renverser le trône de Louis XVI. Les Jacobins, qui ne désiraient que l'impunition du crime de tout ce qui était de leur bord, demandèrent et obtinrent de l'Assemblée une loi d'amnistie pour tous les délits et les crimes relatifs à la révolution, commis dans la ville d'Avignon et le Comtat-Venaissin, jusqu'à l'époque du 8 novembre 1791, époque de la promulgation du décret de réunion de ces pays à l'empire français, du 14 septembre même année. Ce décret fut une porte ouverte à tous les partisans de troubles, à tous les hommes qui, la plupart, méritaient l'échafaud, si justice eût été rendue ; mais en ce temps-là on ne la rendait point. Aussi cette loi amena dans la ville de Paris la plus licencieuse bravade qu'il soit possible d'imaginer, dirigée contre l'autorité suprême et contre toutes les personnes qui lui étaient attachées. Voici, Messieurs, le tableau de cette pasquinade, qui ne fut rien autre que le triomphe des Jacobins et des Cordeliers,

et particulièrement du fameux Pétion. En ce
moment c'est le grelot de la folie qui va se
mêler à tout ce que vous allez voir.

Par son décret du 31 décembre 1791, l'Assemblée nationale-législative avait accordé la
liberté aux soldats suisses de Château-Vieux,
condamnés aux galères par le conseil de guerre
de leur corps respectif et approuvé par les États
de Berne. Ces soldats, au nombre de quatorze,
furent bientôt enlevés des galères de Brest avec
une espèce de triomphe qui semblait dire : *Le
despotisme vous a mis dans les fers, la liberté
rompt vos chaînes et vous rend à vos concitoyens.*
Ces malheureux qui, depuis dix-huit mois,
étaient dans les bagnes, furent amenés à Paris
par les frères et amis avec le costume qu'ils portaient dans les galères. Ce costume, compagne
de la dégradation et de la misère, inspira aux
Jacobins une pitié fraternelle; ils les embras-
sèrent comme s'ils eussent été leurs frères lé-
gitimes, et les portaient en triomphe dans leurs
bras. Tout ne fut que délire, qu'enchantement
et qu'effervescence. Reçus au club des Jacobins,
aux Cordeliers et à la Commune, on les bourra
de vin, de liqueurs et on les empâta des meilleurs mets. Jamais soldats n'ont fait si bonne
ripaille.

Pour accomplir ce qu'on projetait depuis
long-temps, il ne fut question que de les porter
en triomphe dans les rues de Paris, et prouver
un peuple français et à tout l'univers leur innocence. Un mauvais comédien, Collot-d'Herbois, qui jouait déjà un grand rôle sur le pavé
de Paris, se chargea d'organiser une fête po-

pulaire. Un char de triomphe fut fabriqué en
amphithéâtre et préparé en moins de quelques
jours., Tout se fit avec éclat, avec délire. Le
15 avril fut fixé pour jouer la farce, et la fête a
lieu en dépit de toutes les autorités. En disant ces
mots, je présente le tableau de la folie dans
toute sa beauté et dans toute sa laideur, et je
m'écrie : Voyez, Messieurs, voyez ; ici c'est
le triomphe des frères Jacobins, des Cordeliers
et du maire Pétion, que vous apercevez devant
vos yeux ! Voyez ce char triomphal d'une si
haute élévation, traîné par huit chevaux sur
quatre de front. Ne dirait-on pas, par derrière,
que la tour de Babel posée sur quatre roues,
parcourait les quais, les ponts et les rues de
Paris, sur le haut de laquelle vous apercevez
Collot-d'Herbois qui se pavanne comme Polichinelle? Voyez comme il tourne sa tête tantôt
à droite, tantôt à gauche, et fait de grandes
salutations à tous ses amis; il semble leur dire :
« Je marche à l'immortalité; bientôt je serai
» votre maître. » Sous ses pieds, et par grada-
tion, sont assis les quatorze Suisses, qui, vêtus
de la livrée des bagnes, sont plus morts que
vivans. Ils tremblent, ces malheureux, tant
ils sont effrayés par les cris et les hurlemens
du peuple, qui braille de toutes parts : *Vive
Pétion ou la mort!* Voyez en avant les brandons
de la discorde et toutes les bannières et oriflammes des frères et amis, avec leurs inscrip-
tions; puis les Pétion, les Tallien, les Manuel
et toute la horde licencieuse qui les accompagnent et les suivent. Ils marchent tous au
Champ-de-Mars en corps et en âme.

Voici, Messieurs, les détails de cette fête populaire. Le 15 avril dès le matin, les soldats de Château-Vieux, et Collot-d'Herbois, leur Mentor et leur directeur, montent sur le char dont je viens de vous donner la description, dans la cour des Jacobins de la rue Saint-Honoré : là, entouré de tous les frères et amis, le baladin commande la marche du cortège ; il remonte cette rue Saint-Honoré, passe par celle de l'Echelle et entre sur la place du Carrousel, accompagné des cris perçans de *vive la nation ! vive Pétion !* Puis, après une station sur cette place, ils prennent leur direction par les guichets du Louvre, entrent sur les quais avec gravité et suivent le Pont-Royal, les rues du Bac, et vont droit au Champ-de-Mars par les Invalides. La bande joyeuse qui était des plus considérables, et se grossissant encore à chaque pas, avait écrit sur les chapeaux, avec du blanc, *vive Pétion ou la mort !* et répétait ces mots de ralliement de distance en distance avec délire. Arrivé au Champ-de-Mars, cet assemblage scandaleux, qui n'avait aucune troupe pour l'escorter (les gardes nationaux ayant refusé de les accompagner, étaient restés à leurs postes sous les ordres de leurs chefs, pour empêcher le désordre que pouvait occasionner une telle licence): montèrent sur l'autel de la patrie, où ils exercèrent la folie et la démence en l'honneur de la liberté. Le maire Pétion et Collot-d'Herbois haranguèrent tour-à-tour les soldats suisses et la bande joyeuse des faubourgs. Tout le monde écoute et personne n'entend : les voix se perdaient dans la

vaste étendue du Champ-de-Mars. Puis on
n'entend plus que les exclamations de la populace, répétées à l'infini avec un brouhaha inconcevable ; car il y avait plus de cinquante
mille âmes de tout état , les uns révolutionnaires, et les autres animés d'un esprit de curiosité. Après avoir joué le comique et le bur-
lesque, les deux principaux acteurs demandent
la prestation du serment de vivre libre ou de
mourir pour la liberté. Le serment est aussitôt
prononcé avec délire et par des acclamations
qui se répètent de toutes parts. Jamais on
n'avait vu une telle parade jouée par un si grand
nombre d'acteurs.   •

Tout doit avoir une fin , et tout finit dans la
nature. La farce jouée, on descend de l'autel de
la patrie, et on revient à Paris avec le même
attirail , avec le même désordre. Collot-d'Herbois , remonté sur sa tour roulante, joue encore son rôle de Polichinelle , en boursoufflant
ses joues et relevant l'embonpoint de son ventre. Il était impossible d'insulter le gouvernement avec plus de hardiesse. Les Suisses de
Château-Vieux , accablés de caresses et hale-
tans de fatigue , étaient loin de penser que trois
mois après cette fête pompeuse , leurs concitoyens, et eux-mêmes peut-être, seraient égor-
gés par ceux qui les portaient dans ce moment
en triomphe. Rentrés dans Paris , ces malheureux furent traînés des Jacobins à la municipalité , de la municipalité à l'Assemblée nationale ; et de rues en rues, on leur distribuait
des couronnes civiques, en leur prononçant des
discours fastueux qu'ils ne comprenaient point ;

puis, on leur donna des banquets patriotiques
qui durèrent huit jours. Telles furent, Messieurs, les bravades de la gente jacobinière,
que Pétion avait demandée et organisée, au
nom des quarante-huit sections de Paris.

Retiré dans le fond de son palais avec sa
famille, d'où il ne sortait jamais, le roi voyait
ces mouvemens avec la plus grande tranquillité.
Il ne manifesta ni humeur, ni mécontentement ; il regardait ces pasquinades comme un
délire qui ne méritait pas la peine d'être ré-
primé. La constitution et l'Assemblée nationale étaient ces deux points d'appui. Il basait
malheureusement sa conduite sur l'une, et
gouvernait le peuple français de concert avec
l'autre. Son ministère se renouvelait presque
tous les mois. Dumouriez venait d'être nommé
aux affaires étrangères ; M. Lacoste, à la marine ; le fameux Roland, à l'intérieur ; Clavière,
aux finances ; M. Duranton, à la justice ; et
M. de Grave, à la guerre. Tous ces changemens ne donnaient, ni plus ni moins, une
très-grande stabilité, vu qu'aucun de ces ministres ne pouvait plaire à tous les partis, qui
étaient toujours en présence. Celui qui se dévouait à la cour et portait de l'attachement à son
prince, était sûr d'être poursuivi par les Jacobins, qui ne lui donnaient pas un moment de
relâche, jusqu'à ce qu'il fût renvoyé. Celui qui
se montrait populaire et se dévouait à la cause
des Jacobins, était sûr d'obtenir l'assentiment
des frères et amis. Tels furent Dumouriez, Roland et Clavière. (Ce dernier n'était point Français, il était né en Suisse.) Le premier, dès qu'il

fut parvenu aux relations extérieures, écrivit à tous les ambassadeurs près les cours étrangères, pour qu'ils demandassent aux souverains s'ils entendaient vivre en bonne intelligence avec la France, et pour leur déclarer, que, faute par eux de donner une réponse satisfaisante, tout refus serait regardé comme une déclaration de guerre. M. de Noailles, ambassadeur à Vienne, n'ayant pas répondu aux désirs de l'Assemblée nationale, elle lança un décret d'accusation contre lui, et déclara la guerre à l'empereur roi de Hongrie et de Bohême. Ainsi commença cette guerre, qui a duré vingt années et englouti des millions d'hommes ; ainsi commença cette guerre à mort, qui a donné à la France tant de guerriers illustres et a fait tant de victimes. Ce fut le 20 avril, que les Jacobins triomphèrent encore, en déclarant la guerre à l'empereur d'Allemagne, parce qu'il accueillait, disaient-ils, dans ses États, des hommes qui ne partageaient point les changemens politiques survenus en France : aussi cette guerre amena-t-elle tous les malheurs imaginables. La faction qui voulait la perte du roi et de toute la France, afin de régner sur les morts par cette guerre nationale, trouva le moyen de se débarrasser de tous les militaires qui pouvaient l'entraver dans sa marche. Brissot et Carra, qui étaient les deux principaux meneurs du parti insurrectionnel, avec leurs feuilles incendiaires, cherchaient par tous les moyens possibles d'attribuer à la reine tous les désordres qui se commettaient de toutes parts, dont eux-mêmes étaient les auteurs : ils suppo-

sèrent à cette princesse la direction d'un comité secret aux Tuileries, qui faisait tout agir
sous-main et correspondait avec les émigrés et
toute l'Allemagne. Ce comité à qui ils donnaient
le nom de *Comité autrichien*, avait, selon eux,
des projets les plus contre - révolutionnaires.
Gensonné et Brissot en firent la dénonciation
dans l'Assemblée législative, mais sans prouver
d'une manière précise ce qu'ils avançaient. Le
roi, pour la seconde fois, fut encore obligé
d'écrire à la municipalité de Paris, sur le bruit
qui se répandait qu'il voulait sortir de cette
ville ; comme si le roi avait besoin de démentir
des bruits que des malveillans prenaient plaisir à répandre pour jeter parmi le peuple,
une défaveur que ce vertueux prince était loin
de mériter. Mais plus il mettait de complaisance à prouver à son peuple son attachement
à l'ordre des choses, plus on se plaisait à le
chagriner.

La garde du roi, de son côté, était en opposition à tous les factieux ; elle leur portait ombrage, parce qu'elle faisait son service avec la
plus grande exactitude, et montrait de l'attachement à son prince. J'en excepte cependant
quelques - uns qui se jetèrent dans le parti jacobin, entre autres un Murat, qui depuis,
beau-frère de Napoléon Bonaparte, a monté
sur un trône, fut chassé comme mauvais sujet,
et rebelle à ses chefs. Le nombre de ces lâches
fut peu nombreux, quoiqu'on employât mille
moyens pour en provoquer la défection. Enfin,
lorsque quelques-uns de ces gardes se prome-

naient dans Paris ou à l'extérieur, on les attaquait, on les provoquait par tous les moyens possibles. On parvint jusqu'à susciter des troubles dans Paris, qu'on dirigea contre eux. Ce fut le 27 de mai, que des brigands audacieux attaquèrent partiellement les gardes du roi, pour en provoquer la suppression. Enfin, l'horizon politique se rembrunissant de jour en jour, tout annonça de grands orages. L'Assemblée nationale, toute dirigée par le club des Jacobins, prenait déjà ses mesures pour attaquer le roi et le renverser de son trône. Mais la garde du prince, commandée par M. de Brissac, formait une barrière insurmontable, qu'il n'était pas facile de franchir; elle le fut bientôt cependant. Pour accomplir leurs projets, les députés ne craignirent plus de violer la constitution et les lois nouvelles. Après les prétendus troubles qui se manifestèrent dans Paris, par une troupe de bandits, l'Assemblée nationale se déclara en permanence, et après de très-violentes discussions, le troisième jour elle licencia la garde du roi, et décréta d'accusation M. de Brissac, qui fut envoyé devant la haute-cour nationale, pour y être jugé. Ce décret fut à peine rendu, que le député Gensonné, en finissant un discours très-long sur les circonstances, présenta un projet de décret pour l'organisation d'une police de sûreté générale, par rapport aux prétendus délits de haute-trahison; et le comité de surveillance de l'Assemblée prit le nom de comité de sûreté générale, nom qui devint par la

suite, sous la Convention, un nom d'épouvante et de terreur : à ce nom terrible, on em-
prisonnait les Français par milliers.

Ainsi fut supprimée la garde du roi, que
l'Assemblée constituante avait accordé à Louis
XVI. Installée le 16 mars 1792, elle fut licen-
ciée le 30 mai suivant, contre la volonté du
monarque, et malgré sa puissance royale. Chose
inouie et même inconcevable! c'est que le roi
ne fit presque rien pour s'opposer à la tyrannie
des Jacobins qui lui enlevaient la force armée
appelée à son service, et laissa mettre en accusation le commandant, M. le duc de Brissac.
Plus le roi montrait de patience, ou plutôt de
faiblesse, aux attaques dirigées contre sa personne, plus on employait d'acharnement à le
dépouiller tout-à-fait de son autorité. Servan,
ex-avocat-général du parlement de Grenoble,
appelé au ministère de la guerre depuis le 8 mai,
en remplacement de M. de Grave, qui avait donné
sa démission, proposa à l'Assemblée législative
sans en instruire le roi, le projet de former un
camp près de Paris, composé de cinq hommes
de chaque canton du royaume. Cette proposition, qui n'était rien moins qu'une insulte faite
au souverain, et un mépris à son autorité,
fut applaudie par le parti jacobin, qui fit rendre
un décret portant la formation d'un camp de
vingt mille hommes sous Paris. Mais ce décret,
pour avoir son exécution, avait besoin de la
sanction du roi; et le roi n'eut garde de l'approuver. Alors parut cette pétition, signée de
huit mille citoyens, qui invita Louis XVI à y
apposer son *veto*, ce qu'il fit; mais le camp

n'eut point lieu. Or, les trois ministres Servan,
Roland et Clavière, qui étaient tous dévoués
aux Jacobins, furent disgraciés et remplacés par
MM. de Mourgue et Beaulieu. Dumouriez,
qui était à l'extérieur, eut encore le porte-
feuille de la guerre. Le renvoi des trois ministres fit jeter les hauts-cris à la faction jacobite,
qui portait aux nues Servan, Clavière et Roland. Ce ne fut que clameurs, que déclamations dans tout Paris sur leur disgrâce. Le
patriote Roland, qui ne voyait pas l'abîme où
il devait être bientôt précipité par ceux mêmes
qui le prônaient, eut l'insolence d'écrire une
lettre aux roi, et il la publia. Son parti, qui
projetait le renversement du trône, fit rendre
un décret portant que les trois ministres emportaient l'estime et les regrets de la nation, et
on en ordonna l'envoi aux quatre-vingt-trois départemens, ainsi que de la lettre de Roland
au roi.

Bientôt on regarda la France comme étant
dans un danger extrême, tant à cause du renvoi de ces ministres que par l'état de guerre
où elle se trouvait. Théodore Dillon avait été
assassiné à l'affaire de Mons. M. de Gouvion,
député de Paris à l'Assemblée nationale, qui
avait donné sa démission pour prendre du service à l'armée, venait d'être tué sur le champ
de bataille. Cette nouvelle avait été donnée par
une lettre du général Lafayette qui commandait l'armée des Ardennes. Quelques jous après,
ce général écrivit une autre lettre contre le club,
des Jacobins, par laquelle il leur attribuait tous
les malheurs présens et à venir. Alors une nou-

velle commission de douze membres fut créée
pour prendre en considération les dangers dont
la chose publique était environnée. Monsieur,
frère du roi, et Mgr. le comte d'Artois, à qui
l'Assemblée nationale avait retiré à chacun le
million que leur avait accordé la Constituante,
devinrent le sujet des délibérations de la haute-
cour nationale, séant à Orléans. Les grands
procurateurs venaient de faire prendre par cette
cour, une ordonnance qui privait du titre de citoyen français Louis-Stanislas-Xavier et Charles
Philippe, leur interdisant toute action en justice pendant le temps de leur contumace, et
ordonnait qu'il sera procédé contre eux, nonobs-
tant leur absence.

Malgré ces attaques inouïes, provoquées par
les factieux contre la famille royale et contre
le roi lui-même, ce prince n'en changea pas
moins encore son ministère.

Dumouriez, qui avait les deux porte-feuilles
des relations extérieures et de la guerre, les
perdit l'un et l'autre en même temps. M. de
Chambonas fut nommé au premier, et M. de la
Jard à la guerre; puis à l'intérieur M. Terrier
de Monciel, en place de M. de Mourgue : mais
malheureusement les choses n'en allèrent que de
mal en pis; il semblait qu'un génie infernal planait sur toute la France pour abreuver Louis XVI
de mille contrariétés, et lui rendre la vie pleine
d'amertume et de dégoûts. Ce prince était donc
bien malheureux de ne pouvoir trouver des
hommes assez courageux pour abattre la faction qui l'attaquait sans cesse et sans relâche !
Prenait-il des ministres dans le parti populaire,

dès qu'ils étaient en place, ils le trahissaient
et divulguaient ses plus secrètes pensées ; en prenait-il dans le parti neutre, qui voulait le roi
et la constitution, ils étaient attaqués par les
journaux patriotes et par les Jacobins qui ne leur
laissaient de relâche que lorsqu'ils étaient abat-
tus. Tout n'était que flux et reflux, provocations, désordre; aucun ministre ne pouvait rester
en place plus de six semaines, ou deux mois ;
l'hydre aux cent têtes, qui menaçait du renversement total la monarchie, soufflait les vents de
l'adversité et des orages, avec une fureur inconcevable. Enfin arriva la journée du 20 juin,
qui fut pour Louis XVI un jour de peine, de douleur et de courage. Ah ! que n'ose point le crime
quand il est provoqué par des brigands qui ne
craignent ni dieu ni les hommes ! Il était donc
réservé au monarque de subir cette mille et
unième avanie qui n'était qu'une suite de toutes
celles qu'il avait endurées depuis trois années
consécutives? Voici, Messieurs, ce qui est à
ma connaissance, et ce que j'ai vu, rien n'est
plus vrai, je vais vous le présenter dans les
tableaux suivans.

Depuis plus de trois mois, Brissot, Carra et
leurs adhérens avaient employé tous les moyens
possibles pour allumer la guerre entre la France
et l'empereur d'Allemagne, et y avaient réussi.
Cette guerre se faisait déjà sentir sur toutes les
frontières du nord, depuis Strasbourg jusqu'à
Dunkerque, et la mort planait de toutes parts.
Ils en accusaient le prétendu comité autrichien,
que la reine Marie-Antoinette, disaient-ils, présidait, dans le palais des Tuileries. — L'ex-

capucin Chabot en avait fait son rapport à l'Assemblée nationale; et ce rapport n'avait donné
que des idées vagues et ne prouva rien. Ce comité avait été précédemment dénoncé par Brissot
et Gensonné, qui n'y avaient pas vu plus clair
que le capucin défroqué. Enfin, il ne fut question que de chercher à attirer la guerre civile
au milieu de Paris, et de faire soulever les faubourgs St.-Antoine et St.-Marceau. Les factieux
y réussirent au gré de leurs passions, et les circonstances, selon eux, étaient très-favorables.
Le renvoi des trois ministres patriotes, Roland,
Clavière et Servan, devint un motif puissant
pour jeter l'alarme dans tout Paris. Selon leur
dire, la constitution était foulée aux pieds, et
l'aristocratie relevait sa tête plus que jamais,
quoiqu'un décret vînt d'être rendu, portant
que tous les titres de noblesse existans dans les
dépôts publics seraient brûlés; d'un autre côté, le
roi s'était décidé à apposer son *veto* sur le décret
contre les prêtres et l'établissement d'un camp
près de Paris. Ce *veto* était un terrible talisman,
aux yeux des perturbateurs; ils le regardaient
comme une digue qui arrêtait le cours des choses,
et qu'il fallait rompre par de grands coups d'état.
Selon leur imagination vagabonde, la reine était
seule l'auteur de tout ce qui entravait la marche
des lois; c'était elle qui en provoquait la suppression : aussi organisèrent-ils le plus horrible
et le plus affreux complot contre son époux et
particulièrement contre elle-même; et ils voulurent la faire assassiner par une horde de can-
nibales qu'ils dirigèrent vers le palais des Tuileries, dans la journée du 20 juin. Voici, Messieurs,

1.   21

comment ils s'y prirent, et ce qui en advint.

Dès le matin du 20, un attroupement considérable de peuple de tout état, et de bandits, se
réunit dans le faubourg St.-Antoine, à l'effet,
dirent-ils, d'aller à l'Assemblée nationale, en
corps, présenter une pétition sur les circonstances présentes, et planter un mai dans la cour des
Feuillans. Ce mai n'était rien autre chose qu'un
arbre arraché dans le bois de Vincennes, et qui,
selon eux, devait être nommé *Arbre de la Liberté.* Ce fut ce premier arbre qui donna lieu
à la plantation de tant de baliveaux en l'honneur
de cette déesse, ou plutôt, de cette furie sanglante. La France fut bientôt couverte de cet
emblême du carnage. A neuf heures du matin,
quelques milliers de malheureux artisans et de
bandits rassemblés dans la grande rue Saint-
Antoine, à la tête desquels étaient les Santerre,
les Fournier, les Legendre, les Rossignol, Go-
nore, Rotondo, le père Nicolas, Gonchon et
Varlet, et autres chefs de brigands. Gonchon
et Varlet étaient les orateurs de la bande sé-
ditieuse. Vers les onze heures du matin, la
cohue de tous les clubs s'ébranle, rangée en
ordre, et désordre; elle prend sa direction par
la place de la Bastille, la rue St.-Antoine, et
gagne la rue St.-Honoré. Ce nuage de populace
licencieuse et dégoûtante, armée et non armée, portait pour étendards des trophées hideux
et sales, entr'autres, une vieille culotte, au bout
d'une perche, etc., au milieu desquels flottait
une bannière avec cette inscription : *Résistance
à l'oppression.* Santerre, à cheval, commandait cette cohorte, deux pièces de canon la pré-

cédaient. Le long de la route, les deux orateurs,
l'un d'un côté, et l'autre à l'opposite, appel-
laient à leur suite tous les hommes et les femmes
qu'ils rencontraient, et les haranguaient, de
distance en distance ; et la bande grossissant à
chaque pas, devint des plus considérables.

Cette cohorte, dont il était difficile de n'être
pas effrayé, tant elle était nombreuse et menaçante, arrive à la porte du couvent des Feuillans, déguenillée et couverte de crasse, de
boue et de sueur ; elle entre dans la cour, plante
son mai, qu'elle appelle arbre de la Liberté, que
bientôt ils arroseront de sang, y font des libations, chantent des hymnes et prononcent un
discours. Ici, tout est confusion ; chefs, peuple, orateurs, bannières et trophées. Puis les
cris, les menaces et les bravades retentissent
de tous côtés ; partout l'on crie à tue-tête, *vive
la nation !* jusqu'à en perdre haleine. Après
la plantation du baliveau, après avoir entendu
les jongleries patriotiques, la troupe se divise
en deux bandes, l'une revient par la rue Saint-
Honoré avec les bannières, les trophées et les
deux pièces de canon ; l'autre entre dans la salle
de l'Assemblée nationale, à la tête de laquelle
se trouvent les deux orateurs Gonchon et Varlet. L'un d'eux prononce un discours rempli
d'audace et de fureur, où il annonce que le
peuple est debout, à la hauteur des circonstances. Ainsi parlait un factieux à la tête de
vingt mille ouvriers et de bandits, aux députés
de la nation, qui complaisamment les écou-
tèrent avec calme, sans oser sévir contre cet audacieux et effronté braillard. Mais il ne faut pas

21*

s'en étonner, quand on saura que beaucoup de députés étaient les moteurs de ce soulèvement populaire.

Après avoir débité leurs audacieux discours, Gonchon et Varlet, et tous les chefs, défilent dans l'Assemblée nationale, sous le commandement de Santerre et de Saint-Huruge. Suivis par la bande, ils entrent dans la cour du Manége et rejoignent l'autre troupe qui les attend sur le petit Carrousel, au bout de la rue de l'Echelle; puis tout s'ébranle et se porte sur la grande place, vis-à-vis le château des Tuileries. Là, on s'arrête, on délibère; bientôt on ne s'entend plus. Les uns veulent se retirer, les autres veulent entrer dans le palais. Les orateurs pérorent la multitude et montrent les appartemens du roi en disant à la troupe : « C'est » là où le peuple doit déployer toute sa puis- » sance et toute sa force . . . . »

Après un instant de délibération, la foule électrisée par les chefs, enfonce les portes des cours qui, à cette époque, étaient en planches et y pénètrent comme un torrent avec leurs étendards, leurs bannières, et les canons, en faisant un bruit épouvantable; aussitôt les hurlemens retentissent de toutes parts; ils agitent en l'air leurs armes menaçantes, et enveloppent le palais de tous côtés; puis ils roulent leurs canons jusqu'au péristyle. Ce volcan de sédition, à qui rien ne résiste, escalade bientôt le château, les grilles sont enfoncées, et la foule populaire y entre en fureur et viole l'asile sacré de leur prince, qui leur fait ouvrir les portes des appartemens; ils cassent, ils brisent tout ce

qui s'oppose à leur rage dévastatrice. On les
voit dans les appartemens, dans les galeries, et
jusque sur les toits. On dirait des furies déchaî-
nées, qui vont incendier le palais du roi. Ils se
portent jusque dans les cuisines et dans les
caves où la dévastation devient à son comble.

Louis XVI, que rien n'épouvante, quoique
ses appartemens fussent à la discrétion de ces
brigands furieux qui menacent sa famille ainsi
que sa personne sacrée, ne craint point de paraître au milieu d'eux avec ce calme et cette
tranquillité qui lui étaient si familières. Mais,
à la vue de leur roi, les assassins n'osent encore porter leurs mains sacriléges sur sa personne. Son air plein de bonté, majestueux et
imposant, le calme imperturbable de sa physio-
nomie, les arrêtent dans leurs projets régicides ;
mais ils l'insultent, ils le menacent, ils demandent la sanction des décrets auxquels il avait
apposé son *veto*. Le roi leur déclare que sa sanction était libre, et que ce n'était pas le moment
de la solliciter, ni de l'obtenir. Puis, pour apai-
ser la fureur populaire et pour la tranquillité de
son royaume, il se laisse mettre sur la tête ce
hideux bonnet rouge (1) qui bientôt, confor-
mément à sa couleur, allait être le signe du
carnage et de la dévastation. A la vue de ce
bonnet sur la tête auguste de Louis XVI, les
bandes scélérates applaudissent et crient à tue-
tête, *vive la nation !* Les brigands font plus en-

---

(1) Ce fut le boucher Legendre qui remplit cette mission au nom des factieux, et voulut par là déshonorer
son prince.

core ; pour prouver leur audace et leur force ,
ils traînent une pièce de canon jusqu'à la porte
des appartemens. Malgré cette violation manifeste, la plus outrageante, malgré cet avilisse-
ment de la dignité royale, la foule n'évacue
point les appartemens. Le flux et le reflux de
la populace ne discontinuent point ; les galeries
sont encombrées plus que jamais d'une vile canaille sale et licencieuse , dont les chefs semblent leur dire qu'il leur faut une victime illustre, et cette victime est l'épouse innocente de
leur roi ; ils la cherchent de tous côtés. La
reine aussi courageuse, ayant autant de fermeté
que son époux, ne craint ni l'audace des for-
cenés, ni la mort. Elle se présente d'un air majestueux et imposant. Sa dignité royale devient
un talisman qui arrête les bras des assassins ;
ils sont comme atterrés, et n'osent lever leurs
poignards. Des paroles licencieuses, des injures
grossières, se font entendre à son oreille ; mais
rien ne trouble le sang-froid de la princesse, qui
court cependant les plus grands dangers. Madame Elisabeth, qui, dès le commencement de
l'invasion, avait été prise pour la reine, avait
aussi éprouvé insulte sur insulte. Reconnue
pour la sœur du roi, elle fut bientôt abandonnée par les bandits. Après plus de deux heures
du plus affreux désordre et de la plus effrayante crise qu'il soit possible d'imaginer,
arrive enfin le maire Pétion, revêtu de son
écharpe ; il entre dans le palais de son roi qu'il
croit tout en feu et inondé de sang. Ce lâche
et vil chef populaire, étonné, confus de ce que
la famille royale n'est point égorgée , semble

tout-à-coup inspirer aux scélérats la douceur
et la paix. Il les harangue , mais avec ménagement, les invite à se retirer avec calme, avec
respect. On l'écoute ; et les brigands , qui s'entendent comme larrons en foire , lui obéissent ,
mais lentement ; une heure s'écoule avant que
le palais soit évacué. Enfin, les chefs commandent la retraite, et emmènent les troupes qui
défilent dans le même désordre que lors de leur
entrée dans le palais. Combien le roi et sa famille
eurent à souffrir dans ce conflit d'événemens ,
les plus affreux , les plus attentatoires à la majesté royale, dont je ne donne qu'un précis suc-
cinct , mais véritable ! Il n'y eut point de victimes égorgées, grâce au dévouement de M. Ac-
cloque , commandant la première légion de la
garde nationale , et grâce au courage des grenadiers de cette garde qui, dans cet affreux attentat, sauvèrent le roi et la famille royale des
mains des brigands, et les préservèrent pour le
moment de la mort la plus cruelle.

Le palais des Tuileries fut enfin évacué par la
populace déchaînée, qui se retira à regret presque à la nuit tombante. Mais les chefs Santerre,
Legendre , Fournier, Rossignol et autres bandits arrivés dans le Carrousel, se retournèrent
vers le palais qu'ils venaient de souiller de leur
présence, en disant : « Nous y reviendrons bientôt » ; ensuite ils reprennent leur marche vers
le faubourg Saint-Antoine, et rentrent dans leurs
tannières avec leur accoutrement militaire et
leurs accessoires ridicules et révoltans.

Tels furent, Messieurs, les résultats de la
journée du 20 juin, qui amena celle du 10 août,

que Louis XVI aurait dû prévoir. Je puis le dire avec assurance, si le roi eût fait un appel aux honnêtes gens, et monté à cheval pour faire punir tous les chefs des bandes factieuses, il eût sauvé son trône et sa vie, et celle de plusieurs milliers de bons Français qui périrent dans ces jours de désastre, et la France eût été préservée de mille calamités ; mais il était écrit dans le ciel que la France devait avoir ses nouveaux martyrs, et elle n'en eut que trop malheureusement, comme je vous le ferai voir dans les tableaux suivans. Ici, je m'arrête, et la séance est levée.

~~~~~~~~~~~~~~~~~~~~~~~~~~~~~~~~~~~

HUITIEME SÉANCE.

———

Oui, Messieurs, dis-je avec douleur à ma
petite société, la paix, le bonheur, la tranquillité et l'espérance sont bannies pour plusieurs années du palais des Tuileries : oui, plus
de sûreté, plus d'espoir pour la famille royale.
L'hydre aux cent têtes a dirigé tous ses dards
contre le monarque qu'elle va bientôt attaquer,
sans que le prince lui oppose la moindre résistance, sans même en donner l'ordre aux chefs
de sa garde, qui peuvent le défendre et abattre
d'un seul coup toutes les têtes du monstre.
L'espérance est un baume salutaire, nous dit-
on ; elle soutient l'homme dans ses plus grands
malheurs, elle le console, elle le berce d'un
heureux avenir : mais cependant faut-il se flatter
de cette chimère qui nous entraîne insensible-
ment dans l'abîme en nous trompant par l'illu-
sion d'un bonheur prochain ? faut-il mettre sa
destinée entre les mains de la Providence,
quand on peut, par des paroles, par des ordres
enfin, arrêter l'ennemi qui vous menace de
toutes parts ? faut-il attendre le comble du malheur jusque dans son palais ? Non : il faut opposer aux méchans la force à la force, l'épée à

l'épée, et mourir noblement en défendant ses jours, sa famille et son honneur, surtout quand on a pour soi la justice et les lois. Le méchant s'encourage à céder à son penchant au crime, parce qu'il voit de la faiblesse ou de la trop grande bonté dans celui qu'il veut écraser. Si Louis XVI eût montré du caractère et eût attaqué avec courage la tourbe révolutionnaire, cent mille hommes intrépides et dévoués à sa cause se fussent rangés sous ses drapeaux, et auraient facilement triomphé de ces vils factieux qui parvinrent à renverser le trône et à faire périr un monarque vertueux. Bientôt, mes jeunes amis, vous allez voir accourir à Paris, de tous les coins de la France, des brigands armés qui, joints à d'autres brigands, y vont dicter des lois au monarque et à l'Assemblée nationale.

Le palais des Tuileries, comme je vous l'ai dit dans ma dernière séance, ne fut évacué qu'à la nuit tombante par ces masses de peuple que la faction avait entraînées dans les appartemens du monarque. Louis XVI, débarrassé enfin de ces encombremens populaires, respire un instant entre les bras de sa famille éplorée, qu'il trouva dans un état difficile à dépeindre, effrayée du danger qu'il venait de courir et des menaces qu'elle avait entendues. Non, jamais prince ne s'est vu dans une situation plus affreuse. « Avec une conscience pure, avait-il » dit à la horde des assassins, je ne crains ni » la violence, ni la mort : on ne me forcera » point de faire ce que ma conscience abhorre, » ce qui est contraire au devoir de ma cou-

» ronne. » Pour le leur prouver, il avait pris la main d'un grenadier qu'il posa sur son cœur, et lui dit : « Vois s'il bat plus vite qu'à l'or-» dinaire. » Ah ! Messieurs, il fallait être Louis XVI pour supporter de pareils attentats et ne point sévir contre les brigands qui, avec un front d'airain, foulaient aux pieds les lois et l'humanité pour avilir le trône, pour humilier ce prince qui avait tout sacrifié pour donner la liberté à son peuple et dont il était si mal récompensé. Il fallait être Louis XVI, pour conserver ce calme imperturbable au milieu des plus grands dangers et se laisser mettre sur la tête ce vilain bonnet rouge qui fut le signal de tous les malheurs de la France !!!

Enfin, Messieurs, cette scène impie du 20 juin priva pour la seconde fois les bons Français du plaisir de la promenade du jardin des Tuileries. Toutes les portes furent fermées et le jardin et le palais devinrent encore un désert. Pour se disculper de la prévention qui le déclarait, sinon l'auteur, au moins le complice de l'attentat du 20, Jérôme Pétion se rendit le lendemain auprès du roi pour se justifier. Mais la leçon de ce factieux était toute faite. Un prince plus sévère que ne l'était Louis XVI eût fait punir ce chef populaire ; et il n'en fit rien. Pétion fit afficher sur les murs de Paris une proclamation tendante à inviter le peuple au respect pour la loi, mais elle s'exprimait avec une telle faiblesse, qu'elle semblait plutôt une invitation à recommencer les insultes populaires. Le roi, de son côté, adressa aussi une proclamation au peuple français, dans laquelle il

annonce à la France entière qu'une multitude
de factieux est venue à main armée dans son
habitation et a traîné du canon jusque dans la
salle des gardes et a enfoncé les portes de son
appartement à coups de hâche : puis il déclare
que la violence ne lui arrachera jamais son consentement à ce qu'il croira nuisible à l'intérêt
public, et qu'il exposera, s'il le faut, sans regret, sa tranquillité et sa sûreté pour remplir
son devoir. Telle était et telle fut la conduite
de ce prince, que des lâches ont peint d'une
manière si affreuse.

Témoin de la violence exercée au palais des
Tuileries et des dangers auxquels s'étaient trouvés
exposés le roi et sa famille, dans cette malheureuse journée du 20 juin, l'Assemblée nationale ne fit rien; oui, rien, pour punir les
brigands qui venaient de violer l'asile sacré
du souverain. Est-elle complice, cette Assemblée, de l'attentat exercé contre son roi ? l'ap-
prouvait-elle dans son silence, ou participait-
elle aux calamités qui s'amoncelaient les unes
sur les autres d'une manière si funeste ? Cependant, je puis le dire avec vérité, tous les
députés n'étaient pas les ennemis de leur roi
et de la constitution ; tous ne voulaient pas
la guerre et le bouleversement du royaume ;
mais un tiers ne voulait ni du roi, ni de la
royauté, il voulait régner lui-mêmes. Je ne
parlerai point des vifs débats qui eurent lieu
dans l'Assemblée à cette occasion. Le capucin
Chabot fut un de ceux que la vindicte publique signala particulièrement comme l'un des
principaux auteurs de la violation du palais.

Pour cacher à la justice les vrais coupables de
ce crime inouï , tous les Jacobins s'accusèrent
les uns et les autres. Retranchés dans leur
antre comme des vautours prêts à s'élancer sur
leur proie , ils mirent tant d'entraves à faire
connaître la vérité et à entraver la justice déjà
toute paralysée , qu'il ne fut guère possible de
découvrir les véritables auteurs , quoiqu'ils fussent tous bien connus. Mais , comme en ce
temps-là le crime était presque regardé comme
une vertu , ils organisèrent en plein jour la
plus vaste conspiration , qui ne tarda pas à
éclater cinquante jours après.

L'Assemblée nationale, épouvantée elle-même
de l'apparition du faubourg Saint - Antoine à
sa barre , dans la journée du 20 juin , armé
de piques et de canons , et craignant d'être victime des brigands , rendit un décret par lequel elle déclara qu'aucune troupe armée ne
serait admise à se présenter à la barre , ni à
défiler devant le corps législatif, et que les citoyens ne pourraient se réunir en armes , sous
le prétexte de présenter des pétitions aux autorités constituées. Mais les décrets de l'Assemblée avaient si peu de force ; et les ordres
du roi étaient si peu écoutés par les factieux,
que bientôt reparut à la barre une députation
du faubourg St.-Antoine, à la tête de laquelle
était encore l'orateur Gonchon , le plus fameux
braillard des faubourgiens, ou plutôt le mannequin des clubs. Ce misérable ne craint point
de venir pour la seconde fois insulter le roi et demander sa déchéance. Ce n'est pas par des prières
que ces mannequins des factieux veulent le ren-

versement du trône et de la constitution ; mais c'est par des menaces d'une nouvelle insurrection qui, osent-ils dire, sera plus terrible que tout ce qu'on a vu jusqu'alors.

Ah ! si une poignée de factieux qui, au nom de la nation qu'ils avilissaient d'une manière scandaleuse, s'armaient contre le souverain et en provoquaient la déchéance, tous les Français étaient loin de partager la même opinion ! Bientôt on vit arriver de toutes parts des pétitions qui demandaient instamment la punition des coupables de la journée du 20 juin. Mais ces pétitions étaient à peine écoutées, à l'exception cependant de celle de M. Guillaume, ex-constituant (1), appuyée de vingt mille signatures, données par les meilleurs citoyens de Paris, et qui, par la suite, devint une liste de proscription pour les estimables signataires. Au milieu de ce conflit de désordres, arriva à Paris le général Lafayette, qui venait d'abandonner son armée des Ardennes ; mais sa présence ne fut pas accueillie, comme à l'époque du 14 juillet ; les temps n'étaient plus les mêmes. Cet homme célèbre qui avait conduit son roi sur les bords de l'abîme, venait-il arrêter le torrent qui allait bientôt l'englou-

---

(1) M. Guillaume exerçait la profession d'avoué près le tribunal de cassation, et demeurait au Palais-Royal, cour des Fontaines. M. Dupont de Nemours était son collaborateur dans la rédaction de la pétition : l'un et l'autre furent poursuivis, après la journée du 10 août, par un acharnement sans exemple, et évitèrent la mort en passant en pays étranger.

tir, ainsi que lui-même ? Mais sa présence, au milieu de Paris, fut un sujet de scandale et de mécontentement général. En haine des deux partis, il ne fit que paraître ; il en sortit le 28 juin, avec précipitation, et fut presque témoin de l'auto-da-fé que les Jacobins lui décernèrent dans la journée du 30 : un mannequin à son effigie fut brûlé au milieu du Palais-Royal, avec toutes les cérémonies dérisoires que la tourbe emploie en pareille occasion. Cette vengeance venait de ce que ce général avait demandé à la barre de l'Assemblée nationale, qu'elle ordonna que les auteurs et instigateurs des événemens du 20 juin fussent poursuivis comme criminels de lèse-nation, et la destruction de cette secte (les Jacobins), dont les débats publics ne laissent plus de doutes sur la perversité de ses intentions.

Dans ce chaos où il était bien difficile de se reconnaître, l'Assemblée nationale, par l'organe de M. Pastoret, se fait faire un rapport au nom de la commission des douze, sur la situation actuelle de la France, qui n'était pas fort rassurante, car elle marchait à sa ruine avec une grande vîtesse. Jean Debry en fit un autre, au nom de la même commission, sur les moyens de pourvoir à la sûreté de l'empire : puis, des discours pompeux furent prononcés à ce sujet ; mais ces rapports et ces discours, n'étaient que des palliatifs que l'on mettait devant les yeux du peuple, pour le tranquilliser sur sa triste et alarmante position.

Jérôme Pétion, maire de Paris, qu'on pouvait regarder comme l'âme de toutes les provocations insurrectionnelles, et qui servait de pivot à la faction, autour duquel tournaient tous les Jacobins, pour. armer la canaille dans tout l'empire, fut suspendu de ses fonctions, le 6 juillet, par arrêté du département de Paris, et confirmé par le roi. Mais la suspension de cet homme fut à peine connue, que les Jacobins jetèrent l'alarme, et poussèrent comme des hurlemens de désespoir, en criant au scandale, à la trahison! Les clubs ne retentirent plus que de menaces contre le souverain, qu'ils accusèrent de vouloir attenter à leur liberté. Le jardin des Tuileries fut rouvert au public, le lendemain de la suspension de Pétion; mais il fut fermé de nouveau. La foule y fut si grande, les attroupemens y devinrent si considérables, que des bandits, sans respect, sans honneur, se groupèrent sous les fenêtres du palais, et insultèrent la famille royale par les propos les plus grossiers.

Tandis qu'on insultait le roi, à Paris, de la manière la plus scandaleuse, cela n'empêchait point que la guerre ne se poussât avec vigueur, du côté de la Belgique, sous le commandement de deux nouveaux maréchaux, MM. Luckner et de Rochambeau. Luckner, à qui l'Assemblée nationale avait accordé toute sa confiance (ce qui était rare dans ces temps d'inquiétude et de méfiance), venait d'obtenir carte blanche.

Dumouriez, ex-ministre de la guerre, et membre des Jacobins, quitte Paris et se rend à l'armée pour prendre le commandement d'une division que lui avaient promis ses frères et amis; et le général Lafayette qu'il devait remplacer un jour, allait être bientôt mis en accusation,

Jusque-là, le roi de Prusse, qui n'avait été que spectateur passif des événemens, se déclare enfin contre la France, et se joint aux troupes de l'empereur ; mais comme les batailles ne sont pas le sujet de ma narration, je laisse les armées et les généraux préparer leurs plans d'attaque et de défense, et diriger leurs armées pour s'entretuer ; et je reste à Paris voir ce qui s'y passe.

Dès que le roi de Prusse eut fait connaître ses intentions hostiles envers la France, les mouvemens de Paris se firent sentir plus que jamais. Tous les journaux patriotes semèrent l'alarme, et criaient à la trahison. Deux misérables, qui n'avaient pour toute fortune que l'esprit du mal, et pour arme qu'une plume satirique, Tallien, avec ses placards intitulés : l'*Ami des citoyens*, et Louvet, avec sa *Sentinelle*, excitent, avec un acharnement inconcevable, le peuple à s'armer les uns contre les autres. Ces deux sicaires, que nous verrons jouer le premier rôle dans l'anarchie, provoquent, dénoncent, et font connaître aux brigands les bons Français qui défendent le roi et veulent la tranquillité de leur pays. Pour porter leurs coups avec plus de sécurité, ils font licencier l'état-major de la garde nationale afin de la laisser sans chef. Sur la demande de l'avocat Thuriot, ils font déclarer la patrie en danger. Puis un autre député (M. Torné), propose à l'Assemblée de s'emparer de tous les pouvoirs, et de se retirer dans le midi de la France : tout cela n'était pas rassurant. Le roi et ses ministres, devenus, plus que jamais, les victimes de la multitude, ne savent plus à qui entendre; dénoncés, attaqués, insultés, provoqués dans leurs fonctions, ils éprouvent mille désagrémens, au point qu'il ne leur est plus possible de résister au torrent qui se grossit de jour en jour. Enfin, les attaques sont tellement multipliées, que tous les ministres, en même temps, demandent au roi leur démission ; et le malheureux prince est encore obligé de renouveler entièrement son conseil, et de le composer de nouveaux personnages. Les bons Français ne prenaient le porte-feuille ministériel qu'avec une espèce de crainte. Ils ressemblaient à ce voyageur qui, monté sur un volcan, n'approche du cratère qu'avec inquiétude, pour observer l'abîme, et peut y tomber au moindre faux pas. Enfin, le conseil du roi fut renouvelé successivement pour la dernière fois; et se recomposa ainsi : M. Dubouchage fut nommé ministre de la marine ; Champion de Cicé à l'intérieur; d'Abancourt à la guerre; Leroux aux contributions ; et M. de Sainte-Croix aux affaires étrangères. Ces derniers ministres n'arrivèrent au fauteuil ministériel, que pour être témoins de la terrible convulsion qui bouleversa la France et la couvrit de deuil.

La patrie déclarée en danger devint un motif d'alarmes et de cris de douleur. Elle amena bientôt à la barre de l'Assemblée nationale, une foule de pétitions de tout genre, et la salle ne retentit plus que de déclamations et de dénonciations. La suspension du maire de Paris (Pétion), et du procureur de la commune (Manuel) faisaient jeter les hauts cris aux Jacobins

et à tous leurs sicaires, contre le département
de Paris. Hélas! disaient les meneurs des sections, des sociétés populaires et des clubs de
toutes couleurs, on nous ôte nos sauveurs, nos
pères de la patrie! Alors les écrits de tout genre, les pamphlets, les feuilles périodiques par
millier, devançaient, accompagnaient, répétaient et appuyaient toutes les déclamations
que faisaient les députés et les Jacobins, dont
la plupart des brochures s'imprimaient et se distribuaient aux frais du trésor public, qu'on
pillait et volait à outrance.

Au milieu d'un danger extrême, et entouré
de toutes parts par une armée de factieux, le roi
ne faisait toujours rien pour arrêter cet orage
dévastateur qui menaçait plus que jamais sa
tête sacrée; sa position était des plus alarmantes.
Les députés jacobins, comme une volière de
vautours, l'attaquaient continuellement avec
une fureur implacable, et c'était à qui répan-
drait, à qui mettrait au jour le plus d'absur-
dités et de mensonges. L'anniversaire du 14
juillet approchait à grands pas; la fête en com-
mémoration de ce jour qui avait bouleversé la
France depuis trois années, allait bientôt se
renouveler; mais combien cette fête était loin
de ressembler à celle où le peuple de tous les
départemens s'était rendu à Paris, deux années auparavant! La faction continuait à jeter
l'alarme dans tous les esprits avec encore plus
d'acharnement; le maire Pétion, devenu le
sujet de toutes les motions populaires et de tous
les mouvemens, fut enfin réintégré dans ses
fonctions par un décret de l'Assemblée natio-

22*

nale qu'avait obtenu les Jacobins. Suspendu le
6 juillet, le 13, il alla s'asseoir dans le fauteuil
du crime, au milieu de tous ses amis, qui l'attendaient à l'Hôtel-de-ville. Le 14 juillet arrive, et malgré sa situation la plus critique,
le roi se rend à la fédération ; oui, messieurs,
le roi se rend au Champ-de-Mars, entouré de
la garde nationale et des Suisses, qui heureusement le protègent de toute la force de leurs armes
et de tout leur courage ; la plupart des soldats
de ligne lui étaient aussi toujours dévoués.

Le maire Pétion qui, plus en faveur que jamais par sa réinstallation forcée, s'y rend aussi
et y signale son triomphe d'une manière scandaleuse ; entouré de quelques milliers de bandits ramassés des faubourgs, ayant écrit sur
leurs chapeaux, avec du blanc : *Vive Pétion,
ou la mort!* lui forment une garde-d'honneur,
et le conduisent au Champ-de-Mars, en répétant continuellement ces *vivat* incendiaires.
Cette journée, dont je ne donnerai aucun dé-
tail, commença comme toutes les fêtes guer-
rières, avec cette différence qu'elle fut sombre,
triste et remplie d'inquiétudes. Le roi, au milieu de la garde nationale et des Suisses, Pétion,
au milieu de ces bandes licencieuses, étaient
l'un et l'autre comme deux généraux ennemis
en présence. Cependant on y prêta, de part
et d'autre, le serment à la constitution, à
cette constitution qui, dans quelques jours,
allait être mise en lambeaux et foulée aux pieds,
comme vous l'allez voir tout-à-l'heure. Cependant, malgré ces bravades, cette fête, si on
peut lui donner ce nom, ne fut point arrosée

de sang. Vers les six heures, le roi entra dans son palais, escorté de la garde nationale. Pétion et toute sa cohorte, revinrent à l'Hôtel-de-Ville, toujours en poussant les mêmes cris de ralliement. Ainsi finit la fête du 14 juillet, qui fut la dernière de la royauté constitutionnelle.

Telle était, Messieurs, la situation des choses, tel était l'esprit de discorde qui allait amener les plus sinistres événemens. Après la journée du 14 juillet, on força le monarque à faire une proclamation sur les dangers de la patrie, et ces dangers ne consistaient que dans l'armement que faisaient tous les conjurés pour renverser le roi de son trône. Cette proclamation, publiée le 20 juillet, fut placardée le même jour dans les rues de Paris. Le 22, la municipalité n'eut rien de mieux à faire que de proclamer solennellement ces mêmes dangers dans Paris. Toute la ville parut dans une espèce de consternation. Aux alarmes que leur présentaient ces municipaux, on se demandait les uns aux autres, où étaient les dangers, où sont les ennemis? et on ne les voyait, ces dangers, que dans les têtes ou dans la mauvaise foi de ceux qui les proclamaient. Les armées coalisées d'Autriche, de Prusse et les émigrés, n'étaient pas aux portes de Paris, puisque, sur les frontières, les généraux français étaient victorieux de toutes parts. Plusieurs villes étaient déjà tombées en leur pouvoir. — Manuel, procureur de la commune, qui, comme Pétion, et digne de lui être associé, avait été suspendu de ses fonctions, fut réinstallé le 23. Deux jours après, les sections de Paris se déclarent en permanence, pour

aviser, disaient-elles, aux moyens de sauver la
chose publique. Mais ces moyens n'étaient rien
autre que de la troubler et de la bouleverser
plus vîte. Le roi, avec sa famille, concentré
dans son palais, était comme au milieu d'une
armée ennemie. Sa situation était toujours des
plus affligeantes ; les cours, le jardin des Tuileries n'étaient plus qu'un vaste désert. Personne,
autres que ses officiers, ses valets et la garde nationale, circulaient dans l'intérieur, tant on redoutait une nouvelle apparition de brigands et d'assassins. La méchanceté fut poussée si loin par les
clubs, qu'on publiait et affichait de tous côtés
que les ennemis de la patrie étaient dans Paris,
et que le château des Tuileries renfermait le
camp autrichien. Ils étaient donc bien punis,
ces Jacobins et leurs bandes, de ne pouvoir se
grouper sous les fenêtres du palais, et y décla-
mer à haute voix des insultes au roi et à Marie-
Antoinette ! Mais ils firent tant de bruit et crièrent tant, qu'ils obtinrent de l'Assemblée nationale un décret qui ordonna que la partie du
jardin qu'on nommait la terrasse des Feuillans,
aujourd'hui la terrasse de la rue de Rivoli, serait rendue publique ; alors la porte fut ouverte
et la terrasse fut mise à la disposition des Parisiens. Ils ne pénétrèrent point dans toute l'étendue du jardin ; une barrière fut mise dans toute
la longueur, depuis le pavillon Marsan jusqu'à
la porte de l'Orangerie, et cette barrière ne
consistait qu'en un seul ruban de six lignes de
largeur, attaché d'arbre en arbre, auquel on
avait mis des bandes de papier, de distance en
distance, portant ces mots : *Respect au ruban*

*tricolore! Le peuple ne doit point dépasser cette
faible barrière; au-delà est l'ennemi de la nation.* Ce qu'il y a de certain, mes jeunes amis,
c'est que personne n'osa franchir ce ruban. Le
jardin, dans toute son étendue, présentait le
calme du silence, ce n'était rien moins qu'un
désert, où l'on ne voyait que des sentinelles
posées le long du château et en différens endroits, tandis que la terrasse étroite des Feuillans était couverte d'un peuple immense qui
allait et venait, au milieu duquel on voyait des
orateurs, des chanteurs qui braillaient des chan-
sons infâmes contre la reine, et aigrissaient le
peuple contre le roi.

Tandis que le silence régnait dans le palais
des Tuileries, l'intérieur de la ville était dans
une agitation continuelle; des bandes de brigands aux gages de la Commune, se portaient de
tous côtés, et menaçaient les honnêtes citoyens
qui avaient une opinion contraire à leurs faits
et gestes. Le Palais-Royal était toujours le point
central de tous les mouvemens; l'esprit de la
révolte y était en permanence. Desprémenil,
conseiller au parlement de Paris, et qui, en
1787 et 1788, avait été porté en triomphe par
le peuple, à cause de la résistance opiniâtre
qu'il avait mise à l'enregistrement du droit de
timbre, ainsi qu'à celui de l'impôt territorial
de quatre-vingt millions, faillit périr par les
mains de ceux qui avaient pris autrefois sa défense. Reconnu dans le Palais-Royal, où il se
promenait avec quelques amis, il fut battu,
déshabillé et sabré; il ne dut la vie qu'au maire
Pétion, qui accourut à son secours pour empê-

cher le meurtre de cet homme célèbre. « Ah !
Monsieur, lui dit Desprémenil, revenu de son
évanouissement, comme vous l'êtes aujourd'hui, j'ai été porté en triomphe, et vous me
voyez dans un état bien différent. Il ajoute :
« Ne vous fiez pas toujours sur votre gloire actuelle. Tel était cependant le sort de ces prétendus amis du peuple, et tel était celui réservé
à Pétion, à Bailly, Manuel, Danton, Robespierre, etc., et à une partie des conjurés qui,
en ce moment, armaient le peuple contre le roi,
en lui distribuant des poignards, et ces poignards devaient se tourner contre eux-mêmes.
Tel fut enfin le sort que Dieu réserva à ces
odieux révolutionnaires.

Enfin, Messieurs, entrons dans ce dédale de
malheurs et de crimes qui vont se succéder
avec rapidité. Voyons ce chaos qui va tout bouleverser ; voyons les conjurés et leurs satellites
dresser leurs batteries, aiguiser leurs poignards
et marcher contre le palais du monarque, contre
ce prince malheureux qui ne fait rien ou presque
rien pour arrêter ces brigands qui bravent Dieu,
les lois et la sainte humanité. Voyons leurs pelotons, leurs bataillons et comment ils les organisent pour accomplir leurs desseins ; voyons
leur tactique infernale, et quels sont les chefs
audacieux qui commandent ces cohortes que
Dieu réprouve et que les lois puniront tôt ou
tard.

Le petit village de Charenton sur les rives de
la Seine, à deux lieues de Paris, était depuis
plusieurs mois le rendez-vous des principaux
conjurés ; et ces conjurés étaient Brissot, Carra,

Chabot, Bazire, Camille-Desmoulins, Danton, Marat, Robespierre, Manuel, Tallien, Collot-d'Herbois, et autres gens obscurs et scélérats. Ils formaient l'âme de la conspiration dans la partie civile, qu'on nommait comité-directeur. Dans la partie militaire étaient Santerre, Lajouski, Westermann, Fournier, Anacharsis-Clootz, Rossignol, etc. Ceux-ci devaient commander la force armée et marcher à la tête des colonnes. La réunion des chefs de cette bande de conspirateurs avait lieu deux ou trois fois par semaine, et ils se rendaient à ce village en passant par le faubourg Saint-Antoine et Saint-Mandé, et quelquefois en suivant les rives de la Seine. C'est dans ce comité, qu'on appelait de tous les départemens les hommes dignes de s'associer à leurs projets et de former leurs complices. Plusieurs mille hommes, ramas impur de vauriens et de mauvais sujets, étaient déjà arrivés à Paris, et n'attendaient plus que le moment de se ranger sous leurs bannières, lorsqu'ils apprirent l'approche d'un bataillon de Marseillais, qui venait de traverser la France à grandes journées, sous prétexte d'aller aux frontières. Le 28 juillet, tous les conjurés, une grande partie des membres du club des Jacobins et de celui des Cordeliers, ainsi que les meneurs des sections de Paris, se rendirent à Charenton au nombre de plus de cinq cents, pour y recevoir ces Marseillais et fraterniser avec ces hommes qu'ils appelaient leurs frères. Un repas de douze cents couverts fut commandé. Ce bataillon, ramas impur de mauvais sujets levés dans toutes les contrées du midi, arrive sur différens bateaux qui descendent la Seine, et débarque avec deux pièces de canon et leur attirail de guerre. Comment vous peindre, Messieurs, cette entrevue de conjurés et de soldatesque, dont la majeure partie était digne de figurer dans les bagnes de Brest et de Toulon! Je ne vous parlerai pas de leurs embrassades et des transports de joie qu'ils firent éclater, quoiqu'ils ne se fussent jamais vus. On se met à table; toute la troupe boit, mange en vrai glouton : on y dévore les viandes, et le vin entre dans leurs gosiers comme dans des entonnoirs. *Vive la nation!* s'écrient les chefs, et des toasts sont portés avec délire à la liberté, à l'égalité et à la république. Puis un nouveau serment est prêté de vaincre ou mourir en défendant la liberté ; et au même instant tous les convives tirent du fourreau les épées, les sabres et les poignards, que chacun agite en l'air avec fureur. Jamais orgie ne fut plus bruyante et plus horrible. A les voir dans leur rage, il semblait qu'ils allaient s'élancer sur leurs victimes. Ici, mes jeunes amis, vous en voyez le tableau. Ce repas dura plus de quatre heures; le vin et les liqueurs y furent bus avec profusion et avec abondance de cœur. Je crois qu'ils eussent avalé la Seine, si elle se fût changée en vin.

Tandis que la soldatesque et les Jacobins faisaient ripaille et buvaient à perdre leur peu de raison, le comité-directeur délibère sur les moyens de conduire à Paris cette troupe de brigands et de la loger commodément et dans un seul et même endroit. Le couvent des Cordeliers fut choisi pour les y caserner. Le plan arrêté, les membres du club de ce nom se mettent à leur tête ; et la cohorte, tambour battant, marche vers le faubourg Saint-Antoine, avec ses canons, et y entre aux cris de *vive la nation !* ensuite elle défile par la place de la Bastille, gagne la Grève et arrive au couvent des Cordeliers vers les dix heures du soir.

Lorsque ce bataillon de Marseillais fut entré dans Paris, les conjurés ne craignirent plus de se montrer publiquement et d'organiser leurs forces pour marcher contre le palais du monarque. Les anciens Gardes-Françaises qui avaient abandonné leur roi à Versailles après le 14 juillet 1789, et ensuite marché contre ce prince, dans la journée du 5 octobre suivant, sous le commandement du général Lafayette, et amené le monarque à Paris, venaient de partir pour les frontières. Un avocat, nommé Verrière, homme contrefait, leur défenseur et leur protecteur, en était le commandant. C'étaient eux qui l'avaient appelé à leur tête. Ces gardes formèrent trois régimens, sous le nom de Cent-Deux, Cent-Trois, et Cent-Quatre. Ainsi fut placé à la queue de l'armée le premier régiment de France, qui avait eu pour colonel un maréchal : il fut réduit à obéir à un bossu. Mais la liberté ne connaissait plus de distinction de rangs et de titres. La cause du départ de ces soldats patriotes venait de ce qu'ils n'avaient pas répondu aux différentes propositions qui leur avaient été faites de marcher une seconde fois contre leur prince. D'un autre côté, ils pouvaient bien tourner leurs armes contre ceux qui les avaient entraînés à la rebellion.

Alors il fut décidé de les sacrifier : tel est le sort réservé aux traîtres. Au moment de leur départ ils passèrent la revue dans les cours du Louvre, et quittèrent Paris à regret. Ils furent rejoindre l'armée des Ardennes. Mais à peine furent-ils arrivés en présence de l'ennemi, que leur général (à qui on avait donné le surnom de général Jaco, à cause de sa bosse), qui savait mieux manier la plume que l'épée, les entraîna dans une embuscade où ils furent presque tous tués : il n'en échappa pas dix par régiment : fin encore trop honorable pour des traîtres à leur patrie et à leur roi.

N'ayant plus aucune troupe de ligne dans Paris qui s'opposât à leurs projets, les conjurés ne s'occupèrent plus qu'à amener le dénouement de leur vaste conspiration, et à organiser leurs cohortes. Comme les événemens sont du plus grand intérêt pour les princes et pour les peuples, nous allons, Messieurs, suivre jour par jour les hommes et les choses qui amenèrent la funeste journée du 10 août et la chute du trône.

Dès que la cohorte marseillaise fut entrée dans Paris, elle s'associa à trois ou quatre cents brigands que l'Hôtel-de-Ville tenait à sa solde, et à diverses autres bandes venues des départemens, qui, sous prétexte de marcher aussi aux frontières, étaient restées dans la capitale. Le 30 juillet, ils commencèrent leur cours d'assassinat; et voici comment ils s'y prirent : les grenadiers de la garde nationale de la section des Filles-St.-Thomas, connus par l'attachement qu'ils portaient à Louis XVI, s'étaient réunis au bout des Champs-Elysées, où ils faisaient un repas de corps chez un restaurateur, à l'enseigne du Jardin-Royal. Instruits de cette réunion fraternelle, les Marseillais se transportent avec leurs deux pièces de canon et leur attirail de guerre dans le milieu des Champs-Elysées, à l'effet, disent-ils, d'y faire l'exercice. A cinq heures, ils y arrivent au milieu des acclamations d'une populace qui les précède et les suit. Les cris de *vive la liberté!* retentissent de toutes parts; et ces cris semblent les encourager dans leur projet de massacre. Là, au milieu d'une foule de peuple, ils commencent leurs manœuvres militaires; mais bientôt ces manœuvres cessent, et la plupart d'entre eux se dispersent de différens côtés, dirigent leurs pas vers le Jardin-Royal et y entrent. Dès qu'ils aperçoivent quelques grenadiers, ils les provoquent, ils les insultent par des mots à la provençale, que ceux-ci n'entendent que confusément. Soutenus par le bataillon qui n'était qu'à quelques pas, ils s'enhardissent, et leur nombre augmente de moment en moment, au point que les grenadiers des Filles-St.-Thomas sont forcés de se retirer. Mais à peine sont-ils entrés dans les Champs-Elysées qu'ils sont poursuivis par ces brigands, et des coups de sabre sont donnés et reçus de part et d'autre. La canaille, qui était nombreuse, se joint aux Marseillais, jette des pierres, et crie : *à bas les royalistes!* La lutte devint bientôt inégale, et les grenadiers de la section des Filles-Saint-Thomas n'ont que le temps de prendre la fuite et de rentrer dans Paris. Un d'eux est assassiné vers les boulevards

au moment où il se précipite dans un café ; et
M. Duhamel est la première victime qui périt
sous les coups des brigands. Ses camarades,
plus heureux, en sont quittes pour quelques
blessures et rentrent dans les Tuileries, et de
là dans le sein de leurs familles. Enfin, la nuit
étant survenue, elle couvrit de ses ombres le
sang que venaient de répandre les assassins du
midi, qui se retirèrent vers les dix heures du
soir et gagnèrent leur caserne de la rue des
Cordeliers, en chantant leurs infâmes prouesses.
Tel fut, Messieurs, le premier crime de cette
cohorte qui a fait tant de bruit, et qui n'attendait plus que le moment de recommencer;
mais l'heure d'un horrible massacre n'était point
encore sonnée.

La nouvelle de cette provocation manifeste
fut bientôt connue de tout Paris. Les uns la
regardèrent comme un attentat à l'honneur de
la garde nationale qu'on voulait épouvanter;
les autres y applaudirent et traitèrent cette
affaire tout à l'avantage des Marseillais, en disant que c'étaient les grenadiers qui avaient provoqué l'attaque. Les journaux patriotes et toutes
les feuilles périodiques dans le sens des Jacobins
firent chorus avec la tourbe sanguinaire, qui
faisait tout son possible pour accomplir leur
projet séditieux.

Louis XVI, toujours retiré dans son palais
des Tuileries, d'où il voyait, pour ainsi dire,
de ses propres yeux, les assassins roder autour
de sa demeure, ne pouvait prendre sur lui de
donner des ordres sévères contre ces actes de
révolte, et d'agir avec toute la fermeté qu'un

souverain doit montrer, quand sa vie en dé-
pend, et surtout la tranquillité de son peuple.
Le cœur navré de douleur, le roi fait seulement une proclamation, où il retrace ces actes
de violence, et ordonne la poursuite des coupables devant les tribunaux. Mais les fonc-
tionnaires publics auxquels il adresse ses ordres,
s'épouvantant eux - mêmes des menaces qui
leur sont faites par les factieux, restent sans
en ordonner l'exécution. Les Marseillais, ou
plutôt la horde d'assassins à qui l'on donnait
alors ce nom honorable, encouragés par la
faiblesse que témoigne Louis XVI, sur la répression de leurs crimes, ne mettent plus aucune réserve dans leur conduite atroce et sanguinaire, comme je vais vous le faire voir tout-
à-l'heure.

L'Assemblée nationale, aussi coupable qu'elle
était faible dans sa conduite, fut bientôt instruite des événemens qui venaient de se passer
aux Champs-Élysées ; mais elle ne fait rien
pour punir les brigands ou les repousser de
Paris. La conspiration prenait de moment en
moment, une consistance la plus redoutable,
vu qu'une grande partie des députés y prenait une part active et scandaleuse. Parve-
nait-il à la barre des plaintes sur les désordres
qui avaient lieu à tous les instans du jour, soit
dans les faubourgs, soit dans la ville, elles n'é-
taient que faiblement écoutées. Si un député,
ami de l'ordre, demandait la punition des coupables, il était aussitôt hué par les tribunes et
par tous les scélérats qui assistaient aux séances.
Comment, Messieurs, vous peindre le tumulte

et le désordre qu'occasionnent les Marseillais, dans le sein de l'Assemblée nationale, à la suite de leur insolente provocation? Tout était confusion et désordre; les cris, les menaces, les provocations se font entendre de toutes parts. Le respect pour la représentation nationale n'en impose plus à personne. La voix des députés qui veulent parler en faveur de la paix et du bon ordre, est couverte de vociférations et d'injures contre le souverain. Le président veut-il ramener l'ordre et le calme dans la salle, il ne peut se faire entendre, malgré qu'il agite vivement la sonnette, et qu'il mette son chapeau sur sa tête en signe que la chose publique est en danger; on ne connaît plus ni honneur, ni devoir. Les uns disent qu'ils veulent sauver la patrie, et c'est à qui la plongera dans l'anarchie et toutes ses horreurs. Malheur aux députés qui parlent en faveur de la constitution et du roi! Plusieurs membres faillirent être assassinés dans les rues en sortant de la salle de leurs séances.

Voici, Messieurs, quelle était la situation de Paris, dans les premiers jours du mois d'août, et quelle fut la marche du comité-directeur pour arriver au but du dénouement désastreux qu'il se proposait. Les brigands, que conduisaient les agens de la faction, jetaient le trouble, non-seulement dans les rues de Paris, dans les places, dans les promenades publiques et dans les cafés, mais encore dans les assemblées de section, à l'Hôtel-de-Ville et dans tous les endroits où se réunissaient les citoyens. La proclamation du roi ne fut ni écoutée, ni respectée. Les bandits couraient de toutes parts, en profanant son nom par des paroles licencieuses. La garde nationale de Paris, divisée entre elle par esprit de parti, ne formait qu'une faible barrière à tant d'horreurs. Trois grenadiers de ceux qui avaient été maltraités aux Champs-Élysées, se présentent le soir à la barre de l'Assemblée nationale, pour y porter leurs plaintes et demander protection ; mais ils y furent insultés d'une manière scandaleuse. « Nous venons nous plaindre, dit l'orateur, de ce que, dînant tranquillement avec nos amis, nous avons été assaillis par une troupe de gens égarés. Nous sommes tous dévoués à la défense de la liberté ; nous n'avons, dans notre paisible repas, fait aucune insulte à la constitution, que nous chérissons tous ; et cependant nous avons été assaillis d'une grêle de pierres. Six cents furieux... » Au mot de furieux prononcé avec force par l'orateur, l'Assemblée nationale devient une arène de révolte. On pousse des huées du côté gauche et particulièrement dans la tribune, au point qu'il est impossible de s'entendre. Après un très-grand trouble, le calme renaît, et l'orateur continue. « Les Marseillais, dit-il, ont fondu sur nous à coups de sabre et de pistolets. Ils ont assassiné un de nos camarades... » Tant mieux, s'écrie une voix dans les tribunes. Ici, nouveau bruit, nouveau désordre. L'orateur reprend : « Notre ami eût mieux aimé verser son sang pour la patrie. Plusieurs d'entre nous ont été attaqués, comme lui ; ils n'ont dû leur salut qu'à leur fermeté et leur courage. Nous vous demandons jus-

tice , le sang de nos frères crie vengeance.... »
Nouvelles huées , nouveau désordre. « Législateurs , poursuit le grenadier , la garde nationale de Paris vous a bien défendus ; vous ne
verrez pas de sang-froid commettre sous vos
yeux de tels assassinats....» En ce moment, les
huées , les menaces , les provocations se manifestent dans les tribunes avec un bruit affreux ;
il semblait que tous les brigands s'étaient
réunis dans l'enceinte du sénat. Enfin , l'Assemblée nationale , après avoir été témoin de
ce désordre , déclara avec beaucoup de sang-
froid , par l'organe de son président , qu'elle
prendrait en considération les faits qu'on vient
de lui dénoncer , et accorde les honneurs de
la séance aux pétitionnaires. Le député Merlin ,
qui semblait partager les opinions des assassins ,
demande l'ordre du jour ; et les gardes nationaux traversent la salle au milieu des huées
et des vociférations.

Ces grenadiers furent à peine hors de la
salle , que d'autres gardes nationaux ou prétendus tels , du moins ils en portaient l'uniforme , paraissent à leur tour à la barre du
sénat. Ceux-ci déclarent être de garde au château des Tuileries, et dénoncent les grenadiers
des Filles-Saint-Thomas et les accusent d'avoir
provoqué au combat les Marseillais. Leur discours, qui n'est rien autre chose qu'une plate
dénonciation contre le roi, la reine , les dames
d'honneur et toutes les personnes attachées à
la cour , fut applaudi par les tribunes à plusieurs reprises. Ces faux gardes nationaux reçoivent les honneurs de la séance , mais décla-

rent qu'ils retournaient à leur poste, et tra-
versèrent la salle aux cris de *vive la liberté !*
vive la nation ! Telle fut, Messieurs, la fin
de cette journée; et l'Assemblée nationale lève
sa séance à minuit sans rien statuer.

Le 1.er août, une nouvelle députation du
bataillon des Filles-Saint-Thomas, se présente
à la barre de l'Assemblée nationale, pour y
faire lecture d'une adresse signée de tous les
volontaires de ce bataillon, par laquelle ils déclarèrent vouloir rétablir la vérité des faits qui
s'étaient passés le 30 juillet, aux Champs-
Élysées. Mais la lecture de cette adresse n'est
faite qu'au milieu des huées et des cris furieux.
Ils redoublent, lorsque les pétitionnaires déclarèrent n'avoir tiré leurs sabres qu'après un
quart-d'heure de menaces, d'insultes, d'humiliations; et que, pressés par la nécessité de
défendre leur vie contre une troupe de brigands armés de pistolets et quelques-uns de
carabines, etc. etc. Ces derniers mots sont à
peine prononcés par l'orateur, que la salle de
l'Assemblée nationale fut agitée d'un nouveau
vacarme encore plus effrayant que tous les
bruits qu'on a déjà entendus; les menaces et le
trépignement des pieds ébranlent les voûtes
de l'édifice du sénat. Les pétitionnaires sont
obligés de se retirer confus et accablés des plus
violentes provocations, sans que les députés
fassent rien pour ramener le calme et pour faire
évacuer les tribunes.

Le 2, les Marseillais, ou plutôt une députation de ce corps de brigands organisés (on
ne peut leur donner d'autre nom), arrivent à

23*

la barre de l'Assemblée, d'un air audacieux;
ils parlent aux députés, avec une effronterie révoltante; ils traitent le roi comme le dernier
des hommes; ses ministres sont insultés et traînés dans la boue. En terminant leur dégoûtante
pétition, ils s'expriment en ces termes : « Nous
» venons, au nombre de cinq cents, acquitter
» le serment des citoyens de Marseille, de com-
» battre pour la liberté; mais la liberté n'est
» pas le roi, et quand nous allons verser notre
» sang, il nous importe de savoir si c'est pour
» la défense de la liberté, ou pour les intérêts
» de Louis XVI...... » Puis ils demandent la
déchéance du roi, l'arrestation des ministres;
et s'écrient, avec la dernière insolence : « Qu'im-
» porte que les grenadiers des Filles-St.-Thomas,
» dînant paisiblemement aux Champs-Élysées,
» aient été insultés, provoqués, attaqués ?
» qu'importe qu'ils aient tenu des discours
» indécens contre la constitution ? C'est alors
» que le roi, jouant le rôle de défenseur offi-
» cieux des grenadiers des Filles-St.-Thomas,
» s'efforce de poursuivre les Marseillais devant
» les tribunaux; eh bien! nous voulons qu'elle
» soit instruite, cette terrible procédure, et en
» attendant que les tribunaux aient prononcé,
» nous restons en ôtage à Paris; et comme nous
» avons autant de droits que les grenadiers des
» Filles-St.-Thomas à garder l'Assemblée natio-
» nale, nous demandons que votre garde de sû-
» reté soit composée de trois cents hommes de
» chaque département. »

Cette cohorte assassine eut à peine prononcé
cette pétition, rédigée par les chefs du club des
Cordeliers, que, tournant la tête du côté des

tribunes, pour leur faire le signal convenu, les applaudissemens éclatèrent avec un vacarme épouvantable, secondés par une partie des membres de l'Assemblée. Eh ! Messieurs, que vous dirai-je ! ces jours d'alarme présentent des scènes si affligeantes, qu'il répugne à mon cœur, qui en fut témoin, d'en retracer les souvenirs. Mais enfin il faut bien vous faire connaître la marche du torrent dévastateur qui prépare tant de crimes. Les Marseillais, ou soi-disant tels, ont à peine terminé la lecture de leur insolente pétition, qui fut appuyée par plusieurs députés, entr'autres, par Belgarde et Mazuyer, qu'une députation d'hommes et de femmes de la section des Quatre-Nations, (il était onze heures du soir) entre en foule à la barre en criant, tous ensemble, ces terribles mots : *Vengeance ! vengeance !.... On empoisonne nos frères.* Ces cris d'alarme jettent l'épouvante dans toute la salle. La séance était levée, les députés se retiraient ; mais ces cris lamentables rappellent les législateurs, qui reprennent leur place, au milieu de l'effroi général ; les cris continuent, et la consternation est à son comble. On court chercher le présiden : c'était Vergniaud. Il arrive, et se jette dans son fauteuil, pâle comme la mort. Bientôt le calme se rétablit, et l'orateur de cette troupe d'alarmistes prend la parole en ces termes : « Législateurs, s'écrie-t-il en

» poussant des soupirs, ce n'est point une pétition
» que nous venons vous faire ; nous sommes des
» citoyens qui venons, le cœur navré de dou-
» leur, vous dénoncer un crime atroce, hor-
» rible, l'empoisonnement de nos défenseurs,

» de nos frères, de nos pères, de nos enfans,
» de nos amis; les uns sont morts, les autres
» sont dans les hôpitaux, malades. Pouvez-
» vous ne pas frémir d'indignation? Ce ne sont
» point des plaintes, ce sont des cris, des hur-
» lemens que nous poussons vers vous. Si du
» moins, ces malheureux étaient morts en com-
» battant pour la patrie, nous dirions, comme
» les Spartiates : *La patrie est sauvée.* Mais, en
» se sacrifiant pour nous tous, pour prix de
» de leur patriotisme, ils meurent par le poi-
» son! Qu'ils se montrent donc ces lâches ho-
» micides, et nous les combattrons. Ah! si
» nous n'avions pas eu tant de patience; si,
» dès le commencement de la révolution,
» nous les eussions exterminés jusqu'au der-
» nier, la révolution se serait achevée, et
» la patrie ne serait pas en danger!

» Mais vous, représentans du peuple, con-
» tinue l'orateur, vous en qui seuls nous pouvons
» encore avoir confiance, nous abandonnerez-
» vous? (Non! non! s'écrie l'Assemblée, par ex-
» clamation.) Si nous ne comptions pas sur vous,
» je ne vous réponds pas des excès où notre
» désespoir pourrait nous porter; nous péri-
» rions dans les horreurs de la guerre civile,
» pourvu qu'en mourant nous entraînassions avec
» nous quelques-uns des lâches qui nous assas-
» sinent...C'est donc à vous que nous demandons
» vengeance, et nous l'attendons de vous... »
Oui! oui! vous l'obtiendrez, s'écrie l'Assemblée. On applaudit dans toute la salle, et la
séance est levée à minuit.

Ces cris de vengeance, ces cris de désespoir.

ou plutôt ces hurlemens (telle était l'expression de l'orateur), ouvrage de la plus grande
fausseté, avaient pour but d'irriter le peuple
contre le roi, la reine et les ministres, et occasionner un soulèvement dans le milieu de la
nuit : car c'était toujours dans les séances du
soir, que les Jacobins faisaient agir leurs agens.
Des couriers expédiés à Soissons (c'était là
où avaient eu lieu ces prétendus empoisonne-
mens), démentirent bientôt ces faux bruits.

Le 3, nouvelle tactique, nouveaux efforts
pour accomplir les projets de bouleversement
de la France et la chute du trône. Voici ce
qu'un député dit à l'Assemblée, à l'occasion
du prétendu empoisonnement des soldats nationaux : « On ne croit point au système adopté
» pour agiter le peuple, s'écrie le représentant
» Lasource; cependant, ce qui s'est passé hier,
» à la fin de votre séance, ne prouve que
» trop que ce système se suit avec activité.
» Ceux qui ont persuadé au peuple que 170
» volontaires nationaux étaient morts empoi-
» sonnés, que 700 autres étaient à l'hôpital,
» sont manifestement des factieux, des brigands,
» des séditieux; c'était un coup monté pour exci-
» ter une rumeur dans Paris, faire sonner le
» tocsin et répandre une alarme générale; en-
» fin, pour exciter un mouvement que l'on
» attend depuis long-temps. Je demande que
» l'Assemblée charge le pouvoir exécutif, et
» spécialement le maire de Paris, de faire re-
» chercher les auteurs de ces faux bruits, etc. »

Ces paroles, quoique très-énergiques, prononcées par Lasource, ne furent point écou-

tées. Les cris de guerre contre le roi étaient les seuls qui fussent entendus par l'Assemblée nationale, qui, toujours dans un véritable chaos, devint encore plus agitée, car une partie des députés du côté gauche prenaient plaisir eux-mêmes à sonner l'alarme. Enfin, parut à la barre le maire Pétion. Ce chef populaire, précurseur des plus grandes calamités, ne vient point donner à l'Assemblée des éclaircissemens qu'elle demande sur les mouvemens de Paris, mais les provoquer, mais les encourager. A la tête d'une députation de la Commune et au nom de tous les habitans que le maire n'avait point consultés, il s'exprime en ces termes, avec une grande pancarte à la main (c'était son discours écrit) : « Législateurs, c'est lorsque la patrie est en danger, que tous ses enfans doivent se presser autour d'elle; et jamais un si grand péril n'a menacé la patrie. La commune de Paris nous envoie vers vous; nous venons apporter dans le sanctuaire des lois le vœu d'une ville immense. Pénétrée de respect pour les représentans de la nation, pleine de confiance en leur courageux patriotisme, elle n'a point désespéré du salut public; mais elle croit que pour guérir les maux de la France, il faut les attaquer dans leur source et ne pas perdre un moment. C'est avec douleur qu'elle vous dénonce, par notre organe, le chef du pouvoir exécutif. Le peuple a sans doute le droit d'être indigné contre lui; mais le langage de la colère ne convient point aux hommes forts. Contraints par Louis XVI à l'accuser devant vous et devant la France entière, nous l'accusons sans amertume comme sans ménagement pusillanime. Il n'est plus temps d'écouter cette longue indulgence qui sied bien aux peuples généreux, mais qui encourage le roi au parjure ; et les passions les plus respectables doivent se taire quand il s'agit de sauver l'Etat, etc., etc.»

Tel est le protocole de l'accusation la plus absurde et la plus erronée que le maire **Pétion**, accompagné d'une poignée de factieux, produisit à la barre de l'Assemblée nationale contre le plus infortuné des monarques, par laquelle il demandait non la suspension, mais la déchéance du souverain. Ah! qui le croirait, si la chose n'était à la connaissance de tout Paris ? c'est que l'Assemblée nationale eut le courage d'entendre tout au long cet acte de révolte qui devait bouleverser la France, et l'envoya à un comité extraordinaire pour l'examiner. Comme tout était extraordinaire dans ce temps de désordre, et que l'esprit révolutionnaire tourmentait la plupart des têtes, elle fut bientôt suivie de plusieurs adresses et de pétitions qui, fabriquées dans les clubs, furent lues le lendemain à la même barre de l'Assemblée. Elles venaient des départemens, disaient les députés ; et ces départemens étaient, ce qu'on pouvait appeler, les faubourgs de Paris, les guinguettes et les cabarets ; car c'était dans ces lieux de débauche que le crime s'organisait en faisant couler des flots de vin.

Malgré les insultes des factieux, malgré ces provocations dirigées contre Louis XVI, ce prince malheureux n'en correspondait pas moins avec l'Assemblée nationale. Les ministres y portaient ses messages, et ces messages n'étaient pas toujours des mieux accueillis. M. Champion de Cicé, vivement insulté par le côté gauche, entre autres par le député Isnard, leur répond : que c'étaient eux qui étaient vendus aux Anglais. «Monsieur le président, crie Isnard de toutes ses forces et avec fureur, je dénonce à l'Assemblée, à la nation entière, M. Champion, *l'exécrable*, qui me dit que je suis vendu aux Anglais. » — Malheureux ! ouvre mon cœur, dit ce député en fixant le ministre avec des yeux étincelans de colère, et tu verras s'il est français. Puis Isnard attaque le roi et la cour sans aucun ménagement, et les accuse d'être les auteurs de tous les maux que préparent les brigands.

Le 4, nouvelle attaque contre le pouvoir exécutif; nouvelle provocation au crime. Une des sections de Paris ne craint point de déchirer le rideau qui cachait encore en partie l'armement des bandits qui se proposaient de marcher contre le palais du souverain. Une section, dis-je, et c'est celle de Monconseil, sous la présidence d'un Lechenard, signe l'ordre d'un soulèvement général, par un arrêté ainsi conçu (il est digne de ces temps d'anarchie): « L'an IVe de la liberté, l'Assemblée réunie au nombre de plus de six cents citoyens (ils n'étaient pas cinquante), délibérant sur les dangers de la patrie, considérant que le danger s'aggrave tous les jours par l'insigne perfidie du pouvoir exécutif et de ses agens;

» Considérant que la nation ne peut sortir de la crise dangereuse où elle est, que par un grand effort ;

» Considérant qu'il est impossible de sauver la liberté par la constitution ;

» Considérant, à cet égard, qu'on ne peut reconnaître la constitution comme l'expression de la volonté générale ;

» Considérant que Louis XVI a perdu la confiance de la nation ; que les pouvoirs constitués n'ont de force que par l'opinion, et qu'alors, la manifestation de cette opinion est un devoir rigoureux et sacré pour tous les citoyens : déclare en conséquence, de la manière la plus authentique et la plus solennelle, à tous ses frères, qu'elle ne reconnaît plus Louis XVI pour roi des Français ; déclare que, renouvelant le serment, si cher à son cœur, de vivre et mourir libre, et d'être fidèle à la nation, elle abjure le surplus de ses sermens comme surpris à la foi publique ;

» Arrête, en conséquence, que, dimanche prochain 5 août, elle se portera tout entière dans le sein du Corps-Législatif, pour lui notifier la présente déclaration et lui demander s'il veut enfin sauver la patrie ; se réservant, sur la réponse qui lui sera faite, de prendre telle détermination ultérieure qu'il appartiendra ; promettant, d'avance, qu'elle s'ensevelira plutôt sous les ruines de la liberté, que de souscrire au despotisme des rois ;

» Arrête en outre, en regrettant de ne pouvoir étendre cette mesure à toutes les sections de l'empire Français, qu'il sera fait une adresse aux quarante-sept autres sections et à toutes les communes du département de Paris, portant invitation d'adhérer au présent arrêté, et

de se réunir à elle, ledit jour, dimanche 5
août, prochain, à 11 heures du matin, pour
se présenter au Corps-Législatif, aux fins portées dans ledit arrêté;

» Arrête définitivement que le présent sera
porté à la municipalité et envoyé à toutes les
sociétés populaires de la capitale. »

» *Signé* LECHENARD, *Président ;* BERGOT,
« *Secrétaire.*

A cet acte du soulèvement général d'une
section, est jointe la circulaire adressée à tous
les citoyens du département de Paris, ainsi
conçue, et commençant par ces deux vers :

» Le devoir le plus saint, la loi la plus chérie,
» Est d'oublier la loi pour sauver la patrie.

» Citoyens de toutes les sections, l'Assemblée
» nationale délibère, mais l'ennemi s'approche,
» et bientôt Louis XVI va livrer nos cités aux
» fers ensanglantés des despotes de l'Europe.
» Citoyens, levez-vous et venez avec nous de-
» mander au sénat s'il se croit capable ou
» non, de sauver la patrie ; et, sans quitter la
» barre, obtenons enfin le droit d'oublier la
» loi pour sauver la patrie.
» Les citoyens de la section de Monconseil
» ont conçu le noble dessein de reprendre leurs
» droits, de faire triompher la liberté ou de
» s'ensevelir sous ses ruines ; et, sans doute,
» cet exemple généreux sera imité de toutes
» les sections de l'empire.

» Que Paris soit encore l'étonnement de
» l'univers et l'effroi du despotisme ! Déjà de-
» puis trop long-temps un tyran méprisable
» se joue de nos destinées ; gardons-nous d'at-
» tendre , pour punir , qu'il ait assuré son
» triomphe ! Levez-vous , citoyens , et songez
» qu'un tyran ne pardonne jamais.

» Sans nous amuser encore à calculer ses
» erreurs , ses crimes et ses parjures , frappons
» le colosse effrayant du despotisme ; qu'il
» tombe ; qu'il se brise en éclats, et que le
» bruit de sa chute fasse pâlir les tyrans jus-
» qu'aux extrémités du monde.

» Unissons-nous tous pour prononcer la dé-
» chéance de ce roi cruel. Disons, d'un accord
» commun : *Louis XVI n'est plus roi des*
» *Français.*

» L'opinion seule fait la force des rois ; eh
» bien , citoyens, employons l'opinion pour le
» décheoir , car l'opinion fait et défait les rois.

» Louis XVI est livré à la réprobation la plus
» avilissante. Toutes les parties de l'empire le
» rejettent avec indignation ; mais aucune
» d'elles n'a suffisamment exprimé son opi-
» nion.

» La section de Monconseil déclare donc à
» toutes les parties du souverain, qu'en pré-
» sentant le vœu général, *elle ne connaît plus*
» *Louis XVI pour roi des Français* ; qu'elle ab-
» jure le vœu qu'elle a fait de lui être fidèle ,
» comme surpris à sa foi.

» Citoyens , imitez notre exemple. La ty-
» rannie s'écroule, et la France est sauvée pour

» jamais. Le rendez-vous général est le boulevard
» de la Madeleine-Saint-Honoré.

» *Signé* LECHENARD, *Président*, et BERGOT,
Secrétaire. »

Tel fut, Messieurs, le délire d'une poignée
de fanatiques hors de sens, ou plutôt de vrais
scélérats qui, sans crainte et sans humanité,
appelaient sur la France l'anarchie et ses horreurs ; et le nombre de ces hommes impies ne
montait pas à plus d'une dixaine, et cependant
ils parlent au nom de trente mille citoyens paisibles et absens qui composaient leur section.
Cet acte de révolte qui appelait l'armement des
Français contre les Français, fut cependant lu
tout entier à l'Assemblée nationale, au milieu
d'un calme imperturbable. Deux députés seulement demandèrent la répression de ce cri de
désespoir et de ralliement ; mais à peine furent-
ils écoutés. Dans cet instant un petit nombre
de factieux de la section des Gravilliers arrivent
tout-à-coup à la barre, arrêtent la discussion et
demandent la parole. Ils déclament dans le
même sens que les factieux de la section de
Monconseil, et demandent avec effronterie la
déchéance de Louis XVI et son accusation.
Puis ils terminent leur cri aux armes par ces
mots insolens : « Nous vous laissons encore,
» législateurs, l'honneur de sauver la patrie ;
» mais, continue l'impudent orateur, si vous
» refusez de le faire, il faudra bien que nous
» prenions le parti de la sauver nous-mêmes. »
Alors des cris d'applaudissement retentissent

dans toute la salle, et particulièrement dans les tribunes. Neuf gardes nationaux de la même section paraissent à la barre et demandent à leur tour la parole : « Les grenadiers de la » garde nationale, dit leur orateur, ont été » créés par un génie astucieux et perfide ; quel- » ques-uns se sont déshonorés pendant la ré- » volution, pour s'attacher au pouvoir exécutif » et baiser la main de sa femme. » Puis ôtant leurs bonnets, ils les déposent sur le bureau en disant : « Nous les destinons à ceux de nos » frères qui sont sur la frontière. » Après avoir donné le signal de la défection des grenadiers de la garde nationale de Paris, ces faux gardes nationaux postiches, car c'étaient des membres du club des Jacobins, défilent dans l'Assemblée nationale, au milieu des applaudissemens. Ces jongleurs furent à peine hors de la salle, que d'autres jongleurs reparurent. Ceux-ci, pour ôter au malheureux roi les moyens de résistance, demandent instamment que les Suisses, les seuls défenseurs qui restent fidèles à Louis XVI et qui doivent périr avec la monarchie, partent pour les frontières. Tels sont, Messieurs, les résultats de la séance du 4 août.

Le 5, les Jacobins continuent de faire venir à la barre de l'Assemblée nationale, des pétitions qui demandent la déchéance de Louis XVI. Le désordre s'accroît dans toute la ville ; les sections sont en opposition les unes contre les autres. Celle-ci désapprouve l'arrêté de la section de Monconseil ; celle-là l'approuve, et déclare que c'est le seul moyen de sauver la patrie. Deux députations de la section des Filles-

Saint-Thomas arrivent presque en même temps
à la barre du sénat ; l'une désapprouve les
adresses relatives à la déchéance du roi : elle
est huée ; l'autre, à la tête de laquelle se trouvent Chénier et Collot-d'Herbois, l'approuve
et demande la déchéance du roi, et en même
temps dénonce le parti qui s'oppose à l'insurrection. L'Assemblée nationale ne présente plus
qu'une arène de lutte et de combats. Les députés du côté droit sont hués par les tribunes ;
ceux du côté gauche sont applaudis à outrance.
Au milieu du désordre et des cris de fureur
que poussent les tribunes, un député demande
la parole et l'obtient ? c'est M. de Vaublanc :
« Souffrirez-vous, dit-il avec force, que toutes
» les fois que la constitution est invoquée, cette
» sainte invocation soit à l'instant couverte par
» des clameurs forcenées ? c'est être parjure.
» (Ici grande rumeur.) L'Assemblée nationale
» ne peut souffrir plus long-temps de telles
» indignités sans s'en rendre complice. » Nouveaux cris de désordre, nouvelles clameurs :
à bas le député ! s'écrient les tribunes avec fureur; à bas l'orateur ! On ne s'entend plus. Les
membres du côté droit quittent leurs places et
demandent l'évacuation des tribunes : ils veulent
sortir de la salle. Le commandant de la garde
nationale reçoit l'ordre du président de faire
évacuer les tribunes. Il n'est point obéi, et le
tumulte continue dans tous les coins de la salle,
sans qu'il soit possible de s'entendre ; mais
comme tout a son commencement et que tout
finit, après l'orage le calme renaît, et l'orateur
reprend : « Je disais qu'il était temps que l'on

conçût la ferme résolution où vous êtes de maintenir la constitution, et que, si vous souffrez
encore des indignités qui trop souvent jusqu'ici
ont fait retentir cette voûte sacrée, bientôt la
France se demanderait avec effroi, quel est le
but de tant de faiblesse ? Ce n'est pas en cédant
aux clameurs des tribunes, et en trahissant
ainsi lâchement nos devoirs, que nous donne-
rons aux braves défenseurs de la patrie l'exemple
du courage qui doit animer les citoyens com-
battant pour la liberté. Pour moi, je le déclare, si je ne puis énoncer ici librement mon
opinion, j'irai mourir aux frontières. Je déclare
que tant que la liberté la plus entière ne régnera
pas dans cette enceinte, je ne révérerai nullement
la liberté publique. L'exercice de la souveraineté nationale est confié à des délégués du
peuple ; il faut qu'ils aient la liberté de voter,
ou la souveraineté nationale est anéantie. Si
donc ces vociférations continuent, je ferai, non
pas avec des clameurs, mais froidement la motion
de quitter Paris. » (Ici nouveaux murmures,
et en même temps on applaudit.) « Ce parti,
continue M. de Vaublanc, ne sera pas celui
de la crainte ; le courage d'un représentant du
peuple doit être calculé sur ses devoirs, il
diffère de celui du soldat ; celui-ci s'expose à
tous les périls ; le représentant du peuple, au
contraire, doit avant tout, conserver sa liberté,
parce que sans elle la liberté du peuple n'existe
pas. Ainsi je soutiens, continue-t-il, que ce sera
par un acte de courage que vous quitterez Paris,
si vous vous apercevez que le peuple de cette
ville veut vous maîtriser, et si les tribunes

continuent à insulter par des clameurs, et à la souveraineté nationale, et aux lois constitutionnelles, sans lesquelles vous ne seriez rien, et la liberté une chimère!... »

Ce discours, prononcé avec la plus grande énergie au milieu d'un tumulte affreux, et d'un désordre inconcevable, et qu'on n'avait point encore vu dans le sénat, fut cependant écouté jusqu'à la fin. — M. Boistard succède à M. de Vaublanc, et s'exprime ainsi : « Les législateurs ne quitteront point Paris, parce qu'il y aurait une lâcheté de leur part à abandonner une ville où ils ne manqueront pas de moyens de faire respecter leur caractère et maintenir leur indépendance. Les législateurs ne déserteront pas de leur poste, sous le prétexte de se rendre à l'armée. Il serait trop beau de périr sur la brèche : ils doivent rester ici pour défendre, avec toute la fermeté dont ils sont susceptibles, les droits dont le peule leur a confié l'exercice ; et si nous devons mourir pour la liberté, notre mort sera plus belle ici qu'aux frontières. »

Ces deux discours furent à peine prononcés, que le désordre recommença avec une nouvelle fureur ; la patrie, d'heure en heure, voyait les dangers s'accroître, et les séditieux aiguisaient leurs poignards avec encore plus de rage. Ce qu'il y a de plus surprenant, c'est que les chefs, comme je l'ai déjà dit, siégeaient avec effronterie dans le sénat.

Le 6, l'Assemblée nationale, comme la veille, continue d'être l'écho de toutes les propositions ayant pour but le renversement du

trône de Louis XVI. Les Jacobins et leurs
agens ne cessent point de promener dans Paris
les torches de la discorde. Le Champ-de-Mars
fut encore témoin d'un grand rassemblement
de peuple de tout état, de toute condition, à
l'effet d'y signer une pétition ayant pour motif
de demander à l'Assemblée nationale la déchéance du souverain. La pétition, ou plutôt le
nouvel acte d'accusation, rédigé par un nommé
Varlet, jeune homme fougueux, sans moralité,
sans moyens pécuniaires et jouant tous les rôles,
se présente à la barre de l'Assemblée, à la tête
de deux cents goujats des faubourgs, et demande à en donner lecture aux députés. Sur
la motion de Carnot, Varlet obtient ce qu'il
demande, et prend la parole : après avoir déclaré la patrie en danger, après avoir accusé le
roi, la reine et la cour, et signalé aux assassins le côté droit du sénat, Varlet s'écrie :
« L'horizon s'épaissit, la foudre gronde, un
bruit sourd, précurseur de l'orage, se fait entendre, nous voguons sans pilote ; et loin d'imiter ces passagers surpris par la tempête, qui jè-
tent à la mer leur pacotille, pour alléger le vaisseau, chacun s'isole, fait sa part, et crie sauve
qui peut. Messieurs, continue cet énergumène,
vos âmes se sont émues au récit de tant de
maux. Ah ! soyez donc les pères, les sauveurs
de la patrie ; vous pouvez tarir nos dangers en
desséchant la source ; elle est au château des
Tuileries. » Puis élevant les mains vers le ciel,
Varlet invoqua le Père éternel par cette apos-
trophe : Etre suprême, toi d'où émanent toute
justice, toutes vertus, tout bonheur ; toi,

24*

dont nous voyons l'influence dans la déclaration des droits de l'homme ; toi, qui veilles sur
la destinée des empires ; toi qui donnas à l'in-
digent, pour soulagement à ses peines, la liberté, l'égalité, redonne aux Français leur première énergie, réchauffe parmi nos représentans
l'amour de la patrie, fais revivre sur son sol,
comblé de tes bienfaits, la splendeur des vertus
romaines, ces beaux mouvemens de patriotisme
des premiers temps de la révolution ; embrâse
toutes les âmes, et fais que, pour exterminer
les tyrans, nos législateurs, la foudre à la main,
deviennent tous des Brutus ! »

Après avoir débité ce pompeux galimathias,
qui n'était qu'un appel au carnage, Varlet propose de grandes mesures, selon lui, et ces
grandes mesures consistent à demander la nullité de toutes les lois depuis le 21 janvier 1791,
la déchéance du roi ; enfin, qu'il soit jeté un
voile sur les droits de l'homme ; il demande
ensuite la convocation des assemblées primaires
et le licenciement de tous les états-majors des
armées, l'expulsion des nobles de toutes les
places, un prompt décret d'accusation contre
le général Lafayette, la levée de quatre cent
mille hommes, la réintégration par l'Assemblée nationale des ministres patriotes qui exer-
ceront par intérim les fonctions du pouvoir exécutif, le renouvellement de tous les directoires
de département, le rappel de tous les ambassadeurs que nous avions dans les cours étrangères, et la destitution de tous les commandans de place, qui seraient remplacés par des
patriotes.

Cette pétition, qui demandait le bouleversement du royaume, et pronostiquait les affreux événemens qui allaient avoir lieu quatre
jours après, ne fut ni accueillie ni rejetée.
L'Assemblée législative, dans un état d'ineptie,
d'impuissance, ou plutôt de complicité, et sous
la verge des brigands, ne répond aux pétitionnaires qui avaient Varlet à leur tête, que par
des mots vagues et insignifians, et leur accorde
les honneurs de la séance, au milieu d'un
brouhaha d'applaudissemens qui partent des
tribunes et du côté gauche. Ces moteurs de troubles furent bientôt suivis par d'autres mannequins, et la barre ne retentit que de pétitions
qui continuèrent à demander la déchéance du
roi ; mais ces pétitions, présentées par les mêmes
orateurs, avaient le même style, le même langage et le même but, et tendaient toutes à
mettre le royaume au pouvoir de l'anarchie.

Le 7, un calme apparent, précurseur d'un
grand orage, se fait sentir dans tout Paris. Le
paisible citadin parcourt les rues avec inquiétude ; il voit de toutes parts des groupes au
milieu desquels se trouvent des énergumènes
qui pérorent au nom de la liberté. Les murs
sont couverts de placards ; l'un est intitulé : *Gare
la bombe ! Français, lisez ;* un autre : *On nous
trahit ;* plus loin : *l'ennemi approche ! il est aux
Tuileries. Citoyens, armez-vous !* D'un autre côté,
la Sentinelle, par Louvet, et *l'Ami des Citoyens,*
par Tallien, affichés à tous les coins de rues,
jettent l'alarme dans tous les cœurs, et commandent l'insurrection. La nuit arrive, le peuple se porte dans les sections..... que dis-je ! les

sections ! Ah ! les sections de Paris étaient autant de brasiers ardens qui alimentaient l'incendie dans tous les quartiers de cette ville immense. Les Jacobins y dominaient, les honnêtes
gens abandonnaient la tribune et la salle, en
gémissant sur les événemens futurs qui se préparaient avec autant de fureur que d'effervescence. La journée et la nuit du 7 se passèrent
comme les précédentes, au milieu d'une inquiétude mêlée de crainte et d'appréhension ; et
la foudre continue à gronder au loin, en menaçant toujours le palais des Tuileries.

La journée du 8 fut, comme on va le voir,
une des plus orageuses qui préluda celle du 10.
Elle fut employée tout entière, dans l'Assemblée nationale, à savoir si le premier héros de la
liberté devait vivre ou mourir pour cette même
liberté. Les temps étaient bien changés ; on ne
voyait plus et on ne voulait plus voir du même
œil ce grand héros qui, au premier coup du
tocsin de l'insurrection, avait paru au milieu
des Parisiens, comme l'ange protecteur qui,
de l'abîme, venait les éloigner des bords. Ce
défenseur des deux mondes et membre de notre
première Assemblée nationale, le général Lafayette enfin arriva à Paris au milieu des cris de
vive le roi! vive la nation! et fut proclamé aussitôt,
et d'une voix unanime, commandant-général
des phalanges insurrectionnelles. Le nom de
ce grand capitaine était un vrai talisman. On ne
voyait que Lafayette, on n'adorait que Lafayette ;
son cheval blanc, sur lequel il parcourait les
lignes des légions parisiennes, était aussi révéré
que son maître. Mais comme la faveur popu-

laire n'est que passagère, et que la moindre
faute, un rien, vous aliène tous les cœurs, le
général Lafayette n'était plus, aux yeux de la
populace et des Jacobins, qu'un monstre qu'il
fallait traîner à l'échafaud. Enfin, le général
devint le sujet d'une délibération très-agitée
dans l'Assemblée nationale. Jean Debry, au
nom d'une commission extraordinaire, fit un
rapport sur sa conduite politique. « Le plus grand
crime qu'on reproche à M. de Lafayette, est,
dit-il, d'avoir quitté son armée des Ardennes à
la suite de la journée du 20 juin, et d'être venu
à Paris; d'avoir voulu faire marcher son armée
contre la capitale, pour réprimer les patriotes
qu'il signalait comme des factieux; dissoudre
le club des Jacobins, et particulièrement d'a-
voir laissé délibérer son armée en voulant exciter la guerre civile au milieu de Paris, etc., etc. »
A la suite de ce très-long rapport, Jean Debry,
au nom de la commission, propose de décréter
qu'il y avait lieu à accusation contre le général
Lafayette. Ce rapport et le projet de décret sont
entendus dans le plus grand silence, puis applaudis à outrance par le côté gauche de l'Assemblée, et par les patriotes qui remplissent
les tribunes. Mais proposer, dit-on, n'est pas
accuser; malheur néanmoins aux députés qui
osent prendre la défense du général! Cependant il eut des défenseurs, et le nombre en fut
considérable. Son plus grand ennemi était le
fameux Brissot de Warville, qui ne voyait dans
la conduite politique de Lafayette, qu'un second Cromwel, un dictateur enfin, qui voulait s'emparer des pouvoirs. Deux jours entiers

deviennent presque un combat à mort entre les députés et les Jacobins ; malgré les bandes de brigands qui entourent la salle pour en imposer aux législateurs, et malgré les menaces qu'on leur faisait de toutes parts, le général Lafayette fut cependant déchargé de l'accusation, à la majorité de 406 voix contre 224.

Il serait difficile de peindre la situation de la ville de Paris, après la publication du décret qui venait d'acquitter le général Lafayette. Le désordre se fait bientôt sentir de tous côtés. Les rues, les places et les quais, deviennent autant d'arènes de luttes et de combats. Dès que la séance fut levée, et elle le fut à six heures du soir, les Jacobins et leurs agens abandonnèrent la salle en poussant des cris de rage et de désespoir, et criant à la trahison. Comme des furieux, ils coururent après les députés qui avaient voté en faveur du général Lafayette, en les traitant de traîtres, de scélérats vendus à la cour. Le désordre devint tellement effrayant, que plus de quarante députés faillirent perdre la vie en retournant chez eux. Sur le Carrousel, sur la place Vendôme, dans la rue Saint-Honoré et vers le Palais-Royal, plusieurs d'entre eux furent renversés et poursuivis jusque dans les corps-de-garde, où ils se réfugièrent et d'où ils s'évadèrent furtivement en sautant par les fenêtres. On les signalait à la populace, en disant : Ce sont des gueux, des coquins, des traîtres payés par la liste civile. Il faut les pendre, disaient les uns ; il faut les tuer, répétaient les autres. Puis on entendait d'un autre côté : Sauvez-vous ! sau vez-vous ! On leur jetait de la boue et des pierres. Les Marseillais, les fédérés et les soldats de la Commune, dont plusieurs étaient coiffés du bonnet rouge, poussaient des hurlemens de rage et de fureur, en agitant leurs sabres et leurs épées, en menaçant de couper la tête à celui qui oserait s'opposer à leurs transports. Les députés du côté droit furent tellement effrayés, que plusieurs d'entre eux n'osèrent rentrer chez eux, dans la crainte d'y être assassinés. La nuit seule mit fin à ce débordement de Vandales, qui se retirèrent dans les faubourgs Saint-Antoine et Saint-Marceau, pour soulever les ouvriers. Dans ces momens de crise, la garde nationale fit tout ce qu'elle put pour arrêter le crime dans sa fureur, et sauva beaucoup de députés, qui immanquablement auraient péri sans elle sous les coups des brigands. Tel est le récit fidèle des événemens qui terminèrent la journée du 8 août. Il faut avoir vu cet enchaînement de crimes et d'horreurs, qui se succédaient avec tant de rapidité et préparaient de plus grands crimes encore, pour se former une idée du trouble et du désordre.

Mon Dieu ! mon Dieu ! s'écrie Adolphe avec l'accent de la douleur, la larme à l'œil, votre ville de Paris était donc à cette époque métamorphosée en caverne de brigands ! Depuis deux heures je vous écoute avec le plus grand calme, et je ne vois, dans votre récit, que malheurs sur malheurs, crimes sur crimes, et pas la moindre espérance. Le roi ne pouvait donc pas faire arrêter et punir tous ces coquins, ou les faire sortir de Paris ? — Un prince plus sévère, lui répondis-je, un roi plus guerrier, en montant à cheval, à la tête de ses Suisses et d'une partie de la garde nationale (un grand nombre lui était dévoué), aurait pu faire rentrer dans la poussière ces hordes d'assassins, et mettre en fuite, ou pulvériser les coupables qui étaient l'âme de ce débordement de Vandales. Mais Louis XVI, bon par excellence, ne voyait que la constitution, rien que la constitution. Ce bon prince l'avait continuellement sous les yeux et disait à chaque instant : « Tel article m'autorise à faire telle chose, donc, je dois faire telle chose. Si on viole la constitution, si on la mutile, ce n'est pas ma faute. » Comme je l'ai dit, ce prince infortuné mettait tellement sa confiance dans l'Assemblée nationale, dont une partie des membres ne voulaient que sa déchéance, qu'il a correspondu avec elle jusqu'au dernier moment de son existence politique. Mais... — Ma foi, Monsieur, reprend Édouard, l'aîné des fils de M. de Varicourt, votre Assemblée nationale était aussi criminelle qu'étaient odieux les misérables qui couraient le sabre à la main après les sages députés : car, quand une Assemblée nationale ne porte point de respect à son prince, et qu'elle ne se respecte pas elle-même, il est évident qu'il faut qu'elle périsse dans le bouleversement qu'elle organise, et que le chef de l'état, s'il n'a point assez de fermeté pour arrêter le torrent qui le menace, doit aussi périr. — Cela est vrai, lui répondis-je, plus un gouvernement est faible, plus on le rend faible par le mépris qu'on lui porte, en ne faisant point exécuter les lois qui

font la base et la sûreté d'un peuple , ne de-
mandant que protection et tranquillité : sans
l'un et sans l'autre, tout est perdu. Au moment
de cette crise effrayante , si Louis. XVI eût
fait saisir la main invisible qui alimentait les
brigands avec son or , et fait pendre une douzaine de conspirateurs de l'Hôtel-de-Ville, dont
les plus dangereux étaient deux ou trois mauvais avocats de province ; certes, la France n'aurait pas eu à gémir de tant de calamités. Puis,
d'un autre côté , s'il eût encore fait fermer les
clubs des Jacobins et des Cordeliers , et tous
les lieux d'assemblées de sections , chasser tous
les factieux qui y dominaient, Louis XVI serait encore roi des Français , et le royaume
n'aurait pas, de commotions en commotions,
subi tant de chocs et tant de secousses terribles.— Laissez-là les réflexions , me dit Raoul,
qui m'écoutait avec un grand calme et son sang-
froid ordinaire ; ces calamités devaient peser
sur notre malheureuse patrie, puisqu'elles ont
eu lieu, et que la France, après tant de douleur , voit enfin luire des jours heureux. Continuez : je prête l'oreille à vos récits et l'œil à
vos tableaux qui m'intéressent et m'affligent en
même-temps. — Vous avez raison, lui répondis-je, il n'est plus temps de réfléchir sur les
événemens passés, dont je fus témoin, et au
milieu desquels j'ai failli périr comme tant de
bons Français, attendu qu'on voit beaucoup
mieux après que les choses se sont passées,
qu'avant qu'elles aient eu lieu : je me suis per-
mis quelques réflexions. Alors je continuai ma
narration en ces termes :

Après l'assassinat des députés dans les rues de Paris, après avoir jeté l'épouvante dans tous les esprits, les brigands se précipitèrent en foule dans le Palais-Royal, et dirigèrent leurs pas vers le club des Enragés, ainsi se nommait la réunion des chefs de cet antre de révolte, (les Jacobins) où péroraient les Maillard, les Grammont, les Lajouski, Fournier, St.-Huruge, Santerre, Payen, Chépy, Westermann et autres sabreurs et assassins. Là, figuraient encore la femme Monique, la Théroigne, la Reine Audu et la femme Lacombe. Ces héroïnes, dignes de figurer dans les cavernes de voleurs, ne le cédaient guère aux plus audacieux conspirateurs. Bientôt tous ces chefs révolutionnaires quittèrent leur club, avec une fureur concentrée, et coururent à l'Hôtel-de-Ville pour organiser le plan d'une nouvelle insurrection, et donner à leurs agens l'ordre d'un soulèvement général dans les faubourgs, contre Louis XVI et sa cour. Mais avant d'entrer dans de plus amples détails sur les préparatifs que firent les rebelles, voyons ce qui se passe au château des Tuileries, et quels moyens on va prendre pour résister à l'orage qui gronde et menace de tout renverser.

Louis XVI, au milieu de ses ministres et de sa cour, fut bientôt instruit de ce qui se passait à peu de distance de son palais. L'assassinat des bons députés, à la sortie de leur salle, donna l'alarme aux chefs militaires de la garde nationale et à tous les officiers de service auprès du monarque. Les postes furent doublés, les armes furent chargées, et des munitions furent distri-

buées aux soldats dévoués à mourir pour la
défense de leur roi. M. Mandat, commandant-
général provisoire des douze légions, mit une
activité inconcevable pour repousser la force
par la force, et mettre en déroute les assassins,
dans le cas où ils se présenteraient. La nuit
se passa avec assez de calme : l'orage, après
avoir grondé aux alentours du palais des Tuileries, parut se dissiper peu-à-peu ; mais la
foudre se rapprocha bientôt du palais, encore
plus menaçante. Le lendemain matin le 9
août, veille de ce jour funeste, la ville de Paris était assez tranquille ; tout était calme et
silencieux vers le Carrousel, aux Tuileries
et aux environs de la salle des députés. Mais
il s'en fallait de beaucoup que l'autre côté
de la capitale fut dans la même situation :
tout était en mouvement continuel dans les faubourgs St.-Antoine et St.-Marceau. Mais ce volcan, qui menaçait de faire irruption, comme
au 20 juin, ne faisait que gronder dans l'éloignement. A neuf heures du matin, l'Assemblée
nationale rouvre sa séance, et commence ses
délibérations (si on peut appeler délibérer,
quand une assemblée se trouve influencée par
les épées, les sabres et les poignads) ; mais
il s'en fallait de beaucoup que tous les députés
fussent à leur poste ; il en manquait plus d'un
tiers : tout le côté droit était presque désert,
celui de gauche était complet. Quelques propositions et quelques projets furent soumis à
l'Assemblée. Bientôt tout changea de face.
Le président, Lafond-Ladébat, annonce à l'Assemblée que plusieurs lettres de députés absens

étaient déposées sur le bureau , et demande
qu'on en fasse lecture. Après une légère discussion , elles furent lues ; toutes donnaient
les détails de l'assassinat des membres qui les
avaient écrites. Elles amenèrent de vifs débats
entre les députés ; mais une lettre du ministre de la justice , M. de Joly, confirma les
plaintes des députés assassinés, ou maltraités ;
elles étaient ainsi conçues : « Le mal est à
» son comble ; j'ai eu l'honneur d'écrire huit
» lettres à l'Assemblée pour la prier de dé-
» cider les moyens de réprimer ceux qui pro-
» voquent la multitude au crime ; elle n'a rien
» statué : chaque jour il arrive de nouveaux
» malheurs.

» Hier encore, des citoyens ont été pour-
» suivis , des membres mêmes de cette As-
» semblée ont été insultés , menacés , à la
» place Vendôme, au Carrousel, aux environs
» du Palais-Royal ; le soir, des députés ont
» été outragés sur la terrasse des Feuillans ,
» malgré les efforts de la gendarmerie natio-
» nale. Le commandant de la garde nationale,
» descendant de son poste, a été attaqué et sa-
» bré : ainsi ces attentats demeureront im-
» punis ! Je les ai pourtant dénoncés au tri-
» bunal criminel par ordre exprès du roi. (Les
» tribunes murmurent). Mais les lois sont im-
» puissantes. Dans ces circonstances , l'hon-
» neur, la probité, le devoir, m'obligent de
» déclarer que, sans le secours le plus prompt
» du Corps-Législatif , le gouvernement ne
» peut plus encourir de responsabilité. »
Cette lettre du ministre de la justice fixa

à peine l'attention de l'Assemblée nationale, quoiqu'elle eût été entendue dans un profond silence; et on ne prit aucune détermination pour la sûreté de Paris; on continua la lecture des lettres des députés. Le député Kersaint, qui était loin de vouloir se contenter des doléances de ses collègues, demanda la parole pour une motion d'ordre; elle lui fut accordée. « Lorsqu'un décret appelle sur » vous l'attention de la France entière, dit-il, » lorsqu'il a été décidé qu'aujourd'hui s'ou- » vrirait la discussion solennelle qui, enfin, « doit fixer l'opinion des Français, sur ce » qu'ils doivent penser du premier fonctionnaire » public, peut-être la France verra-t-elle avec » indignation, que nous occupions une séance, » qui devrait être si solennelle, par de mé- » prisables délations. » (Ici, une grande rumeur éclate dans une partie de l'Assemblée et dans les tribunes, qui se prolongea assez long-temps.) Puis, M. Kersaint reprend : « Je suis bien loin, sans doute, de vou- » loir excuser des citoyens égarés, qui oublient » ce qu'ils doivent eux-mêmes, à la per- » sonne de leurs représentans; mais que l'As- » semblée s'occupe constamment des grands in- » térêts du peuple; et jamais il ne sortira du » respect et de la confiance qu'il leur doit. » Bravo! bravo! crient les tribunes, d'une force à faire trembler la salle. Après un grand tumulte qui se prolonge sans qu'on puisse s'entendre, Kersaint reprend : » Je demande le renvoi des » dénonciations, au comité de législation, « pour qu'il soit chargé de présenter un pro-

» jet de loi répressive contre ceux qui trou-
» blent la liberté de nos séances, qui excitent
» du trouble dans nos tribunes, enfin, con-
» tre les misérables moyens employés par les
« ennemis pour décréditer l'Assemblée natio-
« nale et perdre la chose publique. »

Je demande la parole pour un fait, reprend
M. de Girardin, et déclare qu'hier en sortant
de l'Assemblée nationale, dans l'enceinte même
de la salle, j'ai été frappé. — En quel endroit?
demande un député de gauche avec ironie.
— C'est indigne! c'est indigne! crie-t-on de
toutes parts; à l'Abbaye le perturbateur! à l'Abbaye!.... « On me demande en quel endroit
» j'ai été frappé, continue M. de Girardin,
» c'est par derrière; les assassins ne font jamais
» autrement. Je déclare donc que sans M. Jué-
» ry, un de nos collégues, à qui je dois la
» vie, notre enceinte aurait été souillée du
» plus horrible des crimes. Mon amour pour
» la vérité me force cependant à dire que je
» n'ai point à me plaindre des citoyens de
» Paris. Je déclare que j'ai la certitude que
» la plupart de ceux qui m'insultaient étaient
» des étrangers.

» Je dis qu'il ne peut s'établir de discussion
» dans le Corps-Législatif, et surtout une dis-
» cussion aussi importante que celle dont vous
» a parlé M. Kersaint, à moins que tous les
» membres ne soient libres; qu'ils aient la
» libre et entière faculté de délibérer d'après
» leur conscience. Or, nous ne pouvons déli-
» bérer dans ce moment que sous l'oppression
» d'une faction. Je déclare donc à la nation,

» de qui je tiens mes pouvoirs, que je ne puis
» voter sans que le corps législatif m'assure
» liberté et sûreté..... »

Oui, oui, nous ne délibérerons pas avant d'être
libres, déclare le côté droit et quelques membres de gauche en se levant spontanément.

« Hier, après la séance, écrit M. Desbois
» (de la Somme) passant par la galerie des Feuil-
» lans, je fus insulté par un nombre assez con-
» sidérable de citoyens; après avoir été long-
» temps exposé à leurs insultes, j'ai été meur-
» tri de coups; on m'a volé une boîte, ma canne
» et mon porte-feuille ; cependant il s'est
» trouvé dans la foule quelques hommes
» honnêtes qui ont facilité ma retraite et ma
» fuite.

« Je demande à M. le président, reprend
» M. Veron, indigné, je demande qu'on lève
» la séance et que nous sortions de ces murs,
» où nous ne sommes pas libres.

« Non, il n'est pas possible de faire croire
» à la France qu'elle a une Assemblée natio-
» nale, et que cette Assemblée est libre,
» déclare M. de Vaublanc; non, nous ne pou-
» vons pas dissimuler que les factions s'agitent
» avec plus d'audace que jamais. L'Europe le
» sait, la France l'atteste. Cette misérable
» opinion, qu'on appelle opinion publique, et
» qui ne l'est pas; cette misérable opinion qui
» nous conduit vers l'abîme, est démentie par
» la presque universalité des citoyens; si vous
» vous faisiez lire les lettres que nous adressent
» nos concitoyens, les nombreuses représenta-
» tions qui nous arrivent de tous les départe-

1.   25

» mens, vous connaîtriez la véritable opinion
» publique. Mais on écarte avec soin ce qui
» pourrait vous éclairer; et l'on ne fait retentir
» ici que cette opinion mensongère, qui est
» bien loin d'être le vœu du peuple français.
» Et moi aussi, Monsieur le président, j'ai été
» insulté, menacé, et sans doute mon sort
» eût été funeste sans l'avertissement que j'ai
» reçu d'un citoyen qui vint à l'endroit où je
» dînais, me dire qu'une foule d'hommes armés,
» revêtus de l'habit de garde nationale, inves-
» tissaient ma maison, et qu'ils criaient hau-
» tement que quatre-vingt citoyens devaient
» périr par leurs mains, et moi le premier.

» Je n'entrerai point dans les détails affreux
» et horribles qu'on m'a rapporté; je dirai seu-
» lement que quelques instans après douze
» hommes sont entrés chez moi, m'ont de-
» mandé; et que, sur ce qu'on leur avait ré-
» pondu que je n'y étais pas, ils ont visité
» toute la maison, et insulté ceux qui s'y trou-
» vaient; ils ont fait les mêmes perquisitions
» et commis les mêmes insultes dans la maison
» voisine. Le soir, j'ai fait des tentatives pour
» rentrer chez moi; mais on m'a averti que
» je risquais d'être massacré. Certes, je crois
» qu'il ne se trouvera pas dans l'Assemblée
» beaucoup d'âmes de la trempe de celle de
» M. Kersaint, qui trouve que l'Assemblée a
» tort de s'occuper de pareilles choses, etc. »

Je ne rapporterai pas ici, mes jeunes amis,
les violentes discussions qui eurent lieu à la
suite des discours éloquens du courageux M. de
Vaublanc, contre les motions des montagnards,

Kersaint, Isnard, Lamarque, Merlin, Chou-
dieu, Guadet et autres gens de cette trempe,
qui prêchaient l'insurrection, et excitaient les
injures, les menaces, pour préparer la discussion sur la déchéance du roi. Après les huées
les plus tumultueuses, après les menaces et les
provocations les plus révoltantes, M. de Vaublanc appela à la barre le procureur-syndic du
département, et le maire de Paris, pour rendre
compte l'un et l'autre de la situation de la
capitale.

Enfin, vers les quatre heures après midi,
M. Rœderer, procureur-syndic du département,
paraît à la barre, et s'exprime en ces termes:

« Comme c'est un compte que l'Assemblée
» nationale me demande, l'exactitude doit en
» faire le caractère, et pour ne pas manquer à
» cette exactitude, je vais vous faire lecture des
» pièces de la correspondance du directoire du
» département avec le maire de Paris.

« Deux objets, depuis hier, ont dû fixer
» particulièrement l'attention du département
» et de la municipalité. Le premier est l'in-
» sulte faite à plusieurs membres du Corps-Lé-
» gislatif, à la sortie de la séance d'hier. Le
» second, est le bruit très-répandu, confirmé
» par des actes positifs, que ce soir, à minuit,
» le tocsin doit sonner, pour rassembler le
» peuple, à l'effet de se porter sur le château
» des Tuileries. Hier à peine étais-je instruit
» que les membres de l'Assemblée avaient été
» poursuivis par des hommes armés, que j'é-
» crivis sur-le-champ au maire; et, pour l'in-
» telligence de cette lettre, je dois vous dire

25*

» que ce matin le ministre de l'intérieur m'a-
» vait écrit qu'il était instruit que neuf cents
» hommes armés devaient entrer hier soir, ou
» ce matin, dans la capitale, et que la muni-
» cipalité avait fait disposer des casernes pour
» les recevoir. J'ai interrogé le maire sur ce
» fait, comme vous le verrez dans la lettre ci-
» jointe ; il m'a répondu qu'effectivement des
» commissaires de la municipalité avaient fait
» préparer des logemens, mais qu'il ne les
» connaissait pas autrement que par leur ins-
» cription sur le registre ; et j'invitai le maire
» à venir au conseil du département, pour
» concerter les mesures à prendre. Vers les
» neuf heures du soir, le conseil voyant que
» le maire ne venait point, me chargea d'écrire
» une seconde lettre ; nous venions d'ailleurs
» d'acquérir les preuves du bruit répandu , que
» le tocsin devait sonner cette nuit. La section
» des Quinze-Vingts avait pris un arrêté por-
» tant : Que si le Corps-Législatif ne prononçait
» pas dans la journée du jeudi, la déchéance
» du roi, à minuit on sonnerait le tocsin et
» on battrait la générale pour que le peuple se
» levât tout entier.

» Cet arrêté avait été envoyé aux quarante-
» sept autres sections, avec invitation d'y ad-
» hérer, ainsi qu'aux fédérés qui se trouvent à
» Paris. Nous devons dire que cet arrêté a été
» improuvé par la section du Roi de Sicile.

» Le conseil arrêta que la municipalité l'ins-
» truirait des mesures prises pour prévenir le
» tocsin, et qu'il lui ferait parvenir jour par
» jour les délibérations de la section. Il invita

» les citoyens à se tenir prêts à se réunir au
» premier instant pour maintenir la tranquil-
» lité. L'Assemblée trouvera sans doute dans
» notre conduite, que nous avons strictement
» exercé la surveillance qui nous est prescrite,
» et que nous avons fait tout ce que la nature
» de nos fonctions nous permet d'actif. Il ne
» nous appartient point d'exercer la police im-
» médiate; non-seulement nous manquerions
» à la loi, mais nous atténuerions la responsa-
» bilité de la municipalité, et nous risquerions
» de croiser ses mesures. Ce n'est que dans le
» cas où le maire aurait voulu concerter avec
» nous les mesures à prendre, que nous au-
» rions pu, par cette considération, sortir des
» bornes de la surveillance; mais il s'est borné
» à répondre par écrit à la première de mes
» lettres. Cependant, nous avons mandé le
» commandant-général de la garde nationale.
» Les renseignemens qu'il nous a donnés ne
» sont pas plus rassurans. La plus importante
» des mesures, celle qui a pour objet d'assurer
» la pleine et entière liberté de vos séances,
» appartient au Corps-Législatif même. Nous
» ne pouvons que faire des vœux pour qu'il
» pourvoie à son indépendance. En vertu d'une
» réquisition du maire, le commandant-géné-
» ral a pris toutes les mesures de précautions
» convenables, telles que celle de placer deux
» réserves nombreuses, l'une au Carrousel,
» l'autre à la place de Louis XV. En un mot,
» nous croyons qu'il y a sur pied une force
» suffisante pour en imposer peut-être à ceux
» qui, par un faux zèle, ou par mauvaise in-

» tention , voudraient troubler la tranquillité
» publique. Je ne compte pas au nombre de
» nos moyens de force, le zèle des administra-
» teurs et le mien en particulier. Mais ce que
» j'assure à l'Assemblée, c'est que nous sommes
» tous dévoués à la chose publique, et que j'ex-
» poserai ma tête pour m'opposer à toute en-
» treprise qui ne serait pas autorisée par vos
» décrets. »

Tel est le rapport du procureur-syndic du
département, qui n'était pas des plus rassurans.
Après avoir entendu tout au long et dans le
plus grand calme, les sinistres détails de la situation de Paris , et les dangers que couraient
le monarque et sa famille, M. de Vaublanc,
le plus courageux, et comme je l'ai déjà dit,
le plus zélé défenseur de la justice et du trône ,
demanda que les fédérés sortissent à l'instant de
Paris. Mais le côté gauche s'y oppose ; et cependant il était bien constant que c'étaient les fédérés qui étaient les assassins des députés, et
que c'étaient eux, avec les sabreurs de la Commune, qu'on nommait les vainqueurs de la
Bastille, qui, d'après l'aveu même des députés,
mettaient le plus grand désordre aux environs
de l'Assemblée nationale et dans les rues de
Paris. Mais, comme le côté gauche de l'Assemblée et les Jacobins avaient besoin de ces hommes
armés pour attaquer le gouvernement et renverser de fond en comble l'autel, le roi et
le trône , ils s'y opposèrent fortement ; et tout
prouve que l'Assemblée délibérait sous les poignards d'une faction dont une partie des membres formait cette même faction et se traî-

naient peu-à-peu dans la fange de l'anarchie. Enfin, sur les six heures du soir, parut à la barre le maire Pétion. Il s'exprime en ces termes :

« Depuis huit jours , la municipalité de Paris est continuellement occupée à maintenir le bon ordre et la tranquillité publique. Il n'est point de démarches que les officiers municipaux et le maire n'aient tentées pour calmer les esprits. Vous n'ignorez pas que des bruits alarmans avaient été répandus ; que l'on disait que les ennemis de la nation voulaient enlever le roi. La municipalité a reconnu la nécessité de faire concourir les citoyens des différentes parties de la capitale à la garde du roi, et elle a arrêté que cette garde serait composée chaque jour, de citoyens pris dans chaque bataillon ; en sorte que toutes les sections exercent à-la-fois une surveillance propre à dissiper toutes les inquiétudes.

» La municipalité a arrêté en même temps qu'il serait établi deux gardes de réserve, l'une au Carrousel, l'autre à la place de Louis XV ; toutes deux composées de la même manière que celle du roi. Quant à la garde de l'Assemblée nationale, la municipalité n'en est plus chargée ; elle ne peut qu'inviter l'Assemblée à suivre l'usage ancien qui est de doubler les postes en cas de trouble. Depuis que la patrie est en danger, il y a constamment à l'Hôtel-de-Ville un comité composé d'un certain nombre d'officiers et de notables. Nous en envoyons dans les assemblées ; nous ordonnons aux commissaires de police de s'y rendre ; nous nous transportons dans tous les lieux où la tranquillité publique paraît être menacée, car la municipalité est persuadée que dans les circonstances critiques on doit toujours employer tous les moyens de la confiance, de la persuasion : car considérez de quelle nature est la force publique que nous avons à notre réquisition. Cette force est composée de tous les citoyens ; elle est délibérante depuis la permanence des sections, puisqu'on n'admet dans les sections que les citoyens actifs, et que tous les citoyens actifs sont gardes nationaux ; en sorte que la force publique se trouve, comme tous les citoyens, divisée d'opinion. La requérir, c'est armer une partie des citoyens contre l'autre. Nous avons déjà, dans les momens les plus orageux, employé avec le plus grand succès, les moyens de la raison et de la confiance ; il est aisé au département de nous dire de prendre des mesures, quand il est embarrassé lui-même ; et il est plus aisé encore quand les événemens sont passés, de critiquer les mesures prises. C'est surtout sur le maire qu'on rejette ordinairement la responsabilité des événemens. Mais je dois supporter le poids de celle que la loi m'impose, et je puis assurer qu'on n'indiquera pas à la municipalité une bonne mesure qu'elle ne la prenne à l'instant. »

Telles furent aussi les paroles peu consolantes du maire Pétion, qui cependant furent applaudies par l'Assemblée nationale et par les tribunes ; telles furent les paroles de ce chef de révolte, qui était plutôt l'espion du château des Tuileries que le protecteur de Louis XVI. Ce chef des municipaux , tout en ayant l'air et le ton d'un homme d'honneur , n'était qu'un vil et lâche factieux ; il n'ignorait rien de ce qui se tramait dans le comité secret de l'Hôtel-de-Ville et dans les faubourgs : il ne se tenait pas une assemblée secrète , pas un rassemblement qu'il n'y prît part ; pas un arrêté n'était résolu par les conjurés , qu'il n'en eût une parfaite connaissance. Danton , Manuel , Tallien , Camille-Desmoulins et Robespierre , tous conjurés délibérans , étaient ses propres associés. Pétion, avec son air doux , affable et même piteux , jouait tous les rôles en acteur consommé. Pour ne point donner de prise à sa conduite publique , il singeait tous les dehors d'un honnête homme : ses paroles étaient douces, mielleuses. Ah ! combien il est d'hypocrites trompeurs ! Pétion , à la sortie de l'Assemblée nationale, fut applaudi par les Jacobins et par tous les brigands qui lui servaient de gardes-du-corps. Aussitôt il s'en retourne à l'Hôtel-de-Ville rendre compte à ses amis de sa démarche auprès des députés. Mais bientôt ce nouveau prévôt de Paris va paraître au château des Tuileries , puis disparaître sans que l'on sache ce qu'il est devenu; car il était précieux pour les conjurés d'avoir à leur tête un homme aussi dévoué au bouleversement du royaume.

Laissons pour un instant l'Assemblée nationale et le château des Tuileries qui en ce moment se garnissent de troupes , sous le commandement de M. Mandat, et allons voir comment s'organise l'armée insurrectionnelle qui va bientôt se présenter aux portes du palais, avec

ordre et désordre, car les chefs qui la commandent n'ont pas la moindre idée de l'art de
la guerre. Ce sont des furieux qui ne voient
que le crime qu'ils vont commettre, sans s'embarrasser de ce qui en arrivera, et au risque
de périr eux-mêmes au milieu du carnage. En
terminant ces mots, je m'écrie : A demain,
Messieurs, à demain la suite.

FIN DU TOME PREMIER.

www.ingramcontent.com/pod-product-compliance
Lightning Source LLC
Chambersburg PA
CBHW072342030726
47505CB00013B/384